밸런타인

VALENTINE

밸런타인

엘리자베스 웨트모어 장편소설

허진 옮김

VALENTINE

시공사

호르헤를 위하여

글로리아

이곳 유전油田에서 일요일 아침은 새벽보다 몇 분 일찍 시작하고, 젊은 러프넥[1]은 픽업트럭에 대자로 뻗어서 깊이 잠들어 있다. 어깨를 운전석 문에 딱 붙이고 장화 신은 발을 대시보드에 올린 채 카우보이모자를 깊이 눌러 쓰고 있기 때문에 바깥 흙바닥에 앉아 있는 소녀의 눈에는 창백한 턱밖에 보이지 않는다. 주근깨가 있고 수염은 거의 없는, 아무리 나이가 들어도 매일 면도할 필요가 없을 얼굴이지만 소녀는 그가 젊어서 죽기를 바란다.

미동도 없이 앉아 있는 글로리아 라미레스, 그녀는 쓰러진 메스키트 나뭇가지, 반쯤 파묻힌 돌이다. 그녀는 저 남자가 흙바닥에 얼굴을 처박고 엎드려서 입술과 뺨이 모래에 짓이겨지기를 바란다. 그의 갈증을 달래주는 것이라고는 자기 입에서 흐르는 피밖에 없을 모습을 상상한다. 그가 흠칫 놀라 트

---

1 석유 채굴 인부를 가리키는 말.

럭 문에 붙은 채 몸을 뒤척이자 소녀는 숨을 참고서 꽉 다물리는 그의 턱을, 뼈와 뼈를 움직이는 근육을 본다. 남자를 보는 것은 고문이고, 소녀는 다시 한번 그의 죽음이 금방 다가오기를, 지독하고 외로운 죽음이기를, 애도할 사람이 아무도 없기를 소망한다.

동쪽 하늘이 보라색으로, 암청색으로, 또 낡은 양동이 같은 슬레이트 색으로 변한다. 몇 분만 지나면 빨강색과 주황색으로 물들 것이고, 글로리아가 고개를 들면 하늘 아래 바짝 붙어 펼쳐진 땅이, 언제나와 똑같은 파란색에 꿰매어 붙인 갈색이 보일 것이다.

그것은 끝없는 하늘. 잊지 않고 바라본다면 서부 텍사스에서 가장 좋은 것이다. 이곳을 떠나면 이 하늘이 그리울 것이다. 이런 일을 겪고서 여기 머물 수는 없다.

글로리아는 픽업트럭에서 시선을 떼지 않은 채 손가락으로 모래를 가볍게 누르며 하나, 둘, 셋, 넷을 센다. 손가락은 그녀가 갑자기 움직이지 않도록, 가만히 있도록, 산 자들 사이에서 하루를 더 보내도록 애쓰고 있다.

이 날, 천구백칠십육년 이월 십오일 아침, 글로리아 라미레스는 아는 것이 많지 않지만 이것만큼은 안다. 어젯밤에 남자가 술이 깨서 총을 찾거나 그녀의 목을 조르기 전에 기절하지 않았다면 글로리아는 이미 죽었을 것이다. 쉰둘, 쉰셋, 쉰넷. 그녀는 상황을 살피며 기다리고, 메스키트 나무 덤불 속에서 움직이는 작은 동물들의 소리에 귀를 기울인다. 태양이, 그 작고 변함없는 은총이 땅 끝에서 모습을 드러내더니 동쪽 하늘에 걸려 불타오른다. 그녀의 손가락은 계속해서 숫자를 센다.

햇빛이 몇 킬로미터나 펼쳐진 시추기와 유전 쓰레기, 산토끼와 철조망 울타리, 메스키트와 버펄로 풀 덤불을 드러낸다. 석회각 무더기와 낡은 송유관 더미에 구렁이와 살무사와 방울뱀들이 얽혀 있고, 봄을 기다리는 뱀들의 호흡은 느리고 규칙적이다. 아침이 완전히 밝자 도로와 그 너머의 농장 가옥이 보인다. 걸어서 갈 만큼 가까울 수도 있지만 정확히 말하기는 힘들다. 이 외딴 곳에서는 일킬로미터가 십킬로미터처럼 보일 수도 있고, 십킬로미터가 이십킬로미터처럼 보일 수도 있다. 글로리아가 아는 것은 이 몸 — 어제였다면 '내 몸'이라고 했을 것이다 — 이 유전 어딘가의 모래 더미 위에 앉아 있다는 것뿐이고, 시내에서 너무 멀리 떨어진 곳이므로 오데사라는 도시 이름이 적힌 물탱크도, 은행 건물도, 엄마가 일하는 석유화학 공장의 냉각탑도 보이지 않는다. 밤새 사무실과 휴게실을 청소한 알마가 곧 일을 마치고 집으로 돌아올 것이다. 어젯밤에 먹은 옥수수 죽과 돼지고기 냄새와 티오[2]의 담배 냄새가 아직도 풍기는 방 하나짜리 아파트로 돌아온 엄마는 어젯밤 그대로 정리되어 있는 글로리아의 소파베드를 볼 것이다.

2   스페인어로 삼촌(tío)이라는 뜻.

걱정도 되고 약간은 무섭기도 하겠지만 집에 있어야 할 딸이 없어서 대체로는 화가 날 것이다. 또다시 말이다.

글로리아는 위아래로 움직이는 시추기, 거대하고 늘 배고픈 철제 메뚜기를 살펴본다. 펜웰까지 온 걸까? 멘톤일까? 아니면 러빙 카운티? 퍼미언 분지는 똑같은 땅이 이십만평방킬로미터나 펼쳐져 있기 때문에 지금 이곳은 어디든 될 수 있다. 지금 여기서 진짜인 것은 그녀의 갈증과 통증, 러프넥이 이따금 내쉬는 한숨, 이를 가는 소리와 몸을 뒤척이는 움직임, 고작 몇 미터 떨어진 곳에서 웅웅거리는 시추기 소리뿐이다.

밥화이트메추라기가 자기 이름을 부르며 울기 시작하자 그 소리가 부드럽게 아침을 연다. 글로리아는 농장 가옥을 다시 본다. 비포장도로가 사막을 반으로 나누고 곧게 뻗은 선이 그녀가 이미 상상하기 시작한 포치를 향해 꾸준히 움직인다. 걸어갈 수 있을 만큼 가까울지도 모른다, 문을 두드리면 여자가 나올지도 모른다.

글로리아의 떨리는 손가락이 모래를 마지막으로 누르며 천을 헤아릴 때까지 남자는 움직이지 않는다. 글로리아는 고개를 천천히 앞뒤로 움직인다. 자신이 지금까지 살아 있는 것은 무엇보다도 아무 소리도 내지 않았기 때문임을 알기에 그녀는 눈앞에 보이는 자기 몸을 말없이 가만히 살핀다. 팔. 여기에 팔이 하나, 발이 하나 있다. 글로리아가 생각한다. 발 뼈는 발꿈치 뼈로, 발꿈치 뼈는 복사뼈로 연결되지. 그리고 저쪽에,

시추기의 목조 받침대 옆 땅바닥에, 그녀의 심장이 있다. 글로리아는 고개를 두리번거리며 자기 몸을 그러모은 다음 여기저기 찢어진 채 널브러진 옷으로 가린다. 제일 좋아하는 검정색 티셔츠, 엄마가 크리스마스 선물로 준 청바지, 시어스 백화점에서 훔친 브래지어와 팬티 세트가 아니라 아무렇게나 버려둔 쓰레기 같다.

그러면 안 된다는 것을 알지만, 이제 가야 할 시간이 되자 글로리아는 러프넥을 돌아보지 않을 수가 없다. 카우보이모자 가장자리 밑으로 가느다란 금발이 몇 가닥 흘러내렸다. 말랐지만 뼈대가 단단한 남자는 글로리아보다 겨우 몇 살 많을 뿐이다. 오늘을 살아서 넘긴다면, 글로리아는 이번 가을에 열다섯 살이 된다. 남자의 가슴이 여느 사람들처럼 규칙적으로 오르락내리락 하지만 그 외에는 미동도 없다. 아직 잠들어 있거나 잠든 척하고 있다.

보이지 않는 엉킨 철조망으로 달려드는 말처럼 글로리아의 마음이 이런 생각으로 뛰어든다. 그녀의 입이 벌어졌다가 갑자기 꾹 다물린다. 호수에서 끌려나온 물고기처럼 산소 부족으로 헐떡인다. 글로리아는 사지가 떨어져나가 사막에 흩어지고 밤새 서로를 부르던 코요테가 깨끗이 먹어치우는 상상을 한다. 뼈가 하얗게 표백되고 이 사막을 가득 채운 바람에 반들반들해진다고 상상하자, 비명을 지르고 싶다. 입을 열고 울부짖고 싶다.

그러나 글로리아는 비명을 힘겹게 삼키고 모래에 앉아서 눈을 질끈 감아 러프넥과 해가 밝아오는 끝없는 하늘을 차단한다.

당황해서는 안 된다. 삼촌이라면 당황하는 게 최악이라고 말할 것이다. 티오는 전쟁 이야기를 들려줄 때 ─ 그가 지난해에 집으로 돌아온 뒤부터 모든 이야기가 전쟁 이야기이다 ─ 똑같은 말로 시작한다. 당황한 군인을 뭐라고 부르는지 아니, 글로리아? 전사자. 그렇게 불러. 이야기를 끝내는 말도 똑같았다. 잘 들어, 군인은 절대 당황하지 않아. 너도 절대 당황하지 마, 글로리아. 당황하면 ─ 삼촌이 검지로 권총 모양을 만들어서 심장에 대고 방아쇠를 당긴다 ─ 빵. 오늘 아침 글로리아가 확실히 아는 단 하나가 있다면 죽고 싶지 않다는 것이고, 그래서 그녀는 두 주먹으로 입을 꽉 틀어막고 다시 일어서라고 자신에게 말한다. 소리 내지 마. 움직여.

앞으로 몇 년 동안 해서는 안 되는 행동, 절대로 하면 안 되는 행동에 대한 경고로서 동네 여자애들의 머리 위를 말벌 떼처럼 맴돌 이름을 가진 글로리아 라미레스가 일어선다. 신발이 생각나지만 그것을 가지러 가지는 않는다, 토끼털 재킷도 가지러 가지 않는다. 어젯밤 글로리아가 토끼털 재킷을 입고 소닉 드라이브인 식당 주차장에 서 있을 때 청년이 차를 세우더니 열린 창문 밖으로 한쪽 팔을 내밀었고, 드문드문 난 주근깨와 금빛 털이 식당 형광등 불빛을 받아 반짝거렸다.

안녕, 밸런타인. 그의 말에 드라이브인 식당의 불쾌함이 사라졌고, 낮고 느릿한 말투는 그가 이 동네 출신은 아니지만 멀리서 오지도 않았음을 알려주었다. 글로리아는 입이 분필처럼 바짝 말랐다. 그녀는 자동차와 트럭 몇 대가 서 있는 주차장 한가운데 건들거리는 피크닉 테이블 옆에 서서 토요일 밤마다 하던 일을 하고 있었다. 바로 라임에이드를 마시면서 담배를 빌리고, 무슨 일이든 일어나기를 기다리며 어슬렁거리는 것이었다. 그러나 이 쓸모없는 도시에서는 아무 일도 일어나지 않았다.

청년이 차를 무척 가까이 세웠기 때문에 앞유리창 너머로 기름 자국이 그대로 보였다. 뺨과 목은 바람을 맞아서 벌겋고 손가락은 까맣게 물들었다. 대시보드는 지도와 청구서로 뒤덮여 있고 좌석 위 고리에 안전모가 걸려 있었다. 텅 비고 찌그러진 맥주 캔이 트럭 짐칸에 흩어져 있고 쇠지렛대와 물통도 있었다. 이 모든 것들이 합쳐져서 글로리아가 평생 들어왔던 경고를 거의 그대로 형상화하고 있었다. 그가 자기 이름, 데일 스트릭랜드를 말하더니 이름을 물었다.

당신이 알 바 아닌데. 글로리아가 말했다.

생각을 하기도 전에 말이 불쑥 튀어나왔다. 글로리아는 젊고 강인한 여자처럼 보이려고 애쓰고 있었지만 이 말 때문에 어린 여자애처럼 보일 것이다. 스트릭랜드가 열린 차창 밖으로 몸을 더 내밀더니 진짜 강아지처럼 그녀를 보았다. 눈이 충혈 되어 있고 주변이 거뭇했다. 글로리아는 몇 초 동안 그의 눈을 똑바로 바라보았다. 빛이 어떻게 비치느냐에 따라서 눈동자의 파란빛이 옅어지다가 청회색으로 변했다. 빼앗기기 싫어서 애써 지키는 구슬의 색, 또는 멕시코 만의 색이었다. 그러나 글로리아는 태평양과 버펄로 웅덩이를 구분하지 못하고, 그것이 문제의 일부였다. 글로리아는 어디에도 가보지 못했고, 이 마을과 이곳 사람들 외에는 아무것도 보지 못했다. 이 남자가 뭔가 좋은 일의 시작일지도 몰랐다. 두사람이 사귀면 몇 달 뒤에 그가 글로리아를 코퍼스크리스티나 갤버스턴에 데려가줄지도 몰랐다. 그러면 글로리아는 바다를 직접 볼 수 있을 것이다. 그래서 그녀는 이름을 알려주었다. 글로리아.

그가 웃음을 터뜨리더니 라디오 음량을 키워 우연의 일치를 들려주었다. 대학 라디오 방송에서 패티 스미스가 글로리아의 이름을 부르며 노래하고 있었다. 여기 진짜가 있네. 그가 말했다. 이건 운명이야, 귀염둥이.

'헛소리'하지마, 귀염둥이. 글로리아가 말했다. 지난 가을부터 두시간에 한번씩 그 앨범을 틀어주거든.

글로리아는 몇 달 동안이나 이 노래를 흥얼거리고, 라디오에서 「호시스」 앨범이 나오기를 기다리고, '예수님은 누군가의 죄 때문에 돌아가셨지만 내 죄는 아니야'라고 노래할 때마다 엄마가 발끈하는 모습을 즐겼다. 알마가 미사에 끌고 가겠다고 협박하자 글로리아는 크게 웃었다. 그녀는 열두살 때부터 성당에 가지 않았다. 글로리아는 주먹 쥔 손을 마이크처럼 입에 대고서 같은 구절을 부르고 또 불렀고, 결국 알마가 욕실로 들어가서 문을 쾅 닫았다.

　이번 밸런타인데이 저녁에 소닉은 빌어먹게 조용했다. 아무 일도 없고, 아무도 없고, 빼빼 마르고 불안해 보이는 여종업원뿐이었다. 그녀는 낮에 하는 다른 일을 끝마치고 바로 여기로 왔고, 늘 찾아오는 불량 청소년들이 닥터페퍼가 반쯤 든 종이컵에 잭대니얼스 위스키를 부어도 모른 척했다. 글로리보다 고작 한두 학년 위인 그녀는 카운터 뒤 등받이 없는 의자에 앉아서 스위치를 올렸다 내렸다 하면서 주문을 복창했지만 시끄러운 스피커 소리 때문에 그녀의 목소리가 잘 들리지 않았다. 요리사도 있었는데, 그릴 앞에 서 있다가 가끔 밖으로 나와 담배를 피우며 느릿느릿 밀려오는 자동차들을 바라보았다. 키가 크고 어깨가 넓은 노부인이 화장실 문을 쾅 닫고 바지에 손을 닦더니 트럭을 향해 빠른 걸음으로 걸어갔다. 트럭 안에서는 장대처럼 빼빼 마르고 달걀처럼 머리카락이 없는 더욱 늙은 남자가 자리에 앉아서 글로리아를 보고 있었다.

　노부인이 조수석에 올라타자 남자가 소녀를 가리켰고 머리를 위아래로 약간 흔들며 뭐라고 말했다. 아내도 같이 고개를 끄덕였지만 남편이 창밖으로 고개를 내밀자 그의 팔을 잡고 고개를 저었다. 글로리아는 피크닉테이블에 기대어 서서 새로 산 재킷 주머니에 양손을 넣고 노부부와 청년을 번갈아 보았다.

남자가 열린 차창 밖으로 팔을 내밀어 손가락으로 트럭 옆면을 규칙적으로 두드렸다. 글로리아는 트럭 안에서 언쟁을 벌이는 두 노인을 바라보다가 두사람이 다시 그녀를 보자 주머니에서 한 손을 꺼냈다. 천천히, 천천히, 글로리아가 가운데 손가락을 펴서 공중에 치켜들고 입모양으로 말했다. 오만한 노친네들은 꺼지세요.

　글로리아가 소닉 주차장을 다시 둘러보고 어깨를 으쓱하더니 ─ 잃을 건 없고 얻을 건 많아 ─ 청년의 픽업트럭에 올라탔다. 차 내부는 부엌처럼 따뜻했고, 엄마가 일을 마치고 집으로 돌아올 때 손과 옷에 남아 있는 공업용 세제의 옅은 암모니아 냄새가 났다. 스트릭랜드가 음악 소리를 높이고 커다란 손으로 맥주 캔을 따서 건네면서 다른 손으로는 운전대를 잡았다. 아니, 이게 누구야. 그가 말했다. 글로리아, 널 사랑하는 것 같아. 글로리아는 묵직한 문을 잡아당겨 닫았다.

　햇빛이 트럭 바퀴 바로 위에서 머뭇거릴 때 글로리아는 마침내 그를 뒤로 하고 걸어간다. 그녀는 뒤를 돌아보지 않는다. 만약 남자가 잠에서 깨서 총을 쏜다면 글로리아는 그 모습을 보고 싶지 않다. 저 놈이 등을 쏘게 하자. 저 놈을 겁쟁이로 만들자. 이제 글로리아는 주어진 이름으로, 그녀가 흙바닥에 얼굴을 처박고 누워 있던 그 긴긴 시간 동안 그가 몇 번이고 부르고 또 부르던 그 이름으로 스스로를 부르지 않을 것이다. 남자가 부르자 그녀의 이름은 밤공기로 날아올라 꿰뚫고 찢는 독화살이 되었다. 글로리아. 독사처럼 비열하게 비웃는 소리. 하지만 더 이상은 아니다. 이제부터 그녀는 자신을 글로리라고 부를 것이다. 작은 차이지만 지금은 한없이 중요하다.

글로리는 유전을 가로질러 걸으면서, 비틀거리면서, 넘어지면서, 시추기와 메스키트 나무를 지난다. 철조망 울타리 구멍으로 기어나가 버려진 굴착지로 걸어가자 어색한 글씨의 표지판이 생기 없는 표정으로 그녀를 내려다보며 유독 가스와 무단침입의 결과에 대해서 경고한다.

'총에 맞을 수 있음!' 흩어진 유리 조각과 선인장 가시가 발을 찌르자 글로리는 거칠고 물기가 스며들지 않는 땅에 고이는 자기 피를 보면서 그게 물이면 좋겠다고 생각한다. 코요테 한마리가 울부짖자 다른 코요테가 대답한다. 글로리가 무기가 될 만한 것을 찾아서 주변을 둘러보지만 아무 것도 없어서 메스키트 가지를 잡아 뜯는다. 그녀는 자신의 힘에 놀라고, 자신이 아직도 움직이고 있음에 놀라고, 입과 목의 메마른 통증에, 처음 일어섰을 때 갈비뼈를 따끔따끔 찌르는 듯한 새로운 통증에 놀란다. 통증은 이제 배로 내려가서 뜨겁고 날카로워졌다, 용광로에 너무 가까이 놔둔 쇠파이프 같다.

글로리는 철길에 도착해서 그것을 따라 걷는다. 걷다가 균형을 잃는 바람에 철조망 울타리를 붙잡고 길게 늘어선 석회각 더미 위로 세게 넘어진다. 그녀는 손바닥에 파고든 자갈을 유심히 살핀다. 손톱 밑에 그의 살갗과 피가 있다, 그녀가 힘껏 맞서 싸웠음을 일깨워주는 표시다. 하지만 충분하지 않았어. 글로리가 작은 돌멩이를 혀 밑에 집어넣으며 생각한다. 빅터 삼촌이 갈증을 느끼며 사막을 헤맨다면 집이 얼마나 멀리 있을까 생각하면서 이렇게 했을 것이다. 돌무더기 한쪽 끝에 철제 십자가가 꽂혀 있고 그 위에 '공동묘지'라고 적힌 작은 표지판이 있다. 두번째 무덤은 몇 미터 떨어져 있다. 작고 아무런 표시도 없는 것을 보니 아이나 개의 무덤이다.

글로리가 일어나서 뒤를 돌아본다. 이제 픽업트럭보다 농장 가옥이 더 가깝다. 바람이 일고 풀이 살짝 흔들리자 글로리는 지금까지 이 아침이 얼마나 고요했는지 처음으로 깨닫는다. 가늘고 나긋나긋한 버펄로 풀과 파란 그라마 풀마저도 숨을 죽이고 있었던 것 같다. 항상 바람이 부는 이곳에서는 거의 알아차리지도 못할 만큼 잔잔한 바람이다. 그녀의 목소리를 그에게 실어 가기에는 너무 가볍다. 글로리가 무슨 말을 해도 그는 듣지 못할 것이다.

글로리 라미레스가 고개를 돌리고 자기가 떠나온 곳을 바라본다. 그녀는 몇 시간 만에 처음으로 소리를 내서 말하려 한다. 글로리는 말을 찾으려 애쓰지만 기껏해야 작은 울음소리밖에 나오지 않는다. 소리가 잠깐 나와서 정적을 꿰뚫더니 사라진다.

메리 로즈

예전에 나는 사람이 다른 사람의 입장이 되어보려고 열심히 노력하면 자비를 베풀 수 있다고 믿었다. 가령 도둑이나 살인자, 열네살짜리 여자애를 차에 태우고 유전으로 가서 밤새도록 강간한 남자의 마음과 정신을 상상하려고 노력할 의지가 있다면 말이다.

나는 데일 스트릭랜드의 상황을 상상하려고 노력했다.

그가 잠에서 깼을 때 태양은 이미 하늘 높이 기어오르고 있었다. 성기가 쓰라리고 목이 말라 죽을 것 같았고, 암페타민 때문에 턱에서 익숙한 뻐근함이 느껴졌다. 입에서는 휘발유 깡통을 빠는 듯한 맛이 났고 왼쪽 허벅지에는 주먹만 한 멍이 들어 있었다. 몇 시간 동안 변속 기어에 눌렸기 때문인지도 몰랐다. 정확히 말하기 힘들지만 한가지만은 확실히 알았다. 개똥같은 기분이었다. 부츠로 머리 양쪽을 두드려 맞은 사람 같았다. 얼굴과 셔츠와 부츠에 피가 묻어 있었다. 그는 손가락으로 눈과 입가를 꾹 눌렀다. 손을 뒤집으며 베인 곳이 없는지 살핀 다음 머리 양 옆을 손으로 눌렀다. 어쩌면 지퍼를 내리고 살펴봤을지도 모른다. 핏자국이 있었지만 분명한 상처는 어디에도 없었다. 어쩌면 픽업트럭 앞좌석에서 내려 바깥에 잠시 서서 무해한 겨울 태양으로 살갗을 데웠을지도 모른다. 어쩌면 날이 이상하게 따뜻해서, 평소와 다르게 고요해서 놀랐을지도 모른다.

같은 날 이른 아침, 내가 포치로 나가서 태양을 향해 고개를 들고 칠면조독수리 여섯마리가 커다란 원을 그리며 천천히 모여드는 것을 보면서 그랬던 것처럼 말이다.

자비를 베푼다는 것은 트럭 짐칸을 뒤져서 물병을 찾은 다음 운전에 서서 최대한 천천히 한바퀴를 돌면서 지난 열네시간을 설명하려 애쓰는 그를 지켜본다는 뜻이다. 어쩌면 그는 소녀를 기억도 하지 못하다가 트럭 타이어 앞에 나뒹구는 스니커를, 굴착 작업대 바로 옆에 뭉쳐진 재킷을, 그녀의 허리 바로 아래까지 내려오던 토끼털을, 재킷 안쪽 라벨에 파란색 펜으로 적힌 'G. 라미레스'라는 이름을 보고서야 생각났을지도 모른다.

나는 그가 이렇게 생각하기를 바란다. 내가 무슨 짓을 한거지? 나는 그가 기억하기를 바란다. 그녀를 찾아야 한다고, 괜찮은지 확인해야 한다고. 아니면 두사람 모두 여기에서 일어난 일에 분명히 동의했는지 확인해야 한다고 생각할 때까지는 시간이 조금 더 걸렸을 것이다. 그는 트럭 짐칸 개폐판에 앉아서 곰팡내 나는 물을 마시면서 그녀의 얼굴을 자세히 기억하고 싶다고 생각했을지도 모른다. 그런 다음 부츠 신은 한쪽 발로 땅을 문지르면서 어젯밤에 정신을 집중하려고 애쓰다가 소녀의 신발과 재킷을 다시 보고, 시선을 들어서 채유탑들을, 목장 도로와 철길을, 일요일이라 별로 없는 저 너머 주간고속도로의 차들을 보고, 그리고 정말 애를 썼다면 농장 가옥 한 채를 보았을 것이다.

내 집. 그는 아마 걸어가기에는 너무 멀다고 생각했을 것이다. 하지만 절대 모르는 일이다. 오데사 여자들은 안 그래도 강인한데, 거기다가 화까지 났다면 어떨까? 제길, 마음만 먹으면 맨발로 지옥 불에도 뛰어들 것이다.

그가 개폐판에서 내려 눈을 가늘게 뜨고 물병을 들여다본다. 대충 씻을 정도의 물은 남아 있다. 그는 운전석 백미러 앞에서 몸을 숙이고 손가락으로 머리를 빗으며 계획을 세운다. 가능하면 소변을 본 다음 차를 타고 농장 가옥으로 가서 잠깐 훑어봐야겠다. 운이 좋으면 버려진 집일 테고, 썩어가는 포치에 앉아서 팔월의 복숭아나무처럼 갈증을 느끼던 새 여자친구가 그를 다시 미친 듯이 반가워할 것이다. 그러나 이런 곳에서는 자비를 베풀기가 어렵다. 나는 그의 얼굴을 보기도 전에 그가 죽어버렸으면 좋겠다고 생각했다.

++

때가 되어 증인석에 불려 가면 나는 살아남은 글로리아 라미레스를 내가 제일 처음으로 봤다고 증언할 것이다. 나는 그들에게 말할 것이다. 어찌나 불쌍하던지, 아이가 어떻게 그런 일을 겪고 살아 돌아올 수 있는지 저는 모르겠습니다. 재판은 팔월이나 되어야 열리겠지만, 나는 딸아이가 적당한 나이가 되면 들려줄 이야기를 법정에서도 똑같이 할 것이다.

이월 그날 아침이 오기 전부터도 우리 가족에게는 힘든 겨울이었다고. 소 값은 시시각각 떨어졌고 육개월 동안 비가 오지 않았다. 우리는 옥수수 사료를 보충해야 했고, 몇몇 소들은 송아지를 낙태하려고 감초 뿌리를 찾아다녔다. 채굴권 계약이 아니었다면 우리는 땅을 일부 팔아야 했을 것이다.

돈을 더 많이 주는 유전에 가지 않고 우리 목장에 남은 일꾼은 딱 두사람이었고, 남편은 거의 매일 그 둘과 함께 차를 타고 목장을 둘러보았다고 말할 것이다. 일꾼들은 트럭 짐칸에 서서 목초를 던지고 나선구더기와 싸웠다. 그들은 철조망에 끼어서 죽어가는 암소를 빼냈고 — 소는 멍청한 동물이다, 똑똑하다는 말을 믿으면 안 된다 — 가망이 없는 소는 미간을 쏘아 죽인 다음 나머지는 독수리에게 맡겼다.

암소는 안식일에도 똑같이 죽기 때문에 로버트는 매일, 온종일, 일요일에도 일했다고 말할 것이다. 나는 남편이 소고기 찜 한그릇을 허겁지겁 욱여넣는 십오분을 제외하면 — 만들 때는 반나절이 걸리지만 먹을 때는 오분밖에 안 걸린다 —

그를 거의 보지 못했다.

우리한테 필요한 건 더 강인한 품종이야. 남편이 접시에 포크와 나이프를 올려 밖으로 나가는 길에 나에게 건네면서 말했다. 우리한테 필요한 건 폴드헤리퍼드 종이나 레드브랭거스 종이야. 무슨 돈으로 사지? 이제 어떻게 해야 하지?

내가 그날을, 우리 집 앞 포치에서 글로리아 라미레스를 발견한 순간을 떠올리면 모양도 색깔도 다른 천 조각을 가느다란 검정 실로 꿰매어 붙인 퀼트처럼 기억이 조각조각 연결된다. 아마 늘 그럴 것이다. 팔월이 오면 나는 그 상황에서 최선을 다했다고 증언하겠지만, 내가 그 아이를 어떻게 버렸는지는 말하지 않을 것이다.

나는 스물여섯살이었고, 둘째를 가져 임신 칠개월이었으며, 뷰익 자동차처럼 몸이 무거웠다. 우리 집안 여자들은 둘째 때 배가 더 빨리 부르고 나는 무척 외로웠기 때문에, 가끔 혼자 있기 싫다는 이유로 에이미가 아프다고 거짓말을 하고 학교에 보내지 않았다. 우리는 이틀 전에 학교 직원 유니스 리에게 전화를 걸었다.

내가 전화를 끊자마자 에이미 조가 유니스 리의 늙고 심술궂은 얼굴을 흉내 내기 시작했다. 그녀가 로버트 리 장군의 직계 자손이라고 말하는 사람들도 있지만 나는 전혀 믿지 않는다. 하지만 이것만큼은 말할 수 있다. 만약 그 말이 사실이라면 유니스 리는 장군의 잘생긴 외모는 물려받지 못했다. 그녀에게 축복이 있기를. 내 딸은 얼굴을 구기면서 학교에서 전화를 받는 척했다. 음, 화이트헤드 부인, 전화 주셔서 감사하지만 에이미 조 양의 기초 신진대사에 대해서 자세히 알고 싶진 않군요. 빨리 낫길 바랄게요. 즐거운 밸런타인데이 보내세요, 안녕! 에이미가 허공에 손가락을 흔들었고, 우리 두사람은 쓰러져서 깔깔 웃었다. 그런 다음 우리는 버터와 설탕을 발라서 먹으려고 빵을 만들기 시작했다.

별로 번거로운 일이 아니었고, 나와 에이미는 부엌에 서서 반죽이 부풀기를 기다리고 있었다. 기나긴 하루가 늙은 집고양이처럼 우리 앞에서 기지개를 켰고, 유니스 리를 흉내 내는 에이미가 어찌나 웃겼는지 우리 둘 다 오줌을 쌀 뻔했다. 하지만 내가 임종을 맞이할 때 떠오르는 가장 행복했던 기억은 딸과 함께 보낸 그 금요일 아침일 것 같다는 생각이 가끔 든다.

일요일 아침에 우리는 진러미 카드 게임을 하면서 라디오로 예배를 듣고 있었다. 에이미가 지고 있었기 때문에 나는 어떻게 하면 에이미한테 들키지 않고 게임을 뒤집을 수 있을지 생각 중이었다. 나는 에이미가 하트 사를 뽑기를 기다리면서 카드를 계속 넘기며 힌트를 주었다. 나의 밸런타인이 되어주지 않을래? 나의 심장이 되어주지 않을래? 내가 말했다. 아, 내 심장! 심장 뛰는 소리가 들려 — 한번, 두번, 세번, '네번', 에이미 조. 그때 나는 아이가, 특히 어린 여자애가 카드 게임에서 자주지는 것은 좋지 않다고 생각했다. 지금은 생각이 달라졌다.

우리는 롭 목사님이 차별 철폐의 폐해에 대한 설교를 마무리하는 것을 듣고 있었다. 목사님은 그것을 암소와 사자, 주머니쥐를 한 우리에 가둬놓고서 누가 잡아 먹혔다고 놀라는 것에 비유했다.

저게 무슨 뜻이에요? 딸이 물었다. 에이미가 카드를 한장 뽑아서 몇 초 동안 보더니 테이블에 패를 내려놓으며 말했다. 내가 이겼어요.

넌 몰라도 돼, 아가. 내가 말했다. 내려놓을 때는 '진'이라고 말해야지. 내 딸은 아홉살이었고, 이제 곧 우리 집 앞에서 만나게 될 낯선 사람, 내가 무거운 문을 열고 도와주기를 기다리던 소녀는 고작 몇 살 위였다.

열한시였다. 즐기는 것은 옳지 않다고 생각하는 완고한 사람들 중 한명인 집사님이 파송 기도를 하고 있었으니 확실하다. 독실한 침례교 신자라면 라디오 예배를 들으면서 카드 놀이하는 우리를 고운 눈으로 보지 않겠지만, 어쨌든 그랬다. 열한시가 지나면 석유 값 소식, 그 다음에 가축 시장 소식이 나온다. 좋은 소식을 듣고 싶으면 원유 시추공 수와 새로운 채굴권 계약 소식을, 안락의자에 앉아서 실컷 울고 싶으면 가축 시장 소식을 들으면 되는 달이었다.

소녀가 현관문을 두드렸다. 우리는 짧고 강한 두 번의 노크 소리에 깜짝 놀랐다. 세번째에는 문이 흔들릴 정도였다. 오크로 만들었지만 마호가니처럼 보이도록 칠한 문이었다.

이주 전, 늘 그렇듯 시내로 이사하는 문제 때문에 말다툼을 한 다음 로버트가 러벅에서 이 문을 주문했다. 익숙한 말다툼이었다. 로버트는 우리가 시내에서 너무 멀리 떨어져 있다고, 곧 아기를 낳는 데다가 오일 붐까지 시작되었기 때문에 더욱 문제라고했다. 이제 여긴 사람이 너무 많아. 로버트가 주장했다. 시추 일꾼들이 차를 타고 우리 땅을 돌아다니고 있어. 여자랑 여자애가 지낼 곳이 아니야. 그러나 이번 말다툼은 험악해졌고 심한 말도 오갔다. 위협이라고도 할 수 있는 말이었다.

물론 나는 우리 도로를 달리는 평판 트럭을 보는 것도 지긋지긋하고, 썩은 달걀과 휘발유 냄새가 뒤섞인 악취도 지긋지긋하고, 어느 러프넥이 깜빡 잊고 문을 닫지 않아서 소 한 마리가 고속도로로 나갈까봐 걱정하거나 석유 회사 텍사코가 우리 우물 너무 가까이에 파놓고 내부 처리도 하지 않은 구덩이에 폐수를 버릴까 봐 걱정하는 것도 지긋지긋했다. 그러나 나는 우리 집을 사랑했다. 오십년 전에 로버트의 할아버지가 힐 카운티에서 석회암을 조금씩 실어 나르며 만든 집이었다. 나는 가을이면 멕시코나 남아메리카로 가는 길에, 또 봄이면 북쪽으로 돌아가는 길에 들르는 새들을 사랑했다. 시내로 이사하면 현관 밑에 둥지를 트는 우는 비둘기 한쌍이, 희끄무레한 땅에서 겨우 몇 미터 위를 맴돌다가 미친 듯이 날갯짓을 하며 급강하해서 뱀을 잡는 황조롱이가, 하루에 두번 말도 안 되는 색깔을 보여주는 하늘이 그리울 것이다. 유정 가스가 타오를 때 이따금 번쩍이는 붉거나 푸른 빛만 빼면 아무 방해물도 없는 조용한 밤하늘이 그리울 것이다.

여기가 내 집이야. 내가 남편에게 말했다. 난 떠나지 않아.

어느 시점에는 내가 로버트의 가슴을 때렸는데, 그런 적은 처음이었다. 로버트는 임신 중인 나를 때릴 수 없었지만 대신 주먹으로 현관문을 서너 번 칠 수는 있었다. 그렇게 해서 이 예쁜 문이 새로 생겼다. 침대에 누워서 우리가 부엌에서 서로 고함치는 소리를 들은 에이미 조에게는 분홍색 끈과 작은 흰색 바구니가 달린 허피 자전거가 새로 생겼다.

문을 세게 두드리는 소리가 세번 들린 다음 에이미가 누구예요? 라고 말했다. 나중에 돌이켜 생각하니, 글로리아가 얼마나 심하게 맞았는지 보고 나니, 그 아이가 그렇게 할 수 있었다는 사실이, 자기 주먹으로 그 두꺼운 오크 문을 흔들리게 만들 수 있었다는 사실이 무척 놀라웠다. 나는 안락의자에서 몸을 일으켰다. 찾아올 사람은 없었다. 전화도 없이 이렇게 먼 곳까지 찾아오는 사람은 아무도 없었다, 여호와의 증인이나 예수재림파 신자도 그렇게까지는 하지 않았다. 게다가 트럭이나 자동차가 집 앞 도로를 달려오는 소리도 듣지 못했다. 나는 몸을 숙이고 에이미가 의자 옆 바닥에 놔둔 야구방망이를 집어 들었다. 넌 가만히 있어. 내가 말했다. 금방 돌아올게.

내가 문을 열자 바람이 살짝 불어 그녀의 머리카락에, 얼굴에, 손발의 상처에 앉아 있던 파리 떼가 날아올랐고, 그러자 먹은 것이 올라오려고 했다. 하나님 맙소사. 나는 이렇게 생각하면서 우리 집에서 목장 도로까지 이어지는 비포장도로를 보았다. 목장 물탱크 바로 옆에서 겨울을 나는 시끄러운 캐나다두루미 떼만 빼면 사방이 고요했다.

글로리아 라미레스는 빼빼 마른 주정뱅이처럼 비틀거리며 공포 영화에서 기어 나온 듯한 모습으로 우리 현관 포치에 서 있었다. 양쪽 눈은 멍이 들고 부어올라서 거의 떠지지 않았다. 뺨, 이마, 팔꿈치는 빨갛게 긁혔고 다리와 발은 심하게 까진 상처투성이였다. 나는 야구방망이를 꼭 쥐고 딸에게 외쳤다. 에이미 조 화이트헤드, 엄마 침실 벽장에서 올드레이디 꺼내 와. 지금 당장.

안에서 딸이 움직이는 소리가 들리자 나는 소총을 들고 뛰면 안 된다고 소리쳤다. 뒤에서 에이미 조가 다가오자 나는 딸과 포치의 낯선 소녀 사이를 몸으로 가로막았다. 그런 다음 뒤로 손을 뻗어서 딸의 작은 손에 들려 있던 나의 낡고 사랑스러운 윈체스터를 받았다. 할머니가 준 열다섯 살 생일 선물이었기 때문에 '올드-레이디'라고 이름을 지었다.

뭐예요, 엄마? 방울뱀? 코요테?

쉿. 내가 말했다.

부엌으로 가서 보안관 사무실에 전화를 걸어. 구급차도 같이 오라고 하고. 내가 눈앞에 선 아이에게서 시선을 떼지도 않고 말했다. 그리고 에이미, 창문 근처에 얼씬거리지 마. 그랬다가는 죽기 직전까지 맞을 줄 알아.

나는 딸을 한번도, 단 한번도 때린 적 없었다. 내가 맞으면서 자랐기 때문에 내 아이들은 절대로, 절대로 때리지 않겠다고 맹세했다. 하지만 그날 아침에 나는 진심이었고, 에이미도 내 말을 믿었을 것이다. 에이미가 아무 대꾸도 없이 돌아서서 부엌으로 달려갔다.

나는 포치에서 비틀거리는 아이를 다시 보고, 시선을 돌려 지평선을 한참 살폈다. 이곳은 땅이 평평하기 때문에 아무도 몰래 접근할 수 없다. 물탱크 옆에 세워진 남편의 픽업트럭을 보면서 너무 멀어서 소리를 쳐도 들리지 않겠구나, 생각할 정도였다. 차를 타고 한참을 달려도 도로가 구부러지거나 오르막길이 나오지 않았다. 나는 포치로 약간 더 나갔다. 우리를 해치려는 사람은 보이지 않았지만 도와줄 사람도 보이지 않았다.

나는 로버트 가족의 땅으로 이사한 뒤 처음으로 여기가 아닌 다른 곳에 있었으면 좋겠다고 생각했다. 십년 동안 나는 뱀과 모래 폭풍과 토네이도를 조심했다. 코요테가 닭을 죽여서 마당에서 질질 끌고 가면 내가 총으로 쏘았다. 에이미를 목욕시키려다가 욕조에서 전갈을 발견하면 발로 짓밟았다. 빨랫줄 밑이나 에이미의 작은 자전거 옆에서 방울뱀이 똬리를 틀고 있으면 괭이로 찍어 죽였다. 나는 매일 무언가를 총으로 쏘거나 산산조각 내거나 그 보금자리에 독을 넣는 것 같았다. 항상 사체를 처리하고 있었다.

포치에서 한 손은 배에 올리고 한 손은 올드레이디를 목발처럼 짚고 서서 아침으로 뭘 먹었는지 기억하려 애쓰는 나를 상상해보라. 폴저스 커피 한잔, 차가운 베이컨 한조각, 헛간에 계란을 가지러 갔을 때 몰래 피운 담배 한대. 내가 몸을 숙이고 낯선 소녀를 마주봤을 때, 침을 꿀꺽 삼켜 입에서 느껴지는 짠맛을 넘길 때, 넌 어디에서 왔니? 오데사에서? 라고 말할 때 속이 얼마나 뒤집어졌을지 상상해보라.

자기가 사는 도시 이름을 듣고 소녀가 지금까지 걸려 있던 무시무시한 주문에서 깨어나는 모습을 상상해보라. 소녀가 눈을 비비며 움찔했다. 아이가 입을 열자 바람에 날린 모래가 방충문에 부딪칠 때처럼 거친 소리가 나왔다.

물 한잔만 주시겠어요? 저희 어머니는 알마 라미레스예요. 야간 근무를 하시지만 지금은 집에 오셨을 거예요.

이름이 뭐니?

글로리요. 얼음물 좀 마실 수 있을까요?

아이가 내 오크라 밭에 대해서 물어보고 있다고 상상해보라, 소녀는 그 정도로 침착하고 초연해 보인다. 마침내 무언가를 풀어놓는 것은, 나에게서 무언가가 떨어져나가게 만드는 것은, 무관심 뒤에 숨어 있는 바로 이 공포다. 몇 년 뒤, 딸이 적당한 나이가 되었다는 생각이 들면 나는 그때 아랫배가 뭉치고 얼음덩이처럼 차가워졌다고 말해줄 것이다. 귓가에서 웅웅 거리는 소리가 희미하게 시작되어 점점 커지자 나는 고등학 교 때, 학교를 그만두고 로버트와 결혼하기 전 겨울에 읽었던 시 몇 줄을 떠올렸다. '파리가 윙윙거리는 소리가 들렸다/내 가 죽을 때.'

경련이 나고 몸이 차가워지면서 뱃속의 아기를 잃겠구나, 잠시 비참하게 생각했지만 곧 아기의 분명한 발길질이 느껴 졌다. 시야가 흐릿해졌고, 나는 그 무엇과도 아무 관련이 없는 또 다른 구절을 덩그러니 떠올렸다. 성인 여자가 된 후, 아내이 자 어머니가 된 이후 여러 해 동안 시에 대해서 잠깐도 생각한 적이 없었는데 그 순간 시를 생각한다는 것이 얼마나 이상했 는지 모르지만, 어쨌든 기억이 났다.

'이것은 납의 시간이다
살아남는다면 기억되리.'

나는 몸을 똑바로 세우고 고개를 저었다. 그렇게 하면 눈 앞에서 벌어지고 있는 모든 일들이 사라질 것처럼, 이 아이의 존재와 그녀가 겪은 끔찍한 현실을 치워버리고 거실로 돌아 가서 딸에게 지나가는 바람 소리였어, 라고 말할 수 있다는 듯 이. 신경 쓰지 마, 오늘 우리를 찾아올 사람은 아무도 없어. 진 러미 게임 한번 더 할까? 홀덤 게임 배울래?

그러는 대신, 나는 소총에 묵직하게 기대어 서서 한 손을 배에 얹었다. 얼음물 가져다줄게. 내가 소녀에게 말했다. 그런 다음 너희 엄마한테 전화하자.

소녀가 몸을 살짝 움직이자 얼굴과 머리카락에서 흙과 모래가 후광처럼 피어올랐다. 몇 초 동안 소녀는 먼지 구름, 도움을 청하는 모래 폭풍, 작은 자비를 구걸하는 바람이었다. 나는 한 손을 뒤로 뻗어 문틀에 소총을 기대어 세우면서 한 손은 소녀를 향해 내밀었다. 소녀가 바람 속의 갈대처럼 한쪽으로 심하게 기울어졌고, 내가 돌아서서 그녀를 잡자 — 소녀가 포치에서 떨어지지 않게 잡아주려고 그랬는지 내가 똑바로 서려고 그랬는지 나는 절대 알지 못할 것이다 — 아이가 머리를 살짝 숙였다. 먼지가 소녀 뒤쪽 하늘을 채웠다.

픽업트럭 한대가 목장 도로에서 길을 꺾어 우리 집을 향해 달려왔다. 우편함 옆을 지날 때 비포장도로를 가로질러 달리는 메추라기 때문에 잠시 정신이 팔렸는지 차가 갑자기 휙 꺾었다. 자동차가 가축용 물탱크를 향해 미끄러졌다가 다시 돌아와 우리 집 쪽으로 다가왔다. 아직 적어도 일킬로미터는 떨어져 있었지만 우리 도로를 착실하게 덜컹덜컹 달리며 먼지를 일으켜 공기를 붉게 물들였다. 누구인지 모르지만 자신이 어디로 가고 있는지 분명히 알았고, 절대 서두르지 않았다.

++

나는 몇 가지 실수를 저질렀다. 다가오는 트럭이 보였을 때 소녀가 뒤를 돌아보지 못하게 했다. 따라서 저 트럭 본 적

있니? 저 사람이니? 라고 묻지 못했다.

그 대신 나는 소녀를 얼른 집 안으로 들여 얼음물을 주었다. 천천히 마셔. 내가 말했다. 급하게 마시면 토할 거야. 에이미 조가 부엌으로 들어왔다. 소녀가 엄마가 보고 싶어요, 엄마가 보고 싶어요, 엄마가 보고 싶어요, 라고 조용히 반복해서 말하자 에이미 조의 눈이 일달러짜리 은화만큼 커졌다.

나는 소금 뿌린 크래커를 두개 먹고, 물을 한잔 마시고, 부엌 개수대에 몸을 숙인 다음 펌프가 작동하고 유황 냄새가 개수대를 채울 때까지 한참 동안 세수를 했다.

둘 다 여기 있어. 내가 말했다. 난 밖에 나가서 정리할 게 있어. 돌아와서 너희 엄마한테 전화를 걸어줄게.

배가 아파요. 소녀가 외쳤다. 엄마가 보고 싶어요. 나의 분노는 너무나 갑작스럽고 목구멍이 따가울 정도로 울화가 가득했고, 나중에는 스스로가 부끄러워졌다. 입 다물어. 내가 그 아이에게 소리쳤다. 나는 두 아이를 주방 식탁 앞에 앉힌 다음 꼼짝도 하지 말라고 했다. 그러나 보안관에게 전화를 했냐고 딸에게 묻지 않았다. 두번째 실수이다. 그리고 밖으로 나가서 소총을 집어들었을 때, 그것을 들고 포치 끝으로 걸어가서 우리 도로를 달려오는 사람을 직접 대면할 준비를 했을 때, 나는 총이 장전되어 있는지 확인하지 않았다. 세번째 실수이다.

자. 당신도 나와 같이 포치 끝에 서보자. 그 남자가 마당으로 천천히 들어와서 우리 집에서 육백미터도 떨어지지 않은

지점에 차를 세우는 것을 지켜보자. 운전석에서 미끄러지듯 내려와 낮고 길게 휘파람을 불면서 우리 집 흙 마당을 둘러보는 그를 보자.

트럭 문이 쾅 닫히고 남자가 자동차 보닛에 기대어 서서 우리 집을 사러 온 사람처럼 주변을 둘러본다. 태양과 바람이 그를 부드럽게 찌르고, 팔의 주근깨를 비추고, 건초 색 머리카락을 헝클어뜨린다. 늦은 아침 햇살이 남자를 토파즈처럼 금색으로 물들이지만 내가 서 있는 곳에서도 손과 얼굴의 멍들과 옅은 파란색 눈 주변의 붉은 자국이 보인다. 돌풍이 마당을 쓸고 지나가자 그가 팔짱을 끼고 어깨를 으쓱하더니 믿을 수 없을 만큼 운이 좋은 하루라는 듯 편안한 미소를 지으며 주변을 둘러본다. 아직 소년티도 벗지 못한 아이다.

좋은 아침입니다. 그가 손목시계를 흘깃 본다. 오후라고 해야겠네요.

나는 소총 개머리판이 사랑하는 오랜 친구의 손이라도 되는 것처럼 꽉 붙들고 선다. 나는 이 남자를 모르지만 가끔 찾아와서 진입도로를 열어두었는지 확인하는 측량 기사나 말같지 않은 소리를 지껄이며 땅을 팔 생각이 있는지 슬쩍 떠보는 석유 시굴 업자라기에는 너무 어리다는 것을 단번에 알 수 있다. 보안관 대리라기에도 너무 어리다. 에이미에게 전화를 했는지 묻지 않았다는 생각이 퍼뜩 든다.

무슨 일이죠? 내가 말한다.

화이트헤드 부인이시겠군요. 집이 참 좋네요.

나쁘진 않아요. 늘 그렇듯이 먼지가 좀 많죠. 나는 목소리를 떨지 않고 말하지만 어떻게 내 이름을 알았을까 생각한다.

그가 가볍게 킥킥거린다, 멍청하고 오만한 웃음소리다. 그렇겠죠. 그가 말한다. 하지만 저 같은 일을 하는 사람한테는 좋은 일이죠. 날이 맑고 건조하면 굴착이 더 쉽거든요.

남자가 똑바로 서서 양 손바닥을 내민 채 한 걸음 다가온다. 그의 미소는 망가진 주방용 저울의 바늘처럼 흔들림 없다.

부인, 오늘 아침에 작은 문제가 하나 생겼는데 좀 도와주시겠어요?

그가 포치를 향해 걸어온다, 나는 가까워지는 그의 발을 본다. 고개를 들어보니 그가 손을 머리 위로 높이 들고 있다. 뱃속의 아기가 갈비뼈를 세게 걷어차자 나는 한 손을 배에 올리면서 어디 앉을 수 있으면 좋겠다고 생각한다. 이틀 전, 나는 마당을 어슬렁거리며 닭장을 노리는 코요테를 향해 총을 쏘았다. 발포 직전에 총구 끝 가늠쇠에서 시선을 떼는 바람에 빗나갔고, 그때 에이미가 전갈이 나왔다며 고함을 지르기 시작했기 때문에 총을 내려놓고 삽을 들었다. 탄약통을 갈았는지 기억이 나지 않는다. 올드레이디는 할머니가 지금까지 만들어진 총 중에서 최고라고 생각했던 윈체스터 천팔백칠십삼이다.

나는 총이 장전되어 있는지 아닌지 직접 말해주기라도 할 것처럼 반질반질하게 닳은 나무 개머리판을 엄지로 쓸어본다.

어이, 무슨 일이지? 내가 아직 성인이라고 할 수도 없는 소년에게 말한다.

햇빛을 받으며 서 있는 그는 아무렇지 않아 보이지만 눈이 가늘어진다. 음, 목이 너무 마른데, 그리고 전화 한통 쓸 수 있을까요.

그가 집 쪽으로 한발짝 다가오다가 올드레이디를 보고 멈춘다. 장전이 안 돼 있을지도 모른다는 걸 쟤가 알 리가 없어. 내가 혼자 생각한다. 나는 총열로 피칸나무 판자를 한번, 두번, 세번, 가볍게 두드리고, 남자는 귀를 기울이며 고개를 젖힌다.

화이트헤드 부인, 남편은 집에 계신가요?

그럼, 당연하지. 지금은 자고 있어.

그의 미소가 조금 더 크고 친밀해진다. 목장 주인이 낮 열두시에 잠을 잔다고요?

열한시 반이야. 내가 웃음을 터뜨리자 그 소리가 향나무 열매처럼 쓰다. 얼마나 멍청하게 들리는지! 나 혼자 있는 것처럼 보이겠지.

그가 높은 소리로 킬킬 웃자 그 소리에 배가 꼬인다. 그의 웃음은 카드를 섞는 척하면서 섞지 않는 속임수 같다.

세상에, 화이트헤드 부인, 남편 분이 어젯밤에도 과음하셨나봐요?

아니야.

어디 아프신가? 밸런타인데이 초콜릿을 너무 많이 드셨나?

안 아파 — 내가 한 손으로 배를 꾹 누르면서 가만히 있어, 아가, 조용히 해, 라고 생각한다 — 내가 뭐 도와줄 일이라도?

말했잖아요, 문제가 좀 생겼다고. 어젯밤에 애인이랑 밸런타인데이를 축하하려고 여기 왔거든요. 아시잖아요.

그래. 내가 그에게 말하고 손으로 배를 문지른다.

그런데 술을 너무 많이 마셔서 좀 싸웠어요. 하트 모양 상자에 든 초콜릿을 사줬는데 마음에 안 들었는지 어쨌는지. 그러다가 내가 잠든 모양인데…….

그랬군.

밸런타인데이의 연인을 놓쳤다고 할 수 있겠네요. 내 잘못이죠, 뭐.

나는 낡은 소총을 필사적으로 붙잡고 말하는 그를 지켜보고 있지만 누가 내 목을 아주 천천히 조르는 기분이다. 남자의 뒤쪽 지평선에서 고속도로를 쌩 달리는 체리 색 자동차가 보일락 말락 한다. 일킬로미터 넘게 떨어져 있는데, 이 거리에서 보니 사막을 날아가는 것 같다. 제발 우리 집으로 와요. 자동차가 우리 농장으로 이어지는 출구에 가까워지자 내가 이렇게 생각한다. 목이 약간 아프다. 차가 지평선에서 살짝 흔들리며 머뭇거리더니 속도를 내며 멀어진다.

청년은 미소를 띤 채 자기 이야기를 늘어놓고, 햇빛에 금발이 반짝인다. 이제 그와 나 사이의 거리는 삼미터도 안 된다.

탄실에 총알만 있으면 빗맞힐 리 없다.

아침에 일어나 보니 벌써 도망치고 없더라고요. 그가 나에게 말한다. 유전을 헤매고 있을까 봐 걱정이에요, 아시겠지만 여자애가 갈 데는 아니잖아요.

나는 한마디도 하지 않는다. 지금 내가 할 일은 귀를 기울이는 것이다. 나는 열심히 귀를 기울이지만 그의 말소리밖에 들리지 않는다.

저기 유전에서 곤란한 일이라도 당했다고 생각하긴 싫은데. 그가 말한다. 방울뱀을 밟거나 이상한 사람이라도 만났을까 봐 걱정이에요. 우리 글로리아 보셨어요? 남자가 오른손을 들어 손바닥을 아래로 향한 채 옆으로 뻗는다. 작은 멕시코 소녀예요. 키는 이 정도?

나는 목구멍이 꽉 막히지만 힘겹게 침을 삼키고 그의 눈을 똑바로 보려고 애쓴다. 아니, 우린 못 봤어. 차를 얻어 타고 시내로 돌아갔을지도 모르지.

들어가서 전화 좀 써도 될까요?

내가 고개를 아주 천천히 흔든다. 안 돼.

그는 정말로 놀란 척한다. 음, 왜 안 되죠?

모르는 사람이니까. 나는 이 거짓말을 진심처럼 말하려고 애쓴다. 왜냐면 이제 그가 누구인지 — 누구인지, 무슨 짓을 했는지 — 아니까.

있잖아요, 화이트헤드 부인.

내 이름은 어떻게 알지? 이제 내가 거의 소리를 지르면서 한 손으로 아기의 발을 꾹 누르자 뱃속의 아기가 망치처럼 갈비뼈를 두드린다.

청년은 깜짝 놀란 표정이다. 바로 저기 우편함에 써 있잖아요, 부인. 있잖아요, 저기서 있었던 일은 제가 잘못했다고 생각해요, 걔가 진짜 걱정이에요. 약간 제정신이 아니거든요. 멕시코 여자가 어떤지 알잖아요. 그가 나를 빤히 본다. 파란 눈은 하늘보다 약간 진한 색이다. 봤으면 꼭 좀 말해줘요.

그가 말을 멈추고 내 뒤쪽의 집을 잠시 보더니 환하게 미소를 짓는다. 나는 딸이 창밖으로 이 남자를 보고 있는 게 아닐까 생각한다. 그런 다음 소녀가 멍든 눈과 찢어진 입술을 하고 창밖을 내다본다고 상상하자 그에게서 시선을 떼지 말아야 할지, 고개를 돌려서 그가 무엇을 보고 무엇을 아는지 확인해야 할지 판단이 서지 않는다. 그래서 나는 어쩌면 장전되어 있을지도 모르는 총과 단둘이 서서 귀를 기울이려고 애쓴다.

물러서. 천년쯤 되는 듯한 침묵이 흐른 뒤에 내가 말한다. 저리 가서 트럭 개폐판 앞에 서.

그는 움직이지 않는다.

물 한잔 마시고 싶다고 말했는데요.

안 돼.

그가 하늘을 올려다보더니 양손을 뒷목에 올리고 깍지를 낀다. 그런 다음 휘파람을 몇 소절 부는데, 익숙한 곡이지만 제

목이 떠오르지 않는다. 다시 입을 열 때 그는 소년이 아니라 남자다.

개 내놔. 알겠어?

무슨 말인지 모르겠는데. 시내로 돌아가지 그래?

화이트헤드 부인, 집 안으로 들어가서 내 여자친구 데리고 나와. 위층에서 주무시는 남편 깨지 않게 조심하고. 사실은 있지도 않겠지만. 안 그래?

이것은 질문이 아니다. 로버트의 얼굴이 생령처럼 눈앞에 불쑥 떠오른다. 모르는 사람 때문에 이렇게까지 하는 거야, 메리 로즈? 모르는 사람 때문에 우리 딸의 목숨을, 우리 아기의 목숨을, 당신 목숨을 걸다니. 당신 도대체 왜 그래?

로버트의 말이 옳다. 이 아이가 도대체 나에게 뭐길래. 어쩌면 자발적으로 그의 트럭에 탔을지도 모른다. 십년 전이라면 나도 그랬을 것이다, 이렇게 예쁜 남자니까.

부인, 나는 당신을 몰라. 그가 말한다. 당신도 나를 모르지. 당신은 글로리아를 몰라. 자, 착하게 그 총 내려놓고 안으로 들어가서 글로리아를 데려와.

내가 울고 있음을 깨닫기도 전에 뺨에서 흐르는 눈물이 느껴진다. 나는 소총을, 아름답게 조각된 이 쓸모없는 나뭇조각을 들고 서 있다. 시키는 대로 하지 않을 이유가 어디 있을까? 그 소녀가 나한테 뭐라고? 내 아이가 아니다. 나에게 중요한 것은 에이미, 그리고 뱃속에서 주먹과 발로 나를 차며 버둥

거리는 아기이다. 내 아이들이다. 이 소녀는, 글로리아는, 내 아이가 아니다.

다시 입을 연 청년은 이제 질문을 하는 것에, 아니 말을 하는 것에 관심이 없다. 썩을 년, 잘 들어…….

나는 그의 목소리가 아니라 다른 소리를 들으려고 애쓴다. 집 안에서 울리는 전화, 도로를 달려오는 트럭, 심지어는 바람 소리조차 반가울 것 같지만 이 평평하고 외로운 한조각의 땅에서는 사방이 고요하다. 내 귀에 들리는 것은 그의 목소리밖에 없고, 그 소리가 굉음처럼 울린다. 멍청한 년아, 내 말 들려? 내 말 들리냐고.

내가 고개를 살며시 젓는다. 아니, 네 말 안 들려. 그런 다음 소총을 집어 들고 어깨에 편안하게 올린다. 익숙하고 딱 맞는 느낌이 들어야 하지만 지금은 누가 총열에 납이 들이부어 놓은 것 같다. 나는 노파처럼 힘이 없다. 어쩌면 장전되어 있을지도 모른다, 알 수 없지만 그래도 예쁜 금빛 얼굴에 총을 겨눈다. 저 남자도 모르니까.

내 안에 단 한마디의 말도 남아 있지 않기 때문에 나는 엄지로 안전장치를 젖히고 구경을 통해 그를 본다. 눈물 때문에 시야가 흐릿하다. 그가 딱 한번만 더 물어보면 내가 뭐라고 대답할지 알기 때문에 슬픔이 밀려온다. 음, 그럼 들어가든지. 당신과 내 딸 사이를 막아서기 위해서라면 내가 직접 당신을 죽이겠지만, 아니면 당신을 죽이려다가 내가 죽겠지만, 글로리아라고? 걔는 얼마든지 데려가.

우리 두사람이 동시에 사이렌 소리를 듣는다. 내가 가슴쇠에서 시선을 들자 그는 이미 돌아서는 중이다. 우리는 거기서 빠르게 달려오는 보안관 자동차를 바라본다. 구급차가 바로 뒤를 따르며 소 떼도 질식시킬 정도로 먼지를 일으킨다. 우리 우편함을 지나자 차가 급하게 꺾여 도로에서 내린다. 자동차가 철조망 울타리를 덜컹거리며 넘어서 캐나다두루미 떼 쪽으로 미끄러지듯 달리자 새들이 비명을 지르며 날아오른다. 요란한 소리와 가느다란 다리, 푸드득거리는 소동, 고함 소리.

잠시 청년은 겁먹은 산토끼처럼 꼼짝도 하지 않는다. 그런 다음 어깨가 축 늘어지더니 손가락으로 감긴 눈을 문지른다. 이런, 제길. 그가 말한다. 이제 아빠한테 죽었다.

내 딸이 이 이야기를 들을 만한 나이가 되려면 한참 지나야겠지만, 때가 됐다는 생각이 들면 나는 문틀에 몸을 기대고 포치에 쓰러져 기절하기 직전에 마지막으로 무엇을 봤는지 이야기해줄 것이다. 부엌 유리창에 얼굴을 대고서 입을 떡 벌리고 눈을 휘둥그레 뜬 두소녀. 둘 중 하나만 내 딸이다.

코린

아, 그 짜증나는 골칫덩이다. 라임색 눈동자에 불알이 일달러 은화만 하고 삐삐 마른 노랑 길고양이. 누가 십이월 말에 셰퍼드 부부네 집 뒤쪽 흙바닥 공터에 버리고 갔고 — 처음부터 좋은 생각도 아니었는데 금방 감당하기 힘들어진 크리스마스 선물이었겠지, 당시 코린이 포터에게 말했다 — 그 이후 어떤 동물도 안전하지 못했다. 노래하는 새들이 수십 마리씩 죽어나갔다. 되새, 헛간 아래 둥지를 틀었던 선인장굴뚝새 가족, 셀 수도 없을 만큼 많은 참새와 박쥐, 심지어는 커다란 흉내지빠귀까지. 넉달 만에 길고양이는 덩치가 두배로 불었다. 옅은 색 털이 국화처럼 반짝인다.

뒷마당에서 또 다른 소동물의 겁에 질린 비명이 들릴 때 코린은 변기 앞에 무릎을 꿇고 있다. 새들은 비명을 지르며 날개로 바닥을 때리고, 가터 뱀과 브라운레이서 뱀은 가벼운 몸으로 코린의 텅 빈 꽃밭의 딱딱하게 굳은 흙에 흔적도 거의 남기지 않은 채 소리 없이 죽는다. 저건 쥐나 다람쥐, 아니면 새끼 프레리독이 내는 소리다. 포터는 털 친구라고 불렀지. 이런 생각을 하자 목구멍이 조여든다.

코린이 한 손으로 가느다란 갈색 머리카락을 잡고 뱃속의 내용물을 마저 게워낸 다음 서늘한 화장실 벽에 뺨을 기대고 앉는다. 동물이 다시 비명을 지른 다음 이어진 침묵 속에서 그녀는 어젯밤의 조각난 기억을 끼워 맞추려고 애쓴다. 다섯잔 마셨나? 여섯잔? 누구한테 무슨 말을 했더라?

머리 위에서 천장에 달린 선풍기가 삐걱거린다. 스카치위스키와 짭짤한 땅콩의 짙은 냄새가 열린 창문을 향해 흘러가고, 구토를 심하게 하느라 코린의 눈이 축축하다. 게다가 정수리의 부분 탈모가 매일 커지고 있다. 그것 때문에 어제 그렇게 취하도록 마신 것은 아니지만, 그래도 — 수많은 이유들 중 하나이다. 턱에 달랑달랑 붙어 있는 작고 네모난 휴지도 마찬가지이다. 코린이 휴지를 변기에 넣고, 뚜껑을 닫고, 변기에 이마를 대고 탱크에 물이 차오르는 소리를 듣는다.

햇볕에 내팽개쳐둔 미끼 한자루처럼 엉망이군. 포터가 여기 있었다면 이렇게 말할 것이다. 그런 다음 핫소스를 잔뜩 넣은 블러디메리를 한잔 만들어주고 베이컨과 달걀을 구울 것이다. 그리고 베이컨 기름을 빨아들일 토스트를 한쪽 주고 이렇게 말할 것이다. 또 시작이네. 다음에는 좀 천천히 마셔, 여보. 포터가 죽고 — 화려하게 퇴장했다! — 육주가 지났지만 오늘 아침에는 남편이 바로 문 앞에 서 있는 것처럼 그의 목소리가 너무나도 또렷하게 들린다. 늘 그렇듯 얼빠진 미소를 띠고, 늘 그렇듯 희망찬 모습으로.

부엌 전화기가 울리면서 정적에 구멍을 뚫는다. 코린은 세상 누구와도 이야기하고 싶지 않다. 앨리스는 프러더 베이에 사는데, 장거리 전화 요금이 싼 일요일 밤에만 전화를 한다. 코린은 눈보라가 몰아쳐 앵커리지 공항이 폐쇄되는 바람에 포터의 장례식에 참석하지 못한 딸을 아직 용서하지 않았기 때문에 그나마도 잘 지낸다고 짤막하게 말하고 끊는다. 난 괜찮아. 코린이 앨리스에게 말한다. 텃밭도 돌보고, 수요일 밤이랑 일요일 아침에는 교회에도 가고, 구세군에 갖다줄 네 아빠 물건 챙기느라 바빠.

전부 거짓말이다. 코린은 남편의 티셔츠 한장도 챙기지 않았다. 텃밭에는 딱딱하게 굳은 흙과 죽은 새들뿐이고, 그녀는 사십년 동안 포터에게 이끌려서 억지로 교회를 다녔지만, 이제 독실한 척하는 못된 여자들에게 단 일분도 단 한푼도 더 주지 않을 것이다. 화장실 화장대에 포터의 가죽 면도 가방이 아직도 펼쳐져 있다. 그의 침대 옆 탁자에는 엘머 켈튼의 책과 진통제, 귀마개가 놓여 있다. 주방 식탁에는 포터가 죽기 전에 결국 다 맞추지 못한 퍼즐이 널려 있고 새 지팡이는 식탁 뒤 벽에 기대어 서 있다. 식탁 한가운데 놓인 금색 플라스틱 회전 트레이에는 생명보험 서류 한뭉치, 대부분 오십달러 지폐에 백달러 지폐가 몇 개 섞인 소비자 신용 조합 봉투가 여섯개 놓여 있다. 코린은 가끔 돈이 든 채로 봉투를 하나하나 불태워버릴까 생각한다.

전화가 다시 울리자 코린이 양쪽 손바닥으로 눈을 꽉 누른다. 일주일 전에 성질을 부리다가 음량 다이얼을 망가뜨렸다. 이제 전화기 음량이 최대로 고정되어서 지독하고 음정도 맞지 않는 벨 소리가 집안과 마당 구석구석을 꿰뚫으며 언제 받을 수 있느냐고 고래고래 소리를 지른다. 결국 코린이 수화기를 낚아채 셰퍼드입니다, 라고 짜증스럽게 말하자 수화기 너머에서 똑같이 불쾌한 목소리가 들려온다.

당신 때문에 어제 밤에 해고됐어요. 어떤 여자가 외친다.

누구죠? 코린이 이렇게 묻지만 여자는 흐느끼기만 하다가 귀가 얼얼하게 울릴 정도로 수화기를 세게 내려놓는다.

길고양이가 죽은 쥐를 물고 유리 미닫이문 밖에 서 있는데, 전화가 다시 울린다. 코린이 수화기를 낚아채 고함을 지른다. 지옥에나 가. 고양이가 희생양을 떨어뜨리고 뒷마당을 쏜살같이 가로지르더니 피칸나무를 벅벅 긁은 다음 크고 못생긴 몸뚱이로 콘크리트 블록 울타리를 넘어 뒷골목으로 사라진다.

++

지난 봄 포터의 두통이 시작되었을 때 부부는 은퇴 계획을 세우는 중이었다. 포터는 연금이 확정되었고, 코린은 몇 년 전 교사 휴게실에서 경솔한 발언을 했다가 학교 이사회로부터 해고당한 뒤부터 연금을 받고 있었다. 알래스카까지 차를 몰고 가도 되겠네. 포터가 말했다. 캘리포니아에 들러서 트럭에 앉은 채로 통과할 수 있는 커다란 미국삼나무도 보고.

그러나 코린은 시큰둥했다. 거긴 반년은 해가 없잖아. 그녀가 포터에게 말했다. 알래스카에 도대체 뭐가 있는데? 말코손바닥사슴?

앨리스. 포터가 말했다. 앨리스가 있잖아.

코린이 눈을 굴렸다. 십대 아이들을 삼십년이나 상대하다가 생긴 버릇이었다. 그래, 이름이 뭐더라, 그 병역기피자랑 동거 중이지. 그녀가 말했다.

두사람이 길이 구미터에 샤워 설비까지 갖춘 위네바고 캠핑카를 사서 첫 할부금을 내고 이틀 뒤, 포터가 첫번째 발작을 일으켰다. 앞마당 잔디를 깎다가 쓰러져서 이를 덜걱덜걱 부딪쳤고 팔다리를 미친 듯이 흔들었다. 잔디 깎는 기계는 도로 쪽으로 천천히 굴러가다가 뒷바퀴가 인도에 걸려서 멈췄다. 지니 피어스의 딸이 셰퍼드 부부네 진입로에서 자전거를 타고 뱅뱅 돌고 있었는데, 침실에서 증발식 쿨러를 세게 틀어놓고 책을 읽던 코린이 아이의 고함 소리를 들었다.

그들은 휴스턴까지 팔백킬로미터를 운전해서 엘리베이터를 타고 십오층으로 올라간 다음, 좁은 비닐 쿠션 의자에 앉아 종양학자의 설명에 귀를 기울였다. 코린은 스프링노트 위로 몸을 숙이고 앉아서 종이를 죽이려는 사람처럼 펜끝으로 꾹 눌렀다. 다형성 교모세포종입니다. 줄여서 GBM이라고 하죠. 의사가 말했다. 줄인다고요? 코린이 고개를 들어 그를 보았다. 의사는 워낙 드문 병이라 포터의 뇌에서 살아 있는 삼엽충을 발견한 것이나 마찬가지라고 말했다. 바로 방사선치료를 시작하면 육개월, 잘하면 일년을 살 수 있다고 했다.

육개월이라고요? 코린이 입을 떡 벌리고 의사를 물끄러미 바라보며 생각했다. 아, 안 돼, 안 돼, 안 돼. 착각하신 거예요, 선생님. 포터가 자리에서 일어나 창가로 걸어가더니 짙은 안개가 낀 휴스턴의 갈색 대기를 내다보았고, 코린은 그를 지켜보았다. 포터의 어깨가 위아래로 부드럽게 움직이기 시작했지만 코린은 다가가지 않았다. 누가 허벅지에 못이라도 박은 것처럼 의자에 딱 붙어 있었다.

바로 차를 몰고 집으로 돌아가기에는 너무 더웠기 때문에 두사람은 웨스트우드 쇼핑몰에 들어가서 차가운 닥터페퍼 병을 수류탄처럼 꽉 잡고 푸드코트 근처 벤치에 앉아 있었다. 해가 질 때쯤 두사람은 주차장으로 걸어갔다. 창문을 내린 채 차를 달리자 얼굴과 손에 바람이 뜨겁게 쏟아졌다. 자정이 되자 트럭에서 두사람의 냄새가 났다. 어제 코린이 좌석에 쏟은 커피 냄새, 그녀의 담배와 샤넬 넘버파이브 향수 냄새, 포터의 코담배와 애프터셰이브 로션 냄새, 두사람의 땀과 두려움의 냄새.

운전은 포터가 했다. 코린은 라디오를 켰다가 껐다가, 켰다가 껐다가, 다시 켜고, 핀으로 머리를 묶었다가 풀고, 라디오를 껐다가 다시 켰다. 잠시 후 포터가 그녀에게 제발 그만하라고 말했다.

시내로 들어가면 코린이 안절부절못했기 때문에 포터는 샌앤토니오를 빙 두르는 길을 선택했다. 운전을 더 오래 하게 만들어서 미안해. 코린이 그에게 말했다. 포터가 살짝 미소를 짓더니 조수석으로 손을 뻗어 그녀의 손을 잡았다. 당신, 나한테 사과하는 거야? 음. 내가 정말 죽으려나보네. 코린은 조수석 창문으로 고개를 돌리고 코가 막히고 눈이 부어서 거의 떠지지 않을 때까지 엉엉 울었다.

++

아직 아홉시도 안 됐는데 바깥 기온은 벌써 삼십이도다. 코린은 거실 창으로 앞마당 잔디밭에 주차된 포터의 트럭을 내다 본다. 진홍색 가죽 내장을 갖춘 셰비 스텝사이드 브이에잇은 포터의 자존심이자 기쁨이었다. 겨울 내내 건조해서 우산잔디가 연갈색 스카프 같다. 바람이 불자 트럭 바퀴에 깔려 납작해지지 않은 풀잎 몇 개가 햇볕을 받으며 떨린다. 지난 이 주 동안 매일 늦은 오후에 바람이 불기 시작해서 해가 질 때까지 멈추지 않았다. 코린이 집안일에 신경을 쓸 때였다면 자기 전에 집 안의 먼지를 떨었을 것이다.

라크스퍼 레인의 이웃 사람들은 호스를 들고 앞마당에 서서 가뭄과 싸우고 있다. 커다란 유홀[3] 트럭이 모퉁이를 돌아 셰퍼드 부부의 집 앞에 멈추더니 천천히 후진해서 앞집 진입로로 들어간다. 만약 누가 묻는다면 코린은 누구에게든 기꺼이 설명할 것이다. 정말 궁금하시다면, 난 술주정뱅이가 아니에요. 그저 항상 술을 마시고 있을 뿐이죠. 그 둘은 전혀 달라요.

묻는 사람은 없겠지만 잔디밭에서 포터의 트럭을 치우지 않으면 분명히 '말'이 나올 것이므로 코린은 아스피린을 한알 삼키고 교사 시절에 입던 닻 모양 황동 단추가 달린 올리브그린 치마 정장을 입는다. 그녀는 스타킹을 신고 향수를 뿌리고 립스틱을 바르고 선글라스를 쓰고 실내용 슬리퍼를 신은 채밖으로 나간다. 마치 교회에서 막 돌아와 집안일을 바삐 시작하는 사람처럼, 뭔가를 하는 사람처럼.

날이 취조실처럼 환하다. 태양은 텅 빈 하늘에 켜진 맹렬한 전구 같다. 길 건너 저 아래쪽 집에서 수잰 레드베터가 세인트어거스틴 잔디에 물을 주고 있다. 그녀가 코린을 보자 수동 분무기를 끄고 흔들지만 코린은 못 본 척한다. 그녀는 엎질러진 바구니에서 쏟아지는 피칸처럼 잔디밭으로 쏟아져나오는 이웃 아이들도 못 본 척하고 이사 트럭에서 내려 앞집 마당에 선 남자들도 눈여겨보지 않는다.

그녀는 포터의 트럭 문을 열고서 긴 좌석에 부러졌지만

---

3   미국의 이삿짐센터.

손봐서 피울 만한 담배가 놓여 있는 것을 보자 반가운 마음에 숨을 헉 들이마신다. 빨리, 빨리, 그녀가 후진 기어를 넣고 진입로에 트럭을 똑바로 세운 다음 담배를 낚아채서 현관문으로 향하다가 잠시 멈춰 수돗물을 튼다. 호스가 잔디밭에 죽은 뱀처럼 늘어져 있고, 녹슨 주둥이는 참느릅나무 밑 흙바닥에 아래쪽을 향한 채 놓여 있다. 그녀와 포터가 이십육년 전 이 집을 산 뒤 처음 맞이한 봄에 심은 나무였다. 코린은 추하고 꼴불견인 느릅나무를 보면 지저분한 머리카락이 떠오르지만 이 나무는 가뭄과 모래 폭풍, 토네이도에서도 살아남았다. 어느 해 여름에 나무가 일미터 가까이 쑥쑥 자라자 모든 사람과 모든 물건에 별명을 붙이는 버릇이 있는 포터가 이 나무를 껑다리라고 부르기 시작했다. 앨리스가 이 나무에서 떨어져 오른쪽 팔목이 부러졌을 때에는 왼손잡이라고 불렀다. 코린은 뒷마당의 나무가 모조리 죽어나가도 전혀 신경 쓰지 않았지만 이 나무가 죽게 놔두는 것은 견딜 수가 없다.

그리고 만약 코린이 그러고 싶다 해도, 그녀가 나무를 죽게 내버려두거나 습관적으로 포터의 트럭을 잔디밭에 세우거나 어젯밤 컨트리클럽에 입고 갔던 옷차림 그대로 앞마당에 서 있는 모습을 보면 사람들은 그녀를 측은하게 여길 것이다. 안됐어라. 그 생각을 하면 누군가를 — 즉, 이미 죽지 않았다면 포터를 — 죽도록 패고 싶다. 코린은 그의 장례식 조화를 내동댕이치고 현관문을 쾅 닫는다. 부엌에서 전화가 울리고 또 울리지만 받지 않는다. 안 된다, 절대로 싫다.

++

두사람은 새벽 세시에 휘발유를 넣으려고 커빌 트럭 휴게소에 들렀다가 식당에 가서 커피와 아이스크림을 먹었다. 주문을 끝낸 다음 포터가 그녀에게 방사선 치료는 혈관에 독을 주입하는 것이라고 말했다. 사람을 몸속에서부터 태워서 더 아프게 만드는 것이다, 그러면 남은 몇 달이 어떻게 되겠어?

난 안 할 거야, 코린. 아내가 내 엉덩이를 닦아주거나 스테이크를 믹서로 갈게 만들지는 않을 거야.

코린은 맞은편에 앉아서 입을 떡 벌렸다. 당신 앨리스한테 늘 그랬잖아. 부상을 입었다고 해서 경기를 포기하면 안 된다고 — 그녀의 목소리가 거센 바람을 맞은 연처럼 높이 올라갔다가 떨어졌다 — 그래 놓고서 날 두고 죽겠다는 거야? 가까운 칸막이 좌석의 부부가 두사람을 흘깃 보더니 식탁을 내려다보았다. 식당에는 네사람밖에 없었다. 도대체 포터는 왜 여기에 앉자고 했을까? 코린이 생각했다. 왜 전혀 모르는 사람들과 슬픔을 나눠야 할까?

이건 달라. 포터가 말했다. 그는 잠시 아이스크림을 유심히 보았다. 그런 다음 창밖으로 시선을 돌렸고, 코린도 창밖을 보았다. 디젤 스테이션왜건과 대형 트레일러트럭과 온수 샤워 시설을 광고하는 네온 간판 때문에 바깥은 대낮처럼 밝았다.

어느 트럭 운전수가 디젤 주유기 앞에서 차를 빼더니 경적을 두 번 울리고 측면도로로 진입했다. 카우보이 하나가 트럭 개폐판에 기대어 서서 햄버거를 허겁지겁 먹었고, 그의 허리띠 버클이 빛을 받아 반짝였다. 십대 소녀들을 가득 태운 자동차 두대가 주차장으로 천천히 들어왔다.

포터와 코린은 칸막이 좌석에 기대어 천장을 보았다. 머리 바로 위 석고 타일은 오줌색 물 자국으로 뒤덮여 있고, 사람들이 식사하고 있을 때 총을 쏘면 재밌겠다고 생각한 멍청이가 있었는지 팔호 산탄 크기의 구멍이 몇 개 있었다. 더 이상 볼 것이 없었기 때문에 두사람은 서로 마주보았다. 포터의 눈에 눈물이 가득 고였다. 코린, 이건 불치병이야.

도대체 무슨 소리를 하는 거야? 코린이 주먹으로 탁자를 치자 두사람의 잔에서 커피가 출렁거렸다. 일어나서 싸워! 앨리스한테, 또 나한테 늘 그렇게 말했잖아.

뭐, 당신이랑 앨리스한테 그렇게 말했지만 별로 소용없었지. 포터가 낮은 목소리로 빠르게 말하며 아내 쪽으로 몸을 기울였다. 앨리스는 결국 그 자식이랑 알래스카로 도망갔고, 당신은 결국 상황이 힘들어지자마자 교사를 그만뒀잖아. 코린, 그렇게 열심히 했지만. 당신도 전부 포기하고 집에서 시집이나 읽잖아. 우리가 처음 만났을 때 내 지인들 중에서 대학을 나온 사람은 당신밖에 없었어.

코린의 얼굴이 두려움과 분노로 붉게 물들었다. 그땐 전부 다 죽을 만큼 지겨웠다고 수십 번은 말한 것 같은데.

여보, 당신은 이 일이 얼마나 심각한지 모르는 것 같아. 포 터가 탁자 위로 손을 뻗었지만 코린이 손을 홱 치우더니 가슴 앞에서 팔짱을 꼈다. '여보'라고 부르지 마, 포터 셰퍼드. 또 그 러면 죽여버릴 거야.

난 이미 죽어가고 있어.

시끄러워, 포터. 그런 거 아니야. 두번 다시 나한테 그런 말 하지 마. 두사람은 커피가 차갑게 식고 아이스크림이 수프 처럼 녹을 때까지 흐리멍덩한 침묵 속에 앉아 있었다.

다음 날 아침, 두사람이 차고에 주차를 했을 때 골판지 상 자와 포터의 낡은 군용 텐트의 곰팡내, 급속냉동고가 윙윙 돌 아가는 소리, 포터의 작업대 위에서 먼지가 모으고 있는 낡은 공구들, 모든 것이 그대로였다. 어떤 식으로든 달라진 것은 아 무것도 없었지만 두사람은 스물네시간 가까이 잠을 못 잤고 코린은 십년은 더 늙어 보였으며 포터는 죽어가고 있었다.

코린이 프라이팬에 옥수수빵을 굽고 핀토빈⁴을 데우는 동안 포터는 차우차우⁵ 병과 얇게 썬 토마토 한접시를 식탁에 차렸다. 그가 유리 미닫이문 뒤의 아지랑이를 가리켰다. 팔월 의 무더위는 정말 특별한 지옥이라니까. 그녀가 말했다. 다들

---

4   멕시코 북부와 미국 남서부에서 많이 먹는 강낭콩의 일종.

5   각종 야채와 토마토, 콩 등을 절인 음식.

살아 있는 게 대단해. 포터가 부드럽게 웃었고, 두 사람은 침묵에 빠졌다.

아침 식사가 끝나자 두 사람은 싱크대에 접시를 내놓고 침실로 갔고, 포터는 증발식 쿨러를 세게 틀고 코린은 긴 커튼을 쳤다. 두 사람은 침대로 올라가 기묘한 한낮의 어스름 속에서 손가락을 꼬고서 두려움으로 무감각해진 채 각자의 자리에 나란히 누워 있었다. 그들은 이제부터 어떻게 될지 기다렸다.

++

코린은 숙취에 도움이 될지도 모른다는 생각에 계란프라이 샌드위치를 만들지만 주철 프라이팬 위에서 노른자가 흐물흐물하고 노란 눈알처럼 출렁거리자 뱃속이 울렁거린다. 그래서 그녀는 샌드위치를 먹는 대신 목 뒤에서 머리카락을 모아쥐고 가스레인지로 담뱃불을 붙인 다음 아이스박스에 기대어 서서 니코틴이 어젯밤의 기억을 떠올려주기를 기다린다.

컨트리클럽의 지루한 밤이었고, 자정이 되자 다들 돌아갔다. 코린과 바텐더 칼라, 갈 곳도 기다리는 사람도 없어서 눌러앉아 있는 남자들 몇 명밖에 남지 않았다. 코린은 그 멍청이들과 잡담을 나누기 싫었기 때문에 유리잔을 닦는 칼라를 지켜보았다. 남자들은 풋볼과 석유 값 — 천구백칠십육년은 둘 다 대단한 해가 될 것 같았다 — 에 대해서 이야기하고, 카터와 포드에 대해서 토론했다. 하나는 멍청이, 하나는 계집애 같은 자식이라서 싫다고 했다. 그들은 원래 닉슨을 밀었지만 워터게이트 사건이 터지면서 지도자를 잃었을 뿐 아니라 혼돈과 타락에 맞선 전쟁에서도 졌음을 슬슬 깨닫고 있었다. 블랙팬서와 멕시코인, 공산주의자과 컬트 지도자, 로스앤젤레스 시내 한복판에서 난리를 치는 사람들, 맙소사.

헛소리들 하고 있네. 코린이 생각했다. 지구 어디에나 있는 똑같은 남자들이었다. 코린은 한밤중에 낙하산을 타고 남극 대륙에 착륙해봐도 남자 서너명이 모닥불 주변에 둘러앉아 말도 안 되는 소리로 서로의 머릿속을 채우면서 누가 부지깽이를 들어야 하느냐는 문제로 싸우고 있을 것이라고 생각했다. 시간이 조금 지나자 남자들이 낮게 구시렁거리는 소리밖에 들리지 않았다.

칼라! 코린이 부엌 싱크대에 담배를 비벼 끄며 생각한다. 아까 전화를 건 사람은 칼라이거나 코린에게 뭘 하는지, 말동무가 필요하진 않은지 매일 묻는 지니의 아이가 분명했다.

++

천구백칠십오년 마지막 날, 두사람은 저녁 식사를 끝내고 뒤쪽 파티오에 서 있다가 길고양이가 흰목참새를 물고 뒷마당을 가로지르는 것을 보았다. 이 정도 남쪽에서는 보기 드문 암컷이었고, 십일월 초 포터가 퇴원한 며칠 뒤부터 그들은 새의 달콤하고 뛰어난 노래 — 〈올드 샘 피바디, 피바디〉 — 를 들었다. 마지막이야. 두사람이 병원 주차장에 앉아 있을 때 포터가 말했다. 코린이 시동을 걸기도 전에 그가 몸을 숙이더니 그녀의 무릎을 톡톡 두드리려고 했다. 당신을 위해서 시도는 했지만 이게 마지막이야. 치료도 병원도 이제 끝이야.

포터는 차를 타고 교회에 가서 새해 축하 파티에 참석할 기운이 없었고 코린은 애초에 교회에 가고 싶지도 않았기 때문에 네시쯤 두사람은 이미 저녁 식사를 마치고 운동복 바지 차림이었다. 코린이 담배를 피우는 동안 포터는 새 지팡이에 묵직하게 몸을 기댔다. 고양이가 이 집 주인이라도 되는 것처럼 콘크리트 블록 울타리에 앉아 있었고, 마지막 햇빛을 받아 털이 금빛으로 빛났다. 포터는 고양이를 보며 감탄하지 않을 수 없다고 말했다. 길고양이는 대부분 일주일을 넘기지 못하고 팔번가에서 차에 치여 죽거나 꼬마 남자애가 쏜 이십이구경 총에 맞아 죽었다. 포터는 고양이 얼굴의 검정 줄무늬 때문에 약간 오실롯 같다고 말했다. 당신이 먹이를 주면 좋은 친구가 될지도 몰라. 포터가 말했다.

저 녀석이 이 동네에 사는 동물을 모조리 죽이기 전에 독살해야 돼. 코린이 말했다. 그녀가 담배를 건네자 포터는 엄지와 검지 사이에 뻣뻣하게 끼우고만 있었다. 그는 이십년 전에 담배를 끊었고, 그때 이후 두사람은 코린의 흡연 때문에 계속 싸웠다. 하지만 포터의 잔소리가 아무 소용없었잖아. 코린이 새 사체를 치우러 가면서 슬프게 생각했다. 결국 그녀가 포터보다 더 오래 살게 되었다.

➿

칼라가 유리잔을 닦고 라임을 자르는 동안 코린은 줄담배를 피웠다. 그녀는 마호가니 바에 새겨진 이름과 전화번호를 엄지로 쓸어 보았다. 한쪽 벽에는 골프 코스가 내려다보이는 크고 두꺼운 유리창이 있었다. 육십년대 말에 골프장 건설 자금을 댄 투기 사업가들은 원래 열여덟홀짜리를 계획했지만 원유 시장의 갑작스러운 공급과잉 때문에 공사가 뚝 멈추었다. 십번 홀이 들어서기로 했던 자리에서 불도저 한대와 배수관이 녹스는 동안, 클럽 회원들은 아홉홀로 만족해야 했다. 칠년이 지난 요즘 유가가 조금씩 오르기 시작했으므로 남은 아홉개 홀을 드디어 완성할지도 몰랐다.

코린이 냅킨을 접고 빈 술잔을 바 가장자리로 밀자 칼라가 스카치앤콕을 한잔 더 가져왔다. 다섯잔째였던가, 여섯잔째였던가? 코린은 손을 뻗어 술잔을 받을 때 발가락으로 바 레일을 꽉 잡아야 할 정도로, 칼라가 칵테일 피넛 한그릇을 다시 내줄 정도로 많이 마셨다.

어떤 남자가 아주 당연하다는 듯이 말했다. 남자의 설명과 여자의 설명이 전혀 다른 아주 교과서적인 사례라고 할 수 있지.

다른 남자가 맥주를 한모금 마시고 병을 바에 쾅 내려놨다.

신문에서 그 멕시코 여자애 봤어, 열네살로는 안 보이던데.

코린이 전화번호를 따라 그리던 손가락을 멈췄다. 그들은 글로리아 라미레스에 대해서, 그녀와 포터가 소닉에서 본 소녀에 대해서 이야기하고 있었다. 우리, 이 아이가 트럭에 타는 거 봤어. 포터가 말했다. 둘 다 바지를 좌석에 꿰매놓은 것처럼 가만히 앉아만 있었지.

괜찮으세요, 셰퍼드 부인? 칼라가 바 반대편 끝에서 한 손에 행주, 한 손에 머그잔을 들고 그녀를 보고 있었다.

응, 괜찮아요. 코린은 조금 더 똑바로 앉으려고 했지만 발가락이 발 받침에서 바 레일을 놓치는 바람에 바에 괴고 있던 팔꿈치가 기우뚱했다.

남자들이 그녀를 흘깃 보더니 무시했다. 머리숱이 적어지고 가슴이 바에 닿을 정도로 처진 노파가 되어서 제일 좋은 점이었다. 드디어 주변에서 시끄럽게 구는 멍청한 남자들 없이 바에 혼자 앉아서 곤드레만드레 술을 마실 수 있었다.

걔들은 원래 그래, 딴 애들보다 빨리 성숙하거든. 또 다른 남자가 말했다. 일동이 웃음을 터뜨렸다. 그럼, 그럼! '훨씬' 빠르다니까. 다른 남자가 말했다.

열기가 코린의 목을 타고 올라와 얼굴로 퍼졌다. 포터는 글로리아 얘기를 열두번도 더 했다. 주로 늦은 밤 너무 심한 통증 때문에 깨서 화장실에 갈 때였는데, 그의 신음이 코린에게도 들릴 정도였다. 포터가 얼마나 후회를 했는지. 이렇게 할

걸, 저렇게 할걸, 맨날 그 소리. 코린이 그에게 말했다. 나이가 반도 안 되는 남자랑 한판 붙었어야 속이 시원하시겠지.

그러나 포터는 딱 보자마자 뭔가 이상하다는 것을 알았다고 우겼다. 이십오년 동안 그런 청년들과 함께 일했으니 알 수밖에 없었다. 그러나 두사람은 가만히 앉아서 소녀가 트럭에 올라타는 것을 보고만 있었고, 그런 다음 차를 몰고 집으로 돌아왔다. 이틀 뒤 『아메리칸』에 실린 남자의 얼굴 사진을 보더니 포터는 자신이 겁쟁이에다가 범죄자라고 말했다. 다음 날 신문에 글로리아 라미레스의 학교 앨범 사진이 실리자 그는 안락의자에 앉아서 글로리아의 검고 곧은 머리카락과 약간 기울어진 턱, 카메라를 똑바로 보는 시선, 기분 좋은 웃음이었을지도 모르는 작은 미소를 한참 동안 바라보았다. 코린은 지역 신문에 소녀의 이름과 사진을 싣는 것을 법으로 금지해야 한다고 말했다. 세상에, 미성년자잖아. 포터는 글로리아가 그 무엇도, 그 누구도 두려워하지 않았던 소녀 같다고, 하지만 이제 그렇지 않을 거라고 말했다.

칼라가 팁 단지를 흘끔거리는 동안 코린은 목이 따가울 정도로 길게 들이키며 몇 모금 만에 술을 다 마셨다. 그런 다음 한잔 더 달라고 손짓했다. 칼라 시블리는 아직 열일곱살도 안 됐지만 집에서 아기와 엄마가 기다리고 있었다. 칼라가 코린을 그만 돌려보낼지 말지 고민하고 있는데 나이 많은 코린이 바 의자를 밀면서 일어서더니 크게 휘청거리다가 셔츠를 세게 잡아당겼다. 그러자 커다란 가슴과 엉덩이에 셔츠가 딱 붙었다.

괜찮아요, 칼라. 이제 충분해. 코린이 이렇게 말한 다음 남자들을 향해 돌아섰다. 걘 고작 열네살이었어, 이 나쁜 놈들아. 당신들 어린애 좋아해?

코린은 차를 몰고 집으로 돌아왔다. 그녀는 중앙선에서 시선을 떼지 않았고, 포터의 트럭은 제한 속도보다 십오킬로미터쯤 느리게 달렸다. 코린이 마침내 소파에 누웠을 때는 이미 새벽 세시가 넘은 시각이었다. 그녀는 아프간 담요를 당겨 다리를 덮었고 — 아직 둘이 같이 쓰던 침대에서는 잘 수 없었다, 포터가 없이는 안 될 일이었다 — 다음 날 아침 니코틴이 처음으로 혈관을 타고 흐를 때까지 기억이 조각조각 나겠지만, 자리에 누웠을 때에는 자신이 단골손님들에게 했던 말을, 그리고 밖으로 나와서 묵직한 문을 닫기 직전에 들었던 말을 계속 생각하다 잠들었다. 칼라가 남자들에게 애처롭게 말하고 있었다. '내' 잘못이 아니에요, 내가 그 이야기를 꺼낸 게 아니잖아요. 저 노부인은 말이 안 통해요.

열네살. 도덕적으로 모호한 부분이라도 있다는 듯이 말이야. 코린이 씁쓸하게 생각한다. 글로리아 라미레스가 열여섯살이었다면, 백인이었다면 어땠을까. 그녀가 재떨이를 들고 부엌으로 가서 식탁 앞에 앉더니 아직 맞추지 않은 퍼즐 조각을 만지작거리다가 돈이 가득 든 봉투들을 노려본다. 포터는 몇 시간이고 퍼즐을 맞췄고, 가끔 왼손이 너무 심하게 떨려서 팔꿈치를 식탁에 괴고 오른손으로 받쳐야 했다. 그렇게 시간과 노력을 들였지만 테두리랑 갈색과 금색이 섞인 고양이 두 마리를 겨우 맞췄을 뿐이다.

길고양이가 파티오에서 어슬렁거리다가 미닫이 유리문 앞에 앉아서 이쪽을 빤히 바라보자 코린이 포터의 지팡이를 집어 들고 고양이를 향해서 휘두른다. 저 못된 녀석이 계속 뒷마당에 찾아와서 동물들을 닥치는 대로 죽이면 언젠가 한번 머리를 세게 때려주고 말 것이다.

++

이월 말에 고양이가 커다란 수컷 큰검은찌르레기를 잡아서 갈기갈기 찢었고, 코린이 쓰레기를 버리러 나가다가 반짝이는 남색 머리를 밟고 넘어질 뻔했다. 다음 날 아침에 두사람은 신대륙개개비를 발견했다. 회색과 검정색이 깔끔하게 섞인 머리와 밝은 노란색 가슴이 콘크리트 바닥과 충격적인 대조를 이루었다. 포터가 걸음을 멈추고 바람에 흔들리는 깃털을 보았다. 그 즈음 그는 가끔 말을 더듬었다. 포터가 코, 코, 코라고 말하면 코린은 양손으로 귀를 막고 아니야, 아니야, 아니야, 뭔가 잘못됐어, 라고 소리치고 싶었다.

그러나 그날은 좋은 아침이었다.

발작도 없었고, 넘어지지도 않았고, 포터는 그녀가 삼십년 동안 들어온 똑같은 목소리로 말했다.

음, 당신이 먹이를 좀 챙겨주면 안 죽일지도 몰라. 그가 말했다. 좋은 친구가 될 수도 있지.

절대 싫어. 코린이 말했다. 나한테 뭘 또 보살피라니, 예수님한테 못 하나 더 박겠다고 하지, 왜.

그런 식으로 신성모독하지 마. 포터가 말했다. 그러나 아무튼 그는 웃었고, 두 사람은 마당의 피칸나무 아래 누워 있는 고양이를 보았다. 기묘한 초록색 눈이 콘크리트 블록 울타리를 따라 달리는 작은 도마뱀에게 고정되어 있었다.

늦은 오전이었고 햇살 때문에 울타리가 잿빛으로 변했다. 가벼운 바람이 고양이의 금빛 털을 헝클었다. 집 뒤쪽 흙바닥 공터 건너편에서 구급차가 요란한 소리를 내며 팔번가를 달렸다. 코린과 포터는 시내를 가로질러 병원으로 향하는 구급차 소리에 귀를 기울였다. 내가 없으면 당신은 어떻게 할 거야? 포터가 물었다. 코린이 결혼생활 내내 자기가 더 오래 살 거라고 생각한 적은 단 한번도 없다고 슬픈 기색도 없이 말하자 포터가 가볍게 끄덕였다. 공평 안 한 것 같지. 그가 말했다.

코린은 평소처럼 공평하지 않은 것 같지, 라고 남편의 문법을 고쳐주려 했지만 포터가 때때로 저지르는 실수들, 멜로디 없이 음이 똑같은 휘파람, 길 가다 마주치는 빌어먹을 모든 생명체에게 별명을 붙여주는 버릇을 떠올리며 깊은 한숨을 쉬었다. 그의 목소리가 그리울 것이다. 정말 불공평해! 코린이 그를 보며 고개를 끄덕인 다음 흐르는 눈물을 들키기 전에 얼른 고개를 돌렸다.

포터가 그녀의 팔을 어루만진 다음 집 벽에 기대어 세워둔 삽을 향해서 절룩절룩 걸어갔다. 내가 가고 나면 스스로한테 깜짝 놀랄지도 몰라. 그가 말했다.

전혀 그럴 것 같지 않은데. 그녀가 말했다.

포터는 최근 몇 주 동안 기운이 날 때면 뒷마당에서 발견된 동물 사체를 묻어주었다. 이번에는 딱딱하게 굳은 흙과 석회각을 깨뜨리고 땅을 파는 데 십분 가까이 걸렸다. 코린이 도와줄까 물었지만 그는 아니, 아니라고, 다 묻었다고 말했다. 포터는 뒷마당 울타리 옆에 삼십센티미터 깊이의 구멍을 파고 개개비를 넣은 다음 흙으로 덮었다. 코린은 그 새를 떠올리면 아직도 이렇게 중얼거린다. 그걸 묻어줬어, 그 빌어먹을 새가 중요하다는 듯이 말이야. 끝이 다가오자 남편은 평소보다 더 감상적으로 변했다. 최후의 순간만 빼고 말이다, 나쁜 놈 같으니.

일주일 뒤, 일찍 잠에서 깬 포터가 몸을 굴려서 코린을 마주보며 말했다. 오늘은 몸이 개운해. 종양이 아예 없던 것처럼 말이야. 그가 지팡이를 부엌에 두고 파티오로 나가서 빗자루질을 했다. 그런 다음 차고에서 전지가위를 가져와서 포치 옆 산울타리를 다듬었다. 그러고 나서는 가느다란 가지들을 모아서 쓰레기통에 버린 다음 자기 작품을 보며 감탄했고, 코린은 지팡이도 없이 돌아다닌다며 한소리 했다. 그녀가 유심히 지켜보고 있었다면 절대 지팡이 없이 돌아다니도록 허락하지 않았을 것이다. 그러나 포터는 그녀의 허리를 잡고 목에 코를 파묻더니 당신한테서 참 좋은 냄새가 나, 라고 말했고, 코린을 침실로 데리고 들어가서 한두시간 정도 보냈다.

나중에 포터는 저녁으로 티본스테이크를 먹고 싶다고 말했다. 자신이 스테이크를 구울 테니 둘이서 구운 감자와 온갖 곁들임 음식을, 그리고 지난 십년 동안 코린이 그에게 강요했던 마가린이 아닌 버터를 먹자고 했다. 저녁 식사가 끝난 다음 포터는 리치 밸런스의 앨범을 틀어놓고 거실에서 그녀와 춤을 추었다.

같이 춤 출 생각을 한 지 너무 오래 됐으면 어때, 지금 추면 되지. 그가 말했다.

나중에 코린은 포터가 뭘 하려는 건지 바로 그때 그 자리에서 깨달았어야 한다고 생각했다.

++

포터가 쓰던 거실 의자 옆 탁자에는 그가 죽은 이월 이십칠일자 신문이 십자말풀이가 보이도록 접힌 채 놓여 있다. 딱 한문제만 연필로 답을 적어 놓았다. 네글자, 차를 타거나 걸어서 얕은 곳을 건너다. 포드. 코린의 의자 옆 탁자에는 암과 건강식에 대한 기사를 읽느라 몇 달 동안 건드리지도 않은 시집이 놓여 있다. 그녀는 아카풀코에 좋은 의사가 있다는 기사도 읽었지만 포터가 단번에 거절했다. 코린이 복도로 돌아가 포터의 호두나무 라디오를 손가락으로 쓸고 다이얼을 이리저리 돌린다. 북풍이 부는 아름다운 밤이면 두사람은 라디오를 집 앞 포치로 가지고 나가서 러벅의 컨트리 방송을 들었다. 포터가 죽는 날까지 그와 코린, 의사들 외에는 아무도 그의 병을 몰랐다. 두사람은 언젠가 앨리스와 교회 사람들 몇 명에게 말하자고 계속 이야기했지만, 그러던 어느 날 포터가 밖으로 나가 총을 쏴버렸다. 빌어먹을 포터.

라디오 바로 위 벽에 달린 초인종이 울리자 코린이 소스라치게 놀란다. 그녀는 오른손으로 라디오 다이얼을 잡은 채 그 자리에 얼어붙은 듯이 서 있고, 가슴이 쿵쾅거린다. 초인종이 다시 울리고 데브라 앤 피어스 특유의 노크 소리가 들린다. 똑같은 간격으로 문 한가운데를 세번, 왼쪽을 스타카토로 세번, 오른쪽을 세번 두드리더니 적어도 하루에 한번은 늘 그러듯 셰퍼드 부인, 셰퍼드 부인, 셰퍼드 부인, 하고 부른다.

코린이 현관문을 열고 커다란 몸으로 문설주와 문 사이를 가로막는다. 조금이라도 기회를 주면 아이가 작은 강아지처럼 다리 사이로 비집고 들어올 것처럼 허벅지를 딱 붙인다.

아침 내내 전화한 사람이 너였니, 데브라 앤 피어스? 목소리가 거칠고 혀는 누가 페인트라도 칠해놓은 것 같다. 그녀가 고개를 옆으로 돌리고 기침을 한다.

아니에요. 데브라 앤은 '슈퍼스타'라고 적힌 진분홍색 티셔츠에 허벅지 윗부분을 겨우 덮을까 말까하는 주황색 테리 직물 반바지 차림이다. 아이가 한 손에 뿔도마뱀을 들고 검지로 미간을 문지른다. 도마뱀은 눈을 감고 있고, 코린은 애가 지금까지 동물 사체를 들고 온 동네를 돌아다닌 걸까? 생각하지만 바로 그때 도마뱀이 소녀의 손 안에서 꿈틀거린다.

그 불쌍한 도마뱀은 놔줘. 코린이 말한다. 그건 애완동물이 아니야. 꼬마야, 나 어제 늦게 자서 너무 피곤해. 아침 내내 전화가 벽에서 떨어져나가라 울렸어.

어디에 다녀오셨어요?

네가 상관할 일이 아니야. 디에이 피어스, 우리 집에 전화는 왜 했니?

제가 안 했어요, 맹세해요.

맹세하지 마. 코린이 이렇게 말했다가 금방 후회한다. 이 포치에서 나가서 코린을 가만히 내버려두기만 하면 얘가 뭘 하든 그녀가 무슨 상관일까?

네, 아주머니. 데브라 앤이 손을 뻗어 엉덩이 골에 낀 반바지를 빼낸다. 아이가 길 건너 앞집을 보며 얼굴을 찌푸린다. '여기' 멕시코 사람들이 이사 오는 거예요?

그럴지도 모르지. 코린이 말한다. 그것도 네가 상관할 일은 아니야.

싫어하는 사람도 있을 거예요, 데이비스 씨, 레드베터 부인, 제프리스 할아버지……

코린이 한 손을 든다. 그만해. 저 사람들도 너나 나와 마찬가지로 여기에서 살 권리가 있어.

없어요. 아이가 말한다. 여기는 '우리' 동네예요.

네가 그렇게 말하는 걸 들으면 셰퍼드 씨가 뭐라고 생각하시겠니?

소녀가 자기 맨발을 내려다보고 양쪽 엄지발가락을 몇 번 꼼지락거린다. 디에이는 포터를 아주 좋아했다. 그는 디에이의 문법을 고쳐주거나 계획에 훼방을 놓지 않는 유일한 어른, 런던에서 날아와 런던 다리와 영국 여왕에 대한 이야기로 디에이를 즐겁게 해주는 상상 속 친구 피터와 릴리에 대한 허풍 가득한 이야기를 열심히 들어주는 유일한 어른이었다. 포터는 디에이가 상상 속 친구를 만들어내기에는 이제 너무 컸다는 말을 한번도 하지 않았고, 절대 놀리지 않았다.

코린이 재킷에 달린 여러 개의 주머니를 더듬은 끝에 담뱃갑을 꺼내보니 한개비 밖에 안 남았다. 이런, 젠장. 그녀가 담배를 꺼내 불을 붙인 다음 아이의 머리 위로 연기를 내뿜는다. 오늘 아빠는 어디 가셨니?

오조나 아니면 빅레이크에 일하러 가셨어요. 데브라 앤이 아랫입술을 내밀고 위로 숨을 세게 불자 앞머리가 떨린다. 아이가 뿔도마뱀을 돌려서 얼굴 가까이 가져다댄다. 나랑 같이 집에 가자. 아이가 불길하게 속삭인 다음 자기 눈썹을 몇 가닥 뽑아서 포치 옆 산울타리에 털어낸다. 이제 보니 양쪽 눈썹에

맨들맨들하게 털이 빠진 부분이 작게 보인다. 데브라 앤의 엄마가 떠난 후 며칠 동안 코린이 짐에게 음식을 가져다주었고 포터와 디에이는 소파에 앉아서 같이 만화를 보았다. 장례식에서 디에이가 관 위로 몸을 숙이고 포터의 얼굴을 한참이나 들여다보았기 때문에 코린은 손바닥으로 아이의 머리를 때리고 도대체 네가 뭘 보고 있다고 생각하는 거니, 꼬마야? 라고 말하고 싶었다.

데브라 앤이 반바지 주머니에 뿔도마뱀을 넣으려 하지만 도마뱀이 손 위로 기어오른다. 말동무가 필요하실까 싶어서요. 아이가 코린에게 말한다. 셰퍼드 씨의 퍼즐을 같이 맞춰도 되고요.

고맙지만 말동무는 필요 없단다.

아이가 그녀를 빤히 바라보고, 잠시 후 코린이 한숨을 쉰다. 음, 담배가 떨어졌어. 자전거 타고 세븐일레븐에 가서 한갑 사다줄래?

디에이가 고개를 끄덕이고 미소를 짓는다. 위쪽 송곳니 하나, 아래쪽 송곳니 하나, 유치가 두개 빠지고 빈자리에 빨갛게 염증이 생겼다. 다른 치아는 누렇게 더럽고, 잇몸 가장자리를 따라 음식물이, 빵 같은 것이 끼어 있다. 검은 머리는 빗질을 하다만 것처럼 삐죽삐죽하고 끝부분이 엉켜 있고, 코린은 서캐가 몇 개 보였다고 맹세할 수도 있었다. 여기서 기다려. 코린이 이렇게 말하고 지갑을 가지러 들어간다. 그녀가 일달러

지폐를 건네자 디에이의 눈이 기쁨으로 휘둥그레 커진다.

오십센트로는 벤슨 앤드 헤지스 한갑 사고, 오십센트는 심부름 값이다. 코린이 말한다. 다른 거 사오면 안 돼, 울트라 라이츠야.

디에이가 반바지 주머니에 지폐를 넣더니 신발 상자에 뿔 도마뱀을 넣어서 포치에 두면 안 되냐고 묻는다. 코린이 안 된다고, 길고양이가 돌아다니면서 잡히는 족족 다 죽인다고 말하자 아이가 왼손으로 도마뱀을 꽉 쥐고 잔디밭을 달려간다. 코린이 모르는 사람이랑 말하지 말라고 소리치자 디에이가 도마뱀을 머리 위로 들고 코린 쪽을 향해 흔든다.

도마뱀의 눈에서 가늘게 흐르는 피가 멀리서도 보인다. 필사적인 최후의 방어였다.

++

포터는 코린의 책상에서 찾은 노란색 리갈패드에 편지를 남겼다. 그는 지금까지 사소한 일로 전능하신 하나님을 귀찮게 하지 않으려고 노력했다고 썼다. 그의 기억에 하나님께 도움을 요청한 것은 몇 번 되지 않았다. 오사카 상공에서 비-이십구의 엔진이 고장 났을 때, 코린이 앨리스를 낳은 다음 모르핀 때문에 문제가 생겼을 때, 천구백오십삼년 겨울 온 가족이 폐렴에 걸렸을 때. 천구백육십팔년에는 석유 값이 다시 오르게 해달라고 기도했고, 스펜스 호수에서 낚시를 할 때 더 큰 메기를 잡게 해달라고 한두번 빌었을지도 모르지만, 그건 다 농담이었다.

이제 그는 하나님께 서서히 빼앗아가지 말라고 부탁하고 있었다. 그는 이 기차를 끝까지 타고 갈 생각이 없으므로.

포터는 두사람이 함께했던 긴 드라이브와 캠핑 여행이, 밤에 텐트에 들어가면 코린은 항상 몸이 차갑고 그는 항상 따뜻하기 때문에 그녀가 그의 종아리에 발을 대고 문지르던 순간이 그리울 것이라고 썼다. 텐트 안에서 침낭에 들어가 지퍼를 잠그고 누워서 들었던 작은 들짐승들의 소리가 그리울 것이다.

포터가 후회하는 일이 몇 가지 있었다. 그는 전쟁이 끝나고 돌아와서 대학에 가지 않은 것을 후회했다, 정부의 도움을 받아야 한다는 뜻이었다 해도 말이다. 또 앨리스를 만나러 알래스카에 갈 걸, 딸에게 편지를 보내서 그렇게 말할 걸 그랬다고 생각했다. 그러나 무엇보다도 그는 밸런타인데이 밤에 다르게 행동했으면 좋았을 걸, 후회했다. 일본에서 폭격기를 조종하고 돌아온 후, 장을 보러 갈 때도 구입 목록 메모 한번 써본 적 없는 남자가 쓴 편지였다.

그는 편지를 봉투 여러 개에 나눠 담은 현금 만 달러와 함께 부엌 식탁에 올려놓았다. 몇 주 전부터 포터는 생명보험회사가 코린을 속여서 보험금을 주지 않을 방법을 찾아내는 게 아닐까 걱정했다. 그녀는 이 돈이 포터가 어딘가에 몰래 모아

두었던 비상금이 아닐까 생각했는데, 그녀의 생각이 맞았다. 편지 맨 끝에는 빨간 펜으로 급히 휘갈긴 문장이 덧붙여져 있었다.

'바우만 박사한테 사망증명서에 꼭 사냥 사고라고 적어달라고 해.'

이십분 뒤 보안관 대리가 찾아왔고, 코린이 포터를 어디에서 발견했냐고 묻기도 전에 사고가, 끔찍한 사고가 생겼다고, 절대 예측할 수 없는 사고였다고 말했다. 생각보다는 자주 일어나는 일입니다. 그가 말했다.

++

십오분 뒤에 돌아온 데브라 앤은 입가에 초콜릿을 묻히고 있지만 뿔도마뱀은 들고 있지 않다. 아이는 지저분한 손으로 코린의 담배를 꼭 쥐고서 아빠는 여덟시나 돼야 집에 올 거라고, 굴라쉬가 좀 남아 있겠지만 확실하지는 않다고 설명한다. 어쩌면 릴리랑 피터가 다 먹었을지도 모른다.

데브라 앤이 코린 쪽으로 몸을 숙여서 목을 쭉 빼고 복도를 들여다보려 애쓰자 머리카락과 옷에서 흰곰팡이 냄새가 피어오른다. 코린은 속이 뒤틀리는 것을 느끼며 손을 내밀어 담배를 받는다. 그녀가 손바닥에 담뱃갑을 탁탁 치면서 데브라 앤이 도마뱀에 대해서 지껄이는 동안 고개를 가볍게 끄덕인다. 세븐일레븐 직원이 가게에 들어오기 전에 도마뱀을 놔주라고 해서 디에이가 도마뱀에게 자전거 바구니에 가만히 있으라고 했지만 돌아와보니 당연히 사라지고 없었다.

뿔도마뱀은 야생동물이야, 만지면 사마귀가 생겨. 코린이 아이에게 말했다. 다음엔 더 나은 애완동물을 구하렴.

아주머니 집 뒷골목에 셰퍼드 씨 고양이가 나와 있는 걸 봤어요.

셰퍼드 씨 고양이가 아니야.

음, 셰퍼드 씨가 먹이를 주었는데요.

아니, 안 줬어.

바깥 날씨가 추우면 셰퍼드 씨가 고양이를 차고에 재워줬어요, 제가 확실히 알아요.

아, 말도 안 되는 소리. 코린이 말한다. 지난겨울엔 싸라기눈도 안 왔잖아.

그래도 추웠어요. 데브라 앤이 말한다. 좋은 말동무가 될지도 몰라요.

코린은 고양이에게 먹이를 주고, 물을 주고, 똥을 치우고, 귀에서 진드기를 떼주고, 집으로 들어올 때마다 커튼에 붙은 벼룩을 진공청소기로 빨아들이기 싫다고 말한다.

디에이, 그 고양이 잡아서 집에 데려가 키워도 돼. 코린이 말한다.

우리 집에 가서 나랑 살고 싶은 고양이가 있으면 좋겠어요. 데브라 앤이 말한다. 하지만 아빠는 상자 속에서 사는 동물만 좋대요. 그리고 굴라쉬 말고도 먹을 게 있으면 좋겠어요. 저는…… 하지만 코린이 디에이의 말을 끊고 코린의 아버지가 뭐라고 하셨는지 기억하느냐고 묻는다.

소원이 이뤄지는 게 빠르겠니, 뱃속에 똥이 차는 게 빠르겠니? 디에이가 침울하게 말한다.

그래, 맞아. 코린은 이렇게 말하고 집으로 들어가 아이의 눈앞에서 문을 부드럽게 밀어 닫는다.

전화가 열두번쯤 울리는 동안 코린은 버번을 약간 넣은 아이스티를 만든다. 마당에서 어슬렁거리던 데브라 앤이 이제 갔겠지 싶은 때가 되자 그녀는 포치에 앉아서 담배를 피우려고 밖으로 나간다. 코린은 산울타리 옆 콘크리트 계단에 눈에 띄지 않게 앉아서 아무에게도 들키지 않고 주변 상황을 살필 것이다.

포터가 죽은 뒤 수잰 레드베터가 캐서롤을 들고 적어도 일주일에 한번은 찾아와서 빌어먹을 코바늘 뜨개 모임이나 레피시 교환 모임에 초대한다. 여자들이 각자 레시피를 만들어서 인덱스 카드에 적은 다음 옆 사람에게 전달하면 그 사람이 요리를 해보고 카드에 자기 의견을 덧붙이는 끔찍한 모임이다. 그런 식으로 계속 돌아간다. 이렇게 하면 좋은 레시피를 더 좋게 만들 수 있어요. 수잰 레드베터가 말한다.

코린은 나이를 먹으면서 레시피 교환 같은 모임을 정중하게 거절하는 법을 배웠다. 그래도 한 손에 술을 들고 한 손에 불붙지 않은 담배를 들고 정면 포치에 앉을 때쯤이면 냉장고에 캐서롤이 가득 차고 마는 것이다. 머리에 거짓말도 가득하지. 코린이 콘크리트 계단에 앉은 채 앞으로 걸어가 들쑥날쑥한 산사나무 틈으로 엿보며 생각한다. 길 건너에서 청년 두명이 커다란 텔레비전 콘솔을 들고 코린과 포터의 집과 똑같은 녹빛 벽돌 랜치 하우스 안으로 들어간다. 팔십사제곱미터 크기에 방 세개, 욕조 딸린 욕실 하나, 식당 옆에 파우더룸 하나. 우리 집과 마찬가지로 부엌 창문으로 뒷마당이 내다보이고 똑같은 미닫이 유리문은 집 뒤쪽 파티오로 이어지겠지. 코린이 생각한다.

그러나 이전에 저 집에 살던 세청년과는 알고 지내지 않았다. 앞마당의 죽은 피칸나무에 커다란 개를 사슬로 묶어서 키우다가 인정 많게도 야반도주를 하면서 같이 데려갔다.

하얀 승용차가 멈추더니 어린 여자애와 엄마가 뒷좌석에서 작은 상자를 여러 개 꺼내 나르기 시작한다. 임신을 해서 몸이 무거운 여자는 뜨거운 도로에 쓰러진 사슴 사체처럼 부풀어 오른 모습이지만 남편은 흔적도 보이지 않는다. 여자는 자동차의 짐을 다 옮긴 다음 앞마당에 서 있고 아이는 죽은 나무 주변을 폴짝폴짝 뛰어다닌다. 엄마를 똑 닮은 아이 — 머리카락이 희고 얼굴이 둥글다 — 는 가끔 엄마에게 가서 손을 놓으면 둘 중 하나가 하늘로 떠올라 둥실둥실 날아갈 것처럼 여자의 임부복을 꼭 붙든다.

저렇게 큰 딸을 두기에는 너무 어린 여자는 딸의 등을 문지르면서 청년 세명이 가구와 상자를 들고 진입로를 지나 열린 차고를 거쳐 집 안으로 옮기는 모습을 딸과 함께 바라본다. 이제 보니 청년이라기에는 아직 소년들이다. 기껏해야 열다섯, 열여섯살 정도 되어 보이는데, 스포츠머리에 스니커, 다양한 색깔의 갈색 카우보이모자 차림이다. 포터가 아침에 공장으로 출발하기 전에 신발 끈을 매던 것과 똑같은 갈색 안전화를 신은 중년 남자 두명이 현관문 옆에 서서 문틀의 크기를 재고 또 잰다. 둘은 술 취한 사람처럼 집에 기대어 서 있는 거대한 마호가니 문과 크기를 비교한다. 코린이 새끼손가락으로 아이스티를 저으면서 임신한 여자를 감탄하며 바라본다. 원래 달려 있던 현관문으로는 충분하지 않은 걸까? 세상에! 그녀가 손가락에 묻은 아이스티를 쪽 빤다.

남자 하나가 양손을 들어 문 크기를 표시하면서 얼마나 넓고 긴지 보여주지만 여자는 고개를 젓는다. 여자가 한 손은 이마를 짚고 한 손은 배에 올린다. 남자가 문틀을 가리킬 때 여자의 상체가 아주 약간 기우는 배처럼 문 쪽으로 쏠리나 싶더니 곧 몸을 반으로 접으면서 가라앉는다. 남자들이 비명을 지른다. 코린이 아이스티를 내려놓고 입술을 쪽쪽 빤다. 그녀가 자리에서 일어나 슬리퍼를 신을 때 여자는 이미 앞마당에 양손과 무릎을 짚고 쓰러져 있고, 배가 흙바닥을 스친다. 아이가 엄마 머리 주변을 걱정스럽게 맴돈다. 앞마당에서 영어와

스페인어가 참새처럼 날아다닌다. 남자가 부엌으로 달려가서 플라스틱 컵에 물을 담아 돌아온다.

코린이 다가가서 길 건너 집을 가리키며 자기를 소개하자 에이미라는 여자애가 엄마의 임부복 블라우스를 잡아당긴다. 턱살이 처져 있고 눈썹과 속눈썹은 색이 너무 옅어서 거의 보이지도 않는다. 엄마인 메리 로즈는 진통 때문에 블라우스를 들썩이며 헐떡인다. 코린은 그녀를 학교에서 봤을지도 모르겠다고, 고등학교를 중퇴하고 결혼한 애들 중 하나일지도 모르겠다고 생각한다. 그 아이들을 전부 기억하기란 불가능하다.

코린은 삼십년쯤 전에 반마취 상태로 앨리스를 낳았던 흐릿한 기억에서 도움이 될 만한 것을 하나라도 떠올리려 애쓰지만 실패한다. 병원에 데려다줄까요?

고맙지만 괜찮아요. 제가 운전할 수 있어요. 메리 로즈가 양손으로 배를 누르면서 코린을 올려다본다. 현관문에 걸린 장례식 조화를 봤어요. 조의를 표합니다.

남편은 이월에 죽었어요, 조화를 아직 안 뗀 것뿐이에요. 코린이 눈을 가늘게 뜨고 남자들과 소년들을 본다. 그들은 조용히 한줄로 늘어서서 발을 꼼지락거리며 주말 근무 도중에 분만을 시작한 농장주의 아내를 흘끔거린다. 그녀의 남편과는 가족끼리 잘 아는 사이다.

사냥 사고였어요. 코린이 말한다. 전갈을 한삽 가득 삼킨 것처럼 이 해로운 말이 발톱을 드러내고 그녀의 목을 찢는다.

사냥 사고군요. 메리 로즈가 몸을 똑바로 일으켜 앉는다. 코린은 여자의 눈에 고인 눈물을 보고 깜짝 놀란다. '정말' 죄송한데요. 있잖아요, 저희 집에 아직 전기가 안 들어왔는데 병원 대기실에서 딸 혼자 기다리게 하기는 싫어서요. 남편이 빅스프링스 가축 경매장에서 돌아올 때까지 몇 시간만 댁에서 기다리면 안 될까요?

안 돼요. 코린이 망설이지도 않고 말한다. 지금은 우리 집에 사람을 들일 수가 없어서요, 미안해요. 어머니나 언니한테 전화라도 해줄까요?

고맙지만 괜찮아요, 메리 로즈가 말한다. 다들 바빠서요.

엄마랑 같이 갈래요. 아이가 엄마에게 우는 소리로 말한다. 이 아줌마는 알지도 못하잖아요.

내가 병원에 데려다주고 거기서 같이 기다릴게요. 코린이 잠시 말을 멈추자 아이가 그녀를 노려보며 엄마의 겉옷을 꽉 잡는다. 여기 에이미랑 같이요.

딸이 모르는 남자들이랑 대기실에 같이 있는 게 싫어서요. 메리 로즈가 말한다.

두 여자는 잠시 동안 빤히 마주보고, 젊은 여자의 입술이 꽉 닫힌다. 그녀가 힘겹게 일어나더니 딸에게 자동차 열쇠와 복도 벽장에 넣어놓은 작은 가방을 가져오라고 한다. 에이미가 열린 차고를 통해 허둥지둥 집으로 달려가고, 메리 로즈는 인부들에게 이삿짐을 다 옮기면 문을 잠가달라고 부탁한다.

코린은 자기 집 포치로 돌아가면서 빨리 버번을 탄 아이스티를 마저 마시고 싶다고 생각하고, 고양이가 유리잔에 코를 처박고 얼음을 핥아먹지 않았기를 바란다. 메리 로즈가 그녀에게 소리친다. 아무 것도 안 해주어서 고마워요. 그러나 코린은 못 들은 척한다. 그녀는 계속 걸어가서 안전하게 길을 건넌 다음 음료수를 산울타리에 뿌리고 안으로 들어가서 새로 한 잔을 만든다.

♦♦

바깥이 아직 깜깜해지기 전에 전화가 다시 울린다. 버번을 한창 마시던 코린이 급히 부엌으로 가서 양손으로 전화기를 잡는다. 이 집에서는 빌어먹을 모든 물건이 윙윙거리고 딸랑거리고 따르릉거린다. 그녀는 전화기에 코드를 둘둘 감은 다음 부엌과 차고 사이의 문을 발로 연다. 코린이 머리 위로 전화기를 치켜들자 축 처진 팔뚝 살이 미친 듯이 흔들린다. 전화기가 차고로 날아가서 콘크리트에 부딪친 다음 두 번 울리더니 링컨 컨티넨털 옆에 떨어진다. 포터가 자기 상황에서 발을 빼기로 선택한 이후 사십일 동안 코린이 방치해둔 차였다. '우리' 상황이었잖아, 나쁜 자식.

이제 부엌은 식탁 옆 벽시계가 째깍거리는 소리만 빼면 조용하다. 코린이 눈을 가늘게 뜨고 시계를 보며 생각한다. 꽉 찬 쓰레기통 위에 빈 술병들이 뜯지도 않은 병원 청구서와 함께 놓여 있다. 그녀가 가득 찬 재떨이를 들고 탁자 한가운데 봉투들 위에 내용물을 천천히 쏟는다. 담배꽁초들이 봉투 더미 위에서 천천히 굴러 퍼즐 조각 위로 떨어진다. 아이스메이커가 얼음을 한 판 떨어뜨린다. 미닫이 유리문 바깥의 서쪽 하늘은 오래된 멍 색깔이다. 흉내지빠귀가 집 뒤쪽 울타리에 앉아서 구슬프고 끈질기게 운다.

코린이 쓰레기통을 들고 밖으로 나가면서 미닫이문을 어찌나 세게 닫았는지 포터의 지팡이가 리놀륨 바닥으로 넘어져 문 앞까지 굴러온다. 실내용 슬리퍼의 얇은 밑창이 부드러운 시체를 밟고 미끄러지는 바람에 비명을 지르며 뒤로 풀쩍 물러나 내려다보게 된다. 조그마한 갈색 쥐다. 코린이 눈을 감자 집 뒤쪽 울타리 앞에 선 포터가, 삽으로 힘들게 땅을 파는 그가, 구덩이에 동물을 조심스럽게 넣는 그가 보인다.

코린도 그렇게 할 수 있다면, 작은 생명체를 묻을 수 있다면, 그게 중요하다는 듯이 굴 수 있다면 얼마나 좋을까.

그러나 땅은 딱딱하고 그녀는 식료품을 트럭에서 집 안으로 나를 때에도 꼭 한번은 멈춰서 숨을 돌려야 할 만큼 팔 힘이 없다. 코린은 포터처럼 착하지도 않다, 한번도 그런 적 없었다. 어쨌든 그녀는 차고에서 삽을 들고 나와 부드럽고 작은 시체 밑으로 삽날을 밀어넣는다.

코린은 숨도 쉬지 못할 만큼 화를 내며 골목으로 쥐를 들고 나가서 뚜껑 열린 대형 쓰레기통에 버린다. 둘이서 의논할 수도 있었다. 포터가 언제 어떻게 죽을지에 대해서 말이다. 포터는 그녀의 수발을 받지 않겠다고 했고, 코린은 포터가 그녀를, 그리고 본인조차 알아보지 못할 때까지 버텨달라고 조르지 않기로 약속했다. 하지만 결국 그는 제멋대로 해버렸다.

공장에서 호각 소리가 들린다. 평소보다 길고 구슬픈 소리는 사고가 났음을 알리고 있다. 코린은 대형 철제 쓰레기통에 손을 얹은 채 잠시 서 있다. 그녀는 평생 저 호각 소리를 들으면서 이제부터 어떻게 되는 걸까 생각했다. 그러나 그 구체적인 두려움, 남편이 벤젠 웅덩이에 얼굴을 처박고 쓰러져 있을지도 모른다는 걱정, 폭발이 일어난 구역에서 일하고 있었다는 걱정, 몸놀림이 날래지 못하다는 걱정은 이제 수잰 레드베터를 비롯해서 이 도시에 사는 다른 여자들 수천명의 몫이다.

코린의 몫이 아니다. 집 뒤쪽 공터에서 몸을 숨긴 고양이가 꾸준하고 텅 빈 초록색 눈으로 메마른 방수로를 질주하는 노란 구렁이를 지켜본다. 시 당국에서 정신을 차리고 철책을 설치하기 전까지 디에이 피어스와 동네 여자애들이 자전거를 타다가 내팽개치고 가파른 콘크리트 경사면에 누워 일광욕을 하던 곳이다.

방수로 너머 세븐일레븐과 에이앤더블유 루트 비어의 공용 주차장에 이동도서관이 있다. 구미터짜리 트레일러인데, 철제 책장은 위험할 만큼 불안정하고 너덜너덜한 카펫에서는 곰팡이 냄새가 난다. 육개월 전, 공터에 크고 창문이 없는 퀸

셋 조립식 건물이 세워지더니 버니 클럽 — 이동도서관과 주차장을 같이 쓰는 스트립클럽 — 이 들어왔다.

오데사 여자애들이 멀쩡하게 살아서 도망친다면 빌어먹을 기적이지. 코린이 생각한다. 이 빌어먹을 기적이라고 생각한다. 그녀는 이십년 동안 고등학교에서 오데사의 여자아이들을 봐왔는데, 그 아이들 대부분은 웬 남자애 아이를 임신하기 전에 고등학교를 졸업하는 것 이상은 바라지도 않았다. 월요일 아침에 교실에 들어가면 병원, 감옥, 또는 루벅의 미혼모 시설과 관련된 슬프고 악질적인 소문이 들렸다.

코린이 참석한 결혼식 중에서 임신 때문에 급히 치른 예식은 그녀가 알고 있는 것보다 더 많았고, 요즘도 가끔 식료품점에서 그때 그 학생들을 마주치곤 한다. 학생들은 이제 나이가 조금 더 들었지만 여전히 파리하고 동글동글한 아기를 품에 안고 주근깨투성이의 빼빼 마른 양쪽 팔로 무게 중심을 바꿔가면서 미친 다람쥐처럼 통로를 이리저리 뛰어다니는 큰애에게 소리를 지른다.

코린이 아직 골목에 서 있을 때 트럭 한대가 속도를 높이며 중심가로 달려와서 방수로 너머 주차장으로 들어간다.

바퀴가 끼익 소리를 내더니 트럭이 주차장에서 원을 그리며 뱅뱅 돈다. 짐칸에서 남자 여럿이 죽을힘을 다해 매달려 소리를 지르며 야단법석을 떤다. 한명이 방수로에 병을 던지자 콘크리트에 부딪쳐서 유리조각이 산산이 흩어진다.

어떤 남자가 비명을 지르며 트럭 짐칸에서 주차장 바닥으로 떨어지자 나머지가 웃으면서 고함을 지른다. 떨어진 남자가 양손을 내민 채 트럭을 비틀비틀 뒤쫓고, 친구들을 거의 따라잡았을 때 트럭이 갑자기 멈춘다. 남자가 개폐판에 손을 얹자 누군가가 가방 두개를 바닥으로 던지고 운전자가 가속 페달을 밟는다.

트럭이 주차장을 세바퀴째 돌 때 어떤 남자가 쇠파이프를 들고 짐칸 옆으로 몸을 내민다. 트럭이 속력을 높이고 남자가 몸을 조금 더 내밀더니 한 손으로 트럭 승객석 뒤쪽의 철제 기둥을 잡고 한 손으로 쇠파이프를 앞뒤로 흔든다.

코린이 입을 열고 '그만둬'라고 외치려는데 주차장에 서 있던 남자가 항복이라고 말하듯이 두 손을 머리 위로 번쩍 든다. 쇠파이프가 등을 정통으로 때리자 남자가 둥지에서 떨어진 알처럼 바닥에 풀썩 쓰러진다.

세상에 이럴 수가. 코린이 소리를 지르며 집 안으로 달려들어간다. 그녀는 전화선을 다시 꽂았을 때 제발 신호음이 다시 들리기를 기도하면서 빠르게 움직이다가 포터의 지팡이에 발이 걸려 고꾸라지면서 부엌 식탁에 얼굴을 부딪친다. 퍼즐 조각들이 낡은 물탱크에서 날아오르는 갈색 박쥐 떼처럼 날아오르고, 코린은 부엌 바닥에 주저앉아 째깍거리는 벽시계 소리를, 그리고 얼굴과 양손, 무릎과 어깨를 관통하는, 너무나 갑작스럽고 어마어마해서 세상에 그것밖에 없는 것 같은 통증을 의식한다.

젊었을 때 포터는 코린이 아주 극적으로 죽을 것 같다는 농담을 하곤 했다. 은행에 줄을 서 있다가 노상강도를 만났는데 지갑을 내놓지 않는다든지, 그녀보다 일진이 사나운 착한 청년에게 손가락을 들어 욕을 한다든지, 너무 빠른 속도로 커브를 돌다가 타이어가 터진다든지 해서 말이다. 삼학년 학생들이 『베오 울프』로 때려죽일지도 모르고, 특히 가혹했던 쪽지 시험이 끝난 뒤에 응원전에서 몰래 빠져나가 브레이크 선을 잘라 버릴지도 모른다고 했다. 하지만 절대 아니었다. 지금 코린은 가슴과 배를 부엌에, 발과 엉덩이는 파티오에 걸친 채 늙은 암소처럼 부엌 바닥에 퍼질러 누워 있다.

원래는 포터가 그녀를 묻어야 했다. 그는 슬퍼했을 것이다, 당연히 그랬을 것이다. 그러나 포터는 해외참전용사 클럽에 가서 카드 게임도 하고, 차를 타고 공장에 찾아가서 안부도 전하고, 차고나 뒷마당에서 어슬렁거리면서 계속 살아나갔을 것이다. 그는 빌어먹을 퍼즐을 맞추고 데브라 앤의 유치한 이야기, 가령 그 나이에 어울리지 않는 상상 속 친구들 이야기, 골목에서 병뚜껑을 몇 개나 찾았는지, 엄마가 보고 싶고 언제 돌아올지 궁금하다는 이야기에 귀를 기울였을 것이다. 포터는 아이의 이야기가 절대로 지겹지 않을 것이고, 만약 지겨워져도 그렇다고 말하지 않을 것이다.

그가 여기 있었다면 디에이 피어스와 앞집 꼬마 에이미는 각자 블루벨 아이스크림을 하나씩 들고 바로 이 식탁 앞에 앉아 있을 것이고, 그 빌어먹을 고양이는 아마 밤마다 차고에서 참치 캔으로 저녁 식사를 할 것이다. 그러나 여기 있는 사람은 코린이고, 그녀는 이제부터 무엇을 해야 할지 도무지 상상이 되지 않는다.

내일 아침이 되면 코린은 다친 곳을 확인할 것이다. 왼쪽 눈썹 위에 작은 상처, 오른쪽 관자놀이에 거위 알만 한 혹, 팔뚝에 자몽만 한 멍. 몇 주 동안 골반이 아파서 포터의 지팡이를 짚고 다니겠지만 아무도 못 보는 집 안이나 뒷마당에서만이다. 앞마당에서 나무에 물을 줄 때, 식료품점에 가서 차고의 냉동고에서 꺼낸 수잰 레드베터의 캐서롤과 함께 메리 로즈에게 가져다줄 물건을 살 때에는 똑바로 서서 이를 악물고 하나도 아프지 않은 척할 것이다. 전화가 울리면 받을 것이고, 수화기 너머에서 칼라의 목소리가 들리면 무슨 일이냐고 물을 것이다.

그리고 리놀륨 바닥에 떨어진 포터의 퍼즐은 어떻게 할까? 몇 조각은 아이스박스와 스토브 밑으로 너무 깊숙이 들어가서 꺼낼 수가 없다. 몇 주 뒤에 코린은 구세군에 갖다줄 포터의 물건을 챙기면서 퍼즐을 가져갈 사람을 위해 메모에 몇 조각이 빠졌다고 적어둘 것이다.

포터가 수백번은 말했듯이, 한참 동안 열심히 맞추다가 애초에 퍼즐 조각이 몇 개 모자르다는 사실을 깨닫는 것보다 더 나쁜 일은 이 세상에 없기 때문이다.

오늘 밤, 코린은 부엌 바닥에서 일어나 전화선을 꽂는다. 그녀는 시내 경찰서에 전화를 걸어서 번호판이나 트럭 색깔은 못 봤다고, 남자들의 인상착의도 잘 모르겠지만 술에 취했고 백인이었고 아직 소년 같았다고 말한다.

코린이 골목으로 다시 나가보니 남자는 벌써 사라지고 없다. 온몸이 아프다. 그러나 별이 많이 뜬 아름다운 밤이고 남쪽 하늘에서 화성이 반짝인다. 가벼운 북풍이 분다.

라디오를 들고 현관 포치에 나가서 창틀에 올려놓고 틀면 루벅의 라디오 방송이 잡힐지도 모른다. 포터가 죽은 뒤부터 라디오에서 밤 윌스의 노래가 자주 나왔는데, 좋은 친구가 되어줄 것이다.

코린이 아직 포치에 앉아 있을 때 트럭 한대가 앞집 진입로로 들어가더니 메리 로즈의 남편이 분명한 남자가 내린다. 그는 서둘러 조수석으로 가서 잠든 아이를 안아 내린다. 코린은 힘겹게 일어나 늙고 멍든 몸을 최대한 빠르게 움직인다. 이마에 일달러 은화만 한 혹이 났고 세상 샤넬 넘버파이브를 다 뿌려도 술과 담배 냄새를 가릴 수 없겠지만, 코린은 얼른 남자에게 다가간다. 그는 딸을 반대쪽으로 옮겨 안고 대시보드에 있던 손전등을 집어들고서 집으로 향하려는 참이다. 커튼도 블라인드도 없는 창문이 앞마당과 도로를 멍하니 내다보며 누가 불을 켜주기를 아직도 기다린다.

잠깐만요. 코린이 소리친다. 잠깐만요! 여자아이의 머리카락이 가로등 밑에서 하얗게 반짝이고, 코린은 아빠의 무릎 옆에서 달랑거리는 아이의 맨발을 손가락으로 구부린다. 젊은 남자가 그녀를 피해 돌아서 가려고 하자 코린이 그의 팔을 부드럽게 건드린다. 아기는 괜찮아요? 메리 로즈는 어때요? 코린은 숨을 몰아쉬면서 아픈 옆구리를 부여잡는다.

있잖아요. 그녀가 헐떡이며 말한다. 아내분한테 필요한 게 있으면 뭐든지 좋으니까 저한테 부탁하라고 전해줘요. 말만 하면 제가 바로 오겠다고 말이에요.

데브라 앤

다른 해, 다른 토요일 오후였다면 디에이는 그 남자를 못 봤을 것이다.

디에이는 프레리독 공원에서 홀스 게임[6]을 하거나, 샘휴스턴초등학교 운동장에서 어슬렁거리거나, 자전거를 타고 버펄로 웅덩이에 가서 마른 바닥에서 삼엽충이나 화살촉을 찾았을 것이다.

버펄로 웅덩이에 물이 가득했을 때 엄마와 데브라 앤은 가끔 차를 타고 가서 구원받는 사람들을 구경했다. 지니는 항상 자동차 보닛에 낡은 수건을 펼치며 참 볼만하다니까, 라고 말했고 데브라 앤은 뜨거운 금속에 다리가 닿지 않게 조심하며 그 위로 올라갔다. 두사람이 앞유리창에 기대어 감자칩 봉

---

6   앞 사람이 위치나 방식을 마음대로 정해서 공을 던지면
     뒷사람도 똑같은 방법으로 공을 던져서 넣는 게임.
     공을 넣지 못할 때마다 H-O-R-S-E 철자를 하나씩 채워
     단어가 먼저 완성되는 사람이 진다.

지를 주고받으며 구경하는 동안 신자들은 강둑에 서서 '예수 십자가에 흘린 피로써'라고 노래했고, 죄인들은 맨발로 녹조를 헤치며 물에 들어갔다. 늪살모사와 깨진 유리로부터 그들을 보호하는 것은 믿음밖에 없었다. 전도사가 미소를 띠고 그들을 향해 손을 흔들면 지니는 고개를 저으면서 손을 흔들어 인사했다. 엄마가 데브라 앤에게 말했다. 넌 지금 이대로 괜찮아, 하지만 언젠가 구원을 받아야겠다는 생각이 들면 교회에서 구원을 받으렴. 적어도 파상풍은 안 걸릴 테니까. 지루해지면 지니는 짐을 차에 다시 실었고 두사람은 시내로 돌아와 와터버거에 갔다.

이제 어디 갈까? 지니가 딸에게 물었다. 펜웰 묘지 보러 갈래? 모너핸스에 가서 사구 산책할까? 앤드류스 가축 경매장에 가서 수소를 사러온 척할래?

그러나 이번 봄에는 지니가 없고, 다들 납치돼서 나쁜 짓을 당한 여자애 이야기만 했다.

그 소녀는 강간을 당했다. 어른들은 디에이가 무슨 뜻인지 모른다고 생각하지만 디에이는 바보가 아니다. 이제 디에이의 아빠를 포함해서 라크스퍼 레인에 사는 모든 부모는 아이들이 성인 보호자 없이 마을 바깥으로 나가면 안 된다고, 적어도 어디에 가는지 누군가에게는 이야기해야 한다고 합의했다. 모욕적이다. 디에이는 여덟살 이후로 보호자와 동행한 적이 없었고, 그래서 아빠가 식탁에 앉아 지도를 그려준 뒤에도 봄 내내 규칙을 무시했다.

돌아다녀도 되는 지역의 북쪽 경계는 커스터 애비뷰, 남쪽 경계는 모퉁이 빈집이다. 서쪽 경계는 셰퍼드 부인과 데브라 앤의 집 뒷골목인데, 셰퍼드 부인은 거기에 서서 버니 클럽에 드나드는 트럭을 보며 얼굴을 찌푸린다. 버니 클럽은 가슴을 보여주는 술집이다, 디에이도 안다. 케이시 너낼리와 로랠리 레드베터가 사는 반대편 끝에서는 레드베터 부인이 한쪽 눈을 감은 채 모든 일과 모든 사람을 지켜본다. 레드베터 부인은 아이의 자전거 핸들을 붙잡고 꼬치꼬치 캐묻는 것을 아무렇지도 않게 생각한다. 어디 가니? 뭐 하니? 목욕은 언제 했니? 다른 여자애들은 데브라 앤보다 두 살 밑이라 아직 너무 어려서, 또는 자기 엄마가 무서워서 규칙을 잘 지키는 것 같다.

디에이는 자기 보물 대부분을 발견했을 때와 똑같은 방법으로 그 남자를 발견한다. 바로 유심히 보는 것이다. 디에이는 자전거를 타고 셰퍼드 부인의 집 뒷골목에서 맥주 캔과 대못, 가장자리가 뾰족뾰족한 맥주병을 피해 왔다 갔다 한다. 커다란 돌에 부딪치면 디에이처럼 작은 여자애는 휙 날아가서 철제 대형 쓰레기통이나 콘크리트 블록 울타리에 머리부터 처박을 수 있기 때문에 피한다. 디에이는 동전이나 아직 터뜨리지 않은 폭죽, 메뚜기 허물을 찾아서 눈을 부릅뜨고 다니지만 뱀이 보이면 새끼 방울뱀일지도 모르므로 크게 커브를 튼다. 그리고 뿔도마뱀을 열 마리 잡아서 부드럽게 쥐고 눈과 눈 사이의 딱딱하게 솟은 부분을 부드럽게 문지른다. 도마뱀이 잠들면 자전거 바구니 안에 넣어 다니는 입구가 넓은 유리병에 조심스럽게 넣는다.

디에이는 셰퍼드 부인의 집 뒷골목에서 자전거 페달에 발을 올리고 균형을 맞추며 벌판 건너편을 본다. 눈앞에 펼쳐진 모든 것이 출입 금지 구역이다. 메마른 방수로, 철조망 울타리와 흙바닥 공터, 욕조에 라디오가 떨어지는 사고로 월리스 집 안의 남자애가 죽은 뒤 쭉 비어 있는 길모퉁이 집, 운하가 점점 좁아지다가 데브라 앤이 안으로 들어가서 똑바로 설 수 있을 만큼 넓은 두개의 철제 배수관으로 사라지는 방수로. 저 금지 구역 너머에 스트립 바가 있고, 매일 네시 삼십분에 문을 연다. 디에이는 지금까지 엉덩이를 몇 번 밖에 안맞아봤고 그렇게 세게 맞지도 않았지만, 삼월에 레드베터 부인이 전화를 걸어서 그 댁 딸이 자전거를 타고 스트립 바 앞을 왔다 갔다 하면서 누가 드나들 때마다 안을 기웃거렸다고 알려주자 얼굴이 하얗게 질린 아빠가 어찌나 세게 때렸는지 하루 내내 아팠다.

디에이는 방수로를 따라 자전거를 타고 가다가 급한 커브 길에 조금 못 미쳤을 때 자전거를 내팽개치고 철제 우유 상자로 기어 올라가 빈집의 콘크리트 블록 울타리 너머를 훔쳐본 다음 울타리에 잠시 걸터앉는다. 그런 다음 뒷마당으로 뛰어내리다가 땅에 세게 부딪친다. 처음에는 신음만 내지만 딱딱하게 굳은 바닥에 무릎이 부딪치자 비명을 지른다. 그러나 작은 석회각 더미에 부딪치기 직전에 몸을 굴려 피한다.

저기 부딪쳤으면 분명 셰퍼드 부인의 포치까지 들릴 정도로 울었을 테고, 셰퍼드 부인이 알콜 솜과 핀셋을 가지고 나왔을 것이다.

죽은 참느릅나무 묘목 세그루가 마당 한 가운데 서 있고 햇볕에 거의 하얗게 표백된 목재 더미가 집 뒤쪽에 기대어 놓여 있다. 회전초 몇 개가 한참 동안 노크를 하다가 결국 포기한 것처럼 미닫이 유리문에 붙어 있다. 유리문 맨 위쪽 구석에 붙은 작은 스티커가 경고한다. '개는 없지만 스미스 앤드 웨슨 권총이 이 집을 지키고 있음.' 여자애들이 마음대로 돌아다녔던 작년 칠월에 디에이와 케이시, 로랠리는 이 집 마당에 몰래 들어와서 학교 운동장 야외 관람석 밑에서 발견한 M-80 폭죽 한상자를 터뜨렸다.

라크스퍼 레인의 집들은 다 비슷비슷하기 때문에 이 집도 데브라 앤의 집과 마찬가지로 작은 침실 창 두개가 뒷마당을 향해 나 있다. 커튼도 블라인드도 없이 벌거벗은 창문이 옆동네에 사는 보넘 씨의 작고 검은 눈처럼 꼴사납고 애처롭게 잔디를 바라본다. 보넘 씨는 종일 포치에 앉아서 누가 자기 집 잔디에 자전거 바퀴 하나만 들여놓아도 협박을 한다. 햇살 때문에 집 안을 들여다볼 수는 없지만 감전으로 죽은 아이가 아직도 머리카락을 삐죽 세운 채 유리문 안에서 바라보는 모습을 쉽게 상상할 수 있다. 그 생각을 하면 온몸이 떨려. 지난번에 여기 왔을 때 로랠리가 말했다.

디에이는 배가 고프고 오줌이 마렵지만 뒷골목과 방수로 사이의 빈 들판을 더 가까이에서 보고 싶다. 다행히도 자전거 바구니에 항상 넣어 다니는 마분지 동서남북도 찬성한다. '망설이지 마!' 디에이가 확인 차 다시 물어보려고 네개의 칸에 양손 엄지와 검지를 넣어 셋을 세자 동서남북이 확실하게 말해준다. '그래!' 가끔 디에이는 동서남북이 진짜라는 것을 증명하려고 답을 이미 아는 질문을 던진다.

내가 채유탑보다 커? '아니.'

포드가 선거에서 이길까? '그럴 것 같지 않아.'

아빠가 배스킨로빈스에서 딸기 맛이 아닌 아이스크림을 주문할까? '아니.'

이쪽 골목 끝에서는 방수로 너머 모서리로 신사 클럽이 아주 약간 보인다. 하루 중 이 시간이면 클럽은 거의 비어 있고 픽업트럭과 크레인트럭 몇 대만 주차장에 드문드문 서 있다. 키가 아주 큰 남자와 아주 작은 남자가 평판트럭 옆에 서 있다. 큰 남자는 트럭 범퍼에 한 발을 올리고 있고, 두사람은 술병을 주거니 받거니 하면서 이야기를 나눈다. 술병이 비자 키 큰 남자가 클럽으로 다시 들어가고 작은 남자는 병을 철제 쓰레기통에 던진다. 그가 주변을 재빨리 둘러본 다음 울타리를 뛰어넘어 벌판을 가로지르더니 방수로의 콘크리트 경사면을 사선으로 달려 내려가 제일 큰 배수관 속으로 사라진다.

디에이는 낡은 가전제품 상자를 끌고 벌판 중간까지 가서, 셰퍼드 부인의 차고에서 발견한 칼로 자기 이마와 코 사이의 길이보다 약간 더 큰 창문을 파낸다. 그런 다음 상자 안으로 들어가서 기다린다. 몇 분 뒤 남자가 배수관에서 얼굴을 내민다. 그는 굴에서 나오기 전에 왕뱀이 없는지 확인하는 프레리독처럼 왼쪽, 오른쪽, 다시 왼쪽을 확인한 다음 엄마 뱃속에서 태어나는 아기처럼 머리부터 기어나온다. 남자가 똑바로 서서 기지개를 켜자 디에이는 손으로 입을 막고 웃음을 참는다. 저렇게 작은 남자는 본 적이 없다. 남자는 키가 작고 빼빼말라서 허수아비처럼 슬퍼 보이고 손목뼈는 새 뼈처럼 가늘다. 물이 뚝뚝 떨어질 만큼 푹 젖어도 사십오킬로그램도 안 나갈 것 같다. 턱에 난 수염 자국만 없으면 나이가 약간 많은 아이라고 해도 될 정도이다.

그는 방수로 끝에서 몸을 움츠리고 운하를 위아래로 살핀다음 몸을 숙이고 가파른 제방을 달려 올라간다. 꼭대기에 도착하자 울타리를 따라 빠른 걸음으로 철조망이 눕혀진 부분으로 간다. 데브라 앤도 아는 곳이다. 디에이는 항상 저 부분을 뛰어넘어 다닌다. 이동도서관이나 세븐일레븐으로 가는 지름길이다.

남자는 클럽 뒤편 쓰레기통 앞에 멈춰 서서 오줌을 눈다. 그가 바지 단추를 잠그고 신사 클럽 뒷문을 두드리자 문이 열리고, 데브라 앤은 어깨와 엉덩이를 꿈틀거리며 상자에서 서툴게 빠져나온다. 디에이가 티셔츠에 묻은 흙을 털어내고 다시 일어나 돌멩이를 던진다. 돌멩이는 벌판을 절반쯤 날아가서 탁 떨어지며 먼지를 일으킨다. 디에이는 저 남자한테 뭔가 문제가 있지 않고서야 왜 저 밑에서 사는지 알 수 없다.

아빠의 말에 따르면 지금 오데사에서 일자리를 찾지 못하는 사람은 반멍청이나 반미치광이, 아니면 반송장이다. 누구나 일자리가 있다. 어쩌면 저 남자는 세가지 — 멍청하고, 미쳤고, 아프고 — 전부일지도 모르지만, 무슨 사연이 있든 디에이에게 위험할 것은 없다. 영혼 깊은 곳에서부터 그런 느낌이 든다.

보도블록의 선을 밟지 않고 채소를 먹고 모르는 남자와 말을 하지 않으면 절대 나쁜 일이 생기지 않는다는 디에이의 믿음만큼이나 굳은 확신이 든다. 이번 봄에 지니가 떠나자 디에이의 확신이 흔들렸지만 이 남자를 유심히 지켜본 다음 그가 디에이를 해치지 않을 것임을 '알게' 되자 마음이 놓인다.

디에이가 흙바닥에 침을 뱉고 다른 돌멩이를 고른다. 이번 돌멩이는 땅이 방수로 쪽으로 구부러지는 지점 옆 작은 메스키트 덤불에 안착한다. 이번 여름이 끝나기 전에 꼭 방수로까지 던질 거야. 디에이가 소리 내 말한다.

++

디에이는 일주일 동안 매일 그 남자를 지켜보려고 학교가 끝난 다음 서둘러 집으로 돌아온다. 처음 사흘 동안은 '몇 시에 나가지? 항상 같은 시간인가? 항상 가슴을 보여주는 술집에 가나?' 같은 정보를 수집한다. 그런 다음 더 가까이에서 살펴볼 기회를 기다린다.

이제 다섯시가 거의 다 된 시각이고 햇살이 주먹처럼 정수리를 때린다. 입과 목이 바싹 말라서 아플 지경이다. 열기가 가슴을 짓누르고 숨을 막지만, 이미 한시간 전에 티셔츠가 흠뻑 젖도록 땀을 흘렸기 때문에 이제 몸을 식혀줄 땀도 나지 않는다. 디에이가 반바지 주머니에서 동서남북을 꺼내자 마른 종이가 바스락거린다. 저 남자의 야영지를 확인해야 할까? '응.' 저 남자의 야영지를 확인해야 할까? '망설이지 마!'

배수관이 무척 높기 때문에 디에이는 고개를 조금만 숙여도 들어갈 수 있다. 더러운 속옷과 양말이 비어져 나온 쓰레기 봉투가 보이고 그 옆에는 몇 벌 안 되는 깨끗한 바지와 셔츠가 깔끔하게 개어져 있다. 부츠 옆에는 철망으로 만든 우유 상자를 뒤집어서 작은 테이블처럼 만들어놓았고, 그 위에 도자기 그릇과 면도칼, 마닐라 봉투 두개가 놓여 있다. 봉투에는 각각 검정색 마커로 '벨든 일병 전역', '진료 기록'이라고 적혀 있다.

삼미터 정도 들어가자 무언가로 벽을 만들어서 파이프를 막아놓았는데, 홍수가 나면 시내 외곽의 들판으로 물을 빼는 배수관이다. 요즘은 쓸 일이 전혀 없다. 마지막으로 홍수가 났을 때 디에이는 아직 보조 바퀴 달린 자전거를 타고 다녔다. 가까이 가서 살펴보니 벽은 지난여름에 여자애들이 모래 먼지 폭풍에 너덜너덜해져서 버린 낡은 가전제품 상자로 만든 것이다. 옆면에 적힌 로랠리의 서툴고 기울어진 필기체 — '은신처'라는 글자와 커다란 웃는 얼굴, 화살로 꿰뚫린 하트 두개 — 가 아직도 또렷하다.

마분지 벽 앞에 배낭과 깔끔하게 돌돌 만 침낭이 놓여 있다. 데브라 앤이 탁자로 걸어가서 면도 그릇의 갈라진 부분을 손가락으로 가볍게 쓸어본다. 그런 다음 면도칼과 작고 검은 머리빗을 들고 이리저리 뒤집어보면서 전역 서류가 든 봉투를 다시 바라본다.

어쩌면 영웅일지도 몰라. 디에이가 결론을 내린다. 전쟁에서 부상을 입었을지도 몰라. 디에이는 엄마가 떠난 후 계속 주말에 할 일을 찾았다. 프로젝트를 찾고 있었는데, 이 남자가 괜찮을 것 같았다. 어쩌면 이 남자는 디에이가 더 착한 아이가 되도록 도와주려고 왔을지도 모른다. 엄마가 어디에 가는지 언제 오는지 아무에게도 말하지 않고 떠날 정도로 화나게 만든 나쁜 아이가 아니라. 칠월 사일 불꽃놀이를 하기 전에 지니가 돌아올까? '응.'

++

디에이는 갈색 종이봉투로 싼 첫번째 선물을 배수관 입구에 놓고 상자로 허둥지둥 돌아가서 어떻게 되는지 보려고 기

다린다. 남자는 봉투에 독거미가 잔뜩 들어 있거나 적어도 쇠
똥 몇 덩이가 들어 있다고 생각하는 것처럼 조심스럽게 연다.
봉투 안에서 크림 옥수수 한캔, 껌 한통, 끝이 뭉툭한 갈색 크
레용을 꺼낸 그가 미소를 지으며 주변을 둘러본다.

반으로 접히고 사탕이 묻어서 가장자리가 끈적거리는 쪽
지도 들어 있다. 그가 입술을 움직이며 쪽지를 읽는 모습이 보
인다.

'걱정 마세요, 우리가 당신을 보살펴줄게요. 필요한 것을
적어서 울타리 옆 커다란 바위 밑에 두세요. 아무한테도 말하
지 마세요. – D. A. 피어스.'

디에이는 남자가 주머니칼로 갈색 크레용을 뾰족하게 깎
는 모습을 지켜보고, 나중에 그가 술집 뒷문을 두드리고 들어
가자 콘크리트 제방을 달려 내려가 쪽지를 가져온다.

'담뇨 냄비 캔 따개 성냥, 감사드립니다. – 미 육군 일병 제
시 벨든.'

부활절 다음 월요일에 디에이가 그에게 필요한 물건을 피
글리 위글리 슈퍼마켓 종이 가방에 넣어서 가져간다. 완숙 달
걀 두개, 포일로 싼 옥수수빵 한조각, 햄 한조각, 반쯤 녹아서
라벨에 적힌 셰퍼드 부인 이름이 거의 지워진 캐서롤도 같이
넣었다. '코'자만 남아 있기 때문에 이것만 가지고는 누군지 찾
아낼 수 없을 것이다. 디에이는 또 잘 익은 토마토 두개, 아빠
가 부엌 식탁에 놓아둔 부활절 바구니의 초콜릿 토끼도 한줌

가져다준다.

디에이는 벌판 자기 자리에서 남자가 쪽지를 읽는 모습을 무척 기뻐하며 지켜본다. 그녀의 입술이 그의 입술과 같이 움직인다.

'즐거운 부활절 보내세요, 미 육군 일병 제시 벨든. 당신은 대단한 미국인이에요. 오크라랑 강낭콩 좋아해요? – D. A. 피어스.'

그를 처음 보고 삼주가 지난 오월 초, 디에이는 제시가 배수관으로 들어갈 때까지 기다렸다가 식량이 든 가방과 닥터 페퍼 두캔을 가지고 배수로로 내려간다. 그런 다음 손전등으로 배수관을 비춘다. 거기 있어요? 디에이의 목소리가 어둠 속을 떠돈다. 여기 있다고 아무한테도 말 안 할게요. 도움이 필요해요?

나중에 두사람이 서로를 조금 더 알게 되면 제시 벨든은 콘크리트 바닥이 더 시원하기 때문에 거기 누워 쉬면서 남은 돈을 세어보고 두달치 월세와 식료품비를 요구하는 사촌 부머에게서 트럭을 되찾을 방법을 생각하고 있었다고 설명할 것이다.

제시는 다치지 않은 귀를 땅에 대고 — 그렇게 하면 세상이 훨씬 더 조용하다 — 누워 있었다고, 그래서 디에이가 사실상 코앞까지 왔을 때에야 둘이 서로의 존재를 알아차렸다고 말할 것이다.

음, 진짜 우리 둘 다 정말 깜짝 놀라지 않았어? 제시가 말한다.

오줌 쌀 뻔했어요. 디에이가 그를 유심히 보면서 나쁜 말을 했다고 혼내기를 기다리지만 제시는 혼을 내지 않는다. 제시는 어른이지만 어른처럼 굴지 않는다. 디에이는 제시가 약간 모자란지도 모른다고, 어른이 아이에게 말하는 방식을 모르는 건 분명하다고 생각한다. 제시는 디에이에게 눈이 매일 밤 그가 잠을 자는 흙바닥처럼 건조하다고, 어느 날 아침 늙은 수고양이가 땅에서 파내 배수관 앞에 놓아두었던 빈사의 뱀처럼 건조하다고 말하지만 데브라 앤이 그의 얼굴에 손전등 빛을 비추자 눈물이 차오른다.

디에이가 묻는다. 뭐가 필요해요? 그러자 며칠 동안 그렇습니다, 아닙니다, 외에는 거의 아무 말도 못 한 제시가, 주차장에서 사촌에게 트럭을 세우라고 빌다시피 하다가 등을 맞아서 아직도 갈비뼈가 아픈 제시가, 이렇게 말한다.

집에 가고 싶어.

디에이는 몇 주 동안 지켜보았다고 말하지 않는다. 디에이는 그렇군요, 라고 말한 다음 항상 그의 오른쪽에 앉겠다고 약속한다. 그러면 제시가 디에이에게 이야기해준, 엄마와 누나 네이딘과 함께 살았던 동부 테네시 고향의 차가운 시냇물처럼 디에이의 말이 또렷하게 들릴 것이다.

++

제시는 스물두살, 디에이는 열살이다. 두사람은 오코티요[7] 가지처럼 빼빼 말랐다. 둘 다 오른쪽 발목에 작은 흉터가 있다. 제시는 동남아시아에서 심한 염증이 생겨서, 디에이는 폭죽이 터지기 전에 미처 멀리 도망치지 못해서 얻었다. 제시와 디에이는 볼로냐 샌드위치를 먹고 두사람이 콘크리트에 뱉은 해바라기씨 껍질을 쫓는 고양이를 본다. 그들은 고양이가 길을 잃을 경우 누군가 데브라 앤의 집으로 전화를 걸어서 알려줄 수 있도록 목걸이를 걸어줄까, 이야기한다.

디에이가 초콜릿을 가져왔지만 주머니에서 녹아버려서 두사람은 포장지에 묻은 따뜻한 액체를 핥아먹는다. 디에이가 왜 스트립 바에서 일하냐고 묻자 제시는 뒷목을 벌겋게 물들이며 자기 발을 내려다본다. 트럭이 없으면 운전의 일자리를 구할 수가 없다. 지금은 바닥을 닦고 쓰레기를 내놓는 일밖에 안 시켜주지만 전에는 사촌이랑 같이 염수 탱크를 청소했어.

제시는 테네시에 일자리가 없고 부머가 돈을 많이 번다고 장담했기 때문에 텍사스로 왔다는 말은 디에이에게 하지 않는다. 또 빅스프링스의 재향군인병원에 이주 동안 입원해서 좋은 침대에서 자면서 꽤 괜찮은 음식을 먹고 진료도 받았다고, 결국 의사가 제시를 트럭까지 직접 데려다주고 봉투를 건

7   멕시코 북부와 미국 서남부의 사막에서 자생하는 사막 식물.

네면서 자네는 겨우 스물두살이고 무사히 집으로 돌아온 것만도 행운이야, 라고 말했다는 이야기도 하지 않는다. 자네의 문제는 전부 열심히 일하면 괜찮아지는 것일세. 제시는 티셔츠 위로 의사의 손에 끼워진 웨스트포인트 졸업 반지의 무게와 모양이 느껴졌다고 디에이에게 말하지 않는다.

오데사는 얼마나 멀죠? 제시가 묻자 의사는 서쪽을 가리키며 말했다. 구십오킬로미터쯤 가면 돼. 밤에는 트럭 문을 꼭 잠그게. 제시는 그가 자기 아버지라면 좋겠다고 생각했다.

디에이는 어제 고양이를 찾으러 갔다가 셰퍼드 부인의 링컨 자동차가 진입로에 세워져 있는 것을 보았다고, 셰퍼드 부인은 요즘 죽은 남편의 트럭만 몰기 때문에 이상했다고 말한다. 디에이가 현관문을 두드려도 대답이 없었기 때문에 낮잠을 주무시나보다 생각했지만, 냉동고에 뭐가 있나 보려고 차고 문을 열자 셰퍼드 부인이 포터 씨의 트럭에 타서 시동을 켠채 가만히 앉아 있었다. 왜 여기 계세요? 디에이가 묻자 코린은 잠시 가만히 있다가 한숨을 쉬고 하느님 맙소사, 라고 말하더니 시동을 껐다.

'너는' 왜 여기 있니?

잘 드는 칼을 찾고 있어요.

코린이 원예 도구와 먼지로 뒤덮인 작업대를 가리켰다. 다 쓰고 가져와. 손에 들고 뛰어다니지는 말고.

고양이 보셨어요?

아니, 그 빌어먹을 고양이 못 봤다. 이제 내 차고에서 좀 나가줄래?

제시와 데브라 앤은 디에이가 레드베터 부인의 잔디밭에서 뽑아다가 비닐봉지에 담아온 세인트어거스틴 풀잎을 씹는다. 그리고 바텐더가 제시에게 준 일갤런짜리 오렌지주스를 마신다. 그런 다음 디에이가 셰퍼드 부인의 부엌 서랍에서 슬쩍 가져온 카드로 포커를 친다. 제시가 클린치 강 근처에서 발견한 마노 구슬을 가득 넣은 작은 가죽 가방을 보여준다. 클린치 강은 제시의 가족이 사는 골짜기에서 정말 가깝다, 돌을 던지면 강물에 닿을 수 있을 만큼 가깝다. 제일 마음에 드는 거 두개 골라. 제시가 말한다. 행운을 가져다줄 거야.

제시가 전쟁에 나가기 전에는 청력이 정말 좋았다고, 삼촌이 사람들에게 구십미터 밖에서 암사슴이 엉덩이에 앉은 등에를 찰싹 쫓는 소리까지 들을 수 있다고 자랑할 정도였다고 말한다. 제시는 개의 귀에서 진드기가 떨어지는 소리도, 저 깊은 물속에서 메기가 방귀 뀌는 소리도 들을 수 있었다.

그러나 제시는 해외 파병 삼년 만에 돌아왔을 때 숲 속으로 조금 걸어 들어가서 가만히 서 있었다는 이야기는 하지 않는다. 마침내 소리가 들렸을 때 — 바람에 떨어진 나뭇가지가 땅바닥을 때리는 소리, 흰꼬리사슴이 숲속을 달려가는 소리, 골짜기 반대편에서 소총이 발사되는 소리 — 제시는 자신이 정말로 소리를 듣고 있는 건지 기억하고 있는 건지 구분할 수 없었다. 매미 울음소리, 시냇가에서 트림하는 개구리들, 알을 훔치려는 아메리카어치를 쫓아내는 까마귀 두마리, 모기와 말벌이 웅웅거리는 소리, 제시가 무지개송어를 낚아 올릴 때 강물이 철벅이는 소리. 제시가 전쟁에서 돌아왔을 때 이 모든 소리가 정말로 들렸을지도 모르고, 들리기를 바랐을 뿐인지도 모른다.

디에이는 늪살모사가 하수관을 타고 올라와서 변기 가장자리에 똬리를 틀 때도 있다는 이야기를 들었기 때문에 변기에 앉기 전에 항상 확인한다고 제시에게 말한다. 스탠튼의 어떤 여자애가 한밤중에 오줌을 누러 가서 변기에 앉았더니 일 미터쯤 되는 늪살모사가 궁뎅이를 물었다.

궁뎅이라고? 제시가 깔깔 웃기 시작한다. 응. 디에이가 웃는다. 사슴 진드기처럼 부어올랐대요. 디에이가 숨을 깊이 들이마시고 뺨을 둥글게 부풀리더니 손을 뻗어 고양이를 뒤집어 눕히고 털을 만져본다. 볼록한 것이 만져져서 떼어내보니 피를 잔뜩 빨아 먹어서 디에이의 엄지손톱 만큼 통통해진 회색 진드기다. 이것처럼 말이에요. 디에이가 이렇게 말하고 손톱으로 누르자 진드기가 탁 터지면서 손가락에 온통 피가 묻는다.

디에이는 동서남북한테 물어봤더니 엄마가 칠월 사일 불꽃놀이에 맞춰서 집으로 돌아온다 했다고 제시에게 말한다. 다음에 동서남북을 가지고 오면 제시도 이것저것 물어볼 수 있다. 부머한테서 트럭을 돌려받을 수 있을까? 날이 너무 추워져서 물고기가 미끼를 안 물기 전에 집으로 돌아가서 클린치 강에서 낚시를 할 수 있을까? 디에이가 제시에게 말한다. 이동도서관에 너무 자주 갔더니 거기서 일하는 오스틴 출신의 나이 많은 미혼 자매가 직원 명단에 올려버리겠다고 했다. 두 여자는 책을 디에이가 원하는 만큼 다 빌려준다. 가끔 아침에 두자매가 뷰익을 타고 와서 차를 세우기도 전에 디에이가 삐걱거리는 철제 계단에 혼자 앉아서 기다릴 때도 있다. 데브라 앤은 때때로 자매 중 한사람이 트레일러 열쇠를 던져주고 문을 열게해준다고, 그러면 물에 젖은 개 냄새를 풍기는 카펫 위 증발식 쿨러 앞에 누워서 온종일 책을 읽는다고 제시에게 말한다.

디에이는 제시가 책을 제대로 못 읽는 것이 분명하다고 생각하기 때문에 모든 책에 좋은 부분이 적어도 한가지는 있다고 말해준다. 사랑 이야기나 나쁜 소식, 사악한 흑막, 진흙처럼 끈적한 플롯, 현실에서 진짜 알고 싶은 장소들과 사람들, 소리내어 읽으면 울고 싶어질 만큼 사랑스럽고 음악적인 단어들.

디에이가 자리에서 일어나 진드기 피를 반바지에 닦고 기지개를 켠 다음 자신이 읽어본 가장 아름다운 구절을 암송한다.

'귀뚜라미는 여름날이 영원할 수 없음을 모두에게 경고해야 한다는 의무감을 느꼈다. 일년 중 가장 아름다운 날들 — 여름이 가을로 변하는 나날 — 에도 귀뚜라미는 슬픔과 변화에 대한 소문을 퍼뜨렸다.'

자, 여길 봐요. 디에이가 제시에게 말한다. 가을이 있는 곳이라니 상상도 안 되지만 슬픔과 변화는 누구 못지않게 알 것 같아요. 제시가 말했다. 나도 그래.

++

오월 말에 학기가 끝나자 디에이는 매일, 제시가 출근하는 네시 반보다 적어도 한시간은 일찍 찾아간다. 고양이가 제시의 군용 배낭 위에서 낮잠을 자는 동안 두사람은 디에이가 세븐일레븐 뒤 쓰레기통 옆에서 찾은 우유 상자 두개에 나란히 앉는다. 제시는 이 상자들을 현관 포치라고 부르고 디에이는 꽤 괜찮은 포치라고 말하지만, 언젠가 레드베터 부인이 볼일을 보러 나가고 없을 때 제시를 점심에 초대할 계획이다. 디에이는 제시에게 진짜 포치를 보여주고 진짜 부엌 식탁 앞 진짜 의자에 앉게 해주고 싶다, 무엇이 가능한지 보여주고 싶다.

디에이가 포크를 두개 가져왔고 두사람은 디에이가 셰퍼드 부인 집에서 훔쳐온 캐서롤을 오분도 안 돼서 다 먹는다. 언 부분도 맛있네. 제시가 말한다. 누군가가 사랑을 담아서 만든 음식 맛이야. 캐서롤을 다 먹고 나자 디에이가 두사람 사이의 골판지 상자에 종이를 한장 놓는다. 그런 다음 연필을 건네다가 연필 끝 금속 띠에 잇자국이 가득한 것을 알아차리고 잠시 당황한다. 필요한 걸 다 적어요. 디에이가 말한다. 가능하면 가지고 올게요.

네가 쓸래? 그가 종이와 연필을 디에이에게 다시 건넨다. 난 피곤해서.

낡은 침대 시트가 있으면 좋을 것 같다. 지난달에 디에이가 가져다준 담요를 덮기에는 날씨가 너무 덥다. 디에이 앞에서 피우지는 않지만 지난번에 가져온 담배도 아주 좋았다. 담배가 더 있으면 좋을 것 같고, 구할 수 있으면 그때 먹은 옥수수빵도 좋고, 핀토빈이랑 차우차우도 좋다.

그런 식사를 한 다음 버터밀크 한컵으로 입가심을 하면 아주 만족스러워. 제시가 말한다.

지금까지 먹어본 것 중에 뭐가 제일 맛있었어요? 디에이가 묻는다.

아마 포트로스트[8]랑 감자일 거야. 아니면 내가 해외에서 돌아온 날 밤 기지에서 줬던 스테이크.

제일 좋아하는 과자는요?

엄마가 만든 초콜릿칩 쿠키.

나돈데. 디에이가 이렇게 말하고, 잠시 침묵이 흐른다. 디에이가 제시의 얼굴을 외우려는 것처럼 빤히 본다. 칫솔 갖다줄게요. 디에이가 이렇게 말하자 제시가 웃는다. 지금까지 제시가 양치질을 하는지 안 하는지 조금이라도 신경 쓰는 사람은 담당 중사밖에 없었는데, 그는 제시를 항상 괴롭혔다. 중사

---

8   살짝 구운 소고기를 야채 등과 함께 푹 찐 요리.

는 이제 미국으로 돌아와 캘러머주라는 곳에 산다. 거짓말로 지어낸 곳 같아요. 디에이가 이렇게 말하자 제시가 자기도 그렇게 생각했지만 지도를 찾아보니 진짜 있었다고, 캐나다 바로 아래였다고 말한다.

공장에서 퇴근 시간을 알리는 호각 소리가 들리자 제시는 곧 일하러 가야 한다고, 구할 수 있으면 고양이한테 채울 진드기 방지 목걸이랑 참치 캔을 몇 개 더 가져오면 좋겠다고 말한다. 물 한병이랑 벌레 물림 방지 스프레이도 있으면 좋겠다. 디에이가 제시 대신 필요한 물건을 모두 적는다.

제시가 쓰레기를 넣어두는 파이프에서 전갈이 나오는 것을 디에이가 발견한다. 제시가 걸어가서 장화발로 밟아 죽인다. 디에이는 자신의 얇은 플라스틱 샌들을, 케이시가 발라준 연분홍색 매니큐어를 내려다보면서 전갈이 샌들 가장자리를 허둥지둥 기어오르는 것을, 뜨겁고 괴로운 독침을 쏘려고 꼬리를 세우는 모습을 상상한다.

누가 나를 무언가로부터 구해준다는 것은 그럴 필요가 없을 때에도 정말 멋지구나, 디에이가 생각한다.

++

디에이는 핸들에 손을 한번도 안 대고 라크스퍼 레인 끝에서 끝까지 자전거를 탈 수 있다, 굽은길도 문제없다. 또 옆으로 재주넘기를 일분에 스물여섯번 할 수 있고 기절하기 직전까지 정글짐에 거꾸로 매달릴 수 있다. 물구나무는 머리를 안 대면 삼십초, 머리를 대면 일분 동안 설 수 있고, 한 발로 서기는 십분 동안 할 수 있다. 디에이는 방수로의 뜨거운 콘크리트 바닥에서 이 모든 묘기를 보여준다. 또 세븐일레븐에서 캔디바를 주머니에 슬쩍 넣을 수 있고, 셰퍼드 부인 집에서 캐서롤을 배낭에 넣어 가지고 나올 수도 있고, 헐렁한 티셔츠를 입으면 반바지 허리 고무밴드에 칠리 깡통을 하나 숨긴 채 레드베터 부인의 설교를 들을 수도 있다.

다른 해, 평범한 해였다면 디에이는 도둑질을 하면서 죄책감을 느꼈을 것이다.

그러나 지니가 떠난 이후 데브라 앤은 정직하게 산다는 것이 무슨 뜻인지 생각해보았다. 디에이는 항상 부엌을 깨끗하게 치우고 일요일에는 아빠가 쉴 수 있게 한다. 셰퍼드 부인이 잘 지내는지 확인하고 피터랑 릴리와 함께 논다 — 상상 속 친구인 것은 알지만 상관없다. 피터와 릴리는 뾰족한 귀와 햇살을 받아 빛나는 날개를 가지고 있고, 디에이가 일진이 나쁠 때, 눈썹을 계속 뽑으면서 엄마가 어디 있을까, 애초에 엄마가 왜 떠났을까, 라는 생각을 멈출 수 없을 때면 런던에서 날아온다. 디에이는 좀도둑질에 대해서 많이 생각하고 지난여름 일주일 동안 다녔던 성경학교에서 배운 것들도 곰곰이 생각한 결과, 어떤 사람이 음식도 친구도 없이 지내도록 놔두는 것보다 도둑질이 낫다는 사실을 깨달았다.

매일 오후 제시가 일하러 가고 나면 디에이는 자전거를 타고 혹시 케이시나 로랠리가 집에 있나 찾아가본다. 그런 다음 자전거를 타고 집으로 돌아와서 차고 바닥에 다리를 꼬고 앉아 지니의 낡은 삼나무 서랍장을 살살이 뒤진다. 디에이는 부엌 쓰레기통에서 발견한 조니 미첼 앨범을 들어보지만, 이 앨범을 들으면 지니와 자동차를 타고 서부 텍사스를 돌아다니면서 시간도 때우고 이것저것 구경하던 기억이 떠오른다.

디에이는 『라이프』에서 워싱턴 이백주년 기념식에 대한 기사를 읽는다. 또 버터 바른 빵에 설탕을 뿌려서 먹고 조리대에 흘린 설탕을 조심스럽게 닦는다. 그런 다음에는 닥터페퍼 한캔과 칩 한봉지를 들고 셰퍼드 부인네 집으로 걸어가서 셰퍼드 씨의 트럭이 있나 없나 확인한 다음 산사나무 덤불로 기어 들어간다. 햇살이 얼룩덜룩 비치는 그늘에 누워서 흙먼지와 눈물 때문에 뺨과 턱이 끈적해질 때까지 지니를 생각한다. 여기는 시원하고 아무도 없고 아무한테도 보이지 않기 때문에 울기 좋다.

사람들은 나이 들고 죽는다. 셰퍼드 씨는 얘기하지 않으려 했지만 사냥 사고를 당했을 때 이미 몸이 아팠다. 머리카락이 빠지고, 지팡이를 짚기 시작하고, 자꾸 깜빡깜빡 했으며, 죽기 직전에는 데브라 앤의 이름을 까먹을 때도 있었다. 다들 그 사실을 알았다.

남자들은 전쟁이나 배관 폭발, 가스 누출 때문에 항상 죽

는다. 냉각탑에서 떨어져서, 기차보다 빨리 달리려다가, 술에
취해서, 총을 소제하다가. 여자들은 암에 걸리거나 나쁜 남자
랑 결혼하거나 모르는 남자의 차에 탔다가 죽임을 당한다. 케
이시 너널리의 아빠는 케이시가 아기 때 베트남에서 죽었다.
데브라 앤은 케이시네 복도에 걸린 사진들을 본 적이 있었다.
케이시의 아빠가 기초 훈련을 받으러 떠나기 몇 달 전에 찍은
고등학교 졸업사진, 휴가 때 찍은 결혼사진. 여자애들이 가장
좋아하는 것은 댈러스 포트워스 공항에서 찍은 스냅사진이었
다. 케이시의 아빠는 왼쪽 팔 맨 위에 기장을 꿰맨 군정복 차
림으로 카메라를 향해 아기를 들고서 이를 드러내며 싱긋 웃
고 있다.

난 아빠를 본 적이 없어. 케이시가 말한다. 케이시에게 데
이비드 너널리는 너널리 부인이 곱게 개어서 삼나무 서랍장
에 넣어둔 깃발이다. 그는 작은 나무 상자 속 자줏빛 안감 위
에 놓인 훈장 세개, 케이시의 집 목조 테두리 부분의 벗겨지는
페인트다. 그는 볼링장과 식료품점, 백화점에서 일하는 너널
리 부인의 직업이고 조금씩 더 엄격한 곳으로 교회를 열두번
씩 옮기며 도와달라고 비는 그녀의 기도이다. 그는 예수재림
파 여자들이 한여름에도 입고 다니는 긴 치마를 입은 케이시
이고, 일요일이 아니라 토요일에 가는 교회이다. 그는 데브라
앤에게 그 일만 아니었다면 모든 것이 달라졌을 거라고 말하
는 케이시이다.

사람이 죽으면 증거와 절차가 있다. 장의사는 로랠리의 할머니에게 제일 좋아하는 가발을 씌우고 블라우스를 입혔다. 그는 두꺼운 파우더로 그녀의 암을 숨기고 창백하게 주름진 손을 가슴 바로 밑에 가지런히 모아서 포개어 놓았다. 로랠리는 할머니의 뺨이 서늘하고 고무 같았다고 말했고, 데브라 앤이 케이시의 손을 끌어서 관에 넣으려고 하자 레드베터 부인이 두아이의 부드럽고 통통한 팔을 꽉 잡더니 몸을 숙여 데브라 앤의 귀에 대고 말했다. 넌 대체 왜 이러는 거니?

그러나 지니 피어스는 죽지 않았다. 그녀는 떠났다. 쪽지 하나와 옷 대부분을 남긴 채 데브라 앤과 아빠를, 이 마을을 떠났다. 그래서 셰퍼드 부인은 디에이의 팔을 톡톡 두드리며 앞머리를 잘라주겠다고 하고, 너낼리 부인은 입을 꽉 다물고 고개를 젓는다. 일요일 아침이면 아빠가 두사람의 아침 식사를 준비한다. 일요일 오후에는 둘이서 스테이크를 굽고 배스킨로빈스에 간다. 집으로 돌아오면 아빠는 거실에 앉아서 앨범을 틀거나 같은 블록의 레드베터 씨 집에 가서 뒤뜰에 앉아 맥주를 마신다.

데브라 앤은 지니가 돌아왔다가 집이 너무 엉망인 것을 보고 바로 돌아서서 나가지 않도록 정리정돈을 한 다음 제시가 트럭을 되찾도록 어떻게 도와줄까 고민한다. 디에이는 잠을 제대로 못 자는 아빠도 걱정이고, 가끔 집에 없는 척하면서 그녀가 포치에 엎드려서 문 밑으로 테니스화 다 보여요! 라고 소리쳐도 못 들은 척하는 셰퍼드 부인도 걱정이다.

디에이는 엄마 전화를 기다리면서 벨이 울릴 때마다 뛰어가지만 아빠의 목소리가 흘러나오면 한숨을 쉰다. 디에이는 엄마한테 정말로 전화가 왔을 때 뭐라고 말할지 연습한다. 디에이는 지니가 스트라이킷리치 슈퍼마켓 고객 서비스 센터에서 아이스크림 사갈까 물어보려고 전화한 것처럼 아무렇지도 않은 목소리로 말할 것이다.

지니가 전화를 하면 데브라 앤은 상냥하지만 너무 열렬하지 않게 말할 것이고, 이월 십오일에 농구장에서 일찍 돌아왔다가 베개에 핀으로 꽂힌 지니의 쪽지를 발견한 이후로 계속 생각했던 질문을 던질 것이다.

엄마, 집에 언제 와요?

지니

이월 십오일 일요일 아침. 그녀 혼자가 아님을 알면 차가운 위안이 될 것이다. 앞서 수많은 여자들이 떠났다. 여행용 가방 두개와 가족사진이 가득 든 신발 상자를 트렁크에 숨기고 샘휴스턴초등학교 앞 소방도로에 차를 세우는 지니 피어스는 다른 여자들, 도망친 여자들에 대한 수많은 이야기를 안다.

그러나 지니는 도망치는 성격이 아니다. 일년 안에, 아무리 길어도 이년 안에는 돌아올 것이다. 직장을 구하고, 아파트를 얻고, 돈을 약간 모으자마자 딸을 데리러 돌아올 것이다.

엄마, 왜 울어요? 데브라 앤이 묻자 지니는 그냥 알레르기야, 라고 말한다. 디에이는 무슨 일을 하든 늘 그렇듯이 그러면 문제가 해결된다는 듯이, 맹렬하게 고개를 젓는다. 아직 이월이다, 알레르기가 생기기엔 너무 이르다. 지니는 돌이라도 삼키듯 힘들게 침을 꿀꺽 삼킨다. 잠깐만 이리 와볼래? 얼굴 좀 보게?

지니의 딸은 조금 있으면 열살이 된다. 딸은 이날을, 도망치는 자동차를, 지니가 고등학교 때부터 타고 다니던, 덜컹거리고 예측 불가능한 폰티액 앞좌석에 같이 앉은 두사람을 기억할 것이다. 디에이는 엄마가 갑자기 손을 뻗어서 자기를 끌어당기더니 꼭 끌어안은 채 앉아 있었던 것을 기억하리라. 지니는 딸의 눈을 가린 가느다란 갈색 머리카락을 옆으로 넘겨준 것을, 오트밀과 아이보리 비누 냄새를, 아이가 아침 내내 먹던 밸런타인데이 초콜릿이 묻은 턱을, 집을 나서기 전 지니가 얼굴에 발라준 자외선 차단 로션 때문에 반짝이는 뺨을 기억할 것이다. 지니가 턱에 묻은 로션을 펴발라주려고 뻗은 손이 덜덜 떨리고 이런 생각이 든다. 데려가자. 어떻게든 하자. 그러나 데브라 앤은 괜찮아요! 라며 저만큼 달려간다. 디에이에게는 아직 언제나와 똑같은 일요일 아침이고 엄마가 평범한 일로 잔소리를 하는 것뿐이다. 디에이에게는 지니의 눈물마저도 으레 있는 일이 되어버렸다.

지니는 쾅 닫히는 차 문에 손가락이 낄 뻔한다. 한쪽 어깨에 걸친 배낭, 콘크리트 바닥에 부딪쳤다가 흙바닥으로 굴러가는 디에이의 농구공, 아무렇지도 않게 치켜든 손, 자동차에서 멀어지는 그녀의 딸. 엄마, 안녕. 데브라 앤, 안녕.

++

지니의 할머니는 살아서 도망친 여자들 이야기를 즐겨 하지 않았다. 하지만 도망치려다가 죽은 여자들의 이야기는 어뗐을까? 그런 이야기들은 지니의 기억에 불도장을 찍은 것처럼 선명하게 남아 지워지지 않는다.

천구백삼십오년 봄, 어느 목장주의 아내는 일꾼 열두명에게 점심을 차려준 다음 현관 포치에서 목을 맸다. 할머니는 그 여자가 설거지도 하지 않았다고, 그릇을 싱크대에 넣은 다음 앞치마를 풀고 위층으로 올라가서 제일 좋아했던 셔츠 원피스로 갈아입었다고 말했다. 설거짓감이 가득한 싱크대가 그 이야기에서 제일 중요하다는 듯이 말이다. 그날 오후, 소 치는 사람이 물을 받으러 왔다가 그녀를 발견했다. 현관 포치에 부엌 의자가 쓰러져 있고, 바람이 그녀를 천천히 빙글빙글 돌렸으며, 치마 밑으로 맨발이 하나 비죽 나와 있었다. 할머니는 사라진 신발을 찾는 데 이틀이 걸렸다고 말했고, 지니는 마당 멀리 걷어차 모래에 뒤덮인 갈색 가죽 슬리퍼를 상상했다.

또 다른 여자는 층층나무든 목련이든 작은 세인트어거스트 잔디든 좋으니 초록색의 무언가를 봐야겠다고 쪽지를 남겼다. 그녀는 남편이 가진 말 중에서 제일 좋은 암말에 안장을 얹어 떠났고, 여자와 말은 사막을 쏜살같이 달리다가 중부에 다다라 철조망 울타리를 만났다. 할머니는 어디로 가는 건지 모르겠으면 돌아 나오면 된다고 말했다.

주어진 것에 순응하며 살던 여자들도 할머니의 이야기에서 도망칠 수는 없었다. 그들은 교회에서 집으로 돌아오는 길에 진눈깨비 폭풍을 만나 길을 잃었다. 눈보라가 한창일 때 식량과 장작이 떨어졌다. 그 여자들은 토네이도가 낚아채서 내팽개친 아기를, 모래 폭풍이 불 때 마당으로 나갔다가 자기 집 앞마당에서 흙먼지에 질식해 죽은 아이를 묻었다. 가끔 지니는 할머니가 행복하게 끝나는 이야기는 할줄 모르나보다고 생각했다.

++

지니의 자동차 앞유리창 너머로 I-20 도로가 시체처럼 곧게 뻗어 있다. 하늘은 온화하고 태연하다. 여기에는 그녀가 꿈꿔왔던 탁 트인 도로 외에 아무것도 없지만 지금 지니의 눈에는 도로가 잘 보이지 않는다. 대학 방송국 라디오 프로그램을 틀자 가슴 아플 정도로 아름답고 교회 종소리나 그레고리오 성가처럼 또렷하고 확실한 조니 미첼의 목소리가 자동차를 가득 채워서 견딜 수가 없다. 라디오를 끄지만 너무 늦었다. 이제 끊이지 않는 도로의 소음과 자동차 보닛 밑에서 작게 흘러나오는 걱정스러운 끼익끼익 소리밖에 들리지 않는다. 가속페달을 밟을 때 소음이 더 커지자 지니는 숨을 죽이며 행운을 빈다.

메리 로즈 화이트헤드의 집으로 이어지는 출구를 보며 지니는 방향지시등을 켜고 가속 페달에서 발을 떼서 저쪽으로 빠질까 생각한다. 그녀는 비포장도로를 달려 고등학교 때 학교 앞에 잠깐 같이 서 있었던 여자의 현관문을 두드리는 자신을 상상한다. 그때 메리 로즈는 엄마가, 지니는 할머니가 와서 집으로 영영 데려가기를 기다리고 있었다.

마지막 종이 아직 치지 않았고 주차장에는 두사람밖에 없었다. 두사람의 가방에는 체육복과 사물함의 짐이 가득 차 있었고, 둘 다 양호실에서 울어서 코가 빨개지고 따끔거렸다. 메리 로즈는 작은 금속 자물쇠를 손에 쥐고 계속 굴렸다. 그녀는 열일곱살이었고 삼십분 전에 본 바로는 임신한 티가 났다. 난 내 인생이 영영 시작되지 않을 줄 알았는데, 이젠 아니야. 메리 로즈가 말했다. 무슨 말인지 아니? 아직 열다섯살 생일도 지나지 않은 지니가 고개를 흔들고 땅을 물끄러미 보았다. 그녀는 할머니가 이 일에 대해서, 손녀인 지니가 십년 전 자동차 사고로 잃은 딸과 똑같은 실수를 저지른 것에 대해서 뭐라고 하실까 상상하려 애썼다.

메리 로즈가 몸을 숙여 발목을 긁었다. 그녀가 다시 몸을 일으키고 뒷걸음질을 치더니 픽업트럭 옆면에 자물쇠를 던졌다. 두 소녀는 자물쇠가 자동차 문에 흔적 하나 남기지 않고 튕겨져 나오는 것을 보았다. 메리 로즈가 말했다. 음, 우리 둘 다 이제 시작인 것 같네.

맞아, 그랬지. 지니가 이렇게 생각하며 가속 페달을 끝까지 밟는다.

++

그래도, 고함과 눈물과 협박이 전부 지나가고서, 아기는 완벽했다. 지니와 짐 피어스는 믿을 수가 없었다. 그들이 무엇을 했는지 보라. 사람을 만들었다. 딸을! 그래서 두사람은 이삿짐 상자에서 킹제임스 성경을 꺼내 멋지고 강한 이름을 찾았다. 드보라야, 깰지어다, 깰지어다, 너는 노래할지어다![9] 그러나 카운티 직원이 '데버라'를 '데브라'로 잘못 적었는데, 서류를 다시 제출할 때 드는 삼달러가 없어서 데브라가 되었다. 이제 짐은 유전에서 일했고 지니는 소꿉놀이를 하듯 살림을 했다.

딸이 낮잠을 자는 동안 지니는 조용히 앉아서 들어본 적도 없는 곳들의 사진이 잔뜩 실린 잡지를 즐겨 보았다. 이동도서관에서 벽화와 그림과 조각 사진이 실린 예술 서적을 우연히 발견해서 빌려왔다. 지니는 페이지를 천천히 넘기며 애초에 누군가가 이런 것들을 만들 생각을 했다는 사실에 놀랐고, 지니 같은 사람이 자기 작품을 보리라 생각했을까 궁금했다. 지니는 딸을 사랑하지만 자신이 빗물을 받는 커다란 통 안에 앉아 있고 빗물이 계속 차오르는 느낌이다.

이런 이유 때문에 — 휘발유를 넣으려고 차에서 내릴 때마다 소리를 지르는 거리의 남자들보다도, 멈추지 않는 바람과 무자비한 천연가스와 원유 냄새보다도, 심지어는 짐이 퇴

---

9   〈사사기〉 5장 12절. 성경 속 인물 드보라를 영어식으로 발음하면
     데버라가 된다.

근을 하고 돌아오거나 이제 너무 커버린 데브라 앤이 일분 이상 버티지 못하면서 굳이 지니의 무릎에 기어오를 때에만 잠시 줄어드는 외로움보다도 바로 이러한 이유 때문에 — 지니는 공동 계좌에서 오백달러를 인출하고 집 책장에 꽂혀 있던 도로 지도를 하나 챙긴 다음 생사가 걸린 것처럼 서부 텍사스를 떠난다.

++

어떤 남자가 소를 방목하면서 방목지에서 아내랑 세아이와 함께 살고 있었다. 천구백삼십사년에 가뭄이 닥치자 소 값이 마리당 십이달러로 떨어져서 포트워스의 가축 시장까지 싣고 가는 운반비도 나오지 않았다. 할머니는 그래서 소의 머리를 총으로 쏴서 죽였다고, 가끔 목장주가 소떼를 제대로 줄이고 있는지 확인하러 나온 공무원이 총을 쏘기도 했지만 모르는 사람들에게 싫은 일을 떠넘기는 것은 옳지 않다고 생각했던 목장주들이 직접 쏠 때가 더 많았다고 말했다.

남자들은 등유에 푹 적신 넝마를 들고 사체들을 내려다보며 서서 몇 분만, 며칠만, 몇 주만 더 기다리면 상황이 바뀔 것처럼 어색하게 서 있었다. 그들은 곧 한숨을 쉬며 넝마에 불을 붙여 던지고 물러서서 고개를 저었다. 그러나 항상 죽지 않으려는 늙은 수소가 꼭 한마리씩 있었고, 총알이 늙고 질긴 가죽을, 옆구리를, 가슴 부근을 맞추고 또 맞추는 동안 고함을 지르며 비틀거렸다. 죽은 줄만 알았던 늙은 암소가 꼭 한마리는 벌떡 일어나서 옆구리에서 연기를 피워 올리고 그슬린 털 냄새를 풍기며 들판을 달렸다. 할머니는 게다가 바람이 매일, 온종일 불었다고 말했다.

어느 날 아침, 오스틴에서 온 남자들은 탁 트인 들판에서 아직도 연기가 피어오르는 소떼를 발견했다. 목장 주인은 헛간에 죽어 있었다. 그의 아내는 권총을 손에 쥔 채 약간 떨어진 곳에 누워 있었고, 바람이 활짝 열린 문을 문틀에 쿵쿵 부딪치고 있었다. 남자들이 위층 침실에 갇힌 아이들을 발견했는데, 첫째인 일곱살짜리 남자애가 건넨 봉투에는 기찻삯과 카탈로그를 찢어서 쓴 쪽지가 들어 있었다. 오하이오에 사는 여동생의 이름과 주소 밑에는 이렇게 덧붙여져 있었다. 난 우리 아이들을 사랑합니다. 고향으로 보내주십시오.

지니의 할머니는 뻐드렁니를 가진 노파였고, 지옥불과 고된 노력과 죄에 합당한 벌을 믿었다. 할머니는 이렇게 말하곤했다. 악마가 한밤중에 현관문을 두드린다는 건 그 사람이 댄스파티에서 악마랑 노닥거렸다는 뜻이지. 할머니는 결정적인 부분을 말할 때면 손뼉을 두 번 매섭게 쳐서 지니를 집중하게 만들었다.

장남이 목장 일꾼들에게 말했다. 저는 안 갈래요. 여기 텍사스에 남을래요. 그러자 한 남자가 말했다. 음, 그래라. 그럼 넌 나랑 같이 우리 집에 가자.

네가 찾던 행복한 결말이구나, 버지니아.

++

오데사를 벗어나 오십킬로미터도 가기 전에 보닛 밑에서 들리던 소음이 크고 날카로워지고, 속도를 시속 팔십, 칠십, 육십킬로미터로 낮춰도 꾸준한 비명이 잦아들지 않는다. 대형 트레일러트럭이 경적을 빵 울리며 오른쪽으로 지나가자 바람이 지니의 자동차를 흔들며 중앙선 쪽으로 슬쩍 민다. 갑자기 소음이 멈춘다. 자동차가 문제를 떨쳐내듯이 몸을 부르르 떨고, 지니는 시속 팔십, 구십, 구십오킬로미터로 차를 달린다.

태양이 납작한 얼굴로 지니를 온화하게 내려다본다. 지금쯤 데브라 앤은 농구 경기에서 동네 여자애들을 전부 이겼을 것이다. 아니면 옥외 관람석에 앉아서 지니가 싸준 샌드위치를 찾으려고 배낭을 뒤지고 있을 것이다. 아니면 규칙적인 심장 박동처럼 농구공을 튀기며 집으로 걸어가고 있을 것이다.

디에이는 몇 년 동안 괜찮을 것이다. 아이는 엄마아빠의 제일 좋은 점만 닮았다. 이군 쿼터백이었던 소년과 조니 미첼을 사랑했던 소녀가 동창회 댄스파티에서 잭대니얼을 너무 많이 마신 다음 천구백육십육년 최악의 진눈깨비 폭풍 속에서 유전으로 드라이브를 갔을 때, 두사람은 서로를 거의 알지도 못했다. 창틀의 먼지 만큼이나 흔한 이야기이다.

어떤 여자가 남편과 딸을 버리고 달아날까? 같은 침대를 쓰는 남자가 평생 자기를 임신시킨 소년 그대로일 것임을 아는 여자. 언젠가 딸에게 너한테는 이걸로 충분해, 라고 말할지도 모른다는 생각을 견딜 수 없는 여자. 정착할 곳을 찾자마자 돌아오리라 믿는 여자.

++

생각해보면, 착한 여자가 타락한 다음 대가를 치르는 슬픈 노래와 살인 발라드를 부르는 컨트리와 웨스턴 가수들은? 할머니에 비하면, 그리고 알고 보니 지니에 비하면, 그들은 아무것도 아니다.

때는 천구백오십팔년이었고, 지니의 부모님이 돌아가신 지 일년도 되지 않았다. 오일 붐이 마침내 안정되면서 외부인들, 차를 타고 와서 돈을 쓰고 소동을 피우는 러프넥과 잡역부들이 줄었지만 지니는 아직 특별한 이유도 없이 할머니의 손을 잡고 다닐 만큼 어렸다.

두사람은 매주 그렇듯 약국에 가서 할아버지의 약을 타고 어쩌면 지니의 감초 젤리도 사려고 시청 앞 잔디밭을 가로지르는 길이었다. 초여름이었고, 바람이 잠시 멎더니 태양이 두사람의 얼굴에 딱 적당한 양의 온기를 내리쬘 때였다.

그들은 발걸음을 멈추고 피칸나무의 얇고 좁은 나뭇잎 사이에서 반짝이는 빛을 보았다. 두사람은 늙은 아메리카살무사처럼 풀밭에 몸을 말고 누워 자던 여자를 미처 보지 못해서 걸려 넘어질 뻔했다.

지니는 그때를 이렇게 기억한다. 코를 킁킁거리자 오줌과 위스키 냄새가 났다. 지니는 여자의 맨발을 빤히 보았다. 발톱에 칠한 밝은 빨강색 매니큐어가 약간 벗겨졌고, 치맛자락이 상처 난 두 무릎 위까지 올라갔다. 앙상한 쇄골이 오르락내리락했고, 목에 난 가느다란 흉터를 보니 일학년 교실 벽에 걸려 있는 텍사스 주 지도가 떠올랐다. 지니는 길쭉한 흉터를 보니 왠지 여자를 깨워서 목에 서빈 강 모양의 흉터가 있네요, 멋있어요, 라고 말하고 싶었다. 그러나 할머니가 지니의 손을 휙 잡아당겼고, 할머니의 입술이 쭈글쭈글해지더니 꽉 다물렸다. 할머니가 말했다. 음, '저 여자'는 온종일 타고 다니면서 땀도 안 식혀주는 사람을 너무 많이 만났군[10].

지니는 며칠 동안이나 할머니의 말뜻을 알아내려고 애썼다. 가끔 지니는 그 여자가 안장을 얹고 목이 마른 상태로, 양모 담요 밑에서 치마가 구겨진 채로, 재갈을 물고 미간에 땀을 흘리면서 나이 많은 목장 주인을 등에 태우고 유전을 달리는 모습을 상상했다. 또 어떤 때에는 피칸나무 아래 몸을 말고 누워 있던 모습을, 지니가 마당에서 끌고 다니는 작은 수레와 똑같은 빨강색이 칠해진 발톱을 생각했다. 할머니는 할아버지의

---

10   원래 외양이 흐트러지거나 지쳐 보이는 사람을 말에 비유하는
      표현이다.

헛간에서 수소가 암소에게 올라타기 시작할 때처럼 지니가 그 여자에게 다가가지 못하도록 재빨리 끌어당겼다.

할머니의 손길이 그렇게 단호하지 않았다면, 할머니가 거의 매일 지니 때문에, 흙먼지 때문에, 원유가 묻은 남편의 셔츠를 문질러 빠느라 불만이 턱 끝까지 가득 차 있지 않았다면, 지니는 할머니에게 왜 그런 말을 했냐고 물었을 것이다. 그러나 지니는 그 일에 대해서 입을 다물었고, 가끔 그 여자의 상처 난 두 무릎을, 서빈 강 모양의 흉터를, 피칸나무 그늘에서 자는 여자의 목에 난 구불구불한 길을 생각했다. 지니의 눈에 그 여자는 아름다웠다. 아직도 그렇다.

++

슬로터필드를 지나 몇 킬로미터 달리자 채유탑과 시추기가 사라지고 텅 빈 사막이 나온다. 페코스 강을 건너자 도로가 오르락내리락하기 시작한다. 지평선은 들쭉날쭉하고 땅은 불그레하고 울퉁불퉁하다. 이곳은 얼마나 외로운지. 얼마나 사랑스러운지.

지니는 양손으로 운전대를 잡고 온도계와 눈앞에 펼쳐진 도로를 번갈아 본다. 밴혼에서 주유소에 들러 직원이 기름을 채우고 창문을 닦는 동안 지니는 운전대를 꽉 잡고 앉아 있다. 직원은 입에 담배를 덜렁덜렁 문 채로 공기압을 점검하고 더 필요한 것은 없냐고 묻는다. 그의 작업복은 데브라 앤의 눈과 똑같은 회색이고, 가슴 주머니에 작은 타원형 걸프오일 패치가 붙어 있다. 아뇨, 괜찮아요. 지니가 이렇게 말하고 그에게 오달러를 건넨다.

직원이 뒷좌석을 가리킨다. 떠나기 전에 도서관에 책 반납하는 걸 잊으셨네요. 지니가 몸을 비틀어 뒤를 돌아보니 사탕 껍질과 데브라 앤의 받아쓰기 시험지 사이에 『아메리카의 예술』이 있다. 받아쓰기 처음 두 문제는 '취소했다'와 '불법 침입'인데 둘 다 틀렸다.

지니는 엘패소 외곽의 가축 시장을 지날 때 창문을 꼭 닫지만 메탄가스의 악취가 환기구로 스며들어서 눈과 피부가 따끔거린다. 이제 뉴멕시코 경계까지 십오킬로미터 정도 남았다, 집에서 이렇게 멀리 온 것은 처음이다.

++

아름다움이라니! 아름다움은 우리 같은 사람들을 위한 게 아니야. 지니가 낮에 가만히 앉아서 그림을 보는 게 왜 좋은지 설명하려 하자 할머니가 이렇게 말했다. 그보다 눈앞에 있는 것에 집중해야지. 그런 생각이나 하면서 인생을 보내고 싶었으면 미리 생각을 했어야지 — 아니면 다른 데서 태어나든가. 그 말이 맞을지도 모른다, 그러나 그것은 너무 지나친 대가 같다. 지니는 둘 중 하나, 세상이냐 딸이냐를 택하기가 꺼려진다. 둘 다 가질 수는 없다는 것이 분명하기 때문이다.

라스크루시스를 지난 다음 결국 팬벨트가 끊어지는 바람에 차가 털털거리며 고속도로 갓길에 멈춰 선다. 지니는 차에서 내려 사막 위로 부서진 홍옥수처럼 떠오르는 달을 본다. 두려움과 슬픔이 너무나 컸기 때문에 지니는 자기 뒤에 차를 세운 남자를, 그의 트럭 바퀴가 석회각으로 뒤덮인 고속도로 갓길을 밟는 소리를 여러 해 동안 기억하지 못할 것이다. 트럭 옆면에 적힌 글자 ─ '가자 앤드 오브라이언, 견인·수리' ─ 도, 그녀가 트렁크에 기대어 별을 바라보며 소리 없이 우는 동안 남자가 트럭에서 공구함을 가져와 벨트를 갈아주었던 것도 기억하지 못할 것이다. 그리고 지니가 몇 달러라도 주려고 하자 그가 했던 말도 기억하지 못할 것이다. 당신 돈을 받을 수는 없어요. 푸에스,[11] 행운을 빌어요.

┼┼

그녀는 하늘을 천오백킬로미터쯤 본 다음에야 멈출 수 있을 것이다. 플래그스태프, 리노. 앨버커키에서 아주 잠깐 하다가 그 뒤에는 잊으려 애를 쓰는 비참한 일. 하루 낮 동안 청소를 하거나 하룻밤 동안 식당에서 일한 다음 자동차에서 잠을 자며 보내는 몇 주, 몇 달. 지니는 도랑과 계곡이 상자 모양 협곡으로 사라지는 소노라 사막을 지날 것이고, 새로 눈이 내린

11　스페인어로 하지만(pues)이라는 뜻.

모골론 림 바로 위 초원 끝에 앉을 것이다.

그곳을 떠날 때에는 급격한 스위치백이 너무나 많아서 지니는 차를 세우고 후진하며 커브를 돌 때까지 아무도 오지 않기를 바란다.

리노에는 어느 노파가 매일 밤 아홉시에 와서 폐점 시간까지 자리를 지키는 술집이 있을 것이다. 입술에 바른 립스틱은 다 갈라지고 손톱은 핏빛이며 미소는 지니가 거의 매일 아침 거울 속에서 보는 얼굴만큼이나 열렬하고 단단하고 진실하다. 지니의 눈에는 이 모든 것이 아름답다. 하늘과 바다, 중독자와 노파, 지하철역에서 연주하는 음악가들, 종점의 미술관들. 지니는 안개에 가려진 다리들을, 비옥하고 어둡고 물을 가득 숨기고 있는 우거진 숲들을 볼 것이다. 알고 보니 모든 곳은 제각각 다른 하늘을 가지고 있고, 지구의 대부분은 텍사스의 오데사처럼 평평한 갈색이 아니다.

지니는 이렇게 야생적이고 푸른 아름다움을 전부 누리지만 마음에는 여전히, 항상, 어린 여자아이의 주먹만 한 구멍이 있다. 지니는 폰티액이 더 이상 달리지 못할 때까지 탈 것이고, 차의 수명이 다하면 슬퍼할 것이다. 그녀는 생각한다. 어떤 남자를 만나도 이 차만큼 사랑하지 못할 거야.

지니가 살아가면서 만나는 사람들이 그녀를 궁금하게 여길 때, 그녀에 대해서 알려고 하고 — 몇몇은 그녀를 사랑할 것이고 지니도 몇몇을 사랑하겠지만 엄마 없이 매일 조금씩 자라는 딸만큼은 절대 아닐 것이다 — '어떤 사연이 있나요'라든지 '어디서 왔어요'라고 물을 때, 지니는 뭐라고 대답해야 할지 모른다. 그래서 그럴 때마다 자동차에 짐을 싣고 멀리 떠난다.

메리 로즈

오늘밤 바람이 뭔가 증명할 것이 있다는 듯 분다. 자정이 지나자마자 딸이 또 다시 악몽을 꾸고 찾아왔다. 나는 망설임 없이 침대보를 들추며 말한다.

여긴 안전해, 시내에서는 우리 모두 안전해. 내가 요람에서 아기를 데려와 침대에 같이 눕는다. 아기를 재우려면 다시 젖을 먹여야 하겠지만, 괜찮다. 침대는 나와 두아이가 다 같이 자도 될 만큼 넓다. 우리에게 필요한 것은 다 있다.

전화가 울릴 때 다행히도 두아이 모두 깊이 잠들어 있었다. 나는 수화기를 들고 귀를 기울인다. 거리에서, 식료품점에서, 법정에서 들려올지도 모르니 그들의 목소리를 알고 싶다. 남자든 여자든, 젊은이든 늙은이든, 전부 똑같은 말을 한다. 그 멕시코 애를 위해서 나서겠다고? 그 남자 말보다 개 말을 믿겠다고?

술에 취할수록 더 악랄해진다.

나는 거짓말쟁이에 배신자다. 그들은 내가 어디에 사는지 안다. 그 계집애 마음대로 안 된다고 내가 그 남자아이의 인생을 망치고 있다. 나는 걸레 같은 계집을 위해서 우리 편 남자애에게 불리한 증언을 하려 한다 — 그밖에도 온갖 비열한 말을 생각나는 대로 다 한다. 나는 지금까지 늘 이런 말을 들으면서도 아무 생각이 없었지만 이제는 너무 괴롭다.

오늘밤에 전화를 건 사람은 상당히 취했다. 그 남자가 숨을 돌리려고, 또는 맥주를 마시려고 잠시 말을 멈췄을 때 내가 묻는다. 당신은 그 입으로 엄마한테 입맞춤을 해? 그런 다음 수화기를 내려놓는다. 전화가 다시 울리자 나는 침대 옆 탁자 뒤로 손을 뻗어 플러그를 뽑는다. 라디오 시계가 빨갛게 빛나며 한시 삼십분이라고, 폐점 시간이 이제 막 지났다고 알려준다.

잠이 다 깬 것 같다. 나는 이불을 당겨 아이들을 덮어준 다음 침대 가장자리와 아기 사이에 베개 하나를 길게 놓는다. 부엌과 거실 불은 이미 켜져 있고, 나는 집 안을 돌아다니며 나머지 불도 켠다. 에이미의 방, 화장실, 복도 벽장. 아기 방은 기저귀 교환대 옆 수면등만 켜놓는다. 거실로 나온 나는 새 커튼 뒤로 손을 뻗어 뒤쪽 파티오로 나가는 유리 미닫이문을 확인한다. 새로운 현관문이 문틀에 딱 맞지 않기 때문에 그것도 확인한다. 지난주 어느 날 밤에는 문이 잠겨 있는 줄 알고 잠자리에 들었는데, 두시에 일어나 화장실에 다녀와서 아기를 확인하러 가다 보니 문이 활짝 열려 있었다. 나는 그날 밤새도록 커피 잔을 들고 부엌에 앉아 있었고 올드레이디는 충실한 개처럼 발치에 놓여 있었다. 나는 문을 열고 포치의 불이 꺼지지 않았는지 확인한 다음 단단히 닫아 잠그고, 문고리를 흔들어 보고, 같은 절차를 한번 더 반복한다.

바람이 창문에서 창문으로 옮겨 다니고, 작은 동물이 방충망에 발톱을 간다. 농장에서 이런 소리가 들리면 주머니쥐나 아르마딜로구나, 생각한다. 시내에서는 다람쥐나 누군가의 고양이라고 생각할 것이다. 요즘은 바람 소리가 들리면 백년 전에 사라진 흑표범과 늑대가, 또는 내 아이들을 하늘 위로 끝없이 들어 올렸다가 땅바닥으로 내동댕이치겠다고 위협하는 토네이도가 생각난다. 나는 일기예보를 틀고 부엌에 서서 담배를 피우면서 로버트가 사놓은 맥주를 한병 마신다. '내' 맥주야 메리 로즈. 로버트는 이렇게 말한다. 자기 집에 뭘 '사놓는' 남자는 없어. 연기를 내뿜을 때는 싱크대 위로 몸을 숙이고 하수구에 천천히 뱉는다. 로버트가 집세를 내지만 나는 이 집이 로버트의 것이라고 생각하지 않는다. 이 집은 나의 것, 내 아이들의 것이다.

지난주에 나는 데일 스트릭랜드의 트럭이 길 건너편에 주차되어 있는 것을, 또 나중에는 스트라이킷리치 주차장에 세워진 것을 봤다고 생각했다. 어제는 셰퍼드 부인의 앞마당에 서서 우리 집을 바라보는 그를 보았다. 나는 다른 곳에서도 그를 여러 번 봤다. 그러나 그는 감옥에 있다. 나는 매일 오전과 오후에 전화를 걸어서 그가 도망치지 않았는지, 판사가 그를 보석으로 내보내지 않았는지 확인한다.

글로리아 라미레스도 보인다. 어제 아침 수잰 레드베터가 쿠키 한접시를 들고 문을 두드렸을 때 나는 문 밖에 글로리아가, 아이라기보다는 잔해에 가까운 그녀가 서 있을지도 모른다고 생각하며 문고리를 잡고 잠시 가만히 서 있었다. 어제 오후에 셰퍼드 부인이 지니의 딸에게 캐서롤을 들려서 보냈을 때에는 — 그 늙은 암소가 삼주 사이에 세번째로 보낸 것인데, 매번 쓰레기통에 바로 버렸다 — 포치에 서 있는 짙은 머리카락의 키 큰 아이를 몇 초 동안 바라보면서 눈을 깜빡였다. 데브라 앤은 엄마를 쏙 빼닮아서 키가 크고 어깨가 넓고 진갈색 머리카락과 사람을 꿰뚫어보는 회색 눈을 가졌다. 내가 말했다. 고등학교 때 네 엄마를 알았단다. 내가 아주 힘든 하루를 보냈을 때 네 엄마가 도와준 적이 있어. 나는 그릇을 받고 고맙다고 인사한 다음 현관문을 부드럽게 닫았다.

우리 딸들 중 누구든 글로리아처럼 될 수 있었어. 내가 이렇게 생각하며 복도에 주저앉아 울자 에이미가 와서 나를 내려다보았다. 괜찮아요? 에이미가 물었다. 당연히 괜찮지. 내가 대답했다. 에이미는 내 딸이고 아직 어린애이기 때문이다. 에이미는 할머니한테, 우리 엄마한테 전화를 해서 도와주러 오실 수 있는지 여쭤볼까 물었다. 아니야. 내가 말했다. 할머니는 바쁘셔. 나는 에이미에게 아직 어린 외삼촌들이 그 집에 살고 있고 할아버지는 트럭 가득 물을 싣고 서부 텍사스 전역에 배달한다고, 또 큰외삼촌이 남아메리카의 유정에 일하러 가서 세 아이들이 그 집에 살고 있다고 다시 말해주었다.

우리가 할머니한테 전화를 하면 무슨 일이 생긴 줄 아실 거야. 내가 말한다. 우리 일은 우리가 알아서 하면 돼.

아까 찾아온 애는 누구였어요? 에이미가 부엌 창문을 내다보고 있었다.

몰라. 나는 거짓말을 했다. 이 동네에 사는 여자앤가봐.

내 또래 같던데. 착했어요?

나도 몰라, 에이미. 걘 — 나이에 비해서 키가 크더라, 뼈대도 굵고. 나는 딸이 친구를 사귀기 바라지 않는다. 친구가 생기면 온 동네를 뛰어다니고 싶을 텐데, 나는 딸을 저 바깥으로 내보낼 수가 없다. 나는 데브라 앤 피어스가 자기 엄마랑 똑같이 생겼다고, 그 애 엄마는 항상 손에 책을 든 조용하고 생각 깊은 소녀였다고 말해주지 않는다. 학교 주차장에 나랑 같이 서 있었던 십대 여자아이와 자기 딸을 버리고 떠난 여자가 같은 사람이라니 믿을 수 없다고 말해주지 않는다.

에이미가 양쪽 발을 번갈아 디디며 테니스공처럼 통통 뛰어 다닌다. 바깥에 나가서 나랑 같이 자전거 타고 싶은지 물어봐도 돼요?

바깥. 나는 에이미의 머리에 손을 얹고 가볍게 눌러 통통 뛰는 것을 멈추게 했다. 한달 뒤쯤에, 봐서. 내가 아이에게 말했다. 우리에게 필요한 건 여기 다 있잖니?

지루해요. 에이미가 말했고, 나는 팔월 에이미 생일 때 친구를 부를 수 있을 거라고 약속했다. 네가 갖고 싶다던 데이지 비비 소총이 생긴 다음에 그 애를 불러서 뒷마당에서 캔을 쏘며 놀면 되잖아.

하지만 엄마, 이제 겨우 유월이에요! 딸은 내가 아직도 이월을 살고 있는 것처럼, 몇 월 며칠인지 모르는 것처럼 말했다.

친구들을 만날 시간은 많지만 너랑 내가 같이 보낼 시간이 얼마나 되겠니? 이제 곧 열살이잖아! 나는 부드럽고 창백한 아이의 뺨을 두 손으로 감싸고 파란 눈을 들여다보았다.

내 나이는 이제 곧 두자리 수가, 합성수가 돼요. 에이미가 말했다.

난 널 안전하게 지킬 거야, 에이미. 내가 말했다. 항상 안전하게 지킬 거야.

낮이든 밤이든?

이 대화는 우리가 시내로 이사 온 뒤부터 작은 의식이 되었다. 내가 난 널 안전하게 지킬 거야, 라고 말하면 에이미가 낮이든 밤이든?이라고 말한다. 그러나 그날 오후에 에이미는 얼굴을 찌푸리고 말대꾸를 하려는 듯한 표정을 지었다. 아기가 찡찡거리면서 한바탕 울음을 터뜨리려고 하자 나는 자리를 피할 핑계가 생겨서 고마웠다.

지금도 그때와 똑같은 울음소리, 배가 고프다는 소리가 들려온다. 나는 가슴이 아프지만 아기에게 간다. 삼십분 뒤면 우리 셋 다 잠들 것이다. 아기는 내 젖꼭지를 문 채로, 에이미는 내 등을 밀면서 발을 내 발목에 올리고 팔로 내 목을 감싼 채. 그래, 낮이든 밤이든. 항상.

라디오 시계가 다섯시 삼십분을 알리자 나는 아기를 품에서 떼어내고 다시 부엌으로 간다. 해가 뜨려면 한시간 정도 남았으니 아기가 깨지 않기만을 바라며 담배를 한대 더 피워도 될 것이다. 이전 집에서 살 때는 바깥에 앉아서 사막이 분홍색과 주황색과 금색으로 변하는 동안 작은 동물들이 관목들 사이에서 움직이는 소리에 귀를 기울이곤 했다. 길달리기새 한 쌍이 작은 방울뱀을 잡아먹는 것을 본 적도 있다. 사막에서 들리는 소리가 이 세상의 진정한 소리 같았다, 세상은 당연히 그런 소리를 내야 하는 것 같았다. 글로리아 라미레스가 우리 집 문을 두드린 그날 아침까지는 그렇게 생각했다. 시추기가 작동하는 소리와 우리 땅을 통과해 파이프를 운반하는 트럭 소리도 여기 시내의 경적과 고함, 사이렌과 팔번가의 술집들에서 흘러나오는 음악 같은 소음 만큼 짜증나지는 않았다.

세탁기에 들어 있던 수건들은 시큼하게 변했다. 부엌 식탁은 가위, 크레용, 마분지 조각, 에이미의 기말 과제였던 골리애드 포위 입체 모형의 잔해로 뒤덮였다. 커피가 끓는 동안 식탁을 치우고 자리에 앉자 화장실 개수대 밑에 조금씩 떨어지는 물을 받아둔 들통이 생각난다. 나는 들통을 끌어다가 욕조에 물을 쏟은 다음 잠시 멈춘다. 마지막으로 목욕을 한 지, 아침에 화장을 한 지 얼마나 됐더라? 나는 엄마의 표현을 빌리자면 나 자신을 포기하고 있지만, 누구를 위해서 매무새를 가다듬는단 말인가? 에이미와 아기는 전혀 신경 쓰지 않고, 로버트는 내가 그 여자아이를 우리 집에 들여놓은 일로 아직도 화가 나 있다. 상황을 제대로 보지 못하고 있다. 로버트는 우리의 문제가 그 아이의 탓이라고 생각한다.

나는 어렸을 때 교회에서 마음속으로라도 죄를 저지르는 것은 잘못이라고 배웠다. 은총을 보장받은 사람은 아무도 없고, 심지어 대부분은 은총을 받지도 못한다. 구원받으면 싸울 기회가 생기지만 우리 마음속에 살아 있는 죄, 우리를 죽이지는 않지만 제거할 수도 없는 총알 같은 죄가 영혼을 멸하는 죄는 아니기를 항상 바라야 한다. 우리 교회는 자비에 관해서도 별로 너그럽지 않았다. 그 범죄가 일어난 다음 며칠 동안 나는 그 아이에게 죄를 지었다고, 마음속으로 그 아이를 배신했다고 설명하려 했지만 로버트는 애초에 빌어먹을 내 아이들을 먼저 생각하지 않고 문을 열어준 것이 나의 유일한 죄라고 말했다. 진짜 죄인은 딸들이 밤새 거리를 돌아다니도록 놔두는 사람들이라고 했다. 그때 이후 나는 로버트를 보는 것조차 견디기 힘들다.

보안관 대리에게 끌려갈 때 스트릭랜드는 아무런 저항도 하지 않았다. 에이미는 보안관 사무실로 전화를 걸어서 출동 담당자에게 식탁 맞은편에 앉아 있는 여자애와 창밖으로 보이는 남자에 대해서 자세히 설명했다. 그 남자는 지금 어디 있니? 담당자가 이렇게 묻자 에이미가 우리 엄마 앞에요, 라고 대답했기 때문에 출동을 서둘렀다. 보안관 대리가 청년에게 걸어가서 리볼버의 총열로 가슴을 쿡 찔렀다. 이봐, 멍청한 건지 정신이 나간 건지 모르겠지만 그 싱글거리는 표정 당장 지워. 너 이제 큰일 났으니까.

보안관 대리의 말이 맞았다. 새로운 지방검사 키스 테일러는 스트릭랜드를 가중 성폭행과 살인미수로 기소했다. 테일러 씨의 비서 어밀리아는 며칠에 한번씩 나에게 전화해서 재판이 또 연기되었다고 알려주거나 글로리아에 대해서 묻는다. 글로리아를 그 전부터 알았냐고, 그 애가 뭐라고 말했냐고, 내가 데일 스트릭랜드에게 위협을 느꼈냐고.

집 안으로 들어가서 그 애 데리고 나와. 스트릭랜드가 나에게 말했었다. 지금 당장. 위층에서 주무시는 남편 깨지 않게 조심하고. 사실은 위층에서 자고 있지도 않고, 집에 있지도 않겠지만. 메리 로즈, 안으로 들어가서 걔 팔을 잡고 일으켜 세운 다음 여기로 데려 나와.

그리고 나는 그렇게 하려 했다.

아침이 되면 나는 집 안을 돌아다니며 불을 전부 끈다. 로버트가 전기요금 고지서를 보면 성질을 부릴 것이다. 시내에 집을 빌릴 여유가 없어, 올해는 특히 힘들어. 집은 이미 한 채 있잖아. 로버트는 이렇게 말할 것이다. 그래, 하지만 '거긴' 안 돼. 당신, 이 일이 생기기 전부터 우리가 시내로 이사했으면 했잖아. 내가 말한다. 그러면 로버트는 예전 집을 좋아하지 않았냐고, 자기는 지금 소떼 곁을 지켜야 한다고 일깨워줄 것이다.

내가 우리 아들을 낳고 회복해서 퇴원할 때까지 사흘 동안 로버트가 일꾼을 불러서 가축을 맡겼지만 일꾼이 금방 그만두고 유전에 일을 하러 가버렸다. 소들의 상처와 귀, 심지어는 성기까지 아메리카파리유충에 감염되었다. 로버트는 소를 오십마리나 잃었다. 올해는 망했어. 로버트는 그 이야기가 나올 때마다, 즉 에이미에게 줄 사탕 한봉지와 나에게 줄 꽃을 가지고 시내에 오는 일요일마다 비통하게 말했다.

고마워. 나는 이렇게 말하면서 꽃을 물에 담그고, 우리는 뚝 떨어져 선다. 로버트는 내가 우리 가족을 망쳤다고 생각하면서. 나는 그때 내가 에이미와 함께 집 안에 남아서 잠긴 문 밖 포치에 그 소녀를 홀로 내버려두기를 로버트가 바랐을 것이라고 생각하면서.

일요일이면 로버트는 경매장에서 제일 좋은 황소를 샀을 때와 같은 표정으로 아기를 바라본다. 그는 우리 아들을 몇 분 동안 무릎에 올려놓고 아기의 큰 손 — 그는 쿼터백의 손이라고 말한다 — 을 보며 감탄한 다음 나에게 다시 건넨다. 몇 년 뒤 아기가 커서 풋볼 공을 잡거나 트럭 짐칸에서 건초 낟가리를 던지거나 목장에서 뱀을 총으로 쏠 수 있게 되면 로버트의 관심은 더욱 커질 것이다. 그때까지 아이는 내 차지다.

아이들이 잠들고 나서 내가 로버트에게 평일에 먹을 캐서 롤을 몇 통 주면 그는 바로 떠나거나 나와 싸운 뒤에 떠난다. 트럭 문이 쾅 닫히고 시동 거는 소리가 들리면 안도감이 밀려온다.

나는 이곳 시내에서 우리 아이들을 안전하게 지켜야 하고 지킬 생각이지만, 하늘과 정적이 그립다. 나는 시내로 이사 오자마자 다시 이사 나갈 생각뿐이다. 목장으로 돌아가는 것이 아니라 구더기와 정유 회사가 생기기 전, 데일 스트릭랜드가 우리 현관 앞까지 찾아와서 나를 겁쟁이에 거짓말쟁이로 만들기 전, 예전의 목장만큼 고요한 어딘가로 가고 싶다.

나는 이십육년 동안 살면서 텍사스를 벗어난 적이 딱 두번밖에 없다. 첫번째는 로버트와 신혼여행으로 루이도소에 갔을 때였다. 그때가 전생의 전생처럼 느껴지지만, 나는 열일곱 살이었고 에이미를 임신 중이었으며 아직도 눈을 감으면 우뚝 솟아올라 그 작은 마을을 지키던 시에라 블랑카가 떠오른다. 아직도 천천히 심호흡을 하면 소나무가, 솔잎을 한줌 반으로 접어서 손으로 꼭 쥐면 더 진해지던 그 날카롭고 찌르는 듯한 향기가 생각난다.

우리는 사흘 뒤 포트스탠튼에 잠시 들린 뒤 집으로 돌아왔고, 나는 오데사의 공기에서 어떤 냄새가 나는지 평생 처음으로 깨달았다.

주유소 냄새와 썩은 달걀이 가득한 쓰레기통 냄새의 중간이었다. 오데사에서 자라면 그 냄새를 깨닫지 못하나보다.

내가 다시 소나무 냄새를 맡은 것은 이년 전, 로버트에게 에이미를 데리고 칼즈배드에 사흘 동안 다녀오겠다고 말했을 때였다. 로버트는 있는지도 몰랐던 내 육촌을 만나기 위해서였다. 우리가 오데사에서 출발할 때 덴버 시에서 황화수소 누출로 아홉 명이 사망했다는 뉴스가 라디오에서 흘러나왔다.

황화수소가 뭐예요? 에이미가 물었고, 나는 잘 모르겠다고 대답했다. 스키드로의 슬래셔가 누구예요? 에이미가 물었다. 아이알에이는 뭐예요? 내가 대학 라디오 방송국으로 채널을 돌렸고 우리는 조 엘리와 플랫랜더스를 들었다. 칼즈배드에 도착했지만 나는 계속 차를 몰았다.

에이미. 나는 팔킬로미터 내내 우리를 따라오던 픽업트럭을 룸미러로 보면서 가속 페달에서 발을 떼며 이렇게 말했다. 우리 둘이서 앨버커키에 갈까?

에이미가 매직스크린에서 고개를 들고 얼굴을 찌푸렸다. 뭐하려요?

음, 새로운 곳을 구경하러? 홀리데이인 호텔이 새로 생겼는데 실내 수영장도 있고 핀볼 아케이드도 있대. 차 타고 산에 올라가면 폰데로사 소나무도 볼 수 있을지 몰라.

기념품 사도 돼요?

이번에는 안 돼, 추억만 가져가자. 말이 목구멍에 달라붙어서 잘 나오지 않았다. 나는 트럭과 최대한 거리를 두려고 갓

길로 차를 뺐다. 그 빌어먹을 놈은 결국 앞질러 가면서 내 차 바로 옆에 딱 붙어서 경적을 울렸기 때문에 나는 오줌을 쌀 뻔했다. 팔년 전이라면 손가락을 들어 욕했겠지만 이제 내 딸이 조수석에 앉아 있기 때문에 나는 이를 갈며 미소를 지었다.

오데사 사람들은 외지인들에게 오데사는 어디서든 삼백 킬로미터 떨어져 있다고 즐겨 말하지만, 애머릴로와 댈러스는 적어도 사백팔십킬로미터 떨어져 있고 엘파소는 시간대가 다르며 휴스턴과 오스틴은 다른 행성이라고 해도 좋을 정도이다. '어디서든'은 러벅이라는 뜻이고, 날씨가 좋으면 두시간 걸린다. 모래 바람이 불거나 관목 숲에 불이 나거나 세미놀의 데어리퀸에 들러서 점심이라도 먹으면 오후 내내 걸릴 수도 있다. 오데사에서 앨버커키까지? 칠백삼킬로미터이고, 로스웰 외곽의 속도위반 단속 지역에 걸리지 않으면 일곱시간 약간 넘게 걸린다.

우리는 잠자리에 들기 전까지 치즈버거를 먹고 수영장에서 잠깐 수영할 정도의 시간밖에 없었다. 에이미가 욕조에서 씻는 동안 나는 로버트에게 전화를 걸어서 칼즈배드에 잘 도착했다고, 육촌은 팔팔하다고 말했다. 그는 끙응 신음하더니 내가 해동시키느라 조리대에 올려둔 킹랜치 캐서롤을 데우는 게 어렵다고 중얼거렸다. 알루미늄 포일로 덮어서 오븐에 넣어. 내가 말했다. 전화를 끊은 다음 침대에 앉아서 수화기를 보았다. 나는 임신 십주였고, 아기를 또 낳는다는 생각만 해도 헛간에서 목을 매고 싶었다. 로버트는 아들을 하나, 어쩌면 둘까지도 원했지만 나는 에이미로 충분했다. 나는 고졸 학력 인증서를 따볼까, 오데사 대학에서 수업을 들어볼까 생각하던 중이었다.

호텔에서 오킬로미터 정도 떨어진 벽돌 주택 거리에는 붉은 벽돌과 콘크리트 블록으로 지은 건물이 하나 있었다. 건물에는 간판이나 로고 같은 설명이 없기 때문에 베어링 회사부터 회계사 사무실까지 뭐든 있을 법했다. 그러나 이 건물에는 여성의원이 있었다. 정문은 묵직한 유리문이고 창문은 없었다. 주차장은 자동차와 픽업트럭을 열두대 정도밖에 수용하지 못했고, 건물 뒤 햇볕이 그대로 내리쬐는 자리에 나무 벤치 두개가 딸린 피크닉 테이블이 있다. 그 위에 꽁초로 넘치는 유리 재떨이가 여러 개 있었다. 우리는 그 테이블에 앉았다. 나는 에이미에게 현관 포치에 놓을 새 가구를 만들어야 한다고, 내가 담당자와 상담하는 동안 혼자 대기실에서 기다려야 한다고 말했다. 제일 재미없는 주제는 그것밖에 떠오르지 않았다.

열시 예약이었지만 우리는 열시 몇 분까지 햇볕을 쬐며 머뭇거렸다. 내가 지금부터 하려는 일에 대한 의구심은 전혀 없었지만 그 벤치에서 일어나기가 싫었다. 옆면에 수탉이 그려진 저 픽업트럭 좀 봐. 내가 말했다. 고기 굽는 냄새 안 나니? 저기 저 작은 노부인이 산책시키는 거 '돼지' 아니야? 에이미가 오줌을 누고 싶다고 해서 우리는 안으로 들어갔다.

이건 합법이야, 이년 전부터 그랬어. 나는 스스로에게 되뇌었다. 그러나 거짓말을 잔뜩 하고 칠백킬로미터 달려서 주 경계선까지 넘은 상황에서는 그렇게 느끼기가 어려웠다. 나는 창구로 가서 최대한 낮은 목소리로 말하면서 내 예금 계좌에서 인출한 삼백달러를 카운터 너머로 밀었다. 어찌나 조심스러웠는지, 코카인이라도 사는 것 같았다.

접수 담당자가 미소를 짓고 서랍에 돈을 넣었다. 그녀가 클립보드를 건네더니 내 어깨 너머로 에이미를 보았다. 화이트헤드 부인, 시술이 끝난 뒤에 누가 집으로 모셔 가죠?

아무도 없어요. 내가 말했다. 제가 운전할 거예요.

집까지 데려다줄 사람이 필요한데, 아무도 없나요?

저 텍사스에서 왔어요.

아, 그렇군요. 그녀가 잠시 말을 멈추고 손톱을 가볍게 물어뜯기 시작했다. 여기서 하룻밤 자고 가세요?

홀리데이인에 묵고 있어요. 내가 목소리를 낮춰 말했다.

시내에 새로 생긴 호텔이요? 그녀가 미소를 지으며 조금 더 낮은 목소리로 말했고, 내가 고개를 끄덕였다.

좋아요, 잘 됐네요. 그녀가 말했다. 집까지 운전해 가시려는 분들도 있거든요, 그러면 합병증이 생길 수 있어요. 잘 됐네요. 두시간 정도 걸릴 거예요.

두시간이라니! 뒤를 돌아보니 에이미는 포테이토칩 한봉지와 낸시 드류 책을 들고 의자에 앉아 있었다. 여자가 카운터 너머로 손을 뻗어 내 손을 잡았다. 늘 있는 일이에요. 우리가 잘 지켜볼게요.

나는 거기 서서 눈을 열심히 깜빡이며 여자의 손에 초점을 맞추려고 애썼다. 그녀의 손톱은 흐린 분홍색으로 칠해져 있고 왼쪽 약지에 평범한 금반지가 끼워져 있었다. 고맙습니다. 내가 말했다. 저 애 이름은 에이미예요.

나는 딸을 보며 밝은 미소를 지었다. 금방 올 거야.

걱정 마세요. 여자가 말했고, 나는 스윙도어를 밀고 들어가다가 바로 안쪽에 서 있던 다른 환자와 부딪칠 뻔했다. 우린 재밌게 놀고 있을게요! 얼음 넣은 닥터페퍼 먹을래? 그녀가 내 딸에게 물었다.

네. 에이미가 말했다. 가구 아저씨랑 재밌게 얘기하고 오세요, 엄마.

우리는 홀리데이인 호텔로 돌아가는 길에 와터버거에 들렀다. 에이미가 만화를 보는 동안 나는 화장실에서 토한 다음 경련이 지나가기를 기다렸다. 햄버거 때문에 속이 안 좋은가봐. 에이미가 화장실 문을 두드리자 내가 말했다. 잠시만 기다려.

그날 오후, 에이미가 수영을 하고 핀볼 게임을 하는 동안 나는 라운지체어에 앉아서 솔티독을 두잔 마셨다. 우리는 다음날 아침 일찍 소나무 향기를 맡으러 샌디아 산에 올랐다. 피뇽소나무, 가문비나무, 전나무, 향나무 — 나는 눈을 감고 어떤 의도도 악의도 없는 생물들로 가득한 깊은 숲속 작은 오두막에서, 우리가 다칠 수는 있지만 무언가가 의도적으로 해치려 하지는 않는 곳에 살고 있다고 상상했다.

한시간마다 주유소에 들러 패드를 가느라 ─ 그리고 에이미가 호텔에서 먹은 캔디를 토하느라 두번 더 들렀다 ─ 우리는 자정이 다 되어서야 집에 도착했다. 딸에게는 이렇게 말했다. 엄마는 정말 중요한 일이 아니면 절대 아빠한테 아무 말도 하지 말라고 부탁하지 않을 거야, 이건 정말 중요한 일이야. 남편에게는 이렇게 말했다. 심한 질염에 걸렸어. 당분간은 나 건드리지 마. 나는 사개월 후에 다시 임신을 했고, 나의 멍청함을 스스로도 믿지 못하며 이번에는 낳기로 했다.

어렸을 때에는 시간이 정말 날아가듯 흘렀다. 여름에 아침을 먹고 자전거를 타고 나가면 심장이 세번 뛴 것 같은데 어느새 저녁 시간이었다. 지금은 부엌 시계를 보는데, 아직도 이렇게 이른 시간이라니 믿을 수가 없다. 아직 열시도 안 됐는데, 여섯시에 아기가 깬 뒤 벌써 세번이나 젖을 먹였다. 오른쪽 가슴이 약간 아프고 젖꼭지를 건드리면 뜨겁고 딴딴하다. 아기가 요람에서 조용히 꿈지락거리는 동안 에이미는 침대에서 방방 뛰며 소리를 지른다. 낮이든 밤이든 심심해! 심심해!

여름 방학 사흘째다.

전화가 울리는 소리에 내가 소스라치게 놀랐다. 키스 테일러의 비서다. 글로리아의 어머니한테 문제가 좀 생겼어요, 우리는 그래도 글로리아가 증언할 수 있기를 바라고 있어요.

그녀가 말한다. 무슨 문제냐고 묻지만 그녀는 대답하지 않는다. 내가 글로리아를 만날 수 있냐고, 이야기를 나누거나 어떻게 지내는지 볼 수 있냐고 묻자 어밀리아는 잠시 아무 말도 하지 않는다. 어떻게 지내요, 메리 로즈?

아, 난 괜찮아요. 내가 밝게 말한다. 내 걱정은 하지 마세요!

나는 우리 아이들이 시내에서, 이 집에서 안전하다고 말하고 싶다. 밤낮으로 아무 때나 남자들이 전화를 걸고 일부 여자들도 마찬가지이지만, 그들이 하는 못된 말은 전부 내가 아니라 자기들 이야기이다. 나는 집에 낡은 소총이 있고 자동차 글러브박스에 새 권총도 있다. 하지만 나는 그렇게 말하는 대신 전화해줘서 고맙다고 인사한 다음 전화를 끊는다.

세탁기 앞 바닥에 쌓인 빨랫감이 프레리독처럼 불어나고 있다. 우유와 달걀이 떨어졌고, 오늘 오후에는 교회 부인회 모임에 참석하겠다고 약속했다. 아기는 말벌에 쏘인 것처럼 엉엉 울고 때마침 에이미가 침대에서 떨어져 옷장에 머리를 부딪친다. 침실에서 울부짖는 소리가 들린다. 이마에 벌써 혹이 나기 시작했지만 사실 에이미가 화난 것은 내가 단 일분도 혼자 집 밖에 못 나가게 하기 때문이다.

데일 스트릭랜드가 글로리아 라미레스를 강간한 후 몇 주 사이에 사람들이 교회 회합실, 술집, 휴게실에 모였다. 자기 집 앞마당에 서 있거나 식료품가게 복도에서 어슬렁거리기도 했다. 사람들은 식당 주차장에서 재판을 열었고, 경기장에서 풋볼 팬들의 주의를 끌었다. 나는 모든 이야기에 귀를 기울였다. 나머지는 라디오나 신문에서 들었다.

스트릭랜드의 엄마와 아빠는 고향인 아칸소 매그놀리아로 돌아갔고, 시내에서 소리 높여 떠드는 시민들이나 지역 신문의 말을 믿는다면 스트릭랜드는 좋은 사람이다. 롭 목사가 일요일 방송에서 한 말에 따르면 그는 과속 딱지도 한번 뗀 적이 없었다. 스트릭랜드가 풋볼 연습이나 교회를 하루 정도 빠졌다 해도 동네 사람들은 아무도 기억하지 못했고, 그는 항상 동네 여자애들을 전적으로 존중했다. 펜테코스트파 목사인 그의 아버지가 아들의 인품을 증언하는 신자들의 편지와 탄원서를 지역검사 사무실로 보냈다. 소문에 따르면 탄원서가 너무 많아서 키스 테일러는 사무실에 카드 테이블을 하나 더 들여야 했다.

어느 논설위원은 문제의 밤에 피고인이 현장 주임에게 받은 암페타민을 먹고 이틀 밤을 꼬박 샜는데 유전에서 흔한 관행이라고 말했다. 아무도 약 하는 사람을 용서하지 않았지만 — 사람들은 아직도 아트 링클레터의 딸에 대해서 수군거렸다 — 남자들은 유전의 작업 속도를 맞추기 위해서 때로 건강에 좋지 않은 방법을 써야 한다고 했다. 논설위원은 남자들이 저 바깥에서 싸우고 있다고, 유정 주변의 땅이 함몰되기 전에 땅 밑에서 석유를 퍼내기 위해 싸우고 있다고, 석유수출국기구의 유가와 아랍인들에 맞서 싸우고 있다고 썼다. 어떻게 보면 미국을 위해서 싸우고 있다고도 말할 수 있다.

일주일 뒤, 이 사건에 대한 독자의 편지 두통이 실렸다. 먼저 폴 도넬리 감리교 목사 부부는 이 문제가 신문이나 마을에서 다루어지는 방식에 대한 슬픔과 반감을 드러냈다. 그들은 우리 모두가 더 나은 사람이 되기를 기도하면서 이 아이가 당신 딸이라면 어땠겠느냐고 물었다.

두번째 편지를 보낸 성실하고 솔직한 시민은 소위 말하는 피해자라는 사람이 토요일 밤에 드라이브인 식당 주변을 혼자 어슬렁거리던 열네살짜리 멕시코 소녀임을 우리 모두에게 상기시켰다. 목격자들은 그녀가 자발적으로 남자의 트럭에 탔다고 증언했다. 아무도 그녀의 머리에 총을 들이대지 않았다. 이 시민은 우리가 한 소년의 인생을 망치기 전에 그 사실을 생각해야 한다고 썼다. 유죄가 입증될 때까지는 무죄다. 나는 신문을 부엌으로 던졌지만 한심하게도 고작 육센티미터쯤 날아가서 바스락거리며 리놀륨 바닥에 떨어졌기 때문에 성이 풀리지 않았다.

시내로 이사한 다음 몇 주 사이에 나는 퍼스 카페테리아 주차장에서, 에이미의 학교 직원과 통화를 하면서, 운전면허증의 주소를 바꾸려고 차량관리국에서 줄을 서서 기다리면서 실례지만 뭐라고 하셨죠? 라든지, 죄송하지만 그건 전혀 사실이 아닌 것 같은데요, 라고 말하고 있었다. 피글리위글리 계산대 앞에서 줄을 서서 기다리고 있을 때 바비 레이 프라이스 부인이 '이 기분 나쁜 사건'에 대해서 이야기를 나누고 싶어 했다. 에이미는 입 안에서 톡톡 터진다는 새로 나온 사탕을 사달라고 졸라댔다. 나는 프라이스 부인의 말을 잠시 듣다가 고개를 저었다. 말도 안 돼. 나는 그렇게 생각했지만 아무 말도 하지 않았다.

정오가 되자 얼음으로 에이미의 혹을 찜질한 다음 셋이서 바람을 쐬러 밖으로 나간다. 나는 잠든 아기를 안고 앞마당에 서 있고 에이미는 삐죽거리면서 보도에 분필로 숫자를 쓴다. 아기가 한숨을 쉬더니 내 오른쪽 가슴을 더듬지만 나는 갑작스럽고 심한 통증에 깜짝 놀라 아기를 반대쪽으로 안아든다. 다행히 아기는 잠에서 깨지 않고 잠잠해진다. 수잰 레드베터보다 우리가 그녀를 먼저 본다. 그녀는 얇은 흰색 샌들에 허벅지 중간까지 오는 흰 반바지 차림이다. 맨 어깨에 밀짚 토트백이 걸쳐져 있고 흰색 민소매 블라우스 덕분에 빨간 머리와 주근깨 난 창백한 어깨가 돋보인다. 아침에 샤워를 했나봐. 내가 부러워하며 생각한다. 수잰이 에이미와 나를 알아보고 손을 흔들더니 토트백을 톡톡 친다. 딩동, 에이번[12]이 왔어요!

너낼리 부인이 낡은 쉐보레 자동차를 세우고 합류한다. 너낼리 부인은 보통 무슨 일을 하러 가느냐에 따라 옷 위에 작업복이나 앞치마를 걸치지만 오늘은 긴 검정색 치마와 소매

---

12 미국의 화장품 브랜드.

가 가느다란 손목까지 내려오는 연두색 블라우스 차림이다. 왼쪽 가슴에 작은 이름표가 붙어 있다. 일주일에 이틀, 오후 근무를 하는 비올스 백화점에 가는 길이다. 셰퍼드 부인은 너낼리 부인이 예수재림파 신자가 되면서 화장을 그만두었다고 말했지만, 오늘은 옅은 분홍색 립스틱에 블라우스와 어울리는 아이섀도를 발랐다.

어머, 자기 좀 봐. 수잰이 그녀에게 말한다. 정말 예쁘다.

세상에, 요 애기 손 좀 봐. 너낼리 부인이 말한다. 풋볼 선수 손이네. 두 여자가 잠시 아기를 사랑스럽다는 듯 내려다보면서 입맞춤을 날린다. 수잰이 아기를 받아 들더니 자기 품으로 끌어당겨 안는다. 그녀는 눈을 감고 잠시 몸을 흔든 다음 조심스럽게 아기를 다시 건넨다. 나는 타는 듯이 아픈 젖꼭지와 잠 못 이루는 밤들을 떠올리며 아기를 수잰에게 다시 줄까 생각한다. 이렇게 말하고 싶다. 잠시만, 가서 기저귀 가방 가져올게.

로랠리는 어디 갔어요? 에이미가 보도에 홉스코치[13] 판을 대충 그리다가 애처롭게 말한다.

수영 배우러 갔어. 수잰이 말한다. 조금 이따 데리러 가서 댄스 학원에 데려다줄 거야.

셰퍼드 부인이 보인다. 물을 틀지도 않은 호스를 들고 앞

---

13   사방치기와 비슷한 놀이.

마당에 서 있다.

저 분은 괜찮으셔? 내가 너낼리 부인에게 묻는다.

수잰이 몸을 숙이고 목소리를 낮춘다. 포터 씨가 자살했다는 말이 있던데.

뭐라고? 내가 말한다. 세상에, 설마. 사냥 사고였잖아. 잠을 자던 아기가 한숨을 쉬더니 다시 품으로 파고 들려 하지만 통증이 젖꼭지에서 팔까지 퍼지는 바람에 내가 아기를 반대편으로 돌려 안는다.

포터 씨는 평생 사냥을 한 적이 없어. 수잰이 말한다. 그분은 굶어 죽는 한이 있어도 동물은 못 쏠걸.

너낼리 부인이 입을 꾹 다물고 얼굴을 약간 찌푸린다. 두 사람 모두를 위해서 사실이 아니면 좋겠다.

셰퍼드 부인이 아이스티가 가득 찬 유리병을 들고 길을 건너려 할 때 그녀의 집 앞 관목 뒤에서 지니의 딸이 나타난다.

데브라 앤과 에이미가 앞마당에 서서 일, 이분 정도 서로를 살펴보고, 모기 물린 팔을 피가 날 정도로 긁어놓은 데브라 앤이 에이미에게 같이 자전거를 타러 가겠느냐고 묻는다. 안 돼. 내가 말한다. 둘 다 마당 밖으로 나가면 안 된다.

아, 뭐 어때서. 셰퍼드 부인이 말한다. 괜찮을 거예요.

안 돼요. 내가 날카롭게 말한다. 셰퍼드 부인이 아이스티를 길게 한모금 마시고 입술을 빤다.

아까 수잰에게는 캐서롤을 가져다줘서 고맙다고, 너낼리

부인에게는 레몬 케이크를 가져다줘서 고맙다고 인사를 했다. 이제 나는 셰퍼드 부인에게 캐서롤을 가져다줘서 고맙다고 인사한다. 쓰레기통에 버리면서 보니 그릇에 수잰의 이름이 그대로 붙어 있었다.

아, 별것도 아닌데 뭐. 그런 다음 셰퍼드 부인이 우리 세 사람을 향해 말한다. 내가 베이비시터 일을 찾고 있는 여자애를 알아요. 그녀가 주머니를 뒤져 길쭉한 종잇조각 세개를 꺼내서 우리에게 하나씩 준다. 이게 걔 전화번호예요. 칼라 시블리. 강력 추천이에요.

수잰이 종이를 보며 얼굴을 찌푸린다. 이 애를 어떻게 아신다고요?

교회에서요. 셰퍼드 부인이 주저 없이 말한다.

그래요? 수잰이 말한다. 교회 다시 나가요, 코린?

당연하죠, 수잰! 포터의 사고도 있었으니까, 정말 위안이 돼요.

그렇군요. 수잰이 눈을 가늘게 뜨고 토트백을 다른 어깨에 바꿔 멘다. 음, 저희 크레센트파크 침례교회 사람들도 전부 당신을 위해 기도하고 있어요.

고맙기도 하지. 셰퍼드 부인이 말한다.

너낼리 부인이 얼굴일 찌푸리며 수잰을 본다. 몸은 좀 어때?

유산됐어. 그녀가 얼굴을 빨갛게 붉히며 말한다. 하지만 괜찮아! 몇 달 뒤에 다시 시도할 거야.

어머, 저런. 너낼리 부인이 말한다.

시간은 아직 많아요. 셰퍼드 부인이 말한다. 아직 스물여 섯살밖에 안 됐잖아.

고마워요, 코린. 하지만 저 서른넷이에요.

그래요? 딱 스물여섯살처럼 보이는데. 셰퍼드 부인이 잠 시 말을 멈추고 너낼리 부인을 흘끔거린다. 담배 좀 피워도 괜 찮을까?

정말 유감이야. 내가 수잰에게 말한다.

괜찮아. 수잰이 말한다. 예쁘고 재능도 넘치고 똑똑한 딸 이 있잖아. 그리고 또 뭐가 있는지 여기 좀 봐봐! 그녀가 토트 백에 손을 넣어 에이번 샘플 — 향수, 크림, 아이섀도, 작은 립 스틱까지 — 을 한줌 꺼내서 나눠준다.

셰퍼드 부인은 받은 화장품을 보지도 않고 너낼리 부인에 게 주더니 블라우스 주머니에서 담배를 꺼낸다. 그녀가 내뱉 는 담배 연기 냄새가 어찌나 따뜻하고 감미로운지, 그녀의 손 에서 담배를 빼앗아 온 힘을 다해 빨아들이고 싶다.

아직도 재판 준비해요? 셰퍼드 부인이 나에게 묻는다.

네. 내가 아기를 반대편으로 안아 들고 에이미를 흘끔거 린다. 에이미와 데브라 앤은 죽은 나무 밑에 앉아서 열심히 이 야기를 나누면서 가끔 우리를 흘끔거린다.

수잰이 몸을 약간 숙이면서 담배 연기를 피한다. 그 여자 애 삼촌이 스트릭랜드 씨 가족을 협박하려고 했대.

말도 안 되는 모함이야. 내가 참지 못하고 말한다. 누군지 몰라도 그런 말을 하다니, 너무해.

난 그 말이 사실이라곤 안 했어. 수잰이 주의를 준다. 소문이 어떤 식으로 퍼지는지 다들 알잖아.

알고말고! 셰퍼드 부인이 소리 내어 웃는다. 음정이 이상하고 쩌렁쩌렁한 웃음소리를 듣자 목장에 살던 캐나다두루미가 떠오른다. 셰퍼드 부인이 오늘 아침에는 다행히도 잊지 않고 그린 눈썹을 치켜올리며 몇 걸음 떨어져서 아기 반대편으로 담배 연기를 뱉는다.

정말 말도 안 되는 모함이지만 편협한 사람들한테 뭘 바라겠어요? 셰퍼드 부인이 말한다.

수잰이 입술을 오므리고 숨을 들이마신다. 음, 그렇게 생각하실 수도 있겠죠, 코린. 그래도 난 편협한 사람은 아니지만…… 그녀가 잠시 말을 멈추고 주변을 둘러보며 수잰 레드베터는 편협한 사람이 아니라는 동의를 구한다. 그러나 셰퍼드 부인과 나는 아무 말도 하지 않고, 너낼리 부인은 이미 자동차로 걸어가면서 즐거운 시간들 보내요, 라고 인사한다.

수잰이 그만 실례하겠다고 말하더니 약간 당황한 듯 천천히 걸어가기 시작한다. 자기 집에 도착한 그녀는 우편물을 확인하는 척한 다음 감히 그녀의 세인트어거스틴 잔디밭에 자리를 잡은 민들레 몇 개를 뽑는다. 그런 다음 포치에서 빗자루를 들고 나와 보도를 쓴다.

어디 갈 데도 없고 달리 할 일도 없는 것이 분명한 셰퍼드 부인은 내가 아들에게 코를 들이미는 모습을 바라본다. 아직 갓난아기이기 때문에 나는 가끔 냄새를 맡으며 내 아이라는 것을 확인하고 싶다.

갓난아기네. 셰퍼드 부인이 말한다. 갓난아기보다 냄새가 좋은 건 새로 뽑은 링컨 컨티넨털밖에 없지. 잠깐 냄새 좀 맡아도 될까요? 그녀가 담배를 등 뒤로 숨기고 몸을 숙여 내 아들의 냄새를 맡는다. 아, 난 더러운 기저귀는 그립지 않고 잠 못 자는 밤도 절대 그립지 않지만 이 냄새는 정말 그리워요.

내가 아기의 턱 밑으로 담요를 여미고 그녀를 본다. 글로리아 라미레스를 보셨어야 해요. 그 남자가 죽도록 팼어요. 아기가 잠결에 몸부림을 치면서 입을 열었다 닫는다. 내가 몸을 숙이고 목소리를 낮춘다. 셰퍼드 부인, 그 여자애는 짐승한테 당한 것 같았어요.

코린이라고 불러요.

코린, 데일 스트릭랜드는 야생 돼지보다 나을 게 없어요⋯⋯. 내가 말한다. 아니, 돼지만도 못하죠. 야생 돼지들이야 어쩔 수 없으니까요. 전기의자에 앉아서 처형당하면 좋겠어요, 정말로.

코린이 담배꽁초를 보도에 떨어뜨리더니 발로 밀어 연석 밑으로 떨어뜨린다. 우리는 필터에서 마지막으로 피어오르는 연기를 보고, 그녀가 곧장 담배 한개비를 더 꺼내 불을 붙이면서 말을 고른다. 코린이 미소를 지으며 아기의 턱을 간질인다. 알아요. 그나마 반쯤이라도 멀쩡한 판사가 배정되기만 바라는 수밖에. 증언할 거예요?

네, 할 거예요. 내가 뭘 봤는지 빨리 말하고 싶어요.

음, 잘 됐네. 당신이 할 수 있는 건 그것밖에 없죠. 뭐 좀 물어볼게요, 메리 로즈. 잠은 제대로 자는 거예요?

괜찮다고, 우리 애들은 괜찮다고, 누구의 도움도 필요 없다고 말하려고 고개를 홱 들지만 코린이 도박사를 보는 블랙잭 딜러처럼 나를 보고 있다.

코린에게 사실을 말할 수도 있다. 글로리아가 다시 우리집 현관문을 두드리지만 내가 나가 보지 않는 꿈을 꿀 때도 있다고 말이다. 나는 베개 밑에 머리를 묻고 침대에서 꼼짝도 하지 않지만 문 두드리는 소리가 점점 더 커져서 더 이상 견딜수 없을 지경이 되면 침대에서 나와 새 집 복도를 걸어간다. 내가 무거운 문을 당겨서 열면 나의 에이미가 만신창이로 두드려 맞은 채 피를 흘리며 맨발로 포치에 서 있다. 엄마, 왜 나를 도와주지 않았어요? 에이미가 소리친다.

전화를 새로 설치한 날부터 계속 걸려오는 전화들에 대해서 말할 수도 있고, 어떤 밤에는 내가 피곤한 건지 무서운 건지 분간이 가지 않는다고 말할 수도 있다.

그 대신 나는 이렇게 말한다. 난 괜찮아요. 물어봐줘서 고마워요.

코린이 세 개비째 담배를 찾아서 담뱃갑을 뒤적이지만 텅 빈 것을 깨닫고 구겨서 바지 주머니에 쑤셔 넣는다. 분명히 반 갑은 남아 있는 줄 알았는데. 그녀가 말한다. 포터가 죽은 뒤로 기억이 하나도 안 나요. 지난주에는 담요를 잃어버렸지 뭐예요. 담요를 말이에요! 코린이 간절한 눈빛으로 길 건너 자기 집 차고 문을 바라본다. 음, 이제 가서 스프링클러도 돌리고 아이스티를 한잔 더 만들어야겠어요. 오늘 기온이 삼십팔도까지 올라간대요. 아직 유월인데!

나는 코린이 이미 집 안으로 사라진 뒤에야 그녀가 데브라 앤 피어스를 우리 앞마당에 놓고 갔다는 사실을 깨닫는다. 나는 그 자리에 서서 여자애들을 바라본다. 아이들은 가끔 나를 보고 얼굴을 찌푸린 다음 나를 완전히 무시한다. 아기가 깨자 나는 두 아이를 데리고 들어와서 문을 잠근다. 여자애들이 에이미 방에서 노는 동안 나는 아기에게 젖을 먹이려고 애쓴다. 오른쪽 가슴이 화끈거리고 젖꼭지 옆에 단단한 멍울이 생긴 것을 보니 유선이 감염된 것 같다. 아기가 젖꼭지를 꽉 물자 통증이 온몸을 관통한다.

부인회 모임에 참석하러 나갈 준비가 되었을 때 바깥은 거의 삼십이도이고 에이미는 내가 새 친구를 집으로 돌려보내서 화가 났다. 에이미는 조수석에 앉아서 글러브박스를 발로 차면서 에어컨 토출구를 만지작거리고, 아기는 우리 사이에 앉아서 발버둥친다.

데브라 앤이랑 재미있게 놀았니? 내가 묻는다.

괜찮았어요. 에이미가 발로 차고, 차고, 또 차면서 말한다.

그만해, 에이미. 둘이 공통점은 많았어?

그런 것 같아요. 에이미가 말한다. 걘 친구가 많다는데, 다 상상 속의 친구인 것 같아요.

내가 부인회 모임에 참석하는 것은 이번이 두번째다. 나는 시내로 이사하면서 이제 침례교 라디오는 그만 듣고 진짜 교회를 찾아야겠다고 결정했다. 어딘가에 소속되는 것이 우리에게 좋을지도 모르고, 요즘 에이미가 구원에 대해서 이야기하기 시작했기 때문이다. 그러나 오늘 모임은 끔찍하다. 증발식 쿨러가 틀어져 있지만 아무 소용없고, 열기 때문에 가슴이 타는 듯한 느낌이 더 심해진다. 내가 도착해보니 몇몇 여자들이 낡은 여름옷을 상자에 넣은 다음 남편들을 시켜서 시내 외곽에 하룻밤 사이에 뚝딱 생긴 것 같은 채굴 인부 임시 숙소의 가족들에게 가져다주었다는 이야기를 하고 있다.

정말 끔찍한 숙소예요. 로버트 페리 부인이 우리에게 말한다. 사방에 쓰레기가 널려 있고, 대부분 물도 안 나오고 — 그녀가 잠시 말을 멈추고 목소리를 낮춘다 — 멕시코 사람들이 득시글거려요.

맞장구치는 중얼거림이 퍼져나간다. 그 사람들 생활 방식은 정말 끔찍하다니까요. 누군가가 이렇게 말하자 또 다른 사람이 전부 그런 건 아니라고, '일부'만 그렇다고 일깨워준다.

나는 입을 떡 벌리고 그 자리에 앉아 있다. 평생 그런 말을 들어본 적도 없는 것처럼, 저녁 식탁에서 아빠에게, 추수감사절 모임에서 친척들에게, 바로 내 남편에게 그런 이야기를 듣지 않은 것처럼 말이다. 그러나 이제 글로리아와 그녀의 가족을 생각하면 마음이 욱신거린다, 나도 모르게 계속 뜯게 되는 상처 같다.

에이미와 아기는 교회 탁아방에 있다.

십대 소녀가 꺅 소리를 지르며 내 품에서 아기를 빼앗아 갈 때 내가 스스로에게 말했다. 여긴 교회야. 여기선 안전할 거야.

나는 눈을 감고 손으로 이마를 짚는다. 열이 조금 나는 것 같다. 오른쪽 겨드랑이 밑에서 갈비뼈까지 누가 용접기를 들이대고 있는 것 같다.

메리 로즈, 괜찮아요? 헨드릭스 신학 학사의 아내 바비가 내 의자 옆에 서 있다. 그녀가 내 어깨에 손을 얹는다. 누군가 내가 피곤한 것 같다고 말하자 또 다른 누군가가 라미레스라는 여자애와의 그 끔찍한 일을 언급하고, 또 다시 맞장구치는 속삭임이 퍼진다. 정말 수치스러운 일이에요. 스트릭랜드 씨의 어머니는 도대체 어떻게 잠을 이루겠어요? 아들이 너무 걱정될 텐데, 그게 전부 오해 때문이잖아요.

오해 같은 건 없었어요. 내가 말한다. 그건 강간이었어요. 다들 아닌 척하는 게 지겹고 끔찍해요. 내가 말을 멈추고, 내 시선이 회합실을 방황한다. 이곳은 지옥처럼 뜨겁다. 교회 주보로 부채질을 하던 여자들은 계시라도 기다리는 것처럼 접이식 의자 끄트머리에 걸터앉아 꼼짝도 하지 않고, 나는 이것을 이야기를 계속해야 한다는 신호로 받아들인다. 몇 시간도 안 돼서 나는 이것이 실수임을 깨닫지만, 지금은 아니다.

내가 말한다. 원한다면 모래 폭풍을 가벼운 산들바람이라고, 가뭄을 건기라고 부를 수 있지만 그래 봤자 결국 하루가 지나면 집은 엉망진창이 되고 키우던 토마토는 죽는다고. 목구멍이 조여들면서 끔찍하게도 눈물이 차오르기 시작한다. 이 선량한 여자들 앞에선 울지 않을 거야. 지금 입을 닫으면 다 괜찮아질 거야.

난 그 애를 봤어요. 내가 그들에게 말한다. 그 남자가 그 애한테 무슨 짓을 했는지를요.

실례지만 메리 로즈 — 증발식 쿨러 너머에서 어떤 목소리가 들려온다 — 당신이 뭘 봤다고 '생각하는지'는 알지만, 내가 아는 한 우리는 아직 미국에 살고 있고, 미국에서는 유죄가 증명될 때까지 무죄예요.

여기저기서 수군거리는 소리가 들리고 상냥한 거짓말이 선량한 여자에게서 선량한 여자에게로 전해진다. 스트릭랜드의 헌법적 권리에 대한 말은 맞지만, 내가 보기에 이들은 이미 십대 여자애에게 유죄 선고를 내린 것 같다. 잠시 실례할게요. 나는 이렇게 말하고 여자 화장실로 간다.

결국 사람들은 경리 담당인 카우든 부인을 나에게 보낸다.

그녀는 나이가 지긋한 여성으로, 천팔백백십일년 — 펜웰 근처에서 폭발사고로 중국인 철로 근로자 다섯명이 죽은 해 — 에 자기 할머니가 이 마을에 피칸나무 한줄을 최초로 심었다고 주장한다. 맨 처음에 심은 묘목 스물다섯그루는 폭풍에 모조리 반 동강 났다. 하지만 이 이야기는 뻔뻔한 거짓말이다. 실제로 나무를 심은 사람은 셰퍼드 부인의 할머니 비올라 틸먼이고, 이 사실을 다들 알지만 인정하지 않으려 한다. 수잰에게 들은 이야기에 따르면 코린은 육년 전 바비 헨드릭스와 사소한 다툼을 벌인 뒤 부인회에서 탈퇴해달라는 요청을 받았다. 코린이 지역 사회에 깊이 뿌리를 내리고 있다는 점을 생각하면 용서받거나 적어도 용납될 수 있는 일이었지만, 코린은 목요일 오후마다 머리 손질받는 것을 그만두었다. 난 이제 이런 게 다 지긋지긋해요. 코린이 부인회의 선량한 여자들에게 말했다. 이제부터 내 영혼은 내가 알아서 예수님께 인도할게요.

카우든 부인은 회합실 옆 여자 화장실에서 개수대에 몸을 구부린 채 울음을 참고 있는 나를 발견한다. 그녀는 화장실 문에 조용히 기대어 서 있고 나는 얼굴에 미지근한 물을 뿌리면서 혼자 중얼거린다. 그런 '거짓말', 그런 말을 하다니. 믿기지도 않아.

얼음물 한잔 갖다줄까요? 카우든 부인이 말한다.

아니, 괜찮아요.

있잖아요, 그 여자애가 거기서 무슨 일이 있었다고 주장

하는지 사람들도 다 알아요. 카우든 부인이 말한다. 우리한테 항상 그 이야기를 상기시켜줄 필요는 없어요. 그리고 그 단어는 너무 흉하잖아요.

내가 물을 잠그고 똑바로 서서 그녀를 마주본다. 강간 말인가요?

카우든 부인이 얼굴을 찌푸린다. 그래요.

새 집에 와서 이삿짐을 풀기도 전에 로버트는 수소를 잃어버려서 정신이 없을 때 내가 몇 주 일찍 진통을 시작했는데, 그때 그레이스 카우든이 일주일 치 저녁식사와 에이미가 읽을 만화책 한무더기를 가져다주었다. 내가 아는 한 그녀는 평생 누구에게든 불친절한 말을 단 한 마디도 한 적 없었다. 내가 그녀에게 손을 내민다. 미안해요, 그레이스.

카우든 부인이 내 손을 꼭 잡고 자기 심장에 가져다 댄다. 음, 내가 미안해요, 메리 로즈. 그녀가 가볍게 웃는다. 요 몇 달은 정말 엉망이었어요. 목사의 아들은 감옥에 들어앉아 있고 지니 피어스는 가족을 버리고 도망쳐서 어디로 갔는지도 모르잖아요. 당신은 얼마 전에 아들을 낳은 데다가 재판에도 출석해야 하고. 게다가 이 더위는 진짜 뱀처럼 사악해요.

그녀는 내 손을 잡은 채 판사가 편지나 뭐 다른 방법으로 대체하게 해주지 않을까요, 라고 말한다. 그러면 나와 내 가족이 덜 힘들 것이라고. 게다가 — 그녀가 몸을 가까이 숙인다 — 루 코널리가 그러는데 그 여자애 엄마는 추방되었고 여자애는 러레이도에서 가족과 함께 지내고 있다. 이런, 그 아이는 재판에 참석하러 돌아오지 않을지도 모른다. 돈이라도 주지 않는다면 말이다.

나는 그레이스의 가슴에서 가볍게 손을 뗀 다음 개수대 쪽으로 몸을 다시 돌리고, 내가 수돗물을 트는 사이 그녀가 큰 소리로 불평한다. 부인회 모임은 원래 재미있어야 하는 건데 말이에요. 그녀가 말한다. 이런 모임에 죄책감을 느끼러 오는 사람은 없으니까요.

카우든 부인은 본인을 포함해서 몇몇 부인들이 생각하기에는 먼지가 가라앉고 이 흉측한 일이 다 지나갈 때까지 내가 모임을 잠시 쉬고 싶을 것 같다고 말한다. 내 상태가 좀 나아질 때까지만 말이다.

그래, 예전의 나처럼 말이지. 내가 생각한다. 나는 수도꼭지 밑에서 잠시 손을 꽉 쥐고서 살갗 위로 굽이쳐 흐르는 물을 본다. 세면대에서 황과 흙 냄새가 올라온다. 그날 아침 그가 수갑을 차고 보안관 대리가 타고 온 세단 뒷좌석에 앉아 있을 때, 우리 집 포치에서 사암 빛 눈을 가진 구급대원 청년이 손가락으로 내 뒷목을 눌러주었다. 또 다른 구급대원은 추위와 황 냄새가 나는 얼음물을 내게 건넸다. 두 사람 다 도대체 무슨 일이 있었는지 알고 싶어 했다. 나는 고개를 저었다. 고개를 젓고 또 저었지만 할 말을 단 한마디도 찾을 수 없었다. 구급대원들은 집 안의 두 여자애들이 문을 열어주지 않는다고 말했고, 문을 연 다음에도 글로리아는 남자 구급대원이 가까이 오지 못하게 했다. 나는 물을 마신 다음 두남자가 포치에서 기다리는 동안 안으로 들어가서 수건을 적셔 아이의 뺨에 조심스럽게 가져다 댔다.

이제 괜찮을 거야. 내가 그녀에게 말했고, 내 딸은 한구석에 서서 말없이 지켜보았다. 괜찮을 거야. 내가 다시 말하면서 이번에는 두아이 모두를 시야에 담았다. 나는 아이의 얼굴을 계속 닦으면서 우리는 괜찮을 거라고, 우리 모두 괜찮을 거라고 계속 말했다.

그곳에서는 여름에도 수돗물이 얼음처럼 차갑지만 이곳 시내의 수돗물은 미지근하고 우물물과 달리 찌꺼기와 모래알이 없다. 깨끗한 물, 깨끗한 출발, 깨끗한 백지 상태. 그 애는 한번도, 단 한번도 울지 않았지만 구급차에 태울 때 구급대원이 허리의 잘록한 부분에 양손을 대자 칼에 찔린 것처럼 비명을 질렀다. 우리가 그 아이를 나무 그루터기에 세워놓고 도끼로 내려치기라도 한 것 같았다. 아이는 몸부림을 치고 발로 차고 비명을 지르며 엄마를 찾았다. 그런 다음 나에게 달려오더니 내가 토네이도 가운데 마지막 남은 울타리 기둥이라도 되는 것처럼 나에게 매달렸다.

그러나 그때쯤 되자 나는 지치고 상심했기 때문에 돌아섰다. 그 애가 나를 향해 손을 뻗었지만 나는 돌아서서 집 안으로 들어가 문을 닫았다. 나는 남자 대원들이 아이를 붙잡아서 억지로 구급차 뒤쪽에 태운 다음 문을 쾅 닫는 소리에 귀를 기울였다.

그런데 지금 여기 시내에 사는 사람들은 그 아이를 거짓말쟁이나 협박범, 헤픈 여자처럼 취급하고 있다. 우리 죄를 사하여 주시옵소서, 좋다. 나는 두손을 모아 손바닥에 물을 받는다. 이곳 오데사에서 나는 무엇의 일부가 될까? 이제 나의 하루하루는 어떤 모습이 될까, 나는 어떤 사람이 될까? 예전과 똑같은 메리 로즈? 그레이스 카우든 같은 사람? 물이 손가락 사이로 빠져나가기 시작하자 나는 살짝 미소를 짓고 빈틈없이 손을 모은다. 서두르면 컵처럼 둥글게 모은 손에 물을 받아서 마실 수도 있다. 그래서 나는 그렇게 한다. 내가 꿀꺽꿀꺽 소리를 내며 물을 마시자 물이 턱을 따라 흘러 뚝뚝 떨어진다. 그레이스의 목에서 작은 소리가 난다. 나는 다시 몸을 구부리고 손에 물을 채운다. 어쩌면 신중함이 용기의 큰 부분일지도 모른다. 하지만 그렇지 않을지도 모른다. 나는 중요한 순간에 다른 여자의 딸을 버렸으므로 이제 정말 용감한 사람이 되고 싶은 마음이 간절했다.

나의 용감한 행동은 어떤 모습일까?

바로 이런 모습이다. 존경받는 카우든 부인이 나에게 조금 더 쉬면서 이유식을 어떻게 만들지 생각하는 게 좋겠다고 운을 뗄 때, 내가 세면대에서 얼굴을 들고, 둥글게 모은 두 손을 들고 그녀의 얼굴에 물을 뿌린다.

그레이스는 꼼짝도 않고 서 있다. 드디어 할 말이 없어진 것이다. 잠시 후 그녀가 손을 들어 이마의 물을 훔쳐서 화장실 바닥에 털어낸다. 음, 정말 무례하군요. 그녀가 말한다.

지옥에나 가요. 내가 그녀에게 말한다. 가서 당신들이 끊임없이 평가하는 그 불쌍한 사람들을 위한 구호상자나 싸지 그래요?

나에게는 아픈 아이가 둘이나 있고 식품 저장고는 텅 비어 있으며 로버트는 목장에서 여기까지 와야 한다고 불평할 것이다. 그러나 그는 이 소식을 듣자마자 차를 몰고 시내로 온다. 눈을 감으면 우리 목장 가옥 부엌 벽에 걸린 전화기가 미친 듯이 울리고 로버트가 볼로냐 샌드위치를 손에 들고 서서 나에 대한 심각한 우려를 표하는 어떤 여자, 또는 그 남편의 말에 귀 기울이는 모습이 떠오른다. 아이들이 잠들고 나자 로버트가 이 방에서 저 방으로 나를 따라다니면서 소리를 지르며 불같이 화를 내고, 나는 에이미의 책과 장난감을 집어 든다. 누가 불붙인 토치를 내 가슴에 갖다 대고 있는 것 같다. 나는 수유 브래지어를 벗어서 거실 카펫에 집어던지고 싶은 충동과 싸운다.

노력도 못해, 메리 로즈? 로버트가 말한다. 난 우리가 모든 것을 잃지 않도록, 팔십년 동안 우리 가족이 일궈온 땅을 잃지 않도록 매일 몸이 으스러지도록 일하고 있어. 그가 부엌으로 따라 들어와서 내가 종이가방을 꺼내 목장에 가져갈 통조림을 차곡차곡 채우는 모습을 지켜본다. 당신이 동네 미치광이인 척하고 다니는 게 우리 가족한테 도움이 될 것 같아?

나는 무릎을 꿇고 통조림이 가득한 선반을 물끄러미 보면서 계산을 하려고 애쓴다. 호멜 칠리 캔 두개랑 옥수수 캔이 저기 분명히 있을 텐데.

로버트의 장화가 내 다리 바로 옆에 있다. 소똥 냄새가 풍겨올 정도로 가깝다. 지난 사십팔시간 사이 로버트는 검정파리 때문에 소를 열두마리 넘게 잃었다. 바로 죽지 않는 소들은 총으로 쏴야 했고, 검정파리는 갓 죽은 사체에 알을 낳으므로 로버트는 불도저로 소의 사체를 모아서 등유를 부었다.

나는 저녁 먹은 그릇들을 개수대에 넣고 뜨거운 물을 튼다. 내가 무슨 말을 하길 바라, 로버트? 마을 사람들은 이 사건이 다 말하자면 오해라고, 연인들 사이의 가벼운 다툼이라고 믿기로 작정한 것 같아.

음, 그게 아닌지 당신이 어떻게 아는데?

나는 견딜 수 있는 한 가장 뜨거운 물을 가득 채운 싱크대에 두 손을 담근다. 표백제 냄새가 피어오르는데, 내가 잘못 계산한 것이 틀림없다 싶을 정도로 진하다. 손을 꺼내 보니 이미 검붉게 변했다.

지금 장난쳐, 로버트? 걔가 얼마나 다쳤는지 들었어? 비장을 들어내야 했대, 세상에. '내가' 뭐라고 했는지는 들었어?

그래, 메리 로즈. 들었어. 서른번이나 얘기했잖아.

나는 양손을 행주에 대고 꾹 누르면서 열기를 빼내려 애쓴다. 부엌에 표백제 냄새가 진동한다. 내가 최대한 침착한 목소리로 남편에게 말한다. 로버트, 글로리아 라미레스는 열네 살이야. 에이미가 그런 일을 당했다면 어떨 것 같아?

그 애를 내 딸이랑 비교하지 마. 로버트가 말한다.

음, 왜 하지 말라는 거야?

다르니까. 이제 로버트는 거의 고함을 지르고 있다. 그런 여자애들이 어떤 식인지 당신도 잘 알잖아.

나는 어제 씻어서 식기 건조대에 올려놓았던 그릇들을 집어서 찬장 문이 흔들릴 정도로 세게 내려놓는다. 아니. 내가 로버트에게 말한다. 당신, 그 빌어먹을 입 다물어.

로버트가 입을 꽉 다문다. 그가 눈을 가늘게 뜨고 주먹을 쥐자 나는 부엌 커튼을 홱 젖히고 커다란 나무 주걱을 찾기 시작한다. 어차피 치고 박고 싸울 거라면 내가 먼저 치고 싶다. 그리고 증인도 필요하다.

미안하지만 메리 로즈, 나는 입 못 다물겠어. 로버트가 말한다.

그가 불평을 늘어놓고 있을 때 전화가 시끄럽게 울린다. 내가 말한다. 받지 마, 요즘 어떤 세일즈맨한테서 계속 전화가 와. 전화가 끝없이 울리다가 잠시 멈추더니 다시 울리기 시작한다. 로버트는 가만히 서서 내가 사랑하는 마음을 잃었다는 듯이 나를 바라본다. 그가 전화기를 향해 움직이자 내가 소리친다. 받지 마. 빌어먹을 세일즈맨이라고.

전화가 조용해진 다음 로버트는 에이미를 얼마 동안이나 집에 가둬두었냐고 묻고, 나는 에이미가 라크스퍼 레인으로 이사 와서 새 친구를 수없이 많이 사귀었다고 거짓말을 한다.

로버트가 부엌 개수대 앞에 서 있는 나에게 천천히 다가와 자기가 조금도 보고 싶지 않았냐고 묻자 나는 가슴을 움켜쥐고 유선에 문제가 생긴 것 같다고 말한다.

빙고.

남편이 암소 뱃속에 팔을 팔꿈치까지 넣고 거꾸로 들어앉은 송아지를 뒤집으려 했지만 암소도 송아지도 그날 밤을 넘기지 못한 날이 있다. 나는 그때 엉엉 우는 모습을 본 적이 있는데, 그랬던 그도 젖꼭지가 감염되었다는 아내의 말 한마디에 번개 같이 나가버린다.

그는 통조림 몇 개와 수잰의 냉동 캐서롤을 하나 챙겨서 차에 타고 진입로를 빠져나가며 정말 간다는 뜻으로 경적을 짧게 울린다. 나는 아스피린을 먹고 다시 수돗물을 튼다. 앞집 포치에 코린 셰퍼드가 앉아 있다. 내가 거품 물에 담겨 있던 손을 꺼내 유리창 앞에서 들어 보이자 그녀도 담배 쥔 손을 든다. 한밤중에 작고 빨간 체리 같은 불빛이 흥겹게 흔들린다. 안녕, 메리 로즈.

전화가 다시 울리기 시작했을 때 달려가서 받지 않으려면 약간의 의지가 필요하다.

나는 그들에게 말하고 싶다. 어디 한번 와봐, 나쁜 놈아. 원체스터를 들고 포치에 서서 널 기다리고 있을 테니까.

글로리

아침 여섯시다. 알마는 늘 그렇듯 밤새 행정실과 보안실, 신용협동조합과 휴게실, 남자들이 가끔 변기 옆 바닥에 오줌을 누는 화장실, 썩은 음식과 텅 빈 에어로졸 세제 깡통이 넘치는 쓰레기통을 치우느라 피곤하다. 그러나 오늘은 금요일이고 알마는 같은 팀 여자 여섯명과 함께 월급을 기대하고 있다. 집세를 내고 식료품을 살 돈, 그녀의 딸이 항상 필요하다는 작은 것들을 살 돈, 집으로 보낼 돈, 그리고 조금 남으면 자신을 위해 핸드크림, 새 묵주, 초콜릿 같은 작은 것을 하나쯤 살 돈이다. 그래서인지 알마와 동료들은 평소보다 조금 덜 피곤하다.

국경순찰대 밴이 이미 정문 앞에 서 있고 미닫이문이 활짝 열려 그들을 기다리고 있다. 제일 어린 여자는 열여덟살이고 제일 나이 많은 여자는 손자가 여섯인 데다가 예순살이 다 되었기 때문에, 자동차 옆에 서 있는 대원 네명은 키가 더 크고 힘도 더 세고 허리 오른쪽에 보란 듯이 권총을 차고 있기 때문에, 체포는 빠르고 대체로 조용하게 진행된다. 알마가 화장실 벽장에 비상금을 숨겨놓았다고 남동생에게 알려주기도 전에, 푸에르토 앙헬로 돌아가는 기나긴 여정에 대비해서 물병이나 신발을 하나 더 챙기기도 전에, 글로리에게 작별인사를 하기도 전에 여자들은 사라고사 다리 건너편에 내려질 것이다.

알마는 딸의 이름을 어색하게 불러본다. 글로리 — 딸이 고집하는 이름. 글로리, 마지막 한박자가 잘려나간 이름. 알마는 그 이름이 그립다.

멕시코인들 사이에 불시단속 소식이 빠르게 퍼진 것은 세뇨라 도밍게스 덕분인데, 그녀는 스웨터를 가지러 휴게실로 돌아갔다가 작은 창문을 통해 다른 여자들이 잡혀가는 모습을 지켜보았다. 밴이 떠난 후에도 그녀는 콘크리트 바닥에 못 박힌 것처럼 그 자리에 거의 한시간 동안 서 있다가 교대 시간에 정문을 조용히 빠져나왔다.

사람들은 루카 도밍게스가 추위를 잘 타기도 하지만 고향 오악사카의 밤하늘이 떠오르는 남색이라서 봄과 여름에도 가지고 다니는 가벼운 면 카디건을 깜빡 잊은 것이 얼마나 슬픈 축복인지 몇 달 동안 이야기할 것이다. 그렇지 않았다면 알마 라미레스와 마리 바스케스, 후아니타 곤살레스, 셀리아 무뇨스, 그리고 청소 팀에 합류한 지 일주일도 안 된 게레로 주 탁스코 출신 열여섯살 소녀 닌파가 어떻게 되었는지 남편들과 자녀들과 자매들은 몇 주가 지나도록 몰랐을 것이다.

✛

불시 단속 사흘 뒤에 빅터가 알마의 아파트 문을 두드린다. 걱정 마라, 리츠 호텔 방을 버리고 온 것도 아닌데. 그가 더플백 두개와 식료품 꾸러미를 카펫에 내려놓으며 조카에게 말한다. 빅레이크의 남자 합숙소는 물이 새고 할라페뇨만 한 귀뚜라미들이 돌아다닌다. 그는 양쪽 검지 사이를 이점오센티미터, 오센티미터로 천천히 벌리면서 귀뚜라미가 얼마나 큰지 설명한 다음 아파트를 둘러보며 감탄한다. 전쟁터에서 돌아온 뒤 적어도 일주일에 두번은 저녁식사를 하러 오지 않았다는 듯이 말이다.

물이 새서 얼룩덜룩하고 군데군데 찍힌 석고보드 벽, 굽도리널을 따라 말려 올라온 카펫, 너무 낡아서 조심하지 않으면 살이 반으로 쪼개지는 블라인드. 이 모든 게 보이지 않는다는 듯이. 이 집도 수도가 새서 여름이면 썩은 달걀 냄새가 나는 물이 똑똑 떨어지지 않는다는 듯이. 이 집 역시 벽 뒤에 귀뚜라미가 우글거리지 않는다는 듯이.

몇 주 전 알마가 귀뚜라미를 로스 그리요스라고 부르자 글로리아가 눈알을 굴렸다. 하느님 맙소사, 영어로 귀뚜라미라고 말하는 게 그렇게 어려워요? 아이 미하, 노 말디가스 알 세뇨르[14].

---

14   스페인어로 '딸아, 주님의 이름을 욕되게 하지 말아라(Ay mija, no maldigas al Señor)'라는 뜻.

영어로 말해요. 글로리가 말했다. 한번이라도 여기 속한 사람처럼 굴어봐요.

글로리는 외삼촌이 보도에 놓고 온 짐을 마저 들고 와서 그녀가 자는 소파베드로 가는 것을 지켜본다. 그는 책 두권, 감자칩 한봉지, 시리얼 한통, 우유 일갤런, 쿠어스 라이트 맥주 여섯개들이 두팩이 담긴 작은 나무 상자와 세번째 더플백을 내려놓는다. 여기가 내 숙소보다 좋네, 주차장도 있고. 그가 말한다. 내 쉐보레 픽업트럭 엘카미노가 우박을 맞을 일도 없고 말이야, 안 그러냐 글로리아?

글로리가 양손으로 귀를 막고 다시 엄마 방으로 걸어간다. 그녀가 한번 더 말하자 삼촌이 멍한 표정으로 그녀를 본다. 나를 뭐라 불러도 좋지만 그 이름만은 안 돼요. 글로리는 엄마와 삼촌에게, 그리고 조사를 받을 때 지역 검사에게도 애원했다. 아니, 왜 안 된다는 거니, 미하? 빅터가 말한다. 그게 네 이름이잖아. 그 이름을 들을 때마다 그 남자 목소리가 들리니까요! 글로리가 삼촌에게 소리친다.

네시에서 몇 분이 지났고, 아파트 건물은 어린이집과 성경 학교에서 돌아오는 꼬마 아이들의 소음으로 노래를 하고 한숨을 쉰다. 엄마들, 그리고 누나들이 아이들에게 얼른 와서 허드렛일을 도우라고 소리친다. 열린 창문 안에서 박스형 선풍기들이 웅웅거리며 뜨거운 공기를 작은 마당으로 몰아낸다. 주차장에 멕시코 전통 음악인 란차라가 흐르고, 글로리는 엄마 방으로 들어가 침대에 누워서 베개를 모조리 가져다가 세상과 자기 귀 사이를 막고 싶다는 충동과 다시 싸운다.

그때 그 유전에서 남자는 자기 음악을 크게 틀었고, 가끔 멈춰서 컨트리 음악과 웨스턴 음악이 나오는 채널들을 오가다가, 한번은 글로리가 좋아했던 대학 방송국의 심야 펑크 프로그램을 틀었다. 그가 음악을 크게 틀지 말아야 할 이유가 어디 있을까? 들을 사람이 어디 있다고? 널 도우러 올 사람은 아무도 없어. 그가 글로리에게 말했고, 그의 말이 옳았다.

글로리가 엄마 방에 있을 때 건물 관리인 나바로 씨가 문을 두드린다. 그는 빅터에게 두사람 모두 나가줘야겠다고 말한다. 나바로 씨는 공장에서 불시 단속이 있었다는 소식을 들었고, 자기 건물에 불법 체류자들이 살기를 바라지 않는다. 빅터가 조카 글로리는 바로 이곳 오데사의 병원에서 태어났다고 말한다.

이 투?[15] 나이 많은 나바로 씨가 묻는다.

빅터가 스페인어로 대답하기 때문에 글로리는 알아듣지 못한다. 엄마는 이곳 텍사스에서 스페인어는 수위와 가정부가 쓰는 말이지 자기 딸이 쓸 말이 아니라고, 학교에서 스페인어를 하는 아이들은 결국 방과 후에 남아야 하거나 더 심한 일을 당한다고 항상 주장했다.

---

15 스페인어로 '당신도(Y tú)?'라는 뜻.

그러나 글로리는 빅터의 말을 못 알아들어도 무슨 내용인지는 안다. 그는 자신이 조카와 마찬가지로 미국인이라고 나바로 씨에게 말한다. 베트남에 두번이나 복무해서 시민권을 얻었다.

몇 분 뒤 삼촌이 방문을 두드리더니 둘이 살 다른 곳을, 더 좋은 곳을 찾겠다고 말한다. 그러니까 짐을 싸렴, 글로리.

살림을 챙기는 일은 오래 걸리지 않는다. 사년 전 글로리와 알마는 여행 가방 세개와 부엌세간을 넣은 우유 상자 하나를 들고 가구가 완비된 이 아파트에 들어왔다. 이제 글로리가 여행 가방 하나에 자기 옷을, 또 하나에 알마의 옷을 싼다. 그런 다음 엄마의 이불을 개고 침대에서 시트를 벗겨내 베개 여러 개와 함께 또 다른 여행 가방에 넣고 자기 칼도 같이 넣는다. 개잎갈나무 냄새가 옅게 나는, 오악사카 고향의 가족들 사진이 든 나무 시가 상자도 있다. 티오는 모래 해변이 소금처럼 하얗다고, 적색퉁돔은 버터 맛이 난다고 말한다. 글로리는 시가 상자를 엄마의 여행 가방에, 청바지와 엄마가 제일 좋아하는 블라우스 사이에 넣는다.

그런 다음 부엌으로 가서 가스레인지 옆 찬장을 연다. 알마의 솥, 숟가락과 커피잔, 두사람이 교회 상점에서 발견한 이 나간 접시들, 알마가 열여덟해 전 국경을 넘을 때 가지고 왔던 평범한 요리용 나무 숟가락이 우유 상자로 들어간다. 알마는 방 하나짜리 아파트에서 역시 집으로 돈을 보내는 여자 여섯과 함께 살 때 이 숟가락으로 콩과 스튜를 저었다. 글로리는 어릴 때 가끔 숟가락으로 엉덩이를 맞았고, 열살이었던 해에는 알마가 부엌에서 이 숟가락을 던지며 글로리에게 한번도 본 적 없는 아빠에 대해서 그만 좀 물어보라고 했다. 어디 있는데요? 글로리가 물었다. 푸에스, 키엔 사베?[16] 캘리포니아에 있을지도 모르고 죽었을지도 모르지. 이 아미 케![17]

몇 년 뒤 글로리가 엄마보다 키도 크고 힘도 세졌을 때 알마는 글로리가 학교를 빼먹는 게 아닐까 의심하면서 숟가락으로 글로리의 머리를 가리키며 빅터에게 통역을 부탁한 다음 딸에게 하느님이 주신 머리로 핑키 주류 판매점에서 좀도둑질을 하거나 남자랑 차를 타고 버펄로 웅덩이에 가서 노닥거릴 게 아니라 뭔가 값진 일을 좀 하라고 애원했다. 바로 이 낡은 나무 숟가락 때문에 글로리는 눈물을 터뜨리며 작은 식탁으로 간다. 그녀는 다리를 꼬고 앉아서 발에 생긴 밝은 빨강색 흉터들을 문지르며 얼마나 지나야 알마가 강을 건널 기회와 돈과 배짱을 그러모을 수 있을까 생각한다.

++

정유소에서 일킬로미터쯤 떨어진 펄 퍼트롤리엄 교차로

16   스페인어로 '글쎄, 누가 알겠니(Pues, quién sabe)?'라는 뜻.
17   스페인어로 '내가 무슨 상관이야(Y a mí qué)!'라는 뜻.

근처의 U자형 제로니모 모텔에는 방이 서른여섯개 있다. 더운 밤에 에어컨과 핫플레이트, 텔레비전을 동시에 틀어서 퓨즈가 나가 버리면 투숙객들은 모두 밖으로 나가 철제 난간에 기대어 서서 연소방산탑에서 솟아오르는 파란색과 주황색 불꽃을 바라본다. 바깥이 더 시원한 것은 아니지만 보통은 바람이 살짝 분다.

빅터가 길고 하얀 엘카미노 — 그는 엘티부론이라고 부른다 — 를 수영장 맞은편에 세운다. 푸에스, 너 온종일 저기 들어가 있어도 되겠다. 조수석 문에 기대어 따뜻한 유리창에 뺨을 붙이고 있는 조카에게 빅터가 말한다. 열시가 넘었고 주차장은 벌써 디젤 트럭과 픽업트럭, 세단과 스테이션왜건 몇 대로 가득 찼다. 작은 캠핑용 자동차가 수영장 건너편 두자리를 차지하고 있고, 노란 포치 불빛이 수면에서 부드럽게 깜빡거린다. 어떤 여자가 수영장에서 헤엄을 치자 작은 물결이 그녀의 머리와 손에서부터 퍼져나간다. 수영장 한가운데 도착한 그녀가 몸을 뒤집어서 어둠 속에 둥둥 뜨자 몸이 드러나고 노란 머리카락이 얼굴 주변에서 장어처럼 떠다닌다. 여자는 무릎 아래를 잘라낸 청바지에 티셔츠 차림이고, 두꺼운 팔과 다리가 어둠 속에서 상어 이빨처럼 번득인다.

빅터가 글로리를 도와 이층으로 짐을 옮긴 다음 텍사스 모양 플라스틱 장식이 달린 방 열쇠를 준다. 이 모텔의 가장 좋은 점은 글로리가 방을 따로 쓸 수 있을 만큼 싸다는 것이다.

앤드류스 하이웨이 쪽 딕시 모텔은 방 값이 두배나 된다. 빅터는 그녀에게 십오호실을 준다. 그는 글로리가 이번 가을에 열다섯살이 되니까 딱 맞는다고 말한다. 올해도 지나갈 거고, 너도 곧 나아질 거다. 그가 말한다. 이건 네 삶이 아니야.

십오번 방은 담배와 기름 냄새를 풍기지만 카펫에 청소기를 돌린 흔적이 남아 있고 화장실에서는 레몬향 세제 냄새가 난다. 길이가 방과 거의 비슷하고 높이가 낮은 갈색 서랍장에 텔레비전이 놓여 있고 더블베드에는 당근색 폴리에스테르 침대보가 덮여 있다. 빅터가 코카콜라 자판기를 찾는 동안 글로리가 침구를 벗겨낸다. 그런 다음 꽃향기가 나는 알마의 시트와 엄마가 지난 가을에 추가 근무를 해서 사준 침대보를 깐다. 침대보는 알마가 실제로는 한번도 못 봤지만 제일 좋아하는 텍사스 수레국화 무늬이다. 지난 가을에 빅터는 알마와 글로리에게 사월이 되면 힐 카운티에 가자고 약속했다. 텍사스의 모든 부모가 그러듯이 작은 보라색 꽃으로 뒤덮인 들판에 글로리를 앉혀놓고 사진을 찍어서 액자에 넣어 벽에 걸면 되겠다고 했다. 고맙지만 저는 집에 남아서 『주홍 글씨』나 읽을래요. 글로리가 삼촌에게 말했다. 고마운 줄을 모른다니까. 알마가 말했고, 두사람이 서로 노려보다가 결국 글로리가 시선을 떨구었다. 이제 유월인데. 글로리가 생각한다. 놓쳐버렸네.

빅터가 차가운 닥터페퍼 병을 들고 글로리의 방에 잠시 들러서 아침에 출근하기 전에 도넛을 가져다주겠다고 말한다.

삼촌이 통로로 나가자 글로리가 문을 닫고 가느다란 놋쇠 체인을 건다. 두사람의 방을 연결하는 문이 있지만 빅터는 비상시를 위한 것이라고 말한다. 그는 다른 사람들처럼 앞문을 두드릴 것이다. 글로리는 평생 자기만의 방과 마음대로 잠글 수 있는 문을 꿈꿔왔으므로 여기 온 것은 끔찍한 사건 때문이지만 그래도 작은 기쁨의 불꽃을 느낀다.

늦은 오후 햇살이 커튼 사이의 좁은 틈으로 밀고 들어와 가느다란 직사각형을 만든다. 카펫에 쏟아지는 빛이 공기 중에 떠다니는 티끌을 보여준다. 글로리가 커튼을 여미자 빛이 사라진다. 창문은 피자 상자보다 조금 큰 정도라서 체구가 작은 남자도 통과할 수 없다. 그래도 글로리는 창문의 금속 걸쇠와 누군가 위쪽 창과 아래쪽 창 사이의 설주를 따라 괴어놓은 빗자루를 확인한다. 이제 노란 머리 여자는 수영장 밖으로 나왔다. 그녀는 머리에 수건을 감고 손에 담배를 들고 라운지체어에 앉아 있고, 젖은 옷이 커다란 몸에 달라붙는다. 다른 방들은 캄캄하다, 제로니모 모텔은 조용하고 움직임이 없다.

누가 허튼 짓을 하면 여기 주인이 가만 안 있을 거야. 주차장에 차를 세웠을 때 줄지어 늘어선 트럭들을 보고 글로리의 눈이 커지자 빅터가 그녀에게 말했다. 인부 가족들한테만 방을 빌려준대. 여기서는 안전할 거야. 그가 조카를 다독이려는 듯 손을 뻗지만 팔에 닿기 전에 멈춘다. 괜찮을 거야.

빅터의 말이 맞을지도 모르지만, 침대로 올라간 글로리는 베개 밑에 손을 넣어 아까 넣어둔 접이식 주머니칼을 손가락으로 쓸어본다. 누가 저 문이나 창문으로 들어오면 맞설 준비가 되어 있다. 한번, 두번, 세번, 칼의 매끄러운 금속과 가죽 손잡이를 손가락으로 쓸어본다. 글로리는 칼을 잡은 채 칼을 쥔다, 걸쇠를 누른다, 허공에 휘둘러서 칼을 딸깍 편다 하며 나름의 순서를 복기하다가 잠든다.

꿈속에서 사막은 항상 살아 있다. 글로리는 조심조심 걸어가지만 달이 구름 뒤로 몸을 감추자 돌무더기도 그 뒤의 뱀소굴도 눈에 보이지 않는다. 그녀가 넘어졌다가 비명을 지르며 일어나지만 뱀들이 이미 발목과 다리에 몸을 감고서 배와 가슴을 향해 기어오른다. 한마리가 목을 감싸자 재빠르게 속눈썹을 스치는 가느다란 혀의 움직임이 느껴진다. 글로리는 꼼짝 없이 서서 뱀이 물러가기를, 어둠 속으로 돌아가기를 기다린다. 트럭 창문을 통해 달빛이 들어온다. 그의 동공은 푸른 하늘로 둘러싸인 검은 구멍이다. 이제 정산을 해야지, 글로리아. 그가 말한다. 네가 마신 맥주 값이랑 여기까지 오는 데 쓴 기름 값은 내야지. 잠깐만. 그녀가 말한다. 잠깐만! 그런 다음 청바지 주머니로 손을 뻗어 손가락으로 가죽 손잡이를 감싼다. 칼은 쉽게 펴지고 실수 없이 그의 목을 찾아간다.

어둠 속에서 깨어 있는 글로리는 손가락 하나로 배의 볼록 솟은 살갗을 쓸어본다. 가슴 바로 밑에서부터 민들레 줄기 굵기의 흉터가 몸통을 따라 구불구불한 길을 만든다. 글로리를 반으로 잘랐다가 다시 꿰맨 것 같다. 흉터는 배꼽을 피해 구부러졌다가 다시 이어져 치골 바로 밑에서 끝난다. 글로리가 병원에서 정신을 차려 보니 털이 다 밀려 있고 배는 금속 스테이플로 길게 봉합되어 있었다. 의사는 빅터에게 비장이 파열되었다고, 복부를 주먹으로 맞아서 그런 것 같다고 말했다. 글로리는 저항하고, 저항하고, 또 저항했다. 손발에 흰 붕대가 감겨 있고 머리카락은 바짝 깎였으며 정수리에 어지럽게 꿰맨 자국이 있었다. 빅터가 몸을 숙이고서 엄마는 병원에 못 오지만 집에서 기다리고 있다고 속삭였다. 경찰도, 질문도 너무 많았다. 애야, 넌 이겨냈어. 빅터가 조카에게 속삭였다.

그런 다음 뭐라 더 말했지만 글로리는 이미 잠과 통증 속으로 가라앉는 중이었기 때문에 알아듣지 못했다. 이건 영웅의 이야기야, 라고 한 것 같았다. 아니면, 너만의 이야기야, 라고 했는지도 모른다.

++

빅터는 매일 아침 네시 삼십분에 초콜릿 도넛과 우유 한 곽을 들고 문을 두드린다. 문 잠그고 있어. 그가 말한다. 도움이 필요하면 영번을 눌러라, 모텔 사무실이야. 삼촌이 나간 뒤 글로리는 침대에 누워서 주차장이 으르렁거리며 깨어나는 소리를 듣는다. 디젤 엔진 소리, 문이 쾅 닫히는 소리. 그녀의 방문 밖에서 비몽사몽의 남자들이 중얼거린다. 철제 계단에 울리는 작업화 소리가 들리고 인부 하나가 늦잠을 자서 자동차 경적이 갑자기 빵 울린다. 글로리는 이불 속에서 몸을 웅크리고 칼 손잡이를 꼭 쥔다. 다섯 시가 되자 주차장이 거의 텅 빈다. 아이들과 아내나 애인 들이 일어날 때까지 제로니모 모텔은 버려진 교회처럼 조용하고, 글로리는 그제야 푹 잔다.

늦은 오전이 되어 아이들이 계단을 오르락내리락 뛰어다니거나 수영장 깊은 쪽에서 무릎을 안고 다이빙을 할 때, 아내와 애인이 점심 교대 근무를 하거나 식료품을 사러 스트라이킷리치에 가기 시작할 때, 여자 청소부가 문을 두드리고 깨끗한 수건을 건네줄 때, 글로리는 이미 몇 시간 전부터 텔레비전을 켜놓았다. 청소부가 들어와서 시트를 갈려고 하지만 글로리는 고맙지만 괜찮아요, 라고 말한다. 글로리는 끝없이 흘러나오는 드라마와 세제 선전을 배경으로 잠을 자고, 가벼운 식사를 하고, 목욕과 샤워를 하고, 커튼 틈으로 밖을 내다보고, 방바닥을 가로지르는 길쭉한 햇볕을 지켜본다.

몇 번인가 실비아에게 전화를 하려고 수화기를 들지만 이월 이후로 학교 친구 누구와도 이야기한 적이 없다. 무슨 말을 할까? 여보세요, 난 이 세상 최고의 멍청이야. 모르는 사람 트럭에 올라타서 문을 쾅 닫았어. 신문에 사진이 실렸으니 이제 그냥 넘어갈 수도 없어.

삼촌은 매일 저녁 일곱시에 와터버거나 케이에프씨 종이 가방과 작은 선물들 — 잡지, 립밤, 글로리가 점심을 만들 수 있는 작은 핫플레이트와 깡통 스프들, 피넛버터와 소금 뿌린 크래커 한상자, 시추기 옆 땅바닥에서 발견한, 쓴 흔적이 거의 없는 스페인어 워크북 — 을 가지고 돌아온다. 매일 밤 그는 무언가를 가져오고, 그것을 건네는 손을 보면 삼촌이 기름 자국을 지우려고 무척 애를 썼음을 알 수 있다.

어느 날 저녁, 삼촌이 선글라스와 휴대용 카세트덱, 테이프 세개 — 캐럴 킹, 플리트우드 맥, 리디아 멘도사 — 를 가지고 돌아온다. 그는 리디아 멘도사의 테이프를 찾느라 서부 오데사를 전부 뒤졌다고 말한다. 이건 휴대용이야. 어디든 가져갈 수 있고 콘센트를 찾을 필요도 없어. 그가 건전지를 어디에 넣는지, 어깨끈을 어떻게 조절하는지 보여준다.

필요 없어요. 글로리가 말한다. 아무 음악도 듣기 싫어요. 만약 듣고 싶어져도 이 거지같은 음악은 아닐 거예요.

그래. 빅터가 식료품점 봉지에 물건들을 담는다. 생각이 바뀔지도 모르니까 서랍장 위에 올려놓을게. 샤워하고 올 테니 같이 티브이 보자. 빅터는 조카에게 알마가 곧 돌아올 거고, 다 같이 앉아서 즐겨 보던 프로그램을 보게 될 거라고 말한다. 그는 푸에르토 앙헬의 가족들에게 편지를 보내서 새 주소를 알렸다. 이제 조금만 있으면 알마가 답장을 보내서 잘 지내고 있다고 알려줄 것이다. 네 엄마는 계획이 있을 거야. 빅터가 말한다. 구월쯤 좀 시원해지면 돌아오겠지.

지금은 유월이고, 글로리의 머리카락은 솜털에 가깝다.

그녀의 나머지 부분과 마찬가지로 머리카락도 새로 시작하고 있다. 드라마 〈밤의 가장자리〉에서 어딘가로 숨으면서 이야기에서 사라진 브랜디 헨더슨처럼 글로리의 삶은 기나긴 정지상태, 멈춰진 테이프다. 그러나 다시 움직이려고 준비 중이다. 팔월에 증언만 하면 돼. 삼촌이 말한다. 말끔한 옷을 입고 법정에 걸어 들어가서 진실만 말하면 돼. 안 할래요. 글로리가 말한다. 그 사람이 어떻게 되든 상관없어요.

++

바깥 기온이 삼십육점오도인데 에어컨이 꺼지더니 잠시 탁탁 소리를 내다가 잠잠해진다. 열기가 역습할 기회를 기다렸다는 듯이 순식간에 창유리로 스며들고 창틀의 작은 틈새로 기어들어온다. 문과 카펫 사이의 좁은 틈으로 스멀스멀 침투하고 침대 위 환기구에서 주르륵 미끄러져 들어온다.

글로리는 보통 차가운 물을 가득 채운 욕조에 들어가서 시간을 때우지만 오늘은 날이 너무 더워서 수돗물마저 미지근하다. 그리고 이월 이후 줄곧 느껴왔던 무언가 때문에 흉터와 짧은 머리카락에 대한 부끄러움, 다른 사람의 눈에 띄고 싶지 않다는 생각, 자신을 도둑맞고 어쩌면 치명적인 상처를 입었을지도 모른다는 두려움과 슬픔이 모두 뒤로 물러난다.

그것은 바로 지루함이다. 적어도 오늘 아침의 글로리는 그것을 지루함이라고 부른다. 몇 년 뒤에는 외로움이라고 부르게 될 것이다. 오늘 오후, 글로리는 상자를 뒤져서 빅터가 사준 수영복을 찾아낸다. 튼튼한 끈이 달린 단순한 파란색 원피스 수영복이다. 그녀는 자기 배에, 발과 발목에, 손바닥 한가운데 난 별 모양 흉터에 눈길을 주지 않은 채 수영복을 입는다.

떨어지지 않으려고 철조망 울타리를 붙잡았니? 병원에서 글로리가 손바닥 상처를 보여주자 빅터가 물었다. 넌 군인처럼 강인하구나. 하지만 결국 떨어졌어요. 글로리가 말했다. 음, 그 부분은 빼고 얘기하면 돼. 그가 말했다. 사람들한테 말할 때는 철조망이 납작해질 때까지 울타리를 꽉 쥐었다고 얘기해.

내 이야기라고? 아니다. 이건 내 이야기가 아니다.

그녀는 모텔 문고리를 꽉 쥐고 이층 통로를 따라 난 연철 난간을 꼭 잡는다. 글로리는 쿵쾅거리는 가슴을 안고, 사타구니를 묵직하게 누르는 칼이 든 반바지 주머니에 한 손을 넣고, 매일 수영장에 가는 것처럼, 하루에도 몇 번씩 이 철제 계단을 오르내리는 것처럼, 평범한 여자아이처럼 행동하려고 애쓴다.

글로리는 수영복 위에 레드제플린 티셔츠와 청반바지를 그대로 입은 채 수영장 제일 끝 접이식 의자에 앉는다. 그런 다음 방을 나서기 전에 흰 수건으로 감싸서 가져온 코카콜라 병을 발치에 놓는다. 그녀가 콜라를 재빨리 마신다. 글로리는 제로니모 모텔에 처음 온 날 밤에 수영장에서 본 여자를 몇 주 동안 커튼 틈으로 지켜보았다. 그 여자는 매일 두아이를 데리고 수영장으로 내려오는데, 엄마를 닮은 노란머리에 항상 똑같은 남색 수영복 바지를 입은 통통한 남자애와 소총처럼 길쭉하고 마른 몸에 햇빛에 반짝이는 헝클어진 빨강머리와 주근깨를 가진 여자애이다.

오늘 세사람은 수영장 얕은 쪽으로 걸어가다가 잠깐 멈추더니 글로리가 무단 침입이라도 한 것처럼 잠시 바라본다. 여자아이는 긴 의자에 누워서 두꺼운 책을 펼치고, 남자아이는 물에 뜨는 장난감 몇 개 — 색 바랜 플라스틱 보트, 테니스 공, 은색 테이프로 군데군데 보수한 튜브 뗏목 — 를 가지고 수영장에 뛰어든다. 엄마는 수영을 몇 번 하더니 수건으로 머리를 감싸고 선글라스를 쓴 다음 딸 옆에 앉는다. 모녀가 팔다리에 베이비오일을 듬뿍 바른다. 두사람은 의자에 누워서 태양이 분홍색에서 밝은 분홍색으로, 또 바닷가재처럼 새빨간 색으로 변하기를 기다린다. 모녀는 빨간색과 노란색의 커다란 꽃무늬가 그려진 커플 원피스 수영복을 입고 있는데 아이의 수영복은 마른 몸에 비해 조금 크고 엄마의 수영복은 조금 작다.

글로리가 지금까지 본 중에서 가장 촌스러운 사람들일지도 모른다. 남자아이는 앞니가 있던 자리가 뻥 뚫렸고, 여자애는 책을 읽는 동안 햇볕에 타서 벗겨지는 어깨 껍질을 떼어 몰래 입에 넣는다. 엄마의 팔다리는 껍데기에서 쏙 뽑아낸 것처럼 통통하고 털이 없이 매끈한 분홍색이다.

글로리가 뒤로 기대어 눈을 감고 있으려니 태양이 눈꺼풀에 뜨겁게 내리쬐고 피부에 닿는 칼이 뜨거워진다. 그녀는 접어둔 흰 수건 사이에 칼을 끼워 넣었다가 잠시 후 반바지 주머니에 도로 넣는다. 날이 더워지자 글로리는 수영장 가장자리로 걸어가서 수건을 물에 적셔서 짠 다음 다리와 팔, 얼굴을 덮는다.

꼬마 남자애가 튜브 뗏목을 타고 수영장 깊은 쪽으로 와서 글로리의 자리에서 조금 떨어진 수영장 가장자리를 어슬렁거린다. 일달러 바꿔줄 동전 있어? 아이가 수영복 어딘가에 지폐를 가지고 있기라도 한 것처럼, 지폐를 꺼내서 수영장에서 나와 물을 뚝뚝 흘리며 동전 한움큼과 바꾸기라도 할 것처럼 갑자기 묻는다. 글로리는 아이의 존재에, 더욱 구체적으로는 아이의 목소리에 대경실색한 것처럼 입을 벌리고 아이를 본다.

'영어' 할 줄 알아? 아이가 천천히 발음한다.

티제이! 걔 가만 내버려둬. 여자가 벌떡 일어나서 수영장 데크를 급히 가로지른다. 세찬 바람에 휩쓸린 퍼레이드 풍선 인형처럼 커다랗고 빠르다. 머리를 감싼 수건이 느슨하게 풀려서 미끄러져 내리기 시작하자 그녀가 수건을 데크에 던진다. 몸집이 큰 여자치고 어찌나 빠른지, 단 몇 초 만에 글로리와 남자애 앞으로 다가온다.

티제이가 글로리를 보고 빙긋 웃더니 튜브 뗏목을 수영장 가에서 멀리 밀어낸다. 수영장에 왜 안 들어와? 아이가 말한다. 물에 기름이 퍼질까봐 무서워? 등이 젖을까봐 무서워? 그런 다음 낄낄 웃더니 소리를 죽이려는 듯 주먹으로 입을 막는다. 불법 체류자.[18] 아이가 말한다. 아이는 삼십육킬로그램 정도 되어 보이고, 글로리는 수영을 못하지만 쟤는 물에 빠뜨릴 수 있겠다고 생각한다.

아이의 엄마가 무릎과 손을 데크에 대고 엎드려서 수영장으로 팔을 뻗어 뗏목을 잡는다. 빌어먹을, 티제이, 요 못된 녀석. 당장 밖으로 나와. 그녀가 튜브 뗏목을 수영장 가장자리로 끌어당긴 다음 손을 뻗어서 팔을 잡자 아이가 슬프게 소리를 지른다. 똑바로 서. 그녀가 아들을 공중으로 끌어올리자 아이는 팔을 퍼덕거리면서 통통한 다리를 미친 듯이 휘젓는다. 그녀는 깜짝 놀랄 정도로 힘이 세다, 정말 대단하다.

글로리는 이미 자리에서 일어나 수영장 문을 흘끔거리며 수건 쪽으로 손을 뻗는다. 문으로 가려면 여자와 아들 옆을 지나거나 수영장을 빙 둘러서 라운지체어에 앉아 책을 내려놓고 웃고 있는 여자애 옆을 지나야 한다.

잠깐만. 여자가 글로리에게 말한다. 잠깐만 기다려줄래? 여자가 빨개진 얼굴로 숨을 헐떡거리며 아들을 일으켜 세우고 자기도 우뚝 일어선다. 그런 다음 아이의 부드러운 팔 안쪽 살

18 Wetback은 불법 체류자, 특히 멕시코에서 리오 그란데 강을 건너
    텍사스로 들어오는 멕시코인들을 경멸하며 부르는 말이다.
    강을 헤엄쳐 건너느라 등이 젖었다는 뜻에서 비롯되었다.

을 세게 꼬집자 아이가 구슬프게 울부짖는다. 그런 식으로 말하는 게 한번만 더 내 귀에 들리면 사흘 동안 앉지도 못할 정도로 맞을 줄 알아. 그녀가 손에 힘을 주자 아이가 훌쩍거린다.

내 말 들었어? 여자는 아직도 부드러운 팔 안쪽 살을 꼬집고 있다.

네. 아이가 말한다.

위층으로 올라가서 낮잠이나 자. 태미! 티제이를 방으로 데려가. 그녀가 아들을 노려본다. 얘가 피곤하대. 글로리는 순간적으로 여자가 '빈곤하대'라고 말한 줄 알았다. 남부 억양이 무척 심하다. 얘가 '빈곤하대'.

여자애가 자리에서 일어나 책을 번쩍 들고 엄마에게 소리를 지른다. 방 안은 너무 더워요, 이동도서관에 데려다준다고 했잖아요.

봐서 이따 가든지. 티셔츠 밑에서 여자의 가슴이 빠르게 오르락내리락 한다. 둘 다 '당장' 방으로 가.

두 사람은 남자애가 투덜거리며 주차장을 가로지르는 모습을 지켜보고, 여자가 한 손을 내민다. 아까 일은 미안하구나, 쟤가 남편 쪽 가족을 닮았거든. 글로리가 양손을 주머니에 푹 찔러 넣는다. 별로 상관없어요.

나는 루이지애나 레이크찰스에서 온 티나 앨런이야, 저 꼬맹이들은 티제이랑 태미고. 남편이 오조나 근처 굴착장에서 일해.

글로리가 말없이 그녀를 바라보자 티나가 한숨을 쉬고 자기 라운지체어로 돌아간다. 그런 다음 잠시 가방을 뒤적인다. 시원한 음료수 마실 건데 너도 뭐 먹을래?

고맙지만 괜찮아요.

그러지 말고. 닥터페퍼 하나 사줄게. 그래야 내 기분이 좀 나아질 것 같아. 티나의 웃음소리는 거칠고 걸걸하다. 그 소리를 듣자 글로리는 예전에 싫어했던 교사가 떠올랐다. 그때 글로리는 기타를 배우고 자기 힘으로 돈을 벌고 스스로 결정을 내리고 싶은 평범한 학생이었고, 그 교사는 멕시코 아이들을 갈색 꼬맹이 피난민이라고 불렀다. 글로리는 친구 실비아와 목공실에서 커터 칼을 훔쳐서 그 여자의 자동차 타이어 두개를 칼로 그었다. 브레이크 선 끊는 법을 알면 좋을 텐데. 실비아가 이렇게 말하면서 운전대를 잡는 것처럼 양손을 내밀었다. 살려줘, 갈색 꼬맹이 난민들아! 글로리는 그때를 생각하면 아직도 웃음이 터지고, 친구가 정말 보고 싶다.

담배 한대 주실래요? 그녀가 티나에게 묻는다.

미안하지만 담배 피울 나이는 아닌 것 같은데.

맞는데요. 글로리가 퇴원한 이후로 엄마와 삼촌 외의 사람과 이렇게 많은 대화를 나눈 것은 처음이었다. 갑자기 담배가 너무 피우고 싶었고, 담배를 피우며 수영장에 발을 담그고 앉아 있으면 좋겠다는 생각도 들었다.

그래, 네 말이 맞겠지. 티나가 걸어와서 가늘고 예쁜 벤슨 앤드 헤지스를 내민다. 잠시 앉아도 되니? 그들은 자리에 앉아서 건너편 주차장을 바라본다. 정오가 지났고 태양의 열기가 그들의 몸에 전력으로 내리쬔다. 에어컨은 아직 켜지지 않고, 안마당은 평소보다 조용하지만 길 건너 파이프 공장과 베어링 회사로 평판 트럭들이 드나든다. 모텔 뒤에 펼쳐진 들판은 엷은 황갈색이고 흩어진 유리 조각들이 빛을 받아 초록색, 빨강색, 파랑색으로 반짝인다. 들판 너머에는 마당이 지저분하고 커튼에서 공장이 내뿜는 유독한 냄새가 풍기는 작은 목조 주택들이 있다.

티나가 담배를 깊이 빨아들인 다음 고개를 들고 태양을 향해 연기를 내뿜는다. 레이크찰스가 그리워, 거기가 지상낙원이었던 것도 아닌데 말이야. 불량한 남자애들이 발에 채일 만큼 많고 호수 후미에는 악어랑 모기랑 뉴트리아라는 몸집이 개만 한 쥐가 가득하지만 — 그녀가 데크에 재를 떤 다음 엄지발가락으로 문지른다 — 낚시가 재미있고 착한 사람들도 있거든. 그리고 나무가 있지. 층층나무, 팽나무, 사이프러스나무가 그립고 가재 머리를 빨아먹던 게 그리워. 나랑 테리는 새우잡이 배 살 돈을 모으려고 여기 왔어. 내가 바라는 건 그것뿐이야, 테리가 생계를 꾸릴 수 있는 고깃배, 그리고 아이들이 다시 학교에 다니는 거. 별로 많이 바라는 것 같지는 않은데 말이야.

그녀가 글로리를 보고 미소를 짓는다.

넌 어때? 여기 오래 살았니?

글로리는 여자의 말을 열심히 들었고 이제 자기도 무슨 얘기를 해야 할 것만 같다. 오는 것이 있으면 가는 것이 있다고, 이 여자에게 자기 삶에 대한 이야기를 해야 할 것만 같다. 전 삼촌이랑 살아요. 그녀가 말한다. 삼촌은 빅레이크에서 일하세요, 물을 나르고 탱크를 청소하죠. 저는……. 사고를 당해서 회복하는 중이에요.

포브르 티 베트.[19] 티나가 이렇게 말하고, 글로리가 그녀를 빤히 보자 가엾기도 하지, 라고 다시 말한다. 그래서 발이 그렇게 된 거니?

글로리가 밑을 내려다본다. 발과 발목을 뒤덮은 수십 개의 가느다란 흉터가 눈에 들어오고 — 선인장 가시와 금속 조각, 깨진 유리와 구부러진 못, 가시와 가시철사 조각 등 그의 트럭에서 도망치면서 온갖 것들을 밟아서 생긴 것이다 — 목구멍이 조여온다.

괜찮아. 티나가 말한다.

글로리가 입을 열었다가 닫는다. 그녀가 고개를 흔들고 담배를 바라본다. 유전에서 남자한테 당했어요.

이런 빌어먹을. 티나가 이렇게 말하고, 한참 말이 없다가 다시 말한다. 안 됐구나.

---

19 케이준 영어로 '가엾기도 하지(Pauvre ti bête)'라는 뜻.

내가 그 사람 트럭에 자발적으로 탔어요.

이런, 얘. 티나가 말한다. 그건 아무 의미도 없어. 나쁜 건 그 남자야, 넌 아무 상관없어.

두사람이 몇 분 동안 말없이 앉아 있다가 티나가 고향의 나무들에 대해서 이야기한다. 뿌리가 울퉁불퉁하고 겨울이면 뾰족한 나뭇잎이 떨어지고 천년을 살 수 있는 헐벗은 사이프러스, 진홍색 오기치 라임이 열리는 투펠로. 열매는 못 먹지만 좋은 꿀이 나거든. 티나가 울타리를 향해 담배꽁초를 던지고 바로 새 담배에 불을 붙인다. 하지만 나무랑 낚시가 전부는 아니야. 그녀가 이렇게 말하며 글로리에게 상자를 내민다. 재밌는 얘기 하나 들어볼래?

그럴까요. 글로리가 상자에서 담배를 하나 꺼내 입에 문다.

레이크찰스에서 처녀가 무슨 뜻이게? 티나가 연기를 깊이 들이마시고 태양을 향해 완벽한 동그라미 모양의 연기를 세개 내뿜는다. 뜨거운 공기 중에 동그란 연기가 비구름처럼 잠시 떠다닌다.

모르겠어요. 레이크찰스에서 처녀가 무슨 뜻인데요?

티나가 콧바람을 분다. 발이 진짜 빠르고 못생긴 열두살 짜리 여자애라는 뜻이야. 그녀가 잠시 말을 멈추고 잠시 수영장을 뚫어져라 본다. 난 좀 덜 못생겼든가 발이 덜 빨랐나 봐.

하. 글로리가 말한다. 하, 하. 그런 다음 두사람 모두 깔깔 웃는다. 두사람은 뜨거운 태양 아래 앉아서 담배를 피우며 배

꼽이 빠지도록 웃는다.

　음, 여긴 진짜 우물 파는 사람 불알처럼 뜨겁다. 티나가 말한다. 수영하러 가야겠어. 그녀가 자리에서 일어나 반쯤 피운 담배를 수영장 데크에다 비벼 끈 다음 나중에 마저 피우려고 탁자 위에 올려놓는다. 그녀의 커다란 몸이 물속으로 들어가자 수영복이 커다란 가슴과 팔에 달라붙는다. 들어올래, 글로리? 꽤 기분 좋아.

　잠시 후 글로리의 티셔츠와 반바지가 푹 젖어서 축 늘어지면서 얼른 가라앉아봐, 라고 말하는 것처럼 그녀를 수영장 바닥으로 끌어당긴다. 글로리는 수영을 잘 못하지만 ― 공공 수영장은 백인 아이들을 위한 곳이고 글로리의 친구들은 차를 몰고 나갔다가 가축용 물탱크가 보이면 들어가서 수영을 했지만 글로리는 절대 같이 들어가지 않았다 ― 양팔을 몸에서 멀리 떨어뜨리고 손으로 살며시 원을 그리면 몸이 둥둥 뜬다는 것을 깨닫는다. 티나와 글로리는 눈을 감은 채 나란히 떠 있고, 햇볕이 두사람의 눈꺼풀을 드릴처럼 두드리고 열기가 맨살에 묵직하게 느껴진다. 두사람은 둥실둥실 떠다니고 티나는 가끔 한숨을 쉬며 제길, 제길, 이라고 말한다.

　물결이 두사람을 가까이 미는 바람에 티나의 손이 가볍게 닿자 글로리는 뱀에 닿기라도 한 것처럼 손을 홱 치운다. 이월 말에 간호사 한명이 글로리의 턱을 잡고 눈을 감으라고 했고 다른 간호사가 정수리의 실밥을 잘랐다. 간호사는 핀셋으로 가느다란 검정색 실밥을 하나하나 뽑아서 테이블 옆의 작은 그릇에 일렬로 늘어놓았다. 글로리가 살갗에 닿는 누군가의 손길을 느낀 것은 그때가 마지막이었다.

엄마가 제일 좋아하는 침대보를 일부러 태운 적이 있어요. 글로리가 말한다. 그러지 말 걸 그랬어요. 그때 학교 문제로 엄마랑 싸웠거든요. 학교에 가기 싫었어요. 엄마랑 같이 일해서 돈을 벌고 싶었죠. 옷이랑 기타를 사고 레슨도 듣고 싶었거든요.

애들은 원래 어리석은 짓을 하는 거야. 티나가 말한다. 우리 애를 봐. 너희 엄마는 아마 침대보에 난 구멍 따위 전혀 신경 쓰지 않으셨을 거야. 그녀가 머리 위로 양팔을 뻗는다. 글로리는 이보다 더 쾌활한 사람을 본 적이 없었다.

그래, 학교엔 언제 돌아가니? 티나가 말한다. 크면 뭐가 되고 싶어?

글로리가 물속에서 손을 꺼내 손가락을 하나 든다. 첫번째 대답은, 안 돌아가요. 그녀가 손가락을 하나 더 편다. 두번째 대답은, 모르겠어요. 글로리는 학교에 다닐 때 종종 점심시간에 밖으로 빠져나온 다음 돌아가지 않았다. 그녀는 실비아와 함께 차를 얻어 타고 누군가의 집으로 가서 음악을 듣고, 마리화나를 나눠 피우고, 다른 아이들이 서로의 허리에 팔을 두르고 복도를 어슬렁거리다가 방으로 들어가는 것을 보면서 오후를 보냈다.

티나가 한숨을 쉬자 거대한 몸이 물 위에서 쫙 펴졌다가 오므라든다. 학교에 안 간다고? 정말? 왜냐면, 음, 나는 우리 천사들을 다시 학교에 보내고 싶어 죽겠거든. 네 엄마 말이 맞아.

그럴지도요. 글로리가 눈을 감고 팔을 천천히 휘저으며 수영장을 둥둥 떠다닌다. 물살에 밀려 두사람이 다시 가까워지자 글로리가 손을 뻗어 티나의 손을 잡고 꽉 쥔다. 잠시 기다리자 티나도 그녀의 손을 부드럽게 꼭 쥔다.

그들은 두 번 다시 만나지 못할 것이다. 글로리에게는 이 날이 너무 과하게 느껴질 것이고, 다시 일주일 동안 십오호실에 틀어박힐 것이다. 티나의 남편은 고향과 더 가까운 해저유전 굴착장에서 돈을 더 많이 주는 일자리를 찾을 것이고, 두사람은 잠시 의논한 다음 한밤중에 쿨쿨 자는 아이들을 스테이션왜건에 태울 것이다. 글로리가 주머니칼과 수건과 차가운 닥터페퍼 캔을 들고 다시 수영장에 나타날 때 티나는 레이크찰스로 돌아가 있을 것이다. 그러나 글로리는 티나의 친절을, 쉰 듯한 웃음소리를, 두사람이 손을 맞잡고 티나가 언제 그렇게 됐니? 라고 물었을 때 그녀의 손에서 느껴졌던 미끈미끈한 온기를 절대 잊지 않을 것이다.

++

지난 이월, 알마와 글로리는 숙제니 돈이니 하는 문제로 매일 싸웠다. 글로리가 학교를 그만두고 일하러 가고 싶어요,

돈을 직접 벌고 싶어요, 라고 하자 알마는 고개를 세차게 저었다. 그녀의 직업은 일이고 딸의 직업은 공부였다. 가끔 남자애들이 아파트 뒷골목에 차를 세우고 경적을 울리면 글로리가 토끼털 재킷을 움켜쥐고 잽싸게 밖으로 나갔다. 나바로 씨가 현관문을 두드리면서 글로리와 알마에게 소리 좀 그만 지르라고 고함을 치기 전까지는 없던 일이었다.

밸런타인데이 날 밤, 알마가 직장으로 태워다 줄 밴을 기다리다가 스페인어로 글로리에게 욕을 했고, 글로리는 방으로 들어가서 엄마 침대 옆에 잠시 서 있다가 새 침대보가 화분이라도 되는 것처럼 아무렇지도 않게 담배를 눌러 껐다. 못 알아듣겠어, '알마'. 엄마도 안 가르쳐주고 학교에서도 안 가르쳐주잖아. 그러니까 제발 좀 영어로 말해.

두 시간 뒤, 글로리는 소닉 주차장을 마지막으로 한참 동안 둘러보면서 잃을 것이 없다고 결론을 내렸다. 그녀가 데일 스트릭랜드의 픽업트럭에 올라타서 묵직한 문을 쾅 닫았다.

아침은 시체처럼 고요하다. 뿌리에서 갓 뜯겨나간 회전초가 땅 위를 굴러간다. 바람이 불기 시작하더니 일어서라고 말한다. 글로리가 일어선다. 그녀의 맨발 밑에서 메스키트 가지가 딱 부러지고 이어지는 조용한 여운 속에서 삼촌의 목소리가 들린다. 조용히 걸어, 글로리. 그녀는 땅과 바짝 붙어 끝없이 펼쳐진 이 푸른 하늘이 그리울 거라고 생각한다. 이제는, 이런 일을 겪고 나서는 더 이상 여기 머물 수 없으니까.

바람은 항상 밀었다가 당기고, 잃었다가 얻고, 잡아서 들어올렸다가 떨어뜨린다, 모든 목소리와 이야기는 똑같이 시작하고 끝난다. '잘 들어, 이건 영웅의 이야기야.' 혹은 어쩌면, '이건 너만의 이야기야.'

수잰

매달 첫째, 셋째 금요일 아침이면 수잰 레드베터는 딸을 태우고 신용조합에 가서 존의 급료와 자기가 에이번과 터퍼웨어를 팔아서 번 현금과 수표를 입금한다. 두사람은 고속도로 건너편 공장에서 일하는 남자들이 점심을 먹으러 나와서 혼잡해지는 때를 피해 아홉시 몇 분 전에 도착한다. 로랠리가 자동차에서 기다리거나 주차장에서 배턴 돌리기 연습을 하는 동안 수잰은 지급 계좌, 저축 계좌, 퇴직 계좌, 휴가 비용 계좌, 로랠리의 대학 등록금과 결혼 자금을 모으는 계좌, 그리고 공책에 자선기금이라고 기록하는 계좌의 예금 전표를 작성한다. 마지막 계좌는 수잰이 생명보험을 판매할 때부터 가지고 있던 것으로, 존을 포함해서 아무도 그 존재를 모른다. 이것은 그녀의 안전망이다. 상황이 급속도로 나빠진다 해도 그녀에게는 선택안이 있는 셈이다.

수잰이 예금 전표와 수표, 현금을 건네면 창구 직원은 이주마다 늘 그러듯 깔끔한 글씨체와 말끔하게 정리된 뭉치를 보며 감탄한다. 고객님처럼 깔끔하게 정리하는 분은 본 적이 없어요. 창구 직원이 이렇게 말하면 수잰은 어머, 정말 친절하시군요 오르도녜스 부인, 이라고 대답한 다음 가방에서 명함과 향수 샘플을 꺼낸다. 그녀는 여자들이 예뻐졌다고 생각하게 만드는 상품을 파는 것이 더 좋기 때문에 트렁크에 들어 있는 식품 용기 신상품 이야기는 꺼내지 않는다. 그 대신 나가는 길에 창구 직원의 자동차 와이퍼에 카탈로그를 끼워 둔다.

유월 하순이고 햇볕이 사람을 죽일 듯이 내리쬔다. 자동차를 향해 걸어가는 수잰의 구두 뒷굽이 검은 타르와 자갈 속으로 파고든다. 머리를 가늘게 땋아 내린 로랠리가 창문을 내리고 엔진을 켜둔 채 기다리고 있다. 수잰이 '자기' 엄마를 닮았듯이 로랠리도 엄마를 닮아 머리칼이 빨강색이다.

우리 이번 주에 얼마 벌었어요? 수잰이 자동차 문을 닫고 가방에서 티슈를 꺼내 이마와 겨드랑이를 톡톡 두드려 닦을 때 로랠리가 묻는다.

사십오달러. 오늘 오후에는 성과를 좀 더 내야겠어.

엄마는 할 수 있어요. 로랠리가 말한다. 배턴이 좌석에서 굴러 떨어지자 로랠리가 그것을 주우려고 몸을 숙이다가 안전벨트에 배가 눌려 신음을 하고, 엄마의 좌석을 발로 차면서 배턴을 향해 양팔을 뻗는다. 엄마는 오데사 최고의 세일즈레이디예요.

직접 돈을 버는 것처럼 기분 좋은 일은 없으니까. 수잰이 말한다. 조수석에 놓아둔 작고 하얀 가방에 배달할 물건들이 들어 있기 때문에 그녀는 에어컨 토출구가 가방을 향하도록 조정한다. 그런 다음 가방에서 작은 스프링 공책을 꺼내 계좌의 잔고를 적는다. 이주 목표액에서 오달러 모자란다. 이주 전에는 십달러가 부족했다. 수잰은 티슈로 겨드랑이를 마지막으로 한번 더 닦은 다음 선글라스를 쓰고 립스틱을 다시 바른다. 내 안의 알린을 끄집어낼 시간이야. 그녀가 이렇게 생각하며 공책을 치우고 할 일을 적어 놓은 리걸패드를 집어 든다. 로랠리 피아노 레슨 데려다주기, 메리 로즈에게 캐서롤 가져다주기, 로랠리 데려 오기, L의 방에 자수 작품 걸기, 풋볼 경기장에 모인 여자들에게 선물 가방 배달하기, 바우만 박사에게 전화하기, 신용조합 가기. '체크'.

시간이 조금 늦었다. 수잰이 일단 기어를 넣고 주차장을 빠져나갈 때 타이어가 끼익 소리를 내고 트랜스미션이 웅웅거린다. 그들은 시속 구십오킬로미터 가까운 속도로 딕시 앤 사우스 퍼트롤리엄 스트리트의 파란불을 통과하지만 결국 철도 건널목에 걸린다. 수잰은 차를 얼른 세우고 벌링턴 노선 기차가 덜컹덜컹 지나가는 것을 보면서 손톱으로 운전대를 톡톡 두드린다. 기차가 속도를 낮춰 느릿느릿 달리더니 완전히 멈추자 그녀는 이로 손톱 뿌리의 얇은 피부를 뜯다가 후진 기어를 넣고 다른 길로 간다. 남자한테 기대면 안 돼, 로랠리. 수잰이 말한다. 네 아빠처럼 좋은 남자라도 마찬가지야.

안 기댈게요. 수잰의 딸은 안전벨트를 단단히 매고 앉아 있고 옆 좌석에는 피아노 교본이 쌓여 있다. 로랠리의 탭슈즈와 발레화는 터퍼웨어로 가득 찬 커다란 플라스틱 통과 수영복 가방과 함께 트렁크에 들어 있다.

난 운이 좋아서 오데사에서 제일 착한 네 아빠를 만났지만 안 그런 여자들도 많아. 수잰이 말한다. 넌 살면서 원하는 걸 전부 갖게 되겠지만 — 그녀가 룸미러를 통해 딸과 시선을 마주치려 애쓴다 — 공에서 눈을 떼면 안 돼, 단 일분도 안 돼. 눈을 떼면 얼굴에 맞는 거야.

수잰은 햇빛과 표백제를 굳게 믿고 사소한 선의의 거짓말 뒤에 숨지 않는다. 로랠리가 그들의 상황을 빨리 이해할수록 좋기 때문에 수잰은 딸에게 분명히 말한다.

사람들은 우리 가족을 쓰레기라고 불러. 영국에서 소작농으로 살 때도 스코틀랜드에서 소농으로 살 때도 쓰레기였고, 켄터키와 앨라배마에서 소작인으로 살 때도 쓰레기였고, 여기 텍사스에서도 쓰레기야. 남자들은 말을 훔치거나 들소를 사냥하면서 KKK단이랑 자경단에 들어가고 여자들은 남부 연합을 지지하면서 거짓말이나 하지. 매년 우리 세명이서 추수감사절을 보내는 것도 그래서야. 그래서 건국 이백주년 기념식 때도 아무도 안 오는 거야. 내 머리에 총을 들이대도 — 정말로 그럴지도 몰라 — 절대 그 사람들을 내 식탁에 앉히지 않을 거야.

딸이 조금 더 나이가 들면 수잰은 아직 백년도 안 된 과거에 자기 집안사람들이 빚쟁이와 텍사스 무장 순찰대를 피해 대피호에 살면서 코만치 족이 와서 화살을 빗발 같이 쏘기를 기다리고 있었다고 말해줄 것이다. 수잰의 집안사람들은 너무 멍청해서, 또는 너무 고립되어서, 레드리버 전쟁[20]이 오년 전에 이미 끝났고 코만치 족은 대부분 여자와 아이들과 노인만 남아서 실 요새에 감금되어 있다는 사실을 몰랐다. 수잰의 고조부는 자신이 야노 에스타카도에서 죽인 메스칼레로 아파치 족의 음낭으로 담배 파우치를 만들어서 죽는 날까지 들고 다녔다. 수잰의 사촌 앨턴 리는 담배 자국과 남부연맹기 스티커로 뒤덮인 낡은 삼나무 서랍장에 아직도 그 담배 파우치를 간직하고 있다.

피아노 레슨 가기 싫어요. 로랠리가 말한다. 지루해.

수잰이 이를 갈면서 뺨 안쪽 살을 씹는다. 로랠리, 네가 힘들다고 생각하니? 내가 너만 할 때는 남자애가 악어한테 잡아먹히는 걸 봤어. 결국 그 애의 작은 댈러스 카우보이 티셔츠와 스니커 한짝밖에 못 찾았지.

왜 잡아먹혔는데요? 로랠리는 이 이야기를 열두번도 더 들었기 때문에 어떤 질문을 해야 하는지 잘 알았다.

20　천팔백칠십사년에 미군이 코만치 족, 키오와 족 등 아메리카 원주민을 남부 평원에서 몰아내기 위해 시작한 전쟁.

음, 자기가 어디로 가고 있는지 잘 살피지 않았거든. 어디로 가는지 잘 살피지 않으면 악어한테 잡아먹히는 거야. 아무튼 걔 엄마는 — 굿로 부인이라고, 루이지애나에서 동부 텍사스로 도망쳐온 집안사람이었지 — 견뎌냈어. 남은 애가 여덟 명이나 있었기 때문에 그 일을 곱씹을 시간이 없었거든. 하지만 그 애 아빠는 완전히 변했어. 적어도 우리가 어렸을 때 알린 할머니한테 들은 이야기로는 그랬대. 네 할머니는 북극곰한테 얼음물도 팔 수 있는 사람이었지. 각설탕을 구슬려서 단맛을 빼앗을 사람이었어. 게다가 수레국화 꽃밭처럼 예뻤단다. 오년 연속으로 해리슨 카운티 로데오 퀸을 차지했지.

할머니가 살아 계시면 좋겠어요. 로랠리가 말한다.

우리도 다 그렇게 생각해. 어깨 그렇게 구부정하게 모으지 마, 그러다가 뒷목에 혹 난다. 로랠리가 차에서 내려 걸어갈 때 수잰이 딸을 향해 소리친다. 피아노 레슨. '체크'.

알린과 래리 콤튼 부부는 수잰의 형제자매들을 데리고 붐을 쫓아서 서부 텍사스 전역을 돌아다녔다. 스탠튼, 앤드류스, 오조나, 빅레이크. 그들은 항상 궂은 날에 대비해 저축을 하려고 애썼지만 유가가 떨어지거나 알린이 수표 부도를 너무 많이 내서 보안관의 주의를 끌 정도가 되면 가족은 서둘러 자동차에 짐을 꾸렸다. 수잰과 형제자매들은 뒷좌석에 다닥다닥 붙어 앉았고 부모님은 담배를 피우면서 서로를 탓하며 투덜거렸다. 아빠는 서두르면 늪 위로 떠오르는 해를 볼 수 있을

거라고 말했다. 엄마는 제기랄, 수지, 라고 말했다. 좌석 그만

차, 계속 그러면 크게 혼날 줄 알아.

동부 텍사스에 도착한 그들은 늪 가장자리의 타르 종이로

만든 작은 판잣집을 발견했다. 집 주인이 그들의 이름 — 콤튼

네 남자들이 돌아왔대, 고양이 집 밖으로 내보내지 마, 문 잠그

고 은으로 만든 물건은 전부 숨겨, 딸들한테 조심하라고 해, 라

고 할 때의 콤튼이었다 — 을 모르는 곳, 혹시 안다 해도 신경 쓰

지 않는 곳이었다. 아무도 이런 곳에서 살고 싶어 하지 않았다.

수잰의 엄마는 문을 열어놓으면 가끔 마당으로 기어들어

오는 떠돌이 개처럼 예측 불가능했다. 밤에 아빠가 문을 미리

닫으라고 내보내면 수잰은 다음에는 꼭 잊지 않고 문을 닫겠

다고 맹세하면서, 움직이는 것들이 흙바닥에 드리워진 달그림

자일 뿐이기를 바라면서 컴컴한 마당으로 걸어갔다. 가끔 아

침에 아빠가 일을 찾으러 나가기 전, 형제자매들이 아직 자고

있거나 지난밤에 집에 들어오지 않았을 때, 아빠는 수잰에게

십센트를 주었다. 어디 좀 나가 있어라. 아빠는 이렇게 말했다.

엄마는 좀 쉬어야 돼.

그런 날이면 수잰은 제일 가까운 시내로 걸어가서 십센트

를 썼고, 해가 저물어가거나 배가 고파지면 집으로 돌아와 포

치에 서서 문고리를 잡고 한쪽 귀를 문에 가져다 댔다. 쪼개진

나무가 그녀의 뺨에 거칠게 닿고 현관문 옆 벽에서 타르 종이

가 부드럽게 펄럭거렸고, 수잰은 문 너머에서 무엇이 자신을

기다리고 있는지 가늠해보려 애썼다.

✛✛

바우만 박사의 말을 믿어도 된다면 수잰은 아기를 다시 가져도 출산까지 유지할 수 없었다. 그는 그녀의 자궁에 근종이 가득하다고, 유산은 그녀의 몸과 정신에, 또 그녀의 가족에게 가혹한 일이라고 말한다. 수술로 다 들어내는 게 낫다. 어차피 걔들을 더 이상 안 쓸 바에야 그만 끝내는 거죠. 그가 말한다. '걔들'이란 수잰의 난소를 가리키는 말이다. 그는 차이를 느끼지도 못할 거라고, 매달 생리만 없어질 뿐이라고 말한다. 그러면 좋지 않겠냐고 말이다.

수잰은 손톱 뿌리 살을 물어뜯지 않은 손에 킹랜치 캐서롤을 들고 메리 로즈의 현관문을 두드린다. 그녀가 넋을 놓고 아기를 보면서 통통하고 묵직하고 키도 크다고 말하자 메리 로즈가 거리낌 없이 아기를 건넨다. 수잰이 의사와 나눈 대화를 들려주자 메리 로즈는 그것 참 안 됐네요, 라고 말하지만 시선은 수잰의 뒤를 향하고 있다. 그녀의 눈이 앞마당과 거리를 꼼꼼하게 살핀다. 코린 셰퍼드가 수잰을 보고 편협하다고 말한 이후 — 디에이 피어스가 코린에게 심어준 말도 안 되는 생각이었다, 수잰이 들은 바로는 그랬다 — 두 사람이 대화를 나누는 것은 이번이 처음이었다.

아이 참, 괜찮아. 수잰이 메리 로즈에게 말한다. 난 '멀쩡'

해. 캄보디아에서는 사람들이 굶어 죽는데, 뭘. 메리 로즈의 비쩍 마른 몸이, 눈 밑의 그늘이 수잰의 시야에 들어온다. 자기도 굶어 죽어가는 사람 같아.

메리 로즈가 자기 손에 들린 캐서롤 접시를, 다른 팔에 식료품점 봉투처럼 안고 있는 아기를 멍하니 바라본다. 난 괜찮아. 그녀가 쌀쌀맞게 말한다. 고마워요.

접시 밑에 터퍼웨어 카탈로그를 붙여놨어.

메리 로즈가 손가락으로 유리 접시 바닥을 쓸어본다. 아, 그러네.

신용조합에서 일하는 친구한테도 한장 줬어. 수잰이 들쭉날쭉한 손톱 뿌리 살을 보고 손을 얼른 등 뒤로 숨긴다. 오르도녜즈 부인 알아?

우리는 캐틀맨스 뱅크랑 거래해서. 메리 로즈가 말한다.

음, 오르도녜즈 부인은 정말 다정해. 수잰이 손목시계를 흘끔 본다. 샐러드만 약간 곁들이면 완벽한 식사가 될 거야.

캐서롤, '체크'.

수잰은 나쁜 의도가 전혀 없지만 어떤 사람들은 왜 그렇게 멍청하게 구는지 모르겠다고 꼭 입 밖에 내어 말하고 만다. 어떤 참사가 일어나도 그녀는 항상 엉뚱한 말을 한다. 일년 전 토네이도가 서부 오데사의 트레일러 파크를 휩쓸어 세명이 죽고 열두명이 다쳤을 때 수잰은 사람들이 도대체 왜 싸구려로 만든 집에서 사는지 모르겠다고 말했다. 그녀는 살아남은 사람들을 가족의 생명을 위험에 처하게 한 죄로 기소해야 한다고 리타 너널리에게 말했다. 하지만 그녀가 직접 만든 캐서롤을 갖다준다는 것은 그날 밤 누군가는 저녁을 하지 않아도 된다는 뜻이었다. 수잰도 그 정도는 할 수 있다. 요리법에는 버섯크림스프 캔을 쓰라고 나와 있지만 그녀는 신선한 양송이를 기름에 볶아서 우유와 밀가루 한숟가락을 넣는다. 수잰의 캐서롤이 키쉬 로렌처럼 색다른 음식은 아니지만 고기, 채소, 그리고 파스타나 곡물이 빠짐없이 들어간 완전한 식사다.

수잰은 초콜릿칩쿠키를 만들 때도 마가린 대신 진짜 버터를 넣고 갈색 설탕을 절대 아끼지 않는다. 항상 신선한 재료만 쓰지 통조림은 절대 안 쓴다. 그것이 수잰의 모토다. 그녀는 이웃 사람들에게 즐겨 말한다. 로랠리에게 핀토빈과 옥수수빵은 절대 먹이지 않는다고, 로랠리는 절대 대학을 마치기 전에 아이를 가지면 안 된다고. 수잰의 딸이 민들레 풀, 악어, 방울뱀, 콜라드 스튜를 먹을 일은 절대 없을 것이다. 로랠리는 메기나 잉어처럼 지저분한 핏줄을 제거해야 하는 생선은 절대 먹을 일이 없을 것이고, 저녁 식사 후에는 아무리 간단해도 디저트가 나올 것이다. 수잰은 매일 밤 저녁 식사를 하기 전 초 두개에 불을 붙여 식탁 한가운데 놓은 다음 뒤로 물러서서 그 광경을 감상한다. 예쁘지. 수잰이 존과 로랠리에게 말한다. 초는 매일 밤을, 심지어는 수요일 밤까지도 특별하게 만들어준다. 게다가 촛불 불빛 아래에서는 뾰루지가 올라와서 빨갛게 부은 수잰의 턱도, 열네살 때 넘어져서 살짝 깨진 이빨도, 그녀가 끊임없이 물어뜯는 손톱 뿌리 살갗도 보이지 않는다.

수잰이 로럴리에게 말한다. 엄마가 어렸을 때 이런 집에 살 수 있었다면 어떤 대가라도 치렀을 거야. 카펫이 깔려 있고, 욕조는 누워도 될 만큼 크고, 엄마가 S&H 쿠폰을 사십오만육천장이나 모아서 사준 피아노까지 있잖니. 아빠 집안에서나 우리 집안에서나 다섯대를 거슬러 올라가도 집을 산 사람들은 우리밖에 없지만, 언젠가 너는 훨씬 좋은 집을 갖게 될 거야. 너는 대학을 졸업하고 여기보다 좋은 집을, 창문이 너무 많아서 바깥을 내다보면 온 세상이 다 보이는 이층집을 살 거야.

두사람이 피아노 레슨에서 돌아온다, '체크'. 수잰은 로럴리의 고리버들로 만든 하얀 침대 머리판 위에 자수 작품을 건다. 지난봄에 수잰이 유산을 겪었을 때 잠시 수공예를 하면서 유일하게 완성한 작품이었다. 워낙 초기였기 때문에 수잰은 아기를 가졌다가 잘못된 건지, 이번 생리가 유난히 힘들고 아픈 것인지 확신하지 못했다. 그녀는 자수 작품을 청동 액자에 넣었다. 가느다란 초록색 덩굴과 흰색 장미가 '깔끔한 집, 깔끔한 인생, 깔끔한 마음'이라는 글귀를 느슨하게 감싸고 있다. 수잰은 송곳니 사이에 남은 못을 물고 로럴리의 트윈베드에 올라서서 액자의 한쪽 모서리를 건드렸다가 반대쪽 모서리를 건드리고, 다시 이쪽 모서리를 건드린 끝에 마침내 완벽하게 수평을 맞춘다. 그런 다음 침대 중간으로 물러서서 자기 작품을 감상하고 다시 몸을 숙여 오른쪽 모서리를 살짝 건드린다. 완벽하다.

로랠리는 카펫에 다리를 꼬고 앉아서 어깨를 구부린 채 작은 분홍색 레코드플레이어로 고든 라이트풋을 듣고 있다. 몇 주 전 나온 이 빌어먹을 레코드는 일주일 내내 하루 종일 스물네시간 돌아가고 있고, 로랠리는 레이크슈피리어에서 침몰한 배에 대한 노래를 들을 때마다 감동의 눈물을 흘린다.

이 귀여운 자수를 얼마나 완벽하게 걸었는지 좀 봐. 수잰이 이렇게 말하고 손을 뻗어 딸의 가느다란 머리카락을 만진다. 로랠리, 음악은 잠깐 끄지 그러니? 너무 감상적이다.

어쩌면 존과 함께 댈러스에 가서 다른 전문가의 의견을 들어볼 수도 있다. 아니면 입양을 해도 되고, 다음에 수잰의 형제자매나 사촌이 전화를 걸어서 상황을 좀 정리할 때까지 아이들을 잠시 맡아줄 수 있냐고 물으면 좋다고, 하지만 아이를 다시 데려가지 않겠다면 맡겠다고 말할지도 모른다. 만약 수술을 받기로 결정하게 되면 수잰은 다 끝날 때까지 아무에게도 말하지 않을 것이다. 혼자 입원해서 수술을 받은 다음 로랠리가 집으로 돌아오기 전에, 공장에서 호각 소리가 울리고 존이 집으로 돌아오기 전에 이 집 부엌으로 돌아올 것이다.

수잰이 아까 차에서 가져온 선물 가방들과 리갈패드를 가지러 부엌 식탁으로 간다. 부엌 창밖을 내다보던 그녀는 집 앞에서 자전거를 타고 빙글빙글 원을 그리는 디에이 피어스가 보이자 물건을 전부 내려놓고 황급히 나간다. 거기 너, 데브라 앤 피어스, 이리 와, 라고 부른다. 너랑 할 얘기가 있어. 아이가 새된 비명을 지르더니 페달을 밟아 거리를 내달린다, 튼실한 다리가 두개의 피스톤 펌프처럼 움직인다. 아이는 길모퉁이 정지 표지판을 무시하고 달리는 트럭을 피해 급히 자전거를 틀더니 계속해서 페달을 밟는다.

++

두사람은 공에서 시선을 떼지 않는 청년과 부딪치지 않으려고 운동장 가장자리를 따라 걷는다. 로랠리가 꾸물거리자 수잰은 조심하라고 말한다. 조심하지 않으면 누가 와서 자동차를 훔쳐가거나 어느 날 교회에서 돌아와보니 가구가 전부 마당으로 들어내져 늪에 천천히 가라앉고 있을지도 모른다.

수잰은 한 손에 플라스틱 식품 용기를, 또 한 손에는 에이번 가방 여섯개를 들고 있다. 한쪽 어깨에 멘 무거운 가방에도 선물 가방 세개가 숨겨져 있다. 운동장은 악마의 겨드랑이처럼 뜨겁지만 수잰은 빨강머리를 귀 뒤로 깔끔하게 넘겼다. 종아리까지 내려오는 밝은 주황색 바지는 나오기 직전에 다렸고, 블라우스는 목화꽃처럼 하얗다. 그녀는 뜨겁고 먼지가 자욱한 이 풋볼 경기장에서도 수잰 레드베터는 이제 막 비행기에 내린 것 같아, 라는 소리를 듣고 싶다.

로랠리는 일미터쯤 뒤에서 팔꿈치 안쪽에 배턴을 끼우고

고개를 숙인 채 걷고 있다. 다리는 산토끼 같고 얼굴에 주근깨가 어찌나 많은지 눈앞에서 빨간 펜이 터진 것 같다. 오후에 집을 나서기 전 수잰이 머리를 다시 말아주었지만 벌써 축 처졌다. 이마 한가운데에 멋진 컬이 필사적으로 매달려 있다. 똑바로 서야지. 수잰이 이렇게 말하자 로랠리가 고개를 들고 배턴을 유디트의 칼처럼 꽉 쥐고서 다리를 높이 들며 운동장을 가로지른다.

운동장에서 풋볼 팀이 첫번째 버피 세트를 하고 있다. 오십회가 끝나자 앨런 코치가 한번 더 하라고 말한다. 남자애들의 이마에서 땀이 흘러내리고 패드와 운동복 가장자리가 젖어서 색이 진해진다. 어떤 아이가 바닥에 쓰러져 눕는다. 누가 아이의 얼굴에 차가운 물을 뿌리자 구경꾼이 웃음을 터뜨린다. 제길, 그들이 풋볼을 할 때는 코치가 얼굴에 얼음물을 양동이째로 들이붓곤 했다. 어떤 애가 일사병으로 쓰러진 적도 있지만 그래도 라커룸으로 돌아가지 않았다. 경기를 끝까지 했다.

수잰과 로랠리가 야외 관람석으로 올라가자 풋볼 팬들이 차가운 맥주나 플라스틱 컵에 든 얼음물을 무릎 사이에 끼우고 구경하고 있다. 누군가 하나님이 저 애를 정말 예뻐하나봐, 라고 숨죽여 말하는 소리가 들린다. 수잰은 그것이 로랠리의 이야기임을 안다. 이제 로랠리는 운동장 바깥 가장자리로 가서 배턴으로 숫자 팔을 그리고 있다.

잘했어, 로랠리. 수잰이 소리친다. 이제 리버스 플래시랑

리틀 조 플립을 해봐.

로랠리가 등 뒤로 팔을 비틀며 배턴을 돌리자 배턴이 휙 날아가 흙바닥에 툭 떨어진다. 재능이 있다니까. 어떤 여자가 말한다. 몇 년 뒤 하프타임 쇼가 정말 기대돼. 게다가 '키도 크지' 라고 다른 누군가가 말한다. 아이고, 저런. 이제 핀휠을 해봐. 수잰이 외친다. 더블 스핀도 하고. 로랠리가 태양을 향해 배턴을 던지고 두번 회전한 다음 사이드라인으로 굴러가는 배턴을 본다.

수잰이 야외관람석으로 올라가서 분홍색과 흰색이 섞인 에이번 가방을 나눠준다. 가방에는 다음 달 카탈로그와 립스틱, 아이섀도, 향수, 크림, 로션이 들어 있는데, 각각 부드러운 분홍색 티슈로 감싸서 손톱만 한 흰색 리본으로 조심스럽게 묶어 놓았다. 수잰은 환한 미소로 한명 한명 신경 써서 인사하고 수표와 현금을 받아서 작고 흰 봉투에 넣은 다음 가방에 넣는다.

십중팔구 야외관람석 반대쪽 끝에 앉아 있는 남자들 중 적어도 한명은 수잰 일가 중 누군가에게 받을 빚이 있다. 십중팔구 수잰의 엄마는 예전에 저 사람들의 아버지들 중 적어도 한명을 상대로 수표를 부도냈다. 이들은 결코 수잰을 원망하지 않겠지만, 한여자는 평생 모두가 틀렸음을 증명하기 위해서 살 수 있다. 그래서 수잰은 계속 움직인다. 그녀는 모으고, 운반하고, 배달한다. 자원하고, 헤아리고, 계획하고, 무릎을 꿇

고 아무도 못 본 부스러기를 치운다. 탁자, 창문, 딸의 얼굴 ──
깨끗하게 닦아야 할 것은 늘 있다.

　더 세게 부딪쳐. 응원하던 사람이 고함을 친다. 그래 가지
고 미들랜드 리를 이기겠어? 또 다른 사람이 말한다. 두소년이
큰 소리를 내며 맞부딪치더니 잠시 운동장에 누워서 꼼짝도
하지 않는다. 제길. 응원하던 사람들 중 하나가 알루미늄 야외
관람석에서 소리를 지른다. 제대로 한방 맞았군. 일어서. 코치
가 외치자 두소년이 천천히 몸을 굴려 무릎을 짚고 일어선다.

　수잰은 에이번을 전부 나눠준 다음 로랠리를 보내 차에서
가져온 플라스틱 용기 옆면의 잠금 장치를 푼다. 뚜껑이 열리
자 연습이 끝난 뒤 풋볼 팀에게 나눠주려고 만든 초콜릿 컵케
이크 서른여섯개가 드러난다. 한 여자가 식품 용기에 대해서
뭐라고 말하자 수잰이 카탈로그를 나눠준다. 그녀는 다음 주
에 신제품 출시 파티를 연다고, 아이스티와 피멘토치즈샌드
위치를 먹으러 다들 오라고 말한다. 수표책 챙기는 거 잊지 말
고요. 수잰이 알린처럼 여자들에게 윙크를 한다.

　수잰의 엄마는 일진이 좋은 날이면 그럴 듯한 말솜씨로
오이의 동정도 얻을 수 있는 사람이었다. 만나는 사람들마다
알린에게 큰 기대를 가졌다. 알린은 상황을 읽고 그때그때 적
절한 사람, 예수재림파 신자, 카드 게임의 명수, 작은 도움이
필요한 필사적인 엄마로 변신하는 능력이 대단했다. 블랑코에
서는 독실한 가톨릭 신자였고, 러벅에서는 방언을 하고 뜨거

운 석탄 위를 맨발로 걸었다. 페코스에서 살 때에는 다들 알린이 가스 폭발로 시력을 잃었다고 믿었다. 수잰의 가족은 카운티 경계선을 향해 달리는 내내 그 이야기를 하며 깔깔 웃었다.

이 돈은 전부 로랠리의 대학 등록금에 넣을 거예요. 수잰이 여자들에게 말한다. 엄밀한 사실은 아니지만 충분한 사실이다.

로랠리는 분명 뭘 해도 크게 성공할 거예요. 여자들 중 한명이 이렇게 말하더니 고개를 돌려 옆자리 여자에게 날씨 얘기, 풋볼 팀 얘기, 유가 얘기를 한다. 어떤 여자가 라미레스 사건이 어떻게 진척되고 있는지 소식을 전하자 또 다른 여자는 딸이 길거리를 돌아다니는 동안 그 여자애 엄마는 도대체 뭘한 걸까, 라고 말한다. 음, 그 엄마가 뭘 '안 했는지'는 말할 수있지요. 수잰이 말한다. 조심을 안 했어요.

으흠. 또 다른 여자가 말한다.

우리 딸들이 당할 수도 있었어요. 세번째 여자가 말한다.

내 딸은 아니에요. 수잰이 말한다. 나는 잠시도 눈을 떼지않거든요.

그때 수비수 한명이 사이드라인으로 달려가 풀밭에서 헛구역질을 하기 시작하고, 로랠리는 배턴을 공중으로 높이 던지고 세번 회전한 다음 만면에 웃음을 띠고 하늘을 올려다본다. 배턴이 로랠리의 눈을 어찌나 세게 때렸는지, 앨런 코치가 숨을 헉 들이마신다. 울부짖는 소리가 회오리바람처럼 운동장

을 빙빙 돈다, 청력과 이성을 정면으로 강타하는 높다란 비명
이다.

수잰이 야외관람석을 밟으며 달려 내려간다. 그녀가 밟을
때마다 알루미늄 좌석이 흔들리고, 가방이 그녀의 골반을 세
게 때리고, 뒷줄에 놓인 컵케이크는 까맣게 잊힌 채 녹고 있다.
수잰이 딸의 어깨를 잡고 눈을 들여다본다. 빨개지지도 않았
다. 혹이 날 것 같지도 않다.

괜찮아. 수잰이 딸에게 말한다. 흙으로 문질러. 그러나 로
랠리는 계속해서 엉엉 울고, 다들 하던 일을 멈추고 — 풋볼
팀을 향해 소리를 지르던 앨런 코치도, 선물 가방 안을 들여다
보던 여자들도, 이래라 저래라 훈수를 두던 구경꾼들도, 풋볼
팀조차도 딱 멈춘다 — 수잰이 보기에는 일치된 동작으로 음,
어떻게든 좀 해봐요, 라고 말하는 것처럼 그녀를 본다.

배턴 싫어. 로랠리가 소리친다.

아니야, 싫기는. 수잰이 손톱 뿌리 살을 물어뜯다가 여전
히 입 벌리고 앉아서 그녀가 상황을 통제하기를 기다리는 구
경꾼들을 돌아본다.

안 싫어해요. 그녀가 사람들에게 소리친다.

로랠리가 다시 엉엉 울더니 바닥에 쓰러져 한 손으로 눈
을 가리고 이리저리 구르며 '아우, 아우, 아우'라고 소리친다.
그만해. 수잰이 매섭게 속삭인다. 사람들한테 우는 모습 보이
고 싶어? 그녀는 딸을 일으켜 세우고 운동장을 재빨리 가로질

러 자동차 앞좌석에 밀어넣는 내내 제발 울음 좀 그치고 다 큰 여자애처럼 굴라고 애원한다. 수잰이 시동을 켜고 에어컨 토출구가 딸의 얼굴을 향하도록 조정한다. 이제 보니 눈이 붓기 시작했다. 호두만 한 멍이 생기겠다.

집에 가면 안 돼요? 로랠리가 조용히 묻는다.

조금만 기다리렴. 수잰이 가만히 문을 닫고 차 뒤로 걸어가서 트렁크에 몸을 기대고 풋볼 연습이 끝나기를 기다린다.

잠시 후 남자애들이 라커룸으로 달려가고 코치들은 테이프를 보러 사무실로 간다. 구경꾼들이 야외 관람석에서 내려와 각자의 차와 트럭으로 어슬렁어슬렁 걸어가면서 풋볼 시즌, 유가, 지난 삼월 대극장에서 열렸던 엘비스의 콘서트에 대해서 이야기한다. 수잰의 딸은 아직도 울고 있다. 세 남자가 그녀의 차로 차례차례 걸어오더니 각자 어색하게 멈춰 서서 앞좌석을 흘끔거린다. 수잰은 딸이 제멋대로 굴어서 미안하다고 사과한 다음 가방에서 선물 가방을 꺼내서 하나씩 건넨다. 한사람은 아내에게 주려고, 한 사람은 애인에게 주려고, 한사람은 본인이 쓰려고 사는 것이지만 수잰은 이 사실을 절대 입밖에 내지 않을 것이다. 그녀가 미소를 짓고 윙크한 다음 돈을 받아서 작고 흰 봉투에 넣는다. 수잰이 트렁크에 들어 있던 터퍼웨어를 세사람에게 보여준다.

언젠가는 수잰도 죽을 것이다. 그때 사람들이 그녀에 대해서 뭐라고 할까? 마을 사람들 절반에게 빚을 진 채로 죽었다고? 못된 술주정뱅이였다고? 아니, 아니다. 한푼도 없는 빈 털터리로 죽었다고? 아니다. 사람들은 수잰 레드베터가 좋은 여자였다고, 똑똑한 사업가였다고, 한치의 어긋남도 없었다고 말할 것이다. 지상에 내려온 천사였다고, 그녀의 죽음으로 우리 마을이 더 가난해졌다고 말할 것이다. 수잰이 목록을 보고 한숨을 쉰 다음 펜을 들고 손을 뻗어 딸의 등을 두드린다. 남한테 우는 모습 절대 보이지 마, 로랠리. 엄마가 하고 싶은 말은 그거야.

로랠리가 똑바로 앉아서 손등으로 코를 닦는다. 알아요.

남들보다 강해져야 해.

존을 만나기 전에 수잰은 누군가가 휘두르는 주먹이나 내려치는 손바닥을 피한 적이 한두번 있었다. 그녀는 엉덩이를 움켜쥐는 손을, 등을 타고 기어올라 어깨를 문지르는 손을 피했다. 수잰이 열두살 때 어떤 남자애가 처음으로 그녀의 가슴을 움켜쥐었지만, 로랠리에게 자세히 이야기하지는 않을 것이다. 아직은 안 된다, 너무 어리다. 에어컨을 세게 튼 차 안에 같이 앉아 있는 바로 지금 딸에게 해줄 말은 이렇다.

내가 너보다 조금 더 컸을 때 어떤 남자애가 나를 만진 적이 있어. 하나님도 보시고 모두가 지켜보고 있는데 나한테 곧장 다가오더니 내 몸에 손을 댔지.

그래서 어떻게 했어요?

음, 각목을 들어서 머리를 때렸어. 때려서 쓰러뜨렸지. 걘 사흘 동안 못 깼어났단다. 상처도 열다섯바늘인가 스무바늘 꿰매야 했어.

그래서 엄마가 곤란해졌어요?

전혀 아니야. 걔네 엄마가 보낸 보안관이 무슨 일이 있었는지 묻기에 내가 설명을 했더니 뭐라고 했는지 아니? 다음에는 녹슨 못이 몇 개 튀어나온 각목으로 때린 다음 오빠한테 늪으로 끌고 가달라고 부탁해서 악어한테 잡아먹히게 버리고 오라고 하렴. 그런 다음 나한테 일달러를 줬어. 지금으로 치면 오달러쯤 돼. 보안관 아저씨는 내 머리를 쓰다듬고 나서 우리 엄마한테 다른 문제 때문에 할 말이 있으니까 다음 날 사무실로 오라고 했지. 그러고 또 나한테 말했지. 수지 콤튼, 넌 우리 동네에서 최고야. 내가 그 일달러로 뭘 했는지 아니?

과자 사 먹었어요?

아니. 상자에 넣고 자물쇠를 채웠어. 집을 영영 떠날 때까지 열쇠를 목에 걸고 다녔단다.

코린

데브라 앤이 차고에서 이십년 동안 먼지만 쌓여가던 포터의 낡은 군용 텐트를 빌려달라고 하자, 코린은 포터와 함께 빅벤드에서 흰꼬리사슴을 사냥하거나 과달루페 산에서 별을 보면서 그 텐트에서 행복한 밤을 수없이 보냈다고 말한다.

그들은 천구백사십구년 여름에 처음으로 가족 여행을 가서 셋이서 그랜드캐니언을 보았고, 포터와 코린은 앨리스가 신음할 정도로 아이의 손가락을 꼭 잡았다. 차를 타고 캠핑장으로 돌아갈 때 앨리스는 두사람 사이에 앉아서 이리저리 흔들렸고, 도로의 움푹 팬 부분을 지날 때마다 그들은 깔깔 웃으면서 팔을 뻗어 딸을 꽉 잡고 이렇게 말했다.

앨리스가 창문 밖으로 튀어나가면 정말 웃기겠지? 앨리스가 좌석에서 내려와 코린의 발 사이에서 잠들자 포터는 라디오를 끄고 속도를 늦춰 천천히 달렸고, 딸을 텐트로 안고 가서 침낭에 눕히고 지퍼를 잠근 다음 두사람 사이에 두었다.

디에이가 하품을 하고 땅에 발을 비비더니 눈을 문지르고 눈썹을 뽑는다. 알았어요, 셰퍼드 부인. 빌려가도 돼요?

나처럼 늙으면 원래 그런 거야, 항상 옛날 이야기를 하지. '당신은' 어떻게 지내시나요, 피어스 양? 코린이 묻자 데브라 앤이 미소를 짓는다. 지니가 코빼기도 보이지 않은 채 칠월 사일이 왔다가 지나간 이후 코린이 처음으로 보는 진짜 미소다.

잘 지내요. 디에이가 말한다. 내 친구 제시가 테네시의 고향으로 돌아가도록 도와줄 거예요.

누구? 코린은 데브라 앤이 상상 속 친구를 만들기에는 나이가 너무 많기 때문에 이렇게 물어보려다가 그냥 내버려두기로 한다. 이번 여름에 디에이가 어떤 이야기를 꾸며내고 있을지, 얼마나 복잡한 이야기를 만들고 있을지 도대체 누가 알까? 아이의 마음을 누가 알 수 있을까?

그것 참 '잘' 됐구나. 피터랑 릴리는 어떻게 됐니?

걔네는 진짜가 아니에요. 제시는 진짜 사람이에요.

으흠. 코린이 손을 뻗어 아이의 눈을 가린 머리카락을 치운다. 내일 와, 앞머리 잘라줄게.

데브라 앤이 한 손에 버터와 설탕 바른 샌드위치를 들고 한 손으로 텐트를 질질 끌면서 사라진 뒤 코린은 버터밀크를 한잔 따르고 계란프라이 샌드위치를 만들면서 뉴스를 반쯤은 보고 반쯤은 듣는다. 지미 카터, 스털링시티 인근의 가스 누출 사고, 시추기 가동건수 증가와 쇠고기 생산량 하락. 글로리아 라미레스나 한달도 안 남은 재판에 대해서는 일언반구도 없지만 오늘밤에 끔찍한 일이 또 생겼다. 뉴스캐스터가 애빌린 근처 유전 차용지 옆에 서 있는 리포터를 연결한다. 지역 여성의 시체가 발견되었는데, 지난 이년 사이 네번째 사건이다. 오일 붐이 불어서 도시에 좋을 게 뭐가 있어. 코린은 포터에게 신랄하게 말하곤 했다. 최고의 사이코패스들이 몰려올 뿐이지. 사람들의 예측을 믿어도 된다면 이번 붐은 이제 막 시작되었을 뿐이다. 그녀가 텔레비전을 끄고 스프링클러를 작동시키러 나간다.

　여름은 분필처럼 건조했고 코린은 아침에 앞마당 스프링클러가 서서히 돌아가도록 작동시키는 것을 일과로 삼았다. 오후가 되면 아이스티에 버번이나 스카치를 타서 샌드위치를 억지로 삼킨 다음 차를 타고 스트라이킷리치에 가서 담배를 사온다. 포터의 트럭은 몇 주 전에 차고로 치워버렸다. 트럭 운전석을 오르내리느라 무릎이 너무 아팠고 링컨의 에프엠 라디오와 짙은 빨강색 크러시트벨벳 내장이, 요트를 타고 팔번가를 달리는 듯한 느낌이 그리웠다. 가끔 코린은 술을 탄 음료수를 컵 홀더에 꽂고 창문을 내린 채 시내를 돌아다니면서 차선을 바꿀 때 끼어드는 배달원이나 다른 주에서 온 운전자들과 싸운다. 코린은 석유가 싫지만 열기와 땅을, 그 쓸모없는 아름다움과 가차 없는 햇빛을 사랑한다. 그 점은 코린의 할머니와 똑같고, 저녁으로 커피 한잔과 초콜릿 도넛을 즐겨 먹는 것도 같다.

코린의 일과는 또 있다. 매일 밤 아홉시가 넘어 드디어 바깥이 어두워지면 그녀는 차고 문을 닫고서 포터의 트럭에 열쇠를 꽂고 가만히 앉아 있다. 코린은 한시간 넘게 앉아서 배짱이 있으면 좋겠다고 생각한다. 그런 다음 열쇠를 꽂아둔 채 집으로 들어간다. 그녀는 음료수를 한잔 더 만들고, 담배에 불을 붙이고, 현관 포치로 나간다. 포터가 떠난 지 거의 오개월이 지났다 — 아, '떠났다'니, 코린은 그 표현이 얼마나 싫은지 모른다. 그가 실수로 사막에 약간 멀리 나갔다는 듯이, 곧 실수를 깨닫고 차를 돌려 그녀에게 돌아오리라는 듯이.

앨리스는 일요일마다 전화를 걸어서 코린을 보러오겠다고 말한다. 또 코린이 알래스카로 이사하는 것을 생각해보면 좋겠다고 한다. 엄마 때문에 걱정돼 죽겠어요. 칠월 말에 앨리스가 코린에게 말한다.

알래스카에 가서 살면 '내' 장례식에는 올 거냐?

엄마, 정말 너무해요. 내가 여기서 어떻게 살고 있는지 사정도 모르면서.

그러나 코린은 한참 동안, 어쩌면 몇 년 동안 계속 물고 늘어질 것이다. 그래, 모르겠지. 그만 끊는다, 앨리스.

++

코린은 거의 삼십년 동안 팔월마다 농부의 아들들과 치어리더, 장차 러프넥이 되고 싶어 하는, 애프터셰이브 로션 냄새를 풍기는 햇병아리들이 가득한 교실에서 영어를 가르쳤다. 그런 다음 가을 수강생 목록을 보면 부적응자나 몽상가의 이름이 적어도 하나는 눈에 띄었다. 괜찮은 해에는 두세 명이 되기도 했다. 외톨이와 괴짜, 첼리스트와 천재와 튜바를 연주하는 여드름쟁이, 시인, 천식 때문에 고등학교 풋볼 팀에 들어가지 못한 남자애들과 똑똑함을 숨기는 법을 배우지 못한 여자애들. 이야기는 목숨을 살린단다. 코린이 그런 학생들에게 말했다. 나머지 학생들에게는 끝나면 깨우마, 라고 말했다.

그녀가 매일 아침 여는 감방 창문처럼 작은 창문이 선풍기와 함께 땀 냄새와 풍선껌 냄새와 적대감을 교실 밖으로 의연하게 내보내는 동안, 코린은 방황하는 시선으로 다양한 부적응자들의 반응을 가늠했다. 어김없이 어느 못된 학생이 딱딱 소리를 내며 껌을 씹거나 트림을 하거나 방귀를 뀌었지만, 한두 명은 그녀의 말을 평생 기억할 것이다. 그들은 학교를 졸업하자마자 황급히 떠났고, 텍사스대학이나 텍사스기술대학에서, 군대에서, 또 한 명은 인도에서 그녀에게 편지를 보냈다. 교사로 일하는 동안 코린에게는 그 정도면 충분했다. 내가 말하는 이야기란 시와 찬송가, 새의 노랫소리와 나무에 부는 바람이라는 뜻이기도 해. 코린이 괴로워하는 아이들에게 말했다. 사람들의 강력한 항의, 부름과 응답, 그 사이의 침묵이라는 뜻이기도 하고. 기억이라는 뜻이기도 해. 그러니까 다음번에 학교가 끝나고 나서 누가 흠씬 두들겨 패면 이 말을 꼭 기억하렴.

이야기가 목숨을 살릴 수도 있다. 코린은 포터의 죽음 이후 독서에 집중할 수 없지만 아직도 그 말을 믿는다. 그리고 방황하는 기억은 때로 나무 한그루 없는 평원에서 세차게 불던 바람을, 때로 늦봄의 토네이도를 불러온다. 코린이 현관 포치에 앉아 있는 밤이면 그런 이야기들이 그녀를 조금 더 살게 한다.

코린의 삶에서 너무나 하찮고 불쾌해서 거의 아무 기억도 떠오르지 않는 기간은 몇 달, 몇 년이나 된다. 예를 들어 천구백사십육년 겨울에 딸이 태어났을 때부터 한달 동안은 거의 기억에 없지만 포터가 밤을 무서워하고 비행기를 싫어하게 되었다는 점만 빼면 무사히 일본에서 돌아왔던 천구백사십오년 구월 이십오일은 세세하게 기억난다. B-29 조종석에서 삼년이나 보낸 걸로 충분해. 포터가 코린에게 말했다. 이제 비행기는 평생 안 탈 거야. 포터가 죽고 다섯달이 지났지만 코린에게는 그의 목소리가 아직도 번개처럼 날카롭고 또렷하게 들린다.

++

그가 사흘간의 휴가를 받아 돌아왔을 때 두사람은 코린의 아버지에게 빌린 포드 뒷좌석에서 처음으로 사랑을 나눈다. 피가 나고 온 몸이 쑤시지만 두사람은 마주보고 앉아서 씩 웃는다. 코린이 말한다. 아, 정말 끔찍했어. 포터가 웃으면서 다음에는 더 좋아질 것이라고 약속한다. 그가 그녀의 주근깨투성이 어깨에 입을 맞추고 노래하기 시작한다. '크고 알록달록한 새에 대해서 정말 아름다운 생각이 떠올랐네…… 내 이름이 그녀의 거룩한 책에 실려 있다네.'

++

코린은 열살이고, 할머니의 장례식에서 맨 앞줄에 앉아 있다. 아빠가 꺽꺽 울음을 터뜨리는 바람에 어쩔 수 없이 목사님이 추도사를 대신 낭독하자 코린은 그들이 얼마나 큰 상실을 겪고 있는지 마침내 이해한다.

코린은 열한살이고, 송아지가 태어나는 광경을, 다리를 덜덜 떨면서 애처롭게 우는 모습을 처음으로 보면서 할머니가 이걸 보면 얼마나 좋아했을까 생각한다.

코린은 열두살이고, 아빠가 굴착장에서 손가락을 두개 잃고 밀주 한병을 들고서 돌아온다. 울지 마, 아가. 아빠가 코린에게 말한다. 그 손가락은 원래 필요도 없었어. '이쪽' 손가락이었으면 큰일이지. 아빠가 반대쪽 손을 들어 손가락을 흔들자 두사람은 깔깔 웃으며 쓰러지지만, 코린은 유정이 처음 들어설 때 할머니가 했던 말을 기억한다. 주님, 저희 모두를 도우소서.

코린은 스물여덟살이고, 현장 주임이 전화를 걸어서 스탠튼 유정에서 폭발 사고가 발생했다고 알린다. 그녀는 잠든 앨리스를 앞좌석에 태우고 병원으로 향하면서 포터가 이미 죽은 줄 알고 포터도 없이 삶을 도대체 어떻게 헤쳐나가야 할까 생각하려 애쓴다. 그러나 포터는 침대에 앉아서 똥 씹은 표정으로 싱긋 웃는다. 섬광화상 때문에 목과 얼굴이 얼룩덜룩하다. 여보, 나는 폭발 직전에 작업대에서 떨어졌어. 이제 그의 얼굴에서 웃음기가 사라진다. 그런데 몇 명은 안 떨어졌어.

천구백이십구년 시월이고, 코린의 아버지가 점심을 먹으러 집으로 온다. 그는 수다 떨기라고 말하는, 한가로운 대화를 싫어하지만 오늘은 끊임없이 말을 하느라 샌드위치를 씹을 새도 없다. 펜 유정이 생겼는데 폭발이 어찌나 강력했는지 굴착관 조각, 석회각, 바위가 허공으로 일점오미터나 치솟았다. 오늘 아침 아홉시에 유정을 터뜨렸는데 아직도 원유를 뱉어내고 있다. 사막으로 몇 배럴이나 흘러가고 있는지 누가 알까? 굴착 기사도 언제쯤 막을 수 있는지 전혀 모른다. 아주 역사적인 날이야. 프레스티지가 코린과 할머니 비올라 틸먼에게 말한다. 이제 오데사도 유명해질 거야.

코린과 비올라가 벌써 모자와 장갑을 챙기는데 프레스티지가 고개를 젓더니 계란프라이 샌드위치를 마저 먹는다. 유정은 여자애나 ─ 그가 비올라를 본다 ─ 노부인이 갈 만한 곳이 아니야. 둘 다 집에 있어. 진심이야.

코린은 나이에 비해서 키가 크지만 아빠의 자동차인 포드 모델 티의 페달을 밟으려면 운전석 끄트머리에 걸터앉아야 한다. 작은 여자애와 노부인이 야노 에스타카도를 가로지르자 좌석이 미친 듯이 덜컹거리고, 프레스티지의 헤리퍼드종 돼지 몇 마리가 입을 끊임없이 움직이며 그들을 본다. 펜 유정까지는 아직 일점오킬로미터 정도 남았지만 하늘이 까매지고 바퀴 밑에서 땅이 떨리기 시작한다. 공기 중에 파편이 가득해서 손수건으로 입을 막아야 한다. 주님 우리를 도우소서. 비올라가 말한다.

하늘로 치솟은 석유는 지상으로 다시 떨어져 땅 위를 흘러가면서 마주치는 모든 것들 — 보라색 샐비어, 비올라가 사랑하는 그라마 풀, 블루스템, 코린의 허리까지 오는 버펄로 풀 — 을 뒤덮는다. 프레리독 가족이 점점 커지는 구멍에서 삼십 미터쯤 떨어진 곳에 서서 고개를 들고 서로를 보며 짖는다. 작은 암컷이 굴 가장자리로 재빨리 가서 안을 들여다보고, 코린은 팔킬로미터 이내의 모든 은신처와 굴에서 무슨 일이 닥쳤는지 전혀 모른 채 우왕좌왕 하고 있을 소동물들을 상상한다. 그러나 유정 주변에 서 있는 쉰명가량의 남자 어른들과 소년들이 보고 있는 것은 식물이나 들짐승, 땅이 아니다. 그들은 넋을 잃은 표정으로 하늘을 보고 있다. 살아 있는 건 모조리 죽고 말 거야. 비올라가 말한다.

코린은 얼굴을 찌푸린 채 냄새를 킁킁 맡고 할머니는 조수석 문에 몸을 기댄다. 비올라는 얼굴이 창백하고 눈이 흐릿하다. 그녀가 기침을 하면서 손으로 입과 코를 막는다. 냄새가 지독해. 그녀가 말한다. 서부 텍사스의 소들이 전부 동시에 방귀를 뀐 것 같아. 우리 나무들. 석유 줄기가 피칸나무 묘목들을 심어놓은 곳을 향해서 곧장 흘러가고 있음을 이제야 알아차린 할머니가 외친다. 우리 나무는 어쩌지?

하지만 이제 서부 텍사스가 유명해질 거예요. 코린이 말한다. 아빠가 이 땅은 어차피 아무 짝에도 쓸모없다고 했어요. 비올라 틸먼이 손녀를 난생 처음 보는 사람처럼 바라본다. 야노 에스타카도는 별과 허공과 정적만 빼면, 노래하는 겨울새들과 비가 조금만 와도 짙어지는 개잎갈나무 향기만 빼면 아무 짝에도 쓸모없을지도 모른다. 그래도 그녀는 야노 에스타카도를 사랑한다. 노파와 어린 여자아이는 같이 말을 타고 마른 협곡과 크레오소트 숲을 달렸고, 그런 다음 조용히 앉아서 멧돼지 가족이 가시 선인장 밭에서 먹이를 찾아다니는 것을 보았다. 두사람은 자기들 땅에서 제일 큰 나무를 찾아서 이름을 붙여주었다. 거칠거칠한 나무껍질이 레드 그레인지[21]가 입었던 라쿤 외투와 비슷했으므로 질주하는 유령이라고 했다. 이제 비올라의 낯빛이 차갑게 식은 석탄 색으로 변하고 손이 덜덜 떨린다. 집으로 데려다 다오. 그녀가 손녀에게 말한다.

네. 코린이 말한다.

나를 조지아까지 데려다줄 수 있니?

---

21   미국의 풋볼 선수로, 별명이 질주하는 유령이었다.

삼개월 뒤에 비올라는 세상을 떠나고, 그때쯤이 되자 손녀는 오일 붐이 어떤 것인지 충분히 보았기 때문에 남은 평생 그것을 혐오하게 된다.

펜 유정은 사흘 동안 원유를 속수무책으로 내뿜는다. 몇 시간 만에 집채만 한 웅덩이가 생기더니 순식간에 흘러 넘쳐 마주치는 모든 것을 파괴한다. 원유가 삼만배럴 넘게 쏟아진 다음에야 유정이 잡힌다. 마침내 유정을 통제하게 된 남자들은 손과 얼굴을 검게 물들인 채 반들반들한 작업대에 선다. 그들은 소리를 지르고 악수를 하고 서로의 등을 친다. 드디어 막았어. 그들이 서로에게 말한다. 우리가 막았어.

++

포터가 죽은 뒤 코린은 밤하늘을 그의 얼굴 윤곽만큼이나 잘 알게 된다. 오늘밤 라크스퍼 레인에서는 초승달이 하늘 정중앙을 향해 천천히 떠올라 한두시간 그 자리에 머물다가 지구의 서쪽 가장자리를 향해 길게 미끄러져 내려올 것이다. 극소수의 별들만 남아 있고 ― '밤은 열한개의 별로 들끓는다' ― 술집은 이미 두시간 전에 문을 닫았다. 거리는 깜깜하고 메리로즈의 집만이 검은 바다 한가운데 시추 작업대처럼 불이 밝혀져 있다.

코린은 존 레드베터를 보기 전에 소리를 먼저 듣는다. 존의 해치백이 커스터와 팔번가 교차로의 일단 정지 표지판을 지나 날카롭게 커브를 돌며 날아가듯 달려온다. 창문을 열고 음악을 크게 틀어놓았기 때문에 크리스 크리스토퍼슨의 지친 바리톤 목소리에 자동차 스피커가 고장 날 듯이 떨린다. 아이스티 잔이 콘크리트 포치에 검은 동그라미를 만든다. 코린은 이렇게 오랫동안 다리를 꼬고 바닥에 앉아 있기에는 너무 늙었다. 그녀는 길을 건너가서 존 레드베터에게 빌어먹을 라디오 소리 좀 줄이라고 말하려고 일어서다가 잔을 깨뜨릴 뻔한다.

그녀가 반 정도 다가가자 존이 음악 소리를 줄이고, 거리가 다시 조용해진다. 메리 로즈의 얼굴이 창가에 잠깐 나타난다. 부엌 불 때문에 옅은 머리카락이 하얗게 보인다. 메리 로즈는 그 자리에 잠시 서 있다가 몸을 숙여 커튼을 친다. 코린은 다리의 감각이 아직 반밖에 돌아오지 않았고 온 몸에서 아이스티에 넣은 버번이 느껴지지만 결국 길을 건넌다. 존이 운전대를 잡고 앉아 있고 라디오에서 슬픈 노래가 흘러나온다.

코린은 이 젊은 이웃을, 항상 일을 하고 항상 한밤중에 호각 소리가 끝난 뒤에 공장으로 가는 수잰의 남편을 거의 알지 못하지만 그의 솟은 어깨와 손에 묻은 얼룩을 알아본다. 전쟁에서 돌아온 다음 몇 주, 몇 달 동안 포터 역시 가끔 이런 모습이었다.

자동차로 다가간 코린은 그를 건드리지 않으려고 조심한다. 그녀는 낮은 목소리로 잠시 포치에 앉아서 얼음물이나 독한 술이라도 마시겠느냐고 묻는다. 코린은 똑같은 앨범을 가지고 있다고, 존이 다시 듣고 싶으면 틀어주겠다고 말한다.

┿┿

전쟁이 끝난 뒤 어마어마한 붐이 시작된다. 이제 전쟁이 아득히 멀어지고 사람들은 즐거운 미래를 기대한다. 코린과 포터는 손을 맞잡고 팔번가의 자동차 전시장을 걸어 다닌다. 그들은 새 타이어를 발로 차고 테스트 드라이브를 몇 번 한 다음 현금을 내고 도지 트럭을 사면서 더없이 즐거워한다. 신형 운전석과 사이드밸브형 직렬 육기통 엔진을 갖춘 아름다운 자동차이다. 코린은 멀리 드라이브를 가서 짐칸에 누워 은하수를 올려다볼 수 있도록 추가 요금을 내고 짐칸 길이를 추가한다.

┿┿

코린이 학교에 자꾸 찾아가자 교장은 악수를 한 다음 이 동네에서 유명한 자기 아내의 차우차우를 들려서 돌려보낸다. 지금부터 육개월 동안 집에서 대체 뭘 하라는 거예요? 그녀가 학교 비서실에서 외친다. 털실로 신발이라도 뜨라는 거예요? 비서는 전에도 이런 광경을 본 적이 있다. 그녀는 아이들이 집을 떠난 지 십년이나 되었고 자식들을 속속들이 사랑하지만 매일 아침 일어나서 점심 도시락을 싸거나 숙제를 같이 찾아주지 않아도 되는 것을 아직도 하나님께 감사한다. 코린, 육개월이 아니라 더 오래 쉬어야 할 거예요. 그녀가 말한다.

아기는 매일 밤 자정부터 세시까지 운다. 포터와 코린은 아기가 우는 이유도 모르고 울음을 그치도록 달래지도 못한다. 두사람은 녹초가 되고, 포터는 왼쪽 눈이 떨리고 헛것이 들리기 시작한다. 코린은 울다가 우는 자신이 싫어진다. 엄마가 되기 전에는 절대, 절대, 절대로 울지 않았기 때문이다.

++

오늘 같은 밤에는 절대 집 안에 못 있겠어요. 코린이 존에게 말한다. 거실도 부엌도 싫고, 침실은 절대 안 되죠. 그녀는 아무것도 치울 수가 없다. 그의 의자 옆에 놓인 『티브이 가이드』 더미도, 화장실에 아직까지 걸려 있는 그의 수건도. 카펫에는 그녀가 사십년 동안 잔소리를 했던 코담배 깡통 자국이 아직도 남아 있다. 자동차 운전대 커버에 남은 그의 임지 자국도, 매트리스에 남겨진 흐릿한 흔적도 여전히 보인다. 포터의 신발은 사방에 널려 있다. 그녀는 텔레비전 채널도 바꾸지 못한다.

코린은 존에게 한잔하고 싶냐고 묻는다. 자신은 확실히 한잔하고 싶기 때문이다.

존이 그녀가 포치에 놓아둔 작은 시집을 집어 든다. 그는 그것이 자기 손에서 꺼지기라도 할 것처럼 엄지와 검지로 조심스럽게 잡는다. 『살거나 죽거나』. 그가 웃는다. 이게 진지한 질문인가요?

그럼요. 코린이 말한다. 담배 피울래요?

++

코린과 포터는 돈 이야기와 아기 이야기밖에 하지 않는
다. 밤이면 침대에 누워서 각자 무엇 때문에 화가 나는지 일일
이 이야기하는 버릇이 생겼다. 코린은 집 밖으로 나가지 못해
서 미쳐버릴 것 같다. 포터는 일주일에 육십시간 동안 일하고,
일할 필요가 없다는 것이 얼마나 행운인지 모르는 코린을 이
해하지 못한다. 코린은 이렇게 지루한 엄마 노릇을 할 준비가
전혀 되어 있지 않았음을 깨닫는다. 포터는 앨리스를 돌보고
집안일을 보살피는 것만으로도 코린에게 충분하다고 생각한
다. 코린은 왜 젊은 엄마들을 만나거나 교회 모임에 가지 않을
까? 코린이 코웃음을 치면서 눈을 굴린다. 음, 그러면 하루에
'두'시간은 해결되겠네. 그녀가 말한다. 여유가 있으면 여자는
집에서 아기를 봐야 한다느니 하는 건 제일 멍청한 헛소리야.
포터는 아내가 일을 하면 동료들에게 뭐라고 말해야 할지 상
상이 가지 않는다고 말한다. 코린은 그의 동료들이 뭐라고 생
각하든 전혀 상관없다. 두사람은 몸을 굴려 각자 벽을 바라본
다. 계속 이런 식이다.

++

선적 기사가 균형을 잃었어요. 존이 코린에게 말한다. 피

곤했나봐요. 어쩌면 출근하기 전에 아내와 싸웠거나, 애들 중 하나가 아팠거나, 해결하지 못한 청구서 때문에 밤을 샜을지도 모른다. 어쩌면 누가 병가를 내는 바람에 대신 근무했을지도 모른다. 선적 기사는 이 일을 오래 했기 때문에 오일 붐이 영원하지 않다는 사실을 아주 잘 안다. 추가 근무에 대한 그의 철학은 단순했다. 할 수 있을 때 하자.

어쩌면 아주 단순하게 미끄러져서 추락한 것일지도 모른다. 올레핀 공장 하역장 옆에 일렬로 늘어선 탱커를 확인하는 것은 캘리포니아로 보낼 액체 에틸렌을 채우기 전에 마지막으로 거치는 단계이고, 선적 기사가 백번은 더 해본 일이었기에 눈을 감고도 할 수 있었다. 사람들의 말에 따르면 밑에서 다른 기사가 차량을 연결해도 된다는 신호를 보냈을 때 선적 기사는 이미 철제 사다리 맨 윗단에 서 있었는데, 차량을 천천히 연결하느라 약간 흔들렸을 때 선적 기사의 손발에서 힘이 빠지더니 기차 밑으로 굴러 떨어졌다. 다른 날이었다면 무거운 바퀴가 그의 허벅지 위를 지나가기 전에 빠져나올 수 있었을지도 모른다. 그랬을지도 모른다. 그러나 존은 그런 생각을 하면 견딜 수가 없고, 오늘 밤 존이 감독하는 시간에 죽어버린 그 남자에게는 이제 중요하지 않다. 직원들을 안전하게 지키는 게 제 일이예요. 그가 코린에게 말한다.

‡‡

앨리스는 육개월이고, 잠을 안 잔다. 코린은 뜨거운 물을 맞으며 벽에 기대어 서서 머리를 아플 정도로 세게 타일에 박는다. 잠을 안 자, 잠을 안 자, 잠을 안 자.

++

포터는 코린에게 새 트럭이 기어는 좀 뻑뻑해도 아주 부드럽게 굴러간다고 말한다. 라디오 좀 들어봐! 이게 하이파이라는 거야! 그가 볼륨 조절 장치를 오른쪽 끝까지 돌린다. 행크 윌리엄스와 드리프팅 카우보이스가 나오자 포터가 운전대를 두드리며 환호성을 지른다. '나는 너무 오래 미움을 받았네, 그래서 누가 나에게 키스를 하면 뭔가 잘못된 것 같다네.' 포터가 조용해진다.

으흠. 코린이 말한다.

집에 도착하자 코린이 가게에 가서 뭘 사오라며 포터를 내보내고 요람에서 우는 앨리스를 잠시 내버려둔다. 그런 다음 고등학교 교장에게 전화를 건다. 붐이 계속되고 있으니 도움이 필요하실 것 같아서요. 코린이 말한다. 그녀의 말이 맞다, 학생이 두배로 늘었고 영어 교사가 절실하게 필요하다. 하지만 비서는 포터가 코린의 복직을 어떻게 생각하겠느냐고 묻는다. 코린이 포터에게 교장과 통화해보라고 부탁할 수 있지 않겠느냐고 말이다.

그들은 몇 달 동안 — 몇 달이나! — 성관계를 하지 않았는데, 포터의 잘못이다. 그녀가 보기에 포터는 자신을 놓아버렸다. 코린은 아기를 낳은 다음 몸매를 되찾으려고 아마 팔백 킬로미터는 걸었을 것이다. 그녀는 사실 스테이크와 구운 감자에 온갖 음식을 곁들여 먹고 싶었지만 양상추와 사과만 먹고 살았다. 사탕을 먹고 싶었지만 그 대신 담배를 피웠다. 그러나 포터의 경우는 다르다. 임신 기간에 앨리스가 코린의 배를 차는 동안 포터는 밤마다 침대에 누워서 뒹굴뒹굴하며 그녀와 블루벨 아이스크림을 나눠 먹었고, 그 결과 몸무게가 몇 킬로그램, 정확히 십삼킬로그램 늘었다. 그는 아직도 매일 밤 침실로 아이스크림을 가져와 침대에 누워서 먹는다.

그리고 코린은 아기의 탓으로 돌린다. 코린은 간호사들이 앨리스를 집으로 데려가도 된다고 한 뒤 며칠, 몇 주만에 마음속 깊이까지 뒤흔들릴 만큼 열렬히 사랑에 빠지게 된다. 코린과 포터는 아기처럼 중요하고 연약한 존재를 병원에서 데리고 나가도록 허락받았다는 사실 자체만 해도 기적적이지만 정말 무모하다고 느꼈다. 그러나 코린의 입장에서는 딸의 탄생과 그녀가 성관계를 하지 못하는 것 사이에 분명한 인과관계가 있다. 코린은 허리를 끌어안고 바라보는 포터가, 그녀가 절정에 다다를 때 목에 생기는 붉은 반점을 어루만지는 그의 손가락이, 반점이 짙어지고 점점 퍼져서 턱과 뺨을 덮는 것이 그립다.

아기는 침대에 누워 있고 두사람은 의자에 앉아서 라디오에서 흘러나오는 밥 월리스의 노래를 듣고 있다. 코린은 책을 읽으려 애쓰지만 항상 아기 소리에 귀를 기울이게 된다. 예전엔 책을 읽었었지. 그녀가 생각한다. 예전에는 시를 외우고 암송하다가 눈물을 터뜨렸어. 원하면 언제든지 밖으로 나가서 한참 동안 드라이브를 했지. 월급도 받았고.

포터는 십자말풀이를 풀고 있다. 그가 연필을 내려놓고 아내를 잠시 바라본다. 있잖아. 그가 부드럽게 말한다. 뭐 물어봐도 돼, 코린?

흠. 아마도.

당신 뭐가 필요해?

뭐가 '필요'하냐고?

응. 당신이 나랑 앨리스랑 함께 행복해지려면 뭐가 필요해, 코린?

그녀는 망설이지 않는다. 다시 일하고 싶어, 포터.

여보, 당신은 '일'을 하고 있어. 앨리스랑 나를 보살피잖아.

그래, 맞아. 하지만 나는 교실 가득 앉아 있는 호르몬 넘치는 애들한테 영어를 가르치는 게 더 좋아.

가르치는 일이 당신한테 너무 힘들까봐 걱정이야.

포터는 이 말이 입 밖으로 나오자마자 주워 담고 싶다고 생각한다. 당연히 코린은 불 같이 화를 낸다.

포터, 나랑 장난 쳐? 지금 나랑 장난 치냐고. 나한테 뭐가 필요한지 말해줄게, 포터. 나한테 '필요'한 건, 사람들이 내가 아기를 낳았다는 이유로 내가 진짜 바보가 된 것처럼 여기지 않는 거야. 나한테 필요한 건, 잘나신 오데사 여자들이 내가 정말 해야 할 일은 아기를 하나 더 낳는 거라고 충고하지 않는 거야. 하! 코린이 책을 탁 덮고 머리 위로 들자 포터는 그녀가 몸을 숙여 책으로 자기를 때리려나 보다 생각한다.

나한테 필요한 건 다시 가르치는 일을 하는 거야. 코린이 말한다. 왜냐면 나는 교실에 십대 아이들을 인질로 잡아놓고 윌라 카터의 『나의 안토니아』를 큰 소리로 읽어주는 게 좋거든. 딴 사람을 여기 데려다놓고 매일 여덟시간씩 앨리스를 사랑스럽게 바라보라고 해봐. '매일'이야, 포터. 만약 당신이 퇴근도 못하고 계속 일만 해야 하면 어떨지 한번만 생각해보지 그래?

당신은 좋은 교사였어. 그가 말한다. 하지만 앨리스는 누가 봐?

나는 '아직도' 좋은 교사야.

두사람은 가만히 앉아서 째깍거리는 시계 소리에 귀를 기울인다. 이웃집 개가 짖는다. 부엌에서 새로 산 아이스박스가 켜지더니 규칙적으로 웅웅거리는 소리가 집 안 구석구석까지 퍼진다. 포터는 죽는 날까지도 그 다음 말을 하지 말걸 그랬다고 생각하지만, 그가 십자말풀이를 작은 탁자에 내려놓고 아내의 의자 옆 카펫에 앉아서 둘째는 언제쯤 생각하는 게 좋을까, 라고 말했을 때 나쁜 의도는 전혀 없었다.

코린은 아침에 일어난 직후에도, 밤에 몇 시간 동안 눈을 붙이기 직전에도, 그 사이에도 내내 앨리스를 생각한다. 앨리스는 번개이자 그 여파, 향나무와 메스키트 잡목림을 태우는 불이다. 앨리스는 사랑이고, 코린은 아무런 대비도 되어 있지 않았다. 앨리스는 지금도 앞으로도 온 세상이 만들어진 이유이고, 앨리스가 없어진다면 지금 세상이 똑같게 느껴질 거라고 상상도 할 수 없다. 앨리스에게 무슨 일이 생기면, 아프거나 사고를 당하거나 담요에 감싸여 뒤뜰에 나가 있을 때 방울뱀이 기어온다면. 이런 생각은 한 여자를 제일 가까운 교회의 품으로 달려가게 만들기에 충분하다. 코린의 경우에는 지난주에 누가 그들의 새 집에서 한 블록도 안 되는 공터에 세워놓은 이동도서관으로 달려간다.

++

한밤중에 선적 기사의 집으로 찾아가 현관문을 두드리고 그의 아내가 나올 때까지 포치에 서서 기다리는 것도 존의 일이다. 존은 선적 기사의 아내가 아이들을 깨우고 싶지 않다고 해서 그녀의 여동생이 올 때까지 소파에 같이 앉아서 기다렸다고 코린에게 말한다.

그는 무릎에 양손을 포개어 놓고 손톱을 숨겼다. 공장에서 샤워를 하고 로커에 항상 넣어 두는 깨끗한 셔츠로 갈아입고 왔다. 그러나 피는 치명적이고, 존이 기사의 소파에 앉아 있을 때 손톱 밑과 손등 주름에 낀 피가 보였다. 기사의 아내가 몇 가지 질문을 하자 존은 거짓말을 했다. 순식간에 끝났다고, 고통스럽지 않았다고, 기사는 무슨 일이 벌어졌는지도 몰랐다고. 존은 기사의 아내가 양손으로 입을 꽉 막는 것을 보았다. 존이 그녀에게 한 말 중에 딱 하나만은 진실이었다. 사고가 일어났을 때 그는 혼자가 아니었다, 죽을 때 혼자가 아니었다. 존이 양손으로 기사의 얼굴을 꽉 누르면서 괜찮을 거라고 말했다.

++

앨리스가 걸음마를 시작한 후에야 두사람은 고속도로를 질주하며 트럭의 성능을 알아보기로 한다. 포터는 장인에게 전화를 걸어 아기를 하룻밤 맡아 달라고 부탁한다. 그는 솔트 플랫 근처 산이 좋다는 들었다고 코린에게 말한다. 그쪽에서 캠핑을 할 수 있다는데, 봄이 와서 너무 더워지기 전에 지금 가야 한다.

포터가 뒤뜰에 낡은 군용 텐트를 널어놓고 솔기를 살펴보는 동안 앨리스가 묵직한 캔버스 천 사이를 뒤뚱뒤뚱 걸어 다니면서 유일하게 말할 줄 아는 문장을 말한다. 나는요? 나는요?

코린이 캠핑용 아이스박스에 맥주, 차가운 프라이드치킨, 감자 샐러드를 넣고 트럭 짐칸에 물을 세병 싣는다. 포터는 칠백오십밀리리터짜리 버번 한병, 손전등, 비상용 불꽃 신호기 두개를 챙기고 트럭 글러브박스에 군용 리볼버를 넣는다. 코린도 소형 권총을 넣는다. 포터가 콘돔 몇 개를 지갑에 챙긴다. 코린이 피임용 다이어프램, 살정제, 티슈 뭉치를 가방에 쑤셔 넣는다.

포터가 앨리스를 먹이는 동안 코린은 침대 발치에 서서 출산 전에 입던 검정색 시폰 네글리제를 살펴본다. 몸에 맞겠지만 캠핑에 이런 옷을 챙겨 가는 것은 우스꽝스러울지도 모른다. 그녀는 카디건과 무릎을 덮는 찰랑찰랑한 빨간색 에이라인 치마 — 포터가 좋아하는 옷이다 — 를 입은 다음 적어도 차에 타고 있는 동안은 신어도 될 검정색 힐을 찾아서 옷장을 뒤진다. 그런 다음 작은 여행 가방 옆에 장화를 챙겨 놓는다. 코린은 집을 나서기 직전에 팬티를 벗고 치마 밑에 검정 스타킹과 가터벨트만 입는다. 그녀는 삼십년 가까이 살면서 속옷을 입지 않고 외출한 적이 한번도 없었다. 기분이 아주 좋다. 코린은 새로 맞춘 안경을 썼다가, 다시 벗었다가, 눈을 가늘게 뜨고 옷장 위 거울을 본다. 그녀가 안경을 다시 쓰고 거실로 나간다. 짜잔! 코린이 한쪽 팔을 높이 들며 말한다.

포터의 눈이 커진다. 그가 살짝 웃더니 그녀를 향해 양팔을 벌린다. 우와! 자기 도서관 사서 같아.

코린의 팔이 털썩 떨어진다. 그것 참 고맙네.

아니야, 코린! 여보, 내 말은…….

그러나 앨리스가 울음을 터뜨리더니 엄마한테 아장아장 걸어와서 경찰차 전조등을 맞닥뜨린 강도처럼 양팔을 든다. 아내가 그를 밀치며 지나갈 때 포터가 그녀의 스웨터 소매를 가볍게 건드린다. 부드럽네. 포터가 이렇게 말하지만 아내는 그의 말을 듣지 않는다. 그 대신 그녀는 아이를 달래고, 포터는 그대로 한쪽 팔을 아내에게 내민 채 문간에 서 있다.

두사람은 아기에게 입을 맞추고, 쓰다듬고, 캐머룬 행 화물 수송기를 타고 떠나는 사람들처럼 작별 인사를 한 다음 할아버지에게 아기와 주의사항을 쓴 종이를 건넨다. 프레스티지가 종이를 슬쩍 보고 반으로 접더니 셔츠 주머니에 넣는다. 그래, 알았다. 그가 말한다. 즐거운 시간 보내라. 서둘러 올 것 없다.

그들은 북쪽 노트리스로 향하는 새로 생긴 고속도로를 타고 주택을 짓는 동안 원형 경기장 주차장에 임시로 만든 유전 인부 숙소를 지나친다. 경기장 뒤 흙바닥에 세워진 가족 숙소에서 삐삐 마른 먼지투성이 아이들이 놀고 싸우고 드러눕는다. 코린은 아이들을 보면서 엄지손톱을 잘근잘근 씹는다. 저 아이들 대부분은 아마 학교에 등록도 하지 않았을 것이다. 이건 스캔들감이야. 그녀가 말한다. 부끄러운 일이야.

어째서? 포터가 이렇게 말하며 새 전조등을 켰다가, 껐다가, 다시 켠다. 생계를 꾸려야 하잖아.

흙바닥에 텐트를 치고 사는 사람들이 있다는 게 부끄러운 일이야, 포터. 석유 회사들은 저 사람들 덕분에 돈을 벌 거 아냐.

현재 상황에서 최선을 다하고 있을 거야. 정말 많은 사람들이 진짜 빠르게 몰려들고 있다고.

아, 말도 안 되는 소리. 석유 회사들은 이 사람들을 전혀 신경 안 써, 당신이 정말 그렇게 생각한다면 스스로를 속이고 있는 거야. 그녀가 립스틱과 콤팩트를 찾아서 가방을 뒤적인다. 게다가 석유 회사들이 땅에다가 이런 짓을 하는데 당신은 아무렇지도 않아?

포터가 가속 페달을 꾹 밟는다. 난 당신과 앨리스를 먹여 살리지 못하는 게, 우리 딸이 자기 엄마처럼 대학에 가고 싶을 경우에 대비해서 조금씩 저축하지 못하는 게 훨씬 더 신경 쓰일 거야.

코린이 아랫입술에 짙은 빨강색 립스틱을 바른 다음 거울을 보며 이에 묻지 않았는지 점검한다. 그녀는 입지 않은 팬티를 생각한다. 무릎 뒤에 가죽 시트가 닿는 느낌이 좋다. 조심해. 코린이 말한다. 사고 나면 안 되잖아.

알았어, 코린. 포터가 라디오를 켜고 두사람이 담배에 불을 붙인다. 짐칸에 남자들을 가득 태운 픽업트럭들을 지나칠 때 담배 연기가 창밖으로 빠져나간다. 몇몇은 당신 눈을 똑바로 바라볼 것이다. 몇몇은 무언가 — 법률, 마피아, 걸프쇼어스나 잭슨처럼 일자리도 전망도 없는 작고 황량한 마을에 두고 온 아내와 아기 — 로부터 도망치고 있는 것처럼 시선을 피한다.

그들은 도로가에 쌓여 있는 철재 더미와 철조망들을 지나친다. 약 사백미터 앞에서 트럭이 멈추더니 뒤에서 여자 두명이 내린다. 두여자는 갓길에 서서 일, 이분 정도 미친 듯이 손을 흔들고, 곧 멈춰 선 또 다른 트럭에 올라탄다. 남자들이 환호한다. 코린이 얼굴을 찌푸리고 양손을 무릎 사이에 끼운다. 치마 안감이 엉덩이에 달라붙고 허벅지에 땀이 난다. 앨리스는 지금 뭘 하고 있을까? 코린이 생각한다. 아마 할아버지 배위에서 폴짝폴짝 뛰고 있을 것이다. 할아버지는 며칠 동안 배가 아플 것이다.

두사람이 멘톤에 도착했을 때 태양이 지구 가장자리에서 타오른다. 그들은 얕고 느릿한 페코스 강 바로 위 벼랑의 피크닉 테이블 앞에 차를 세운다. 가문 해였기 때문에 애를 써도 페코스 강에 빠져 죽을 일은 없다. 넓게 퍼지는 햇빛을 받아서 강물색이 메스키트 나무 껍질 색으로 변하고 머리 위 새털구름이 붉게 물든다. 두사람은 차례차례 풀숲으로 들어가 소변을 보고, 코린이 뱀을 쫓으려고 손뼉을 치며 관목 사이를 비틀비틀 걷자 모래밭에 하이힐이 푹푹 박힌다. 그녀는 장화로 갈아 신지 않은 것이 멍청한 짓이라는 것을 알지만 메스키트 잡목림 뒤에서 비틀거리며 나올 때 무릎에서 치맛자락에 팔랑거리자 포터가 휘파람을 분다.

안녕, 셰퍼드 부인. 그가 말한다. 내 꿈의 여인이군.

오늘 처음으로, 어쩌면 몇 주 만에 처음으로 코린의 얼굴에 함박웃음이 퍼진다. 안녕, 셰퍼드 씨.

두사람은 프라이드치킨과 맥주로 조용히 저녁 식사를 한 다음 다시 북쪽으로 향한다. 완연한 밤이지만 고속도로 양옆에서 천연가스 불꽃이 타오른다. 포터는 정유 회사들이 가스를 너무 많이 태워서 오데사에서 엘패소까지 전조등 한번 안 켜고 달릴 수도 있다고 말한다. 천연가스 불꽃은 서부 텍사스의 햇살이라고 할 수 있지. 그가 말한다.

냄새가 더 좋으면 좋았겠지만. 코린이 말한다. 저 안에 뭐가 들었는지 궁금하네.

고속도로에서 내려 산봉우리를 향해 올라갈 때 포터가 전조등을 끄고, 두사람은 어둠 속에서 비포장도로를 달린다. 멀리서 불꽃이 깜빡인다. 그가 아내를 흘끔거린다. 가스 불빛 속에서 그녀의 눈이 반짝이고 뺨에 난 주근깨가 금빛으로 변한다. 포터가 조용히 노래를 시작한다. '프랭키는 착한 여자였지, 모두가 안다네. 프랭키는 백달러를 내고 앨버트의 양복을 사주었다네. 앨버트는 프랭키의 남자였지만 그녀에게 잘못을 저질렀다네.'

그가 손을 뻗어 무릎을 만지자 그녀가 깜짝 놀란다. 그들은 몇 시간 전 그녀의 아버지에게 아기를 건넨 이후 서로를 건드리지도 않았다.

코린이 그의 손에 자기 손을 포개고 손등 뼈를 부드럽게 문지른다. 나한테 수작 거는 거야?

포터가 웃는다. 응, 그럴지도. 약간.

음. 코린이 숨을 깊이 들이마신다. 좋아.

그가 갑자기 다른 비포장도로에 들어서더니 탁 트인 사막으로 향한다. 잠시 차가 덜컹거리자 두사람의 머리가 낚시찌처럼 흔들리고, 포터는 트럭 너비가 될까 말까 한 양쪽 진입로들을 살펴본다. 코린이 몸을 숙이고 앞유리창을 내다본다. 우리 어디 가는 거야?

이쪽에 작은 언덕이 있었거든. 달이랑 별을 보기 좋은 곳이야. 잠깐 차 세우고 내릴까?

좋아.

몇 분 뒤, 포터가 메스키트 관목 옆에 차를 세운다. 여기가 괜찮을 것 같아.

그들은 개폐판에 잠시 앉아서 발을 달랑달랑 흔들며 담배를 피우고 별 몇 개가 뜨는 것을 본다. 미소 짓는 달이 지구의 가장자리 바로 위에 걸려 있고, 사막을 횡단하는 벌링턴 노선 기차가 보이지만 너무 멀어서 경적 소리는 신음 정도로밖에 들리지 않는다. 포터가 벌떡 일어나 조수석 창문으로 손을 넣고, 글러브박스 여는 소리가 들린다. 우리 서로 총 쏘는 거야? 코린이 말한다.

하, 하. 당신은 정말 웃긴 여자야. 포터가 버번을 가지고 돌아와서 그녀의 옆자리에 비스듬히 앉더니 허벅지 사이에 술병을 끼운다. 그가 발을 차서 흙먼지를 일으킨다. 포터가 지금 코린에게 할 수 있는 말은 수없이 많다. 코린은 동네 남자애들 중에서 컨트리 송을 써서 돈을 벌게 된 월터 헨드릭슨과 결혼하는 게 좋았을지도 모른다고 생각한다. 처음 하는 생각은 아니다.

난 당신이 전업주부로 행복하면 좋겠어. 포터가 말한다.

코린이 벌떡 일어나 몇 걸음 성큼성큼 멀어진다. 뒤로 돈 그녀의 얼굴에 분노가 가득하다. 엿 먹어, 포터.

포터는 관목으로 도망이라도 치고 싶은 표정이다. 코린이 운이 좋으면 포터가 버려진 우물이나 방울뱀 소굴에 떨어질지도 모른다.

당신한테 할 말이 있어, 포터. 내가 종일 집에서 앨리스를 돌보는 것보다 더 싫은 게 딱 하나 있어. 육아를 하고 싶지 않다는 이유로 죄책감을 느끼는 거야. 목소리가 갈라지자 코린이 주먹을 쥔 손으로 입을 가린다. 그녀는 울지 않으려고 애쓰고, 그래서 더욱 화가 난다.

포터가 버번 뚜껑을 열고 길게 한모금, 또 한모금 마신다. 풀숲 어딘가에서 밥화이트가 노래한다. '밥 화이트! 안 조용해! 다시 와라, 다른 밤에.' 또 다른 밥화이트가 대답한다. '밥 화이트, 밥 화이트. 바보, 바보, 바보.'

별똥별이 하늘에서 곤두박질친다. 바로 저기 있었는데 순식간에 사라진다. 포터가 술병을 내밀지만 코린은 고개를 젓고 담배에 다시 불을 붙인다. 그는 코린이 담배 피우는 모습을 몇 분간 지켜보다가 일어나서 술병을 개폐판에 내려놓는다.

포터가 아내의 어깨를 잡는다. 코린은 키가 크고 몸매가 멋진 여자지만 그래도 남편보다 삼십센티미터 정도 작다. 그가 고개를 숙여 그녀의 아름다운 눈을 똑바로 본다. 코린, 미안해.

코린은 그가 사실은 소련 스파이라고 고백했어도 이보다 더 놀라지는 않았을 것이다. 그녀는 누구에게도, 무슨 일에 대해서도 미안하다고 말한 적이 없다. 그것이 코린의 단점 중 하나이지만 포터도 사과를 남발하는 유형은 아니다.

코린이 그의 얼굴을 만진다, 그의 뺨에 닿는 그녀의 손이 크고 따뜻하다. 그녀가 이런 식으로 포터를 어루만진 지 몇 달은 됐다.

포터, 당신이 일본에서 전투기를 모는 동안 나는 온종일 영어를 가르친 다음 다른 여자들이랑 차를 타고 들판으로 가서 화물 기차에 가축을 실었어. 매일 밤 녹초가 됐어, 정말 뼛속까지 피곤했어. 하루가 끝나면 가슴까지 욱신거렸지만, '강해진' 기분도 들었어. 그러다가 남자들이 돌아왔고, 여자들은 최대한 빨리 임신을 하고 헛간 안에 몰아넣은 암소들처럼 부엌에 처박혀야 했지. 어쩌면 그것도 괜찮을지 몰라. 아마 그렇게 돼서 아주 기뻐하는 여자들도 많을 거고, 그런 여자들은 나만큼 지랄 맞지 않겠지. 코린이 트럭 개폐판에서 일어나 사막으로 몇 걸음 걸어간다. 그녀가 돌아서서 남편을 마주본다. 난 앨리스를 사랑해. 앨리스를 낳은 건 당신과 내가 함께 한 일들 중에서 제일 잘 한 일이야. 하지만 내 말 잘 들어, 포터. 나는 사랑하는 마음을 점점 잃고 있어.

코린이 그를 향해 다시 걸어와서 두 사람이 개폐판 옆에 나란히 선다. 가스 불꽃 몇 개는 이미 꺼졌고 하늘은 다시 별들로 가득 찬다. 코린이 남편 옆에 뻣뻣하게 선다. 그녀의 등은 항상 그렇듯 곧지만 손은 떨리고 있다.

집으로 돌아가자마자 앨리스를 봐줄 사람을 찾아보자. 포터가 말한다. 당신이 항상 말했던 것처럼 유전에서 남편을 잃은 여자들 중에서 구하면 되겠지.

아, '드디어'. 고마워. 코린이 트럭 범퍼에 꽁초를 눌러 끈다. 하나만 더 부탁해도 돼?

교장 선생님이 나한테 물어보면 — 당신도 알겠지만 분명 물어볼 거야 — 둘이서 충분히 대화를 나눈 다음 복직을 결정했다고 분명히 얘기할게.

코린이 씁쓸하게 웃으며 눈을 굴린다. 물론 포터의 말이 맞다. 남편의 허락이 필요할 것이고, 허락이 있어도 학교에서 그녀를 받아 주지 않을지도 모른다. 이런 생각을 하자 코린은 침을 뱉거나 술병으로 누군가의 머리를 때리고 싶어졌다. 그거 말고, 포터. 당신이 나한테 얘기를 좀 하면 좋겠어.

얘기?

예전에, 앨리스를 낳기 전에 그랬던 것처럼 말이야. 우리가 서로 잘 모르는 것처럼.

코린이 그의 얼굴을 조심스럽게 살피면서 펜치로 이를 하나 뽑으라고 했어도 저렇게 심드렁한 표정은 아닐 거라고 생각한다.

아, 제기랄. 신경 쓰지 마. 코린이 크레오소트 덤불에 담배를 던지고 개폐판에 털썩 앉아서 다리를 앞뒤로 흔든다.

포터가 트럭 주변을 몇 바퀴 돈다. 그가 세바퀴째 돌고 나서 아내 앞에 멈춰 선다. 그런 다음 흔들리는 그녀의 다리를 부드럽게 멈춘다. 셰퍼드 부인, 나랑 한잔하실래요?

네. 그러죠. 코린이 술병을 들고 뚜껑을 열어 길게 두모금 마신다. 버번 몇 방울이 목으로 흘러내린다.

그녀의 목은 길고 가늘고 주근깨가 약간 있어서 사랑스럽다. 포터가 손가락 하나로 그녀의 피부를 만지며 정말 부드럽다고 감탄하고, 주름이 하나 생겼다고 말한다. 당신 목이 얼마나 아름다운지 내가 말한 적 있던가?

최근엔 없지.

그래. 포터가 몸을 숙여 그녀의 쇄골에서 반짝이는 버번에 혀끝을 댄다. 아름다운 단어다. 쇄골.

코린이 그에게로 몸을 기대며 별들을 올려다본다. 누구볼 사람이 있을까?

아니, 만약에 누가 다가와도 십오킬로미터 전부터 알 수 있을 거야.

아내와 남편이 서로를 마주본다.

'말해.'

그녀가 생각한다.

당신을 맛보게 해줘. 포터가 이렇게 말한 다음 그녀의 입술에 자기 입술을 꾹 누른다. 새 안경을 쓰고 머리를 올린 아름다운 여인. 따뜻한 입에서 버번 맛이 나는 달콤한 코린.

코린이 안경을 벗으려 한다.

쓰고 있어. 부탁이야.

그녀가 포터를 잠시 보더니 버번을 한모금 더 마신다. 술을 삼키느라 목이 움직인다. 둘 다 정신이 팔려서 전조등 불빛을 못 볼 지도 모르잖아.

당신, 버번을 조금 더 마셔야겠군. 포터가 말한다. 술이 용기를 주는 법이지.

코린이 다시 술을 마신 다음 남편에게 병을 준다. 용기를 위하여.

용기를 위하여. 그가 말한다. 포터가 술병을 내려놓고 그녀의 손을 잡더니 자기 심장에, 또 청바지 앞섶에 대고 꾹 누른다. 이보다 더 단단해질 순 없을 거야.

코린이 깔깔 웃고, 포터는 그녀의 다리를 부드럽게 벌리며 손바닥으로 스타킹을 어루만지다가 그녀의 맨살에 손가락이 닿자 깜짝 놀라서 눈이 커진다.

일어서서 검정 스타킹 좀 보여주겠어, 코린?

코린이 평지로 걸어간다.

달빛에 빛나는 얼굴과 머리카락, 검정색 하이힐과 반쯤

떠올린 미소, 치마를 살짝 끌어올리는 손가락.

세상에, 여보. 이리 와. 그가 코린을 개폐판에 앉히자 그녀의 무릎 안쪽이 금속에 살짝 부딪친다. 포터가 그녀를 개폐판 가장자리로 잡아당긴다. 뒤로 기대봐, 코린.

╋╋

존은 외국에서 돌아온 뒤 담배를 피우지 않았고, 두번 다시 피우지 않겠다고 스스로와 약속했다. 그러나 담배 연기를 허파 속으로 빨아들이자 가슴이 확장되어 점점 커지는 느낌이 든다. 빌어먹게 좋다, 너무나 큰 위안이다, 울 것만 같다. 당신 품에서 죽어가는 남자에게 뭐라고 말해야 할까? 무서워하지 마. 당신은 혼자가 아니야.

앨범이 끝난다. 존과 코린은 바늘이 딸깍 소리를 내며 레코드판 위로 들리더니 제자리로 돌아가는 소리에 귀를 기울인다.

존이 말한다. 코린, 좀 더 들을래요?

음악 말이에요? 그녀가 묻는다.

네.

레코드판 좀 뒤집어줄래요?

존이 자리에서 일어나려다가 너무 어두워서 비틀거리며 코린의 어깨 쪽으로 넘어진다. 그가 똑바로 일어서려고 하지만 코린이 셔츠를 잡고 끌어당긴다. 존이 선착장에서 미끄러져 넘어진 아이라도 되는 것처럼, 코린이 침몰하는 배라도 되는 것처럼, 두사람이 수영도 못하는데 거친 바다에 빠진 사람들이라도 되는 것처럼.

코린이 그의 손을 잡아 자기 얼굴에 대고 꽉 누르고, 잠시 후 존도 그렇게 한다. 두사람은 나란히 앉아서 마지막 별들이 지는 것을 바라본다. 해가 곧 뜨겠네요. 둘 중 한사람이 말한다. 집에 가는 게 좋겠어요.

++

다음 날 오후 집으로 돌아갈 때, 코린이 기어에 놓인 포터의 손을 가져가더니 치마 위에 가볍게 올렸다가 치마 속으로 이끌어 오른쪽 무릎의 작은 멍을 지나친 다음 허벅지 안쪽의 맨살에 올려둔다. 두사람은 무척 피곤하고 숙취도 있는 데다가 온 몸이 욱신거린다. 산에는 올라가지도 못했다. 코린이 목을 숙여 창밖으로 고개를 내밀고 백미러에 비친 얼굴을 보려고 애쓴다.

집에 도착했을 때 그들의 문제는 전부 그대로일 것이다. 두사람은 불과 몇 년 전에 인생 최대의 전쟁을 겪은 젊은 남자와 젊은 여자이고, 걱정도 있고 두려움도 있고 먹이고 사랑해야 할 어린 딸도 있다. 두사람은 돈과 섹스 때문에, 누가 잔디를 깎거나 설거지를 하거나 요금을 낼 차례인지를 두고 싸울 것이다. 몇 년 뒤 코린은 사회 교사와 사랑에 빠져서 결혼생활을 전부 무너뜨리겠다고 위협할 것이고, 그로부터 몇 년 뒤에는 포터도 비슷한 행동을 할 것이다.

두사람은 매번 이를 갈면서 서로를 다시 사랑할 수 있을 때까지 기다릴 것이고, 정말 그렇게 되면 크게 놀랄 것이다. 이 날 아침, 코린의 머리카락이 거칠게 휘날리고 사랑스러운 목에 희미한 자국이 보인다. 포터가 말한다. 여보, 당신은 정말 더없이 아름다워.

데브라 앤

　제시의 이야기가 디에이의 이야기보다 훨씬 낫다. 그는 군인이었고 해외에서 복무했다. 제시가 해준 이야기에 따르면 그는 동부 테네시의 집으로 돌아왔을 때 한동안 셔츠 앞주머니에 전역 서류를 넣어 다녔다. 누가 보여 달라고 요구라도 할 것처럼, 살아서 집에 돌아온 것이 범죄라도 되는 것처럼 말이다. 그는 군대에서 치과 치료를 받았는데, 엄마가 그런 제시를 본 다음부터 웃을 때마다 손으로 입을 가리기 시작했다고, 엄마의 커다란 손은 긁힌 상처가 많고 손등 뼈가 뒤틀리고 살갗이 벗겨지고 망치와 정육점 고리와 공업용 재봉틀 때문에 생긴 흉터가 있다고 했다.

　귀국 환영 파티에서 제시는 자기 가족이 사는 트레일러에서 미소를 짓고 악수를 나누는 사람들을 보았다. 그는 되도록 사람들의 왼쪽에 섰지만 그래도 못 들은 말이 많았다. 제시는 고개를 끄덕이고, 싱긋 웃고, 사람들이 채워주는 술잔을 받았고, 누가 어디에서 복무했냐고 묻자 알게 뭐야, 어떻게 발음하는지도 몰라, 라고 대답한 다음 자기가 죽인 두 소년을 생각했다. 여자 친척들은 목화를 따거나 방직 공장에서 일한 이야기를 했다. 남자 친척들은 탄광 일자리를 찾아서 동부 켄터키까지 가봤다고 말했고, 자신들을 바라보는 제시를 발견하면 눈빛이 부드러워졌다.

하필이면 상황이 좋지 않을 때 벨든할로우로 돌아왔구나. 사람들이 말했다. 여기는 일이 '하나도' 없어.

그때 사촌 트래비스가 나타나 텍사스에서 새로 산 포드 F-150을 마당에 세웠다. 현금으로 샀지. 그가 말했다. 트래비스는 새 장화를 신고 있었고 새 별명도 얻었다. 출근 첫 주에 저 세상으로 날아갈 뻔했기 때문에 부머라는 별명이 생겼다고 했다.

데브라 앤은 아직 어린 데다가 여자이기 때문에 제시는 사촌이 그 다음에 뭐라고 했는지 말하지 않는다. 석유에 대해서 전혀 몰라도 돼. 시키는 대로 하고 금요일마다 돈을 받으면 끝이지. 일주일에 삼백달러나 돼, 서부 텍사스 여자를 전부 손에 넣을 수 있어. 콘돔 꼭 챙겨, 사촌. 파티 준비해야지.

제시는 트럭 앞좌석에 소지품을 싣고 주머니에 부머의 전화번호를 넣은 다음 일월에 테네시를 떠났다고, 머릿속에서 어떤 소리가 들렸다고, 제시 정신 차려, 같은 소리였다고 디에이에게 말한다. 그는 댈러스를 지나서 나무들이 사라지자 이렇게 먼지가 많고 갈색인 곳이 세상에 또 어디 있을까 생각했다고 말한다. 반짝이는 푸른 하늘조차 바람이 심하게 불면 먼지 색으로 바뀌었다. 가끔 그는 뭐가 뭔지, 하늘인지 땅인지, 먼지인지 공기인지 구분할 수 없었다.

그렇게 해서 오데사에 왔군요. 디에이가 말한다.

응, 그랬어. 부머가 일하는 회사 현장 주임이 나를 흘깃 보더니 배꼽이 빠지도록 웃었어. 비좁은 곳도 괜찮겠지, 땅꼬마? 그가 내게 물었지. 내가 해외에서 복무할 때 땅굴 전문 수색대였다고 했더니, 스트릭랜드 씨가 장화를 사라고 이십달러를 주면서 갈아입을 옷도 챙겨서 다음날 오라고 했어.

우리 아빠는 내가 태어난 직후에 염수 탱크를 청소했어요. 디에이가 말한다. 마스크를 하고 빗자루랑 자기 키만 한 금속 스크래퍼를 들고 탱크에 처음 들어갔을 때 심장마비가 올 뻔 했대요, 탱크 안이 너무 좁고 어두웠대요.

두사람은 배수관 입구에 나란히 앉아 있고, 타는 듯한 콘크리트에 맨살이 닿지 않도록 무릎을 가슴으로 당기고 있다. 난 탱크에 들어갈 때는 사람 같았지만 나올 때는 외국 시장에서 봤던 오닉스 동상 같았어. 제시가 말한다. 머리끝에서 발끝까지 기름투성이였지. 현장 샤워실에서 기름을 다 씻어내는데 이십분이나 걸렸어.

아빤 그게 너무 싫었대요. 구역질이 났대요.

그랬겠지. 제시가 이렇게 말한 다음 조용해진다. 고향에서는 클린치 강에서 낚시를 하고 페인트록이나 그리지 코브에 가서 마노를 찾는 것밖에 할 일이 없었다. 아니면 일주일에 한번 재향군인 병원에 가서 청력이 나아졌는지 검사를 하거나. 그러나 이곳 오데사에서는 일을 한다. 어른 남자처럼. 제시가 작은 분필을 들고 콘크리트에 그림을 그린다.

네 덕분에 버는 돈을 거의 다 모으고 있어. 그가 데브라 앤에게 말한다. 한달쯤 뒤에는 부머에게 줄 돈이 모일 거고, 그러면 트럭도 돌려받을 수 있을 거야.

제시는 가끔 스트립 클럽에서 자신을 트럭에서 내던진 남자들과 같이 앉아 있는 부머를 본다. 그들은 여자들을 보면서 술을 마시고, 제시가 깨진 유리를 빗자루로 쓸거나 토사물을 밀대로 치우는 모습이 보이면 손으로 입을 가리고 웃지만 말을 걸지도, 어디서 살고 있는지 묻지도 않는다.

디에이가 칠월 사일에 온 엽서를 보여준다. 두사람은 엽서를 주고받으면서 이리저리 뒤집어본다. 모자를 깊숙이 눌러쓰고 '뉴멕시코 갤럽'이라고 적힌 표지판에 기대어 선 카우보이 석고상.

하지만 리노 소인이 찍혀 있네. 제시가 말한다.

알아요. 디에이가 말한다. 엄마가 도대체 어디 있는지 전혀 모르겠어요. 그런 다음 친구의 손에서 엽서를 빼앗아서 작별 인사도 없이 가파른 제방을 달려 올라간다. 디에이는 제시를 뒤로 하고 황급히 달려서 혼자만의 장소로, 아무도 그녀의 슬픔을 볼 수 없는 곳으로 간다.

데브라 앤은 비행기를 타본 적도, 텍사스 바깥으로 나간 적도 없지만 매달 지니와 함께 차를 타고 서부 오데사로 가서 증조할머니를 한두시간 정도 만났다. 소파 한쪽 끝에 지니, 반대쪽 끝에 디에이가 앉았고 할머니는 아이스티를 다시 채워 주고 예수 재림에 대해서 이야기했다. 자동차로 걸어 돌아갈 때 지니는 가끔 딸의 손을 꽉 잡았다. 우리 앤드류스 데어리 퀸에 가서 아이스크림콘 먹자. 엄마가 말했다. 아니면, 모래 언덕에 가서 별이 뜨는 걸 본 다음 차를 끌고 모너핸스에 가서 치즈버거 사 올까?

두사람은 자동차 보닛에 앉아서 모래 맛이 날 정도로 세차게 부는 바람 소리를 들었고 그날 밤 욕조 바닥에 가라앉은 모래를 보았다. 데브라 앤의 눈에는 하늘의 모든 별이 두사람을 위해서 뜬 것 같았다. 저기 오리온자리다. 지니가 남쪽 하늘을 가리켰다. 저기 일곱자매[22]네. 일곱자매라고 하지만 실제 별은 아홉개고, 우리 눈에 보이지 않는 별이 천개는 될 거야.

어느 날 밤, 어떤 트럭이 그들이 지나온 비포장도로를 달려오자 지니가 똑바로 앉아서 회색 눈을 가늘게 뜨고 어깨를 쫙 편 채 지켜보았다.

우리 가야 돼요? 디에이가 물었다.

22   플레이아데스 성단.

지니가 말했다. 아니. 우리는 다른 사람들처럼 여기에 있을 권리가 있어. 그녀가 보닛에서 내려가 열린 차창 안으로 몸을 넣고 글러브박스에서 뭔가를 꺼낸 다음 자동차 라디오를 켜고 다시 보닛 위로 올라왔다. 대학 라디오 방송에서 재즈 쇼가 나왔고 두사람은 쳇 베이커와 니나 시몬, 호른, 피아노, 모래 위를 떠다니다가 사구 뒤로 사라지는 목소리들을 들었다.

오늘 밤을 기억하렴. 지니가 말했다. 그녀의 눈에 눈물이 고여 있었다. 이 텅 빈 세상의 한구석, 수십킬로미터나 펼쳐진 창백한 모래 위로 커다란 주황색 달이 떠올랐다. 지니가 딸을 보며 미소를 짓고 자동차 열쇠를 주었다. 고속도로까지만 네가 운전할래, 디에이? 포장도로가 나올 때까지 비포장도로가 십오킬로미터는 이어질 거야.

++

제시는 소년이 옆 터널에서 나와 바로 앞에 섰을 때 지하수면과 아주 가까운 지하에 있었기 때문에 광물 냄새가 났다고 디에이에게 말한다. 그는 소년이 어둠 속에서 나타났기 때문에 깜짝 놀랐지만 그러지 말아야 했다. 두사람은, 겁에 질려 입을 떡 벌린 두소년은 가만히 서서 서로 빤히 보았다. 또 다른 소년이 소총 개머리끝으로 왼쪽 귀를 때릴 때까지 제시는 그를 보지도 못했다.

그러나 제시는 데브라 앤에게 말하지 않는다. 자리에서

일어나 가슴에 똑같은 구멍이 난 두소년을 보았을 때 흙벽에서 아직도 군용 리볼버의 메아리가 울리고 있었다고, 세상과 제시 사이에 갑자기 벽돌담이 생긴 것처럼 피가 흐르는 귀가 이상하게 멍해서 고개를 저었다고. 두소년을 생각하며 잠에서 깼다고 아이에게 말하는 것은 옳지 않으리라. 둘은 형제였을까? 그랬다면 두아이의 엄마는 밤새 두사람이 집으로 돌아오기를 기다리며 무슨 일이 생겼나 걱정했을까?

제시는 트럭을 되찾을 돈을 거의 다 모았으니 겨울이 되기 전에 집으로 돌아갈 수 있겠다고 슬슬 생각했지만 댄서 한명이 부머가 이사를 갔다고 말해준다. 그녀는 제시에게 부머의 새 전화번호와 주소가 적힌 냅킨을 준다. 돈 다 모으면 찾아오래.

제시는 클럽 로고 — 가슴이 크고 머리에 토끼 같은 귀가 솟은 여자의 실루엣 — 밑에 적힌 전화번호를 뚫어져라 본다.

'텍사스 펜웰, 낡은 주유소 뒤 트레일러.'

펜웰에는 어떻게 가죠? 그가 여자에게 묻는다.

이십사킬로미터만 가면 돼. 그녀가 그의 팔을 위아래로 가볍게 쓰다듬는다. 미안해, 내가 도울 수 있으면 도와줄 텐데. 나쁜 소식이지만 제시는 그녀의 손길이 남긴 온기를 몇 시간 동안이나 느낀다.

✦✦

구개월 동안 비가 오지 않았고, 스프링클러가 밤낮으로

돌아간다. 디에이는 들어주는 사람만 있으면 누구에게나 유월 중순 이후 제대로 된 목욕을 안 했다고 자랑한다. 제일 가까운 스프링클러 사이로 뛰어다니면 끝이다. 디에이는 엄마가 없어서 제일 좋은 점이 그것이라고 에이미에게 말하고, 에이미가 자기 엄마는 절대 자기한테서 시선을 떼지 않는다고 말한다.

에이미는 데브라 앤보다 십오센티미터 정도 작고 눈썹은 색이 너무 연해서 거의 보이지 않는다. 두 아이는 에이미네 뒷마당에서 얼굴이 타고 주근깨가 생기고 피부 껍질이 벗겨질 때까지 스프링클러 사이를 뛰어다닌다. 디에이는 앞머리가 너무 길어서 눈을 가리자 마당에서 손과 무릎을 땅에 짚고 엎드려 목양견 흉내를 내며 에이미를 쫓아다닌다. 두사람은 감자칩 봉지를, 허황된 이야기를, 모래벼룩을, 백선증을 자연스럽게 주고받는다. 두 아이의 팔다리에 생긴 벌레 물린 자국이 염증으로 변해 딱지가 앉은 다음 흉터가 된다. 둘은 어깨가 토마토처럼 벌겋게 익자 콘크리트블록 울타리 그늘에 앉는다. 몇분마다 뒷문으로 와서 걱정스럽게 마당을 둘러보는 에이미의 엄마를 무시한다. 에이미는 전화가 계속 울린다고 말한다. 어제는 엄마가 누군가에게 아직도 안 질렸냐고 하더니 상대방의 고막이 터질 정도로 세게 수화기를 내려놓았다.

YMCA 수영장에서 화이트헤드 부인은 아기를 안고 라운지체어 끄트머리에 뻣뻣하게 앉아서 에이미가 처음으로 높은 다이빙대에서 뛰어내리는 모습을 지켜본다. 빼빼 마른 데브라 앤은 자기 차례가 되자 겁에 잔뜩 질려 덜덜 떨면서 다이빙대 끝에 서서 기나긴 몇 초 동안 꼼짝도 하지 않지만, 저 아래 수영장 깊은 쪽에서 에이미가 물속을 걸어 다니며 빨리 뛰라고 재촉하자 허공에 몸을 날린다. 디에이는 수면에 닿은 뒤 다시 발차기를 해서 수면 밖으로 나올 때까지 무엇이든 할 수 있을 것만 같다. 에이미도 같은 기분이라고 한다.

두 아이의 믿음은 자기들의 몸에, 자신을 하나로 만들어 주고 '움직여'라고 말하는 근육과 힘줄에 뿌리내리고 있다. 두 사람은 스타 육상 선수이고 체조 선수이고 다이빙과 싱크로나이즈드 스위밍에서 금메달을 따는 올림픽 수영 선수이다. 화이트헤드 부인이 아기 기저귀를 갈고 새 젖병을 물리려고 애쓰는 동안 두 아이는 서로 떠밀고 다이빙을 한다. 에이미와 디에이는 수영장 바닥까지 내려가 울퉁불퉁한 바닥에 엉덩이를 대고 앉아서 헤엄치는 아이들을, 물에 긴 그림자를 드리우는 삐삐한 팔다리를 올려다본다. 둘은 최대한 숨을 참다가 결국 위로 올라와 침을 튀기며 숨을 헐떡인다. 화이트헤드 부인이 수영장 가장자리에 서서 누가 좀 도와달라고 외친다.

왜 그래요? 에이미가 소리를 지른다. 그런 다음 숨을 깊이 들이마시고 다시 잠수해서 삐삐 마른 다리를 힘차게 차며 엄마에게서 멀어진다.

우린 괜찮아요! 디에이가 말한다. 그냥 노는 거예요.

화이트헤드 부인이 아기를 다른 팔로 옮겨 안고 아기 모자를 고쳐 씌운다. 둘 다 밖으로 나와서 잠시 앉아 있어. 그녀가 데브라 앤에게 말한다. 부탁이야, 지금 당장.

에이미는 『피플』에 실린 카렌 카펜터의 인터뷰를 읽더니 매일 물을 최소 여덟잔씩 마시겠다고 선언하고, 집으로 돌아갈 때가 되자 수영복을 갈아입으려고 옷을 가지고 탈의실로 간다. 디에이는 아빠가 일을 너무 많이 하는 것 같다고, 아빠가 먹을 만한 저녁 식사를 만들지 못하겠다고 걱정한다. 에이미는 엄마가 밤에 잠을 못 잔다고, 아빠가 집에 올 때마다 둘이 부엌에 서서 재판 문제로 소리치며 싸운다고 말한다. 지난주에는 램프를 깨뜨렸어.

아빠는 우리가 지금 '당장' 농장으로 돌아가면 좋겠대. 에이미가 데브라 앤에게 말한다. 집세에다가 주택할부금'까지' 내는 건 이제 끝이래. 엄마는 진짜 못된 여자 같이 굴어.

디에이는 에이미가 '못된 여자'라는 말을 천천히 길게 발음하는 것을 알아차린다. 그 말이 버터가 잔뜩 들어간 팝콘이나 따뜻한 초콜릿 바 같은 맛있는 것의 냄새처럼 둘 사이의 허공에 맴돈다.

++

디에이가 요즘 어디 있었냐고, 왜 혼자 있고 싶었냐고 묻자 제시는 모르겠다고 대답한다. 더위 때문일지도 모른다. 하지만 요즘은 멀쩡한 귀에서 웅웅거리는 소리가 계속 들리고 술집

영업시간이 끝나고 경비원이 음악을 끈 뒤에도 약간 아프다.

　제시는 댄서가 둥글게 만 팁 뭉치에서 몇 달러를 빼주면서 고마워 제시, 당신은 정말 착해, 라고 말할 때에도 귀에서 소리가 울린다는 이야기를 디에이에게 하지 않는다. 그 소리는 걸레로 바닥을 닦거나 대형 쓰레기통에 쓰레기를 내놓을 때에도, 급료를 받은 다음 퇴역 군인인 바텐더에게 잘 자라고 인사할 때에도 들린다. 바텐더는 댄서들이 도착하기 전에 제시가 샤워실을 쓸 수 있도록 안으로 슬쩍 들여보내주기 때문에 제시는 그에게 고맙다, 무척 고맙다. 그러나 긴 밤이 끝나고 바텐더가 직원들과 같이 술을 한잔할 때 제시에게도 와서 앉으라고 말해주면 좋겠다고 생각한다.

　제시는 그 소리가 집까지 따라온다고, 길고양이가 들어와서 옆에 웅크리고 눕기를 기다리는 동안 그 소리가 침대에 같이 누워 있다고, 아침에 고양이와 함께 잠에서 깨 기지개를 켜면서 지독하고 끈질긴 더위에 감탄할 때에도 계속 들린다고 디에이에게 말하지 않는다. 대신 그는 해외 복무를 끝내고 돌아왔기 때문에 어디에서든 잘 수 있지만 침대가 한달 전보다 더 딱딱하게 느껴진다고, 이제 두번 다시 집에 돌아가지 못할 거라고 생각하며 잠에서 깰 때도 있다고 말한다. 여름이 왔지만 제시는 아직 클린치 강에서 낚시를 하지 못했다. 누나 네이딘이 그에게 일사병으로 죽기 전에 모자를 쓰라고 고함을 치지도 않았다. 집은 여기에서 천육백킬로미터나 떨어져 있다.

난 너무 지친 것 같아. 그가 말한다.

무슨 말인지 알아요. 디에이가 말한다. 어른이라면 그렇게 말할 것 같아서다. 나도 그런 기분이에요. 디에이가 발목의 심한 발진을 열심히 긁는다. 피가 나기 시작하자 제시가 일어나서 티슈를 가지러 은신처로 들어간다. 디에이는 들어가면 안 된다고 했다. 제시는 디에이가 바닥에 널려 있는 속옷이나 뒤집힌 우유 상자 위에 흩어진 면도 용품을 보면 안 된다고 설명했다. 이미 봤어요. 디에이는 제시에게 이렇게 말할 수도 있다. 가끔 제시가 일하러 가고 없을 때 고양이랑 같이 들어가서 침대에서 낮잠을 자요.

백선은 긁으면 안 돼. 그가 말한다. 자꾸 긁으니까 퍼지는 거야. 균이 손톱 밑으로 들어가서 만지는 것마다 오염시켜.

디에이가 다리에서 손을 휙 떼고 몇 초 동안 자기 손톱을 바라본다. 이야기 하나만 해줘요. 아이가 말한다. 머리 두개 달린 메기 잡은 얘기해줘요. 누나 네이딘 얘기, 첫번째 세례는 효과가 없다고 생각해서 세례를 한번 더 받은 얘기해줘요. 벨든 할로우랑 삼엽충 얘기해줘요.

그러나 제시는 그럴 기분이 아니다, 몇 주 동안 그럴 기분이 아니었다. 다음에 데브라 앤이 레드베터 부인 집에서 기른 토마토를 좀 더 가져오면, 혹은 셰퍼드 부인의 부엌 서랍에서 수면제를 좀 더 가져오면 좋을지도 모른다. 밤에 잠을 잘 자면 좀 나아질지도 모른다.

봐서요, 하지만 올해 토마토는 끝난 것 같아요. 디에이가 말한다. 디에이는 지니에게서 엽서가 온 이후로 도둑질을 그만둘까 생각 중이라는 말을 친구에게 하지 않는다. 제일 착한 아이가 되어도, 서부 텍사스에서 오도 가도 못하게 된 이방인을 전부 다 돌봐주어도 아무 소용없음을 깨달았기 때문이다. 지니는 오데사로 돌아오지 않는다. 적어도 빠른 시일 내에는 오지 않는다.

두 사람은 배수로 바닥 그늘에 누워 얼음물 양동이에 넣었다가 꽉 짠 수건을 얼굴에 덮는다. 펜웰에 가야 하면 내가 태워다줄 수 있어요. 디에이가 무심하게 말한다.

넌 어려서 운전 못 하잖아. 제시가 웃는다. 그가 양동이에서 얼음을 꺼내 입에 넣고 빨아 먹는다. 디에이가 양동이에 손을 집어넣고 제일 큰 얼음 조각을 더듬더듬 찾아서 힘껏 던지자 포장된 바닥을 스치며 날아가더니 바로 녹아버린다.

잠깐만. 제시가 이렇게 말하고 은신처로 잠시 들어가더니 지폐 뭉치를 들고 돌아온다 ― 칠백 달러다. 몇 백 달러만 더 모으면 트럭을 가지러 펜웰에 갈 수 있다.

만져봐도 돼요? 디에이가 이렇게 묻고, 제시가 돈을 건네자 폴짝폴짝 뛰면서 말한다. 우린 부자다, 우린 부자다, 우린 부자다.

제시가 손을 내밀자 디에이가 머뭇거리며 지폐를 돌려준다. 고무줄 갖다줄까요? 그녀가 말한다. 테네시에 언제 돌아가요?

테네시에는 일자리가 없어. 하지만 트럭을 되찾으면 여기에서 좀 더 지내면서 유전에서 일해서 돈을 많이 벌 수 있어. 제시가 말한다.

그러나 네이딘과 엄마가 살고 있는 집에 빈손으로 돌아가는 것은 실수투성이 인생의 마지막 실수가 될 것이라는 말은 하지 않는다.

두사람은 잠시 아무 말도 하지 않고, 가끔 일어나 앉아서 양동이에 수건을 넣었다가 꽉 짠 다음 몸에서 제일 뜨거운 부위에 얹는다. 이마, 목, 가슴.

고양이가 며칠 동안 안 보이네. 제시가 말한다. 이름 지어 줘야겠다.

트리키 딕은 어때요? 데브라 앤이 말한다. 엘비스? 월터 크롱카이트[23]?

아냐, 고양이한테 사람 이름을 지어주면 안 돼. 제시가 말한다. 우리 고양이는 사냥을 잘하니까, 그거랑 관련된 이름은 어때?

아처? 디에이가 말한다. 샤프 슈터[24]?

아처. 제시가 말한다. 아처라고 부르자.

23 트리키 딕은 닉슨 대통령의 별명이고 월터 크롱카이트는 워터게이트 등의 시간을 보도한 유명 언론인.

24 아처(Archer)는 궁수, 샤프 슈터(Sharp Shooter)는 명사수라는 뜻.

디에이가 수건을 손목에 감고 다섯을 센 다음 반대쪽 손목에 감는다.

이제 늦은 오후고, 배수로에 드리워진 그림자가 조금 더 길어진다. 제시는 몸을 옆으로 조금 움직인 다음 가만히 앉아 있다. 엄마는 제시와 네이딘이 어렸을 때 뭘 하는지 전혀 몰랐다. 저녁을 먹으러 돌아오기만 하면 신경 쓰지 않았다. 디에이는 다부진 아이야. 그가 생각한다. 고향에 돌아가면 디에이가 보고 싶을 것이다.

디에이는 제시를 주의 깊게 보면서 그의 좁은 얼굴에 어른거리는 감정을 자세히 살핀다. 엄마는 가끔 내가 차를 몰게 해줬어요. 디에이가 말한다.

그럴 리가. 제시가 말한다. 페달에 발도 안 닿잖아.

아, 닿아요. 좌석 끝에 걸터앉아야 하지만 그래도 닿아요. 디에이가 다시 양동이에 손을 넣어 더듬어보지만 얼음이 다 녹았다. 디에이가 손가락을 꺼내서 뜨거운 콘크리트에 하트를 그리자 바로 없어진다.

펜웰에 데려다줄 사람이 필요하면 셰퍼드 부인의 트럭을 한시간 동안 빌리면 돼요. 디에이가 말한다. 갈 때는 제시가 운전하고 올 때는 내가 셰퍼드 부인 트럭을 타고 따라오면 되잖아요. 시간만 잘 맞추면 — 셰퍼드 부인이 볼일을 보러 나가거나 하면 — 트럭이 없어진 줄도 모를 거예요.

없어진 줄도 모르면 그건 도둑질이지. 제시가 말한다.

다시 갖다 놓으면 도둑질이 아니에요.

네가 트럭을 몰고 오다가 고장이라도 내면, 내가 나를 용서하지 못할 거야.

고장 안 내요.

네가 조금만 더 나이가 많았으면 — 열세살, 아니 열두살만 됐어도 또 모르지만.

디에이가 일어서서 그를 향해 걸어온다. 그런 다음 팔짱을 끼고 눈을 가늘게 뜬다. 글쎄, 난 여름 내내 제시를 도울 만큼 충분히 나이가 많은 것 같은데요. 어떤 남자가 여기 살면서 레드베터 부인의 캐서롤을 먹고 가슴을 보여주는 술집에서 일한다고 아무한테도 말 안 할 만큼 말이에요.

++

메리 로즈가 새로 설치한 약 백팔십센티미터 높이의 콘크리트 울타리에 여자아이 네명이 낡은 알루미늄 사다리를 기대어 놓는다. 케이시가 발이 제일 작고 균형대를 제일 잘하기 때문에 표적을 세우기로 한다. 케이시는 육십센티미터마다 조심스럽게 몸을 숙이고 빈 닥터페퍼 깡통을 세운다. 깡통 열두개를 다 세우자 콘크리트 울타리 끝으로 가서 다리를 벌리고 앉는다. 여자애들은 연습하는 에이미를 지켜본다. 에이미가 총을 쏠 때마다 깡통이 울타리에서 날아가 뒷골목에 떨어진다. 마지막 깡통이 떨어지자 로랠리가 깡통을 모아서 사다리에 올라가 케이시에게 건넨다. 그런 다음 처음부터 다시 반복된다.

에이미는 이십이구경 소총을 얼마든지 빌려주지만 케이시는 소총이 무섭고 레드베터 부인은 로랠리가 총에 손가락 하나 못 대게 한다. 그래서 로랠리는 몇 발을 쐈는지, 깡통에 구멍을 몇 개 냈는지 기록하는 일을 맡는다. 디에이는 자기 차례가 되어 총을 쏘지만 깡통이 아니라 담을 맞추고 만다. 그 바람에 총알이 콘크리트를 스친 다음 엉뚱한 방향으로 튄다. 깜짝 놀란 케이시가 긴 치마에 휘감기며 울타리에서 떨어진다. 디에이는 그냥 에이미가 총 쏘는 것을 보기로 한다.

에이미는 매일 과녁에서 조금 더 멀어지고 매일 조금 더 잘 쏜다. 에이미는 친구들이 집에 가고 나서 엄마랑 뒷마당에 서서 깡통이 보이지 않을 만큼 어두워질 때까지 연습하는 날도 있다고 디에이에게 말한다.

매일 아침 다른 애들이 수영을 배우러 가거나 여름 성경학교에 갈 때 디에이는 제시에게 음식을 가져다주고 집으로 돌아갈 돈을 다 모았는지 묻는다. 매일 오후 디에이는 에이미가 어깨에 소총을 걸치고 울타리에 늘어선 깡통을 몇 번이고 쏘아 떨어뜨리는 장면을 구경한다.

팔월 초, 메리 로즈는 파티오에 서서 울타리에 늘어선 깡통 사십개를 연달아 떨어뜨리는 에이미를 지켜본다. 메리 로즈가 집 안으로 잠시 사라졌다가 낡은 코바늘뜨기 실 두타래와 작은 나무 송곳을 가지고 나온다. 여자애들이 즉석에서 조립 라인을 만든다. 디에이가 깡통 바닥에 구멍을 뚫으면 로랠리가 구멍으로 털실을 통과시켜 위로 빼고, 케이시는 매듭을 지어서 깡통이 빠지지 않게 한다. 알루미늄 깡통으로 만든 크리스마스 장식 같아. 스무개를 연결했을 때 케이시가 말한다. 아이들은 메리 로즈가 이사를 들어와 심은 작은 느릅나무 아래쪽 가지에 줄줄이 꿴 깡통의 절반을 걸친다. 나머지 절반은 공중에서 달랑거린다. 디에이가 달려가서 깡통을 세게 민 다음 사선 밖으로 뛰어나온다. 여자아이들은 에이미가 총알이 다 떨어지기도 전에 깡통을 전부 맞추는 모습을 구경한다. 에이미가 방아쇠를 당기는 집게손가락을 잠시 쉬는 동안 데브라 앤이 깡통을 모아서 구멍의 개수를 센다. 다섯발. 디에이가 로랠리에게 외친다, 깡통 하나에 다섯발이야. 깡통 다섯개는 하나에 한발씩, 다섯발. 로랠리가 공책에 적는다.

너 명사수구나. 디에이가 에이미에게 말한다. 내년 여름에는 날 가르쳐도 되겠다.

✚

엄마가 자주 해주던 재미있는 얘기가 있어요.

데브라 앤이 말한다. 제시는 너무 피곤해서 밖으로 나가 우유 상자에 같이 앉아 있지 못하겠대. 괜찮으면 난 여기 침대에 누워서 들을게. 제시가 배수관 저 안쪽에서 가냘프게 외친다.

돈은 잘 모으고 있어요? 디에이가 묻자 제시가 그렇다고, 곧 다 모인다고, 하지만 오늘 오후에는 너무 피곤하다고 말한다. 너무 더워서 밤에 잠을 잘 수가 없고, 귀도 계속 아프다. 디에이가 일어나서 배수관 입구로 걸어간다. 여기 끄트머리에 앉아도 돼요? 디에이가 묻는다. 그럼 더 잘 들릴 거예요.

제시의 목소리가 작다. 그래, 하지만 들어오지는 마. 지금은 혼자 있고 싶어.

배수관 입구는 데브라 앤의 키보다 십오센티미터 넓다. 데브라는 콘크리트 입구 바로 안으로 들어가 굴곡진 벽을 따라 미끄러져 등을 기대고 앉는다. 팔월 초이고, 날은 지루하고 고요하다. 그늘에 앉아 있어도 공기가 디에이의 얼굴과 목과 어깨를 뜨겁게 태운다.

여기 텍사스에서 아직 양을 치던 시절에 페코스 강 옆에 늙은 목장주의 아내가 살고 있었어요. 디에이가 말한다. 그녀는 아주 아름다웠고, 머리카락이 어찌나 굵고 빨간지 가끔 햇볕을 받고 서 있으면 불이 붙은 것 같았죠.

하지만 운이 별로 없었어요. 남편과 아이들이 말을 타고 목장을 돌아볼 때 갑자기 눈보라가 쳐서 전부 얼어 죽었죠. 수색하던 사람들이 간헐천의 마른 바닥에서 말을 끌어안고 죽어 있는 아이들을 발견했어요. 늙은 목장주는 아이들과 조금 떨어진 곳에 있었대요. 바로 몇 주 전 그의 아내와 설치한 철조망 울타리에 머리를 기대고 죽어 있었대요.

그 후로 삼년 동안 아무도 죽은 목장주의 아내를 보지 못했어요. 그녀가 마을로 나오지 않았거든요. 커피나 옥수수 가루를 사러 오지도 않았어요. 역장은 그 여자 앞으로 오는 우편물을 카운터 뒤 낡은 나무 상자에 보관했고, 몇몇은 그녀에게 한번 가봐야 하지 않겠냐고 가끔 얘기했지만 아무도 그녀의 슬픔을 방해하고 싶지 않았죠. 게다가 몇 년 동안 상황이 별로 안 좋았거든요. 대한파[25]에다가 텍사스 목축 금지 때문에 다들 정신이 없었고, 그 여자가 이미 죽었을지도 모른다고들 생각했어요.

시간이 더 지나고 누군가가 제안했어요. 제비뽑기에 진 사람을 그 집으로 보내서 그녀의 시체를 끌어내리든 그녀의 뼈를 쪼는 대머리수리를 쫓기로요. 제비뽑기에서 걸린 열여섯살 아이가 목장에 도착해보니 여자는 멀쩡하게 살아서 텃밭에서 일하고 있었어요. 빼빼 마른 데다가 볕에 까맣게 타고 손에 흉터와 주근깨가 가득했죠. 눈썹이랑 속눈썹은 햇볕에 표백돼서 거의 흰색이었어요.

여자는 초췌했지만 그 텃밭은 얼마나 대단했는지! 소년은 그런 걸 본 적도 없었어요. 삼년 동안 비가 제대로 오지 않았는 데도 그 여자는 오하이오나 루이지애나를 떠난 뒤 아무도

---

25   Big Die-up: 천팔백팔십육년~천팔백팔십칠년에 미국을 덮친 한파.
       미 서부 목축 산업에 큰 영향을 끼쳤다.

본 적 없는 것들 — 복숭아나무와 끈적끈적한 캔털루프 덩굴, 옥수수랑 토마토 — 을 기르고 있었죠. 부엌 창문 밑에서는 인동이 자랐고 텃밭 한구석에는 야생화가 심어져 있었어요. 벌새들이 꽃에서 꽃으로 옮겨 다녔죠. 소년은 이 광경을 열심히 보면서 도대체 어떻게 된 일인지 알아내려고 했고, 한참 후에야 텃밭과 페코스 강 사이에 흐르는 깊은 수로를 발견했어요. 그 여자 혼자서 물줄기를 바꾼 거예요!

여자는 소년에게 바구니 두개를 들려 보냈어요. 하나는 멜론, 하나는 오이로 가득했죠. 소년이 돌아왔을 때 마침 역 근처에 있던 사람들은 즉석에서 즐거운 만찬을 벌였어요. 어떤 남자가 휴대용 칼을 꺼내서 오이를 전부 썰었어요. 또 다른 남자는 마체테 칼을 가져와서 캔털로프를 반으로, 다시 네쪽으로 갈랐죠. 사람들은 맨손으로 말랑말랑한 주황색 과육을 퍼내서 턱이 끈적끈적해질 때까지 먹었고, 셔츠는 과즙으로 푹 젖었어요. 대단한 만찬이었죠. 어떻게 사막에서 그런 텃밭을 가꿀 수 있었을까요?

어느 날 밤, 남자들이 역 근처에 앉아서 누군가의 집에서 만든 위스키를 마시면서 여자가 보내준 복숭아 한 바구니를 맛있게 먹고 있을 때 한 사람이 그 여자 마녀 아니냐고 농담을 했어요. 주문을 걸어서 페코스 강의 물줄기를 바꿨다고 말이에요. 아니면 그 여자가 수로를 팠을지도 모르지. 나이 많은 남자가 구석 테이블에서 말했지만, 거짓말쟁이에다가 광인으로 유명한 사람이었기 때문에 아무도 그의 말을 듣지 않았어요.

몇 달이 지났고, 누가 말을 타고 살펴보러 갈 때마다 여자는 과일과 채소 바구니를 들려 보냈어요.

그러다가, 예상했겠지만 독감이 퍼졌어요.

예상했다고? 제시가 묻는다. 목소리가 거칠고 낮아서 거의 속삭임에 가깝다.

네. 데브라 앤이 말한다. 우리 엄마는 항상 그렇게 말했어요.

지니는 '예상했겠지만'이라고 말했다. 모든 이야기에는 어떤 재앙이 있기 마련이라는 뜻이었다.

사람들은 단지 운이 나빠서, 또는 자기들이 무지해서 생긴 일이라고 믿을 수 없었기 때문에 탓할 사람을 찾기 시작했어요. 어떻게 여자 혼자서 텃밭을 그렇게 대단하게 가꿀 수 있지? 어떻게 강의 물줄기를 바꿀 수가 있지? 어떻게 남편이랑 애들도 없는데 살아갈 수가 있지?

어떤 남자가 말했어요. 체면을 아는 여자라면 자살하든지 적어도 중서부 지방으로 돌아갔을 거야.

아기와 아이 여럿이 독감으로 죽자 여자의 운명이 결정되었어요. 마을 남자 다섯 명이 결정을 내렸죠. 그 여자가 정말로 우리 후손의 죽음을 불러오는 거라면 직접 확인해야겠다고 말이에요.

남자들은 해가 지기 전부터 술을 마시기 시작했고, 취해서 반쯤 정신이 나갔어요.

자정이 넘어 남자들이 역에서 나오자마자 불운이 닥쳤어요. 한사람이 너무 취해서 말에서 떨어지면서 바위에 머리를 부딪쳤고, 자기 토사물에 숨이 막혀서 죽었죠. 또 한사람은 다른 길로 돌아서 가자고 했어요. 바위 사이에서 가스가 나오는 신기한 구멍을 보여주고 싶다고, 불붙인 성냥개비를 던지면 바위 위로 넘실넘실 춤추는 불을 볼 수 있다면서 말이에요. 그런데 생각보다 더 많은 가스가 바위틈에 모여 있었고, 그 남자는 불에 타 버렸어요.

　　남은 세명은 그 불쌍한 여자한테 마녀냐고 직접 물어보러 갔어요. 그런데 폭풍우가 어딘가에서 불려온 것처럼 몰아쳤고, 한명이 말이랑 같이 번개에 맞았어요. 남은 두사람 중 하나가 그를 구하려다가 — 전기가 뭔지 이해할 만큼 똑똑하지 않았던 거죠 — 같이 죽었어요.

　　결국 술에 취하고 겁을 질리고 화가 난 남자 한명만 남아서 그 여자의 집에 도착했어요.

　　어떻게 됐는지 알아요? 디에이가 잠시 이야기를 멈춘다.

　　어떻게 됐는데? 제시의 목소리가 너무 작아서 디에이가 몸을 숙이고 다시 묻는다. 어떻게 됐는지 알아요?

　　어떻게 됐는데? 제시는 목소리를 높이려는 것 같지만 안타까운 노력일 뿐이고, 데브라 앤은 친구 제시가 괜찮은 걸까, 더위와 외로움과 배수관에서 사는 것에 지친 게 아닐까, 자기 혼자서는 그가 자기 발로 다시 설 수 있게 도울 수 없는 건 아닐까 생각한다.

음, 남자가 그 여자의 집 문을 두드렸어요. 아니 주먹으로 쾅쾅 내리쳤죠. 디에이가 말한다. 그러면서 문을 열라고, 빌어먹을 이 문 좀 열라고 고함을 쳤어요.

그 여자는 어떻게 됐어? 제시가 조용히 묻는다. 안 좋은 일이 생겼어?

나도 우리 엄마한테 똑같이 물어봤어요.

엄마가 뭐라고 하셨는데? 제시가 궁금해 한다. 데브라 앤이 눈을 감는다.

엄마는 말을 멈추고 디에이의 침대에서 일어나더니 저쪽으로 걸어가 바닥에 놓인 옷더미를 집어 든다.

그 여자는 등불을 들고 문을 열었어. 지니가 말한다. 깜빡이는 노란 불빛 때문에 머리카락에 불이 붙은 것 같았지.

데브라 앤의 시선에 엄마 눈 밑의 다크서클이, 속살이 드러날 정도로 물어뜯은 손톱이 들어온다. 그래서 그 여자는 어떻게 했어요?

지니가 조용히 웃는다. 음, 그 자리에서 남자를 총으로 쏜 다음 시체를 자기 땅 경계로 끌고 갔어. 지니가 디에이의 침대로 걸어와서 담요로 팔다리를 덮어준다.

그 뒤로는 아무도 그 여자를 귀찮게 하지 않았단다. 여자는 매일 텃밭을 보살피며 시간을 보냈지만, 남자들이 그렇게 좋아하던 바구니는 두번 다시 마을로 보내지 않았어. 저녁이면 집 앞 포치에 앉아서 별들이 하나하나 뜨는 걸 전부 지켜봤지. 그 여자는 백다섯살까지 살았고, 자다가 평화롭게 죽었어. 누군가가 문득 생각나서 말을 타고 찾아가보니 여자는 침대 위의 먼지 쌓인 뼈 더미로 변해 있었지.

텃밭은요? 데브라 앤이 엄마에게 묻는다. 텃밭은 어떻게 됐어요?

아마 없어졌겠지. 지니가 어깨를 으쓱한다. 하지만 없어지기 전까지는 정말 대단했단다.

배수관에서 부스럭거리는 소리가 들리더니 어둠 속에서 고양이가 한가롭게 걸어 나와 등을 구부리고 디에이의 다리에 몸을 문지른다. 잠시 후 제시가 침대에서 나와 디에이의 옆에 앉아서 두팔로 무릎을 감싸 안는다. 그의 눈이 밝은 오후 햇살을 받아 반짝인다. 좋은 이야기네. 제시가 말한다. 엄마가 떠나셔서 안됐다.

디에이가 어깨를 으쓱하더니 백선이 발목에서 종아리로 퍼졌다며 걱정하기 시작한다. 이렇든 저렇든 진짜 상관없어요. 디에이가 검은 눈썹을 몇 가닥 뽑는다. 트럭은요? 언제 돌려받아요?

제시가 주머니에서 냅킨을 꺼내 디에이에게 보여주며 말한다. 부머가 여기 산대.

여긴 완전 시골인데. 디에이가 고양이를 붙잡더니 몸을 뒤집어서 등을 바닥에 대고 눕힌다. 걸어가긴 너무 멀어요.

애 불알 좀 볼래요? 디에이가 깔깔 웃고 제시는 몸을 약간 흔들며 따라 웃으려 애쓴다. 그가 몸을 숙여 고양이의 배를 쓰다듬고, 두사람은 말없이 앉아 있다. 시간이 되자 제시는 일을 하러 술집으로, 디에이는 저녁을 준비하러 집으로 돌아간다.

메리 로즈

아직 아침 아홉시도 안 됐는데 스타킹을 신지 말걸 그랬다 싶을 정도로 덥지만, 법정에 맨다리로 들어갈 수는 없다. 에이미와 함께 길을 건너 코린의 집에 도착할 때쯤에는 하반신이 꼭 포장된 고기 같다. 에이미는 자기도 법정에서 증언을 할 줄 알았기 때문에 화가 나서 몇 걸음 떨어져 꾸물대며 걸어온다. 아이는 자기가 글로리아 라미레스랑 같이 부엌에 앉아 있었던 것 기억 안 나느냐고 나에게 말한다. 에이미는 보안관에게 전화를 한 것도 자기인데 왜 아무도 자기 말을 들으려 하지 않는지 이해할 수 없다. 법정은 어린 여자애가 갈 만한 곳이 아니라서 그래. 내가 에이미에게 몇 백 번쯤 했을 말을 한번 더 한다. 내가 우리 두사람의 이야기를 다 할 거야.

내가 아기를 건네자 코린이 고개를 숙이고 아기의 눈을 몇 초간 들여다보더니 얼굴을 찌푸리며 에이미에게 건넨다. 아직 잠옷 차림에다가 가느다란 머리카락이 머리와 수직을 이루며 뻗쳐 있다. 애들 봐줘서 고마워요, 코린. 내가 말한다.

칼라의 아기가 장염에 걸렸거든요.

에이미가 아기 이마에 손가락을 탁 튀기려고 하자 코린이 아기를 깨우지 말라고, 그러면 닥터페퍼도 실컷 마시고 텔레비전도 실컷 보고 디에이 피어스를 불러도 된다고 약속했다. 에이미는 뒤로 빙글 돌아서 작별 인사도 없이 거실로 이어지는 복도를 따라 걸어간다. 아기는 에이미의 어깨에 감자 자루처럼 걸쳐진 채 작은 머리가 실패처럼 오르락내리락 한다. 나는 '조심해'라고 외치려다가 그냥 기저귀 가방을 가지러 다시 길을 건넌다.

오전 내내 걸릴 것이라는 키스 테일러의 말을 전하자 코린이 눈을 가늘게 뜨고 고개를 옆으로 갸웃한다. 그녀의 시선이 참새처럼 날카롭다. 오늘 같은 날 로버트는 도대체 어디에 있는지, 왜 법원까지 태워주지 않는지, 왜 내가 이 일을 해낼 수 있도록 도와주지 않는지 의아한 것 같다. 나는 로버트의 도움 따위 필요 없다고 말하고 싶다. 글로리아 라미레스가 우리 집 현관문을 두드리기 훨씬 전부터 우리 사이에 문제가 있었다. 그런데 내가 그 아이에게 문을 열어줬다는 이유로 화를 내다니! 유전에서 일어난 일을 그 애의 탓으로 돌리다니! 그토록 혐오와 편견으로 가득하다니! 예전에는 로버트가 그런 줄 전혀 몰랐지만 이제 남편을 생각하면 반드시 글로리아 라미레스가 떠오른다. 나는 코린에게 이런 이야기를 하고 싶지만 우리는 찌는 듯한 더위 속에서 그녀의 집 앞 포치에 서 있고, 내 아이들이 벌써부터 그녀의 하루를 훔치고 있다.

당신이 없었으면 어떻게 했을지 모르겠어요, 코린. 내가 말한다. 로버트의 목장에서 소들이 파리처럼 죽어나가고 있어요. 아시겠어요? 파리 말이에요. 검정파리.

코린의 입꼬리가 위로 올라가면서 얼굴에 자글자글한 주름이 진해지자 우리 목장 집 포치의 늙은 피칸나무가, 또는 우리 땅을 가로지르는 마른 시내가 떠오른다. 그러나 조금 더 오래, 유심히 보니 옅은 미소라는 것을, 보일 듯 말 듯한 미소가 이렇게 말하고 있음을 알겠다. 말도 안 되는 소리 하지 마, 메리 로즈. 당신이 법정에서 증언하겠다고 고집을 부려서 로버트가 당신에게 벌을 주고 있다는 건 당신도 나도 잘 알잖아.

그 대신 코린은 이렇게 말한다. 어머, 지쳐 보이네.

맞아요. 내가 말한다. 당신이 너무 좋아 보여서 그런 거예요.

코린이 부드럽게 웃는다. 그렇군.

내가 기저귀 가방에서 티슈를 한장 꺼내 화장을 뭉개려는 땀을 톡톡 두드려 닦으며 말한다. 난 괜찮아요. 정의가 실현되는 걸 빨리 보고 싶어요.

그래? 코린이 실내복 주머니에 손을 넣자 벌써부터 담배 생각이 난다. 이 열기 속에서 몇 분 더 서 있어야 한다 해도 말이다. 그러나 그녀가 미안하다는 듯 어깨를 으쓱 한다. 요즘 물건을 자꾸 잃어버려. 그녀가 말한다. 담배, 성냥, 수면제. 제길, 소스팬이랑 고추 피클 한병까지 잃어 버렸다니까. 슬프면 멍청해지나봐. 코린이 나를 향해 한쪽 눈을 찡긋하지만 요즘 잠은 잘 자냐고 물을 때는 미소를 짓지 않는다.

나는 밤낮없이 울리는 전화에 대해서, 새로 들인 자동응답기에 남겨진 메시지에 대해서, 두세시간마다 아기에게 젖을 먹여야 하는 것에 대해서 말할 수도 있다. 아기가 다시 잠들면 나는 입에 물려 있던 젖꼭지를 빼고 침대에서 일어나 문단속을 하고 불을 켠다. 나는 창문을 확인하고 또 확인하면서 아주 작은 소리만 나도 조심스럽게 귀를 기울인다. 창문 방충망을 손가락으로 쓰는 바람, 술집이 문을 닫으면 멀어지는 픽업트럭, 공장에서 호각이 외로이 울부짖는 소리. 가끔은 집 어딘가에서 누가 창문을 잡아당겨 여는 소리가 들리는 것 같다. 나는 누군가가 우리를 해치러 왔다고 철석같이 믿는다. 매일 밤 나는 똑같은 생각을 한다. 데일 스트릭랜드가 형을 선고받고 포트워스 교도소에 들어가면 이 모든 것들도 잠잠해질 것이라고 말이다. 사람들도 질려서 늦은 밤에 걸려오는 전화가 뚝 멈출 것이고, 나는 글로리아의 상황을 바로잡는 데 내 몫을 다했을 것이다.

나는 코린에게 기저귀 가방을 주면서 그동안은 잘 못 잤지만 곧 잘 자게 될 것이라고 말한다. 그리고 나도 물건을 자꾸 잃어버린다고 말한다. 통조림 음식, 성냥, 아스피린, 수건 몇 장.

수돗물에 뭐 이상한 게 들어 있나봐. 코린이 말한다.

++

법원 바깥 주차장에서 키스 테일러가 종이컵에 담긴 커피를 나에게 건넨다. 하수구도 막을 만큼 진해 보인다. 라미레스 씨라고, 삼촌 있죠? 오늘 아침에 그분한테서 전화가 왔습니다. 키스가 말한다. 그 애는 안 온대요, 메리 로즈.

키스는 빅터가 유월부터 조카를 검사실의 누구와도 만나지 못하게 했다고, 지금 글로리아가 어디 사는지도 정확하지 않다고 몇 주 전부터 계속 경고했다. 그래서 놀랄 일은 아니었지만 이렇게 외친다. 왜 안 와요?

견인차 옆에 선 두남자가 우리를 본다. 흰 셔츠 위에 스포티한 상의를 걸치고 카우보이모자를 쓰고 값비싼 뱀피 장화를 신고 있다. 두사람이 대화를 멈추고 우리를 잠시 보더니 흰 카우보이모자를 쓴 남자가 몸을 숙이고 다른 남자의 귀에 조용히 속삭인다. 그러자 다른 남자가 우리 쪽을 보며 고개를 끄덕이고, 나는 두사람에게 소리치고 싶은 충동과 싸운다. 나한테 뭐 할 말 있어? 네 놈들이 밤마다 우리 집에 전화하는 거 아냐?

메리 로즈, 이렇게 될지도 모른다고 했잖아요. 키스가 말한다. 라미레스 씨는 조카에게 이런 힘든 일을 겪게 하고 싶지 않은 겁니다, 저도 뭐라고는 못 하겠네요. 그가 커피잔을 높이 들고 간단한 인사라도 하듯이 남자들을 향해 손가락 하나를 펴 보인다. 키스는 키가 크고 잘생겼고, 이 지역에서는 흔들림 없이 모든 사건을 재판까지 끌고 가는 것으로, 또 흔들림 없이 독신을 고수하는 것으로 유명하다. 그는 나보다 적어도 열살은 많지만 오늘 아침에는 나보다 열살은 어려 보이고 내 반만큼도 지치지 않아 보인다.

개가 증언을 해야 돼요. 내가 키스에게 말한다. 우리는 햇볕을 받으며 서 있고, 나는 청치마 허리 부분을 잡아당기고 싶은 충동과 싸운다. 보도가 어찌나 뜨거운지 신발에 구멍이 날 것 같다. 속기사 헨더슨 부인이 파일 폴더를 잔뜩 안고 우리 옆을 지나갈 때 키스가 검지로 금빛 콧수염을 부드럽게 쓰다듬으며 가슴을 부풀린다.

핸더스 부인이 법원으로 들어가자 키스가 숨을 내쉬고 다시 평소처럼 어깨를 축 늘어뜨린다.

메리 로즈, 그 애는 모든 걸, 엄마까지 잃었습니다. 라미레스 씨는 몇몇 사람들이 어떤 식으로 말하는지 알아요, 그럴 수밖에 없죠. 라미레스 씨는 글로리아가 충분히 고통을 받았다고 생각할 겁니다. 조카를 더 이상 사람들의 매서운 눈빛에 노출시키고 싶지 않을 거예요.

내가 이런 말을 듣고 있다니 믿어지지가 않는다. 그게 다예요? 그렇게 하게 놔둘 거예요?

키스가 슬랙스를 추켜올리고 이마의 땀을 닦는다. 그가 태양을 쏘아 떨어뜨리고 싶다는 듯이 올려다본다. 솔직히 난 뭐라고 못하겠어요, 전혀요. 그가 말한다.

그 애는 저 법정에 나와서 그 나쁜 놈이 무슨 짓을 했는지 얘기해야 돼요. 그 애가 증언하게 만들 수는 없어요?

안 돼요, 메리 로즈. 내가 억지로 증언시킬 수는 없어요.

왜 안 되죠? 그러면 우리가 어떻게 정의를 실현시켜요?

우리라고요? 키스가 웃는다. 저는 거기 안 들어가는 것 같은데, 주머니에 쥐라도 들어 있습니까? 그가 한참 동안이나 가만히 서 있자 땅콩만 한 등에가 그의 셔츠에 앉는다. 그의 손은 크고 주근깨가 몇 개 나 있고, 키스가 파리를 쫓자 우리 두 사람 사이에서 뜨거운 공기가 부드럽게 움직인다.

내 일에서 제일 싫은 부분이 뭔지 알아요?

시는 거요?

하! 그렇게 생각하겠지만 아닙니다. 키스가 미소를 짓고 법원 정문을 향해 걸어가는 남자 둘을 향해 다시 고개를 끄덕인다. 메리 로즈, 내가 제일 싫어하는 건 누가 내 엉덩이에 핫소스를 뿌려놓고서 시원한 물이라고 우기는 거예요. 거친 표현 미안합니다.

키스가 커피를 마시고 얼굴을 찌푸리더니 ─ 정말 맛없군요 ─ 한모금 더 마신다. 라미레스 부인과 같이 일했던 청소부들 있잖아요? 그 사람들은 몇 년째 이 도시의 사무실 건물을 청소했지만 아무도 사회 보장 카드를 보여달라고 하지 않았죠. 제길, 그 사람들이 삼년 동안 법원 바닥을 닦고 쓰레기통을 비웠는데, 시의회가 낌새를 채고 예민해진 겁니다. 글로리아가 당신 집 현관문을 두드린 날부터 오주 뒤에 출입국 관리소 직원이 그녀의 어머니인 라미레스 부인을 정문에서 기다리고 있었어요. 공장에서 청소 일을 마치고 나올 때까지요. 말이 됩니까? 제기랄. 거친 표현을 써서 미안해요.

키스가 남은 커피를 단번에 꿀꺽 삼키더니 종이컵을 바닥에 던진다. 우리한테는 보안관의 보고서도 있고, 병원 진단서도 있고, 당신도 있어요. 충분할 겁니다.

내가 키스를 한번 보고는 걸어가서 종이컵을 집어든 다음 우리가 서 있는 자리에서 팔 하나 길이만큼도 떨어져 있지 않은 쓰레기통에 보란 듯이 버린다. 나는 요 몇 달 간 집으로 걸려오는 불쾌한 전화들 — 불법 체류자들을 정말 사랑하나봐, 안 그래 화이트헤드 부인? 인종을 배신하는 사람이 어떻게 되는지 알아, 메리 로즈? 내가 직접 가서 당신을 강간해줘야겠군, 이 창녀야 — 에 대해서 키스에게 말해야 할까, 다시 한번 생각한다.

진심이 아니라는 것을, 편협하거나 술에 취한 사람들일 뿐이라는 것을 나도 안다. 키스는 아마 이 나라는 자유 국가라고, 사람들은 하고 싶은 말을 '해도' 된다고 말할 것이다. 게다가 나는 키스를 포함해서 누구에게도 도움을 청하고 싶지 않다. 나는 그저 사람들이 에이미 조와 아기와 나를 가만히 내버려두기만을 바란다. 그리고 누군가 우리 집 현관에 나타날 경우에는 준비된 상태로 맞이하고 싶다.

준비됐어요. 내가 키스에게 말한다.

잘됐군요. 안으로 들어가서 에어컨 바람이나 좀 쐽시다. 그가 한 손으로 내 허리를 가볍게 밀고, 우리 두사람은 주차장을 가로지른다. 세상에, 진짜 덥네요. 그가 말한다. 안녕하신가, 스쿠터. 계단에서 피고인 측 변호사가 우리를 지나칠 때 키스가 인사한다.

내가 지난주에 증언 연습을 할 때 키스는 스트릭랜드의 변호사에 대해서 경고했다. 내가 부엌에서 아기에게 젖을 먹이는 동안 키스는 식당에 앉아서 스윙 도어 너머로 질문을 불러주었다.

뻔뻔하게 밀어붙이는 나쁜 새끼예요. 내가 아기를 내려놓고 우리 두사람이 마실 아이스티를 만들 때 키스가 말했다. 거친 표현을 써서 미안합니다. 아이스캔디를 입에 물고 내 뒤를 따라 들어온 에이미를 보면서 그가 한쪽 눈을 찡긋했다. 에이미는 벌써 결혼식 계획이라도 세우는 것처럼 키스를 빤히 보았다. 아저씨처럼 변호사가 될래요. 에이미가 말했다. 똑똑하구나. 키스가 말했다. 텍사스 대학에 가서 상법을 공부하렴. 형법은 너무 마음 아프거든.

키스가 에이미의 코를 자르는 척하는 장난을 치려고 손을 내밀자 에이미가 그의 손을 쳐내고 눈을 굴렸다. 전 그런 장난에 속기엔 나이가 좀 많아요, 테일러 씨.

그런 것 같구나. 그가 말했다. 어쨌든 스쿠터 클레멘스는 댈러스 출신입니다. 하이랜드파크 출신이죠. 먼지 한톨 없이 깨끗한 카우보이모자를 쓰고 다녀요. 모자는 번지르르하지만 소매를 치지는 않죠. 키스가 몸을 숙이고 내 눈을 똑바로 보았다. 유서 깊은 텍사스 집안 출신이에요. 아마 다락방 삼나무 서랍장에 흰색 두건[26]이 가득할 겁니다.

어째서요? 에이미가 묻자 키스가 약간 망설이다가 음, 물론 핼러윈 때 입으려는 거겠지, 라고 말한다.

에이미, 아이스캔디가 녹아서 카펫에 다 떨어지잖니. 내가 말했다. 뒷마당에 나가서 먹어.

에이미가 한숨을 쉬더니 입을 꾹 다물었고, 말대꾸를 할까 말까 고민 중임을 나는 알 수 있었다. 그때 키스가 은화 일 달러를 주면서 잠시 엄마랑 둘이 얘기 좀 해도 되겠느냐고 말하자 눈 깜짝할 새에 식당에서 나갔다. 에이미가 밖으로 나가고 부엌문이 쾅 닫히는 소리가 들렸다.

스쿠터 클레멘스는 냉혹한 킬러예요. 키스가 말했다. 삼십년째 남자들을 곤경에서 구해주고 있죠. 대답은 짧게 해요. 스쿠터가 자극해도 절대 화내지 말고, 데일 스트릭랜드가 입장할 때 무슨 일이 있어도 절대 그 사람을 보면 안 됩니다.

✝✝

라이스 판사는 목이 두껍고 나이가 많은 텍사스 주립대학

---

26 KKK단 복장을 가리킨다.

출신으로, 희고 두터운 눈썹과 풋볼 수비수 같은 어깨를 가지고 있다. 그를 보니 학교에서 우리 집까지 남동생과 나를 쫓아오던 불독이 생각난다. 라이스 판사는 재판이 없을 때면 텍사스 주 플레인뷰에서 오클라호마 주 에이다까지 펼쳐진 가족 농장에서 소를 친다.

법원 경비관리원들이 스트릭랜드를 데리고 들어와 피고인석까지 같이 걸어가는 소리가 들리지만 나는 허벅지만 내려다본다. 스쿠터가 수갑을 풀어주면 안 되냐고 묻자 — 그는 아주 근사한 시골 억양으로 스트릭랜드가 어디로 도망칠 것도 아니지 않냐고 말한다 — 내 가슴에서 공기가 약간 빠져나가는 느낌이 든다. 그러나 라이스 판사는 절대 안 된다고, 유죄인지 무죄인지 판결을 내릴 때까지는 구류 상태라고 말한다. 나는 코로 숨을 내쉰다. 그를 보지 말자.

각자 선서와 기도를 끝낸 다음 라이스 판사가 법복 안에서 권총을 꺼내 책상에 올려둔다. 서부 텍사스의 판사봉이지요. 그가 우리 모두에게 말한다. 제 법정에 오신 것을 환영합니다. 내가 고개를 들어 판사를 보지만 그는 우리 모두의 머리 너머를 보고 있다. 다들 행동 똑바로 하시길 바랍니다. 그가 이렇게 말하며 판사봉으로 법정 뒤쪽을 가리킨다.

나는 일어나서 선서하는 내내 키스의 얼굴을 빤히 본다. 나를 봐요. 연습을 할 때 키스가 여러 번 말했다. 저를 보세요. 지금 그가 말한다. 무엇을 보셨는지 말씀해주시죠. 내가 증언을 하고, 다들 십오분간 잠시 쉰다. 법정에는 배심원을 제외하면 몇 명밖에 없는데 나이와 키, 몸매는 각기 다르지만 전부 남자다. 키스가 맨 끝줄에 혼자 앉은 젊은 남자를 가리킨다. 흰 드레스셔츠와 평범한 검정색 넥타이 차림이고, 넓은 가슴 위로 팔짱을 끼고 있다. 코밑수염은 깔끔하게 정리되어 있고 머리카락은 어찌나 짧게 깎았는지 두개골 모양이 언뜻 보인다. 키스가 몸을 숙이고 속삭인다. 그 아이의 삼촌이에요. 이 말을 듣자 자리에서 벌떡 일어나 달려가서 그 애는 어떻게 지내냐고, 어디에 있냐고, 왜 오지 않았냐고 묻고 싶다.

나는 증언대에 다시 선 지 일분도 안 돼서 우리 집에서 나눈 대화를, 키스가 가방을 챙기고 나서 다시 잠에서 깨 울면서 발버둥치는 아기를 보며 감탄하기 전에 마지막으로 한 말을 떠올린다. 스트릭랜드를 보지 말아요, 메리 로즈. 법정에 있는 사람 누구든 봐도 되지만 그 남자만은 보지 말아요.

그래서 나는 헨더슨 부인을 빤히 보았다. 그녀가 고개를 들고 나를 보며 한쪽 눈을 찡긋 감는다. 스타킹이 배를 꽉 조이지만 나는 치마를 잡아당기는 대신 무릎에 양손을 올려놓고 판사 쪽을 보며 미소를 지으려고 애쓴다.

오늘 기분은 어떠십니까, 화이트헤드 부인? 스쿠터 클레멘스가 리갈패드를 내려다보며 신중하게 읽는 척한다.

음, 괜찮아요. 내가 말한다. 물어봐주셔서 감사합니다.

힘든 시기를 겪고 계시다고 들었는데요. 괜찮으신가요?

네, 괜찮아요. 나는 이렇게 대답하지만 도대체 무슨 이야기를 들었는지 궁금하다.

목장은 어떻습니까? 쇠파리 때문에 소가 많이 죽는다면서요?

검정파리예요. 내가 그의 말을 고쳐준다.

아, 죄송합니다, 화이트헤드 부인. 검정파리군요.

남편은 소떼를 거의 다 잃었어요.

휴! 클레멘스가 주머니에서 손수건을 꺼내 이마를 톡톡 닦는다. 그 말을 들으니 가슴이 아프군요. 로버트에게 안부 전해주세요. 파리는 정말 골치가 아프죠. 그가 손수건을 접어서 재킷에 넣고 나를 향해 미소를 짓는다. 목장에서 일하는 남편분에게는 부인과 아이들이 물론 큰 위안이 되겠지요. 밤에 집으로 돌아와서 부인의 아름다운 얼굴을 보면 정말 좋아하겠군요. 클레멘스가 이마를 탁 치더니 배심원들 쪽을 본다. 나도 배심원들을 보다가 이 법정에 여자가 두 명 — 헨더슨 부인과 나 — 밖에 없음을 깨닫고 깜짝 놀란다. 여긴 우리가 있을 곳이 아니야. 내가 생각한다. 이 법정은 우리를 위한 자리가 아니야.

아, 실례했습니다, 화이트헤드 부인. 클레멘스가 말한다. 부인과 아이들이 시내로 이사했다는 사실을 깜빡했네요.

네. 내가 말한다. 우리는 사월에 이사했어요. 바로 '그 사람' 때문에 시내로 왔죠. 내가 법정을 향해 말한다. 나는 데일 스트릭랜드를, 그가 글로리아 라미레스에게 한 짓을 보자 딸을 데리고 떠나고 싶어졌다고 설명한다. 그런 다음 아마도 영영 떠나버린 지니 피어스를 언급한다. 나는 가족이 함께 저축한 돈의 절반과 여행 가방 두개, 열살짜리 아들을 데리고 미들랜드에서 댈러스로, 애틀랜타로, 런던으로, 오스트레일리아 멜번으로 떠난 레일린 맥나이트에 대해서 이야기한다. 얼마나 많은 곳을 거쳤는지 생각해보세요. 내가 이렇게 말하자 라이스 판사는 제발 부탁이니 아까 하던 이야기를 계속하라고 요청한다.

부인, 난 복잡한 얘기는 좋아하지 않아요. 그가 말한다. 그게 오늘 사건과 무슨 상관이죠? 내 대답은 상관없다는 뜻이다. 내 말은 글로리아 라미레스와 아무 상관이 없다. 나는 얼굴이 화끈거리는 것을 느끼며 이렇게 생각한다. 이건 내 이야기야, 늙은 수탉 같으니. 다들 가만히 앉아서 몇 분 정도는 들어도 되잖아. 그러나 나는 그 대신 네, 라고 말하고 치마 허리 부분을 잡아당긴다.

음, 별 것도 아닌 소동 때문에 집을 떠나야 했다니 참 유감스럽군요. 스쿠터가 말한다. 이 문제가 해결되고 나면 목장으로 돌아가서 남편과 같이 지낼 마음이 생기기를 바라겠습니다, 부인의 자리는 거기니까요.

클레멘스 씨, 그건 당신이 상관할…….

키스가 아주 살짝 고개를 젓는다. 나는 그가 내 옆에 서 있다면 뭐라고 할지 생각한다. 심기를 건드려도 넘어가면 안 돼요, 메리 로즈.

새로 태어난 아들은 어떤가요?

잘 지내요. 감사합니다.

시내에 — 그가 리갈패드를 내려다본다 — 라크스퍼 레인에 새로 얻은 집은 좋습니까?

내가 사는 거리 이름이 나오자 나는 피고인석을 날카롭게 흘끔거린다. 스트릭랜드는 책상을 내려다보고 있지만 얼굴에 미소가 살짝 떠오른다. 그는 기회가 생기면 우리 집으로 곧장 찾아올 것이다. 그는 우리 집 진입로에 트럭을 세울 것이고, 이번에는 그가 운전대에서 손을 떼기도 전에 내가 그의 얼굴을 쏴버릴 것이다.

라크스퍼 레인이라. 클레멘스가 말한다. 코린 셰퍼드가 거기 살지 않나요?

오데사에 살지도 않는 분 치고는 모르는 사람도 없고 모르는 것도 없으시네요. 내가 말한다.

그가 킥킥 웃는다. 이빨이 쑥 들어갈 정도로 세게 한대 치고 싶다.

코린은 바쁜가요?

그렇겠죠.

아주 재미있는 분이라고 들었는데요. 도로에서 늘 함부로 끼어들고, 교회에서 다른 부인들과 싸운다고 말입니다. 하지만 오데사가 텍사스 태평양 철도 승객들이 화장실을 가려고 잠깐 들리는 곳에 불과할 때부터 여기 살던 집안이라서 내쫓지 않는가보군요. 그가 배심원들을 본다. 남자들이 미소를 지으며 고개를 젓는다.

새 이웃과는 어떻게 지내십니까, 화이트헤드 부인?

이 질문에 키스 테일러가 큰 소리로 한숨을 쉬며 일어선다. 재판장님, 이런 질문에 요점이 있습니까?

라이스 판사는 눈을 감은 채 한 손으로 고개를 받치고 앉아 있다. 판사가 의자에 똑바로 앉아서 나를 본다. 얼마 전 교회에서 그레이스 카우든에게 한마디 하셨다고 들었습니다. 그가 말한다.

키스는 어깨가 잔뜩 올라가 있고 앞에 놓인 노트패드를 보며 얼굴을 찌푸린다.

아내가 아직도 그 이야기를 하더군요. 판사가 웃는다. 여자들이란! 항상 문제를 찾아서 몰려다닌다니까. 아내 얘기가 나왔으니 말인데, 클레멘스 씨, 한시에 와요. 컨트리클럽에서 라이스 부인이랑 점심을 먹기로 했으니까. 화이트헤드 부인에게 사건 관련 질문 있습니까?

스쿠터 클레멘스가 엄숙하게 고개를 끄덕인다. 네, 감사합니다. 화이트헤드 부인, 농장도로 백팔십이번에서 부인 집까지 거리가 얼마나 되는지 말씀해주시겠습니까?

목장도로 말인가요? 내가 그에게 묻는다.

목장도로라고요. 그가 말한다. 아닙니다. 농장도로 백팔십이번 말입니다.

좋아요. 내가 어깨를 으쓱한다. 거기서는 다들 목장도로라고 해요.

음, 라이스 판사님은 아닙니다. 저도 아니고요. 그가 자기들끼리만 아는 농담이라도 한 것처럼 배심원들을 본다. 갑자기 스타킹이 출산 후 물렁해진 배를 꽉 조이는 느낌이 든다. 나는 에이미 조와 사개월도 채 안 된 아들을, 내가 시민으로서의 의무를 다하여 이 끔찍한 일에 대해 증언하기 위해서 셰퍼드 부인에게 맡긴 아이들을 생각한다. 내가 자청한 것이 아니다. 이 일이 나를 찾아왔다. 내가 찾아다닌 것이 아니다. 거의 네시간이나 젖을 먹이지 않아서 가슴이 따끔거리고 타는 듯이 화끈거리기 시작한다. 나는 브래지어 안에 넣어둔 클리넥스 사이로 젖이 새서 이 남자들 앞에서 창피를 당할까봐 걱정하기 시작한다. 그래서 스쿠터에게 내가 말하는 것은 농장도로가 아니라고 한다. 그것을 목장도로라고 부른다는 건 다른 동네 출신이 아닌 이상 누구나 안다고, 소똥 한번 밟은 적 없어 보이는 부츠를 신은 것을 보니 그는 다른 동네 출신인 것 같다고 말한다. 판사가 웃음을 터뜨리고, 나는 모두에게 그때 그 일요일 아침에 살아 있는 글로리아 라미레스를 처음 본 사람이 나라고 상기시킨다.

목장도로라고요. 클레멘스가 말한다. 좋습니다. 화이트헤드 부인, 그 멕시코 여자애가 — 그가 리갈패드를 본다 — 글로리아 라미레스가 현관문을 두드린 그 날 아침, 뭐라고 말하던가요?

말이라고요?

네. 당신에게 뭐라고 말했지요?

음, 아무 말도 안 했습니다. 내가 그에게 말한다.

한마디도요? 클레멘스 씨가 배심원들을 다시 흘긋 보자 나도 따라서 본다. 열두명 중에서 세명은 마을에서 본 적이 있다. 그들은 인정 많은 표정으로 생각에 잠겨 있다, 내가 안됐다고 생각하는 것 같다.

물을 한잔 달라고 했어요, 그리고 엄마가 보고 싶다고요. 내가 그에게 말한다.

전날 밤에 술을 마셨던가요? 숙취가 있었을까요?

그럴 리가요, 클레멘스 씨. 걘 아이예요.

음, 그녀는 열네살이고…….

네, 그러니까 아이죠. 내가 끼어들어 말한다.

클레멘스가 미소를 짓는다. 음, 열네살인데 열일곱살 같은 아이들도 있죠. 적어도 우리 아버지는 항상 그렇게 말씀하셨습니다.

나는 증언대에서 벌떡 일어나 의자로 그의 얼굴을 내리치고 싶다. 그러나 자리에 가만히 앉아서 귀를 기울이며 손가락을 복잡하게 꼰다.

추행당했다고 말하던가요?

네?

철저하게 따져보자는 겁니다, 화이트헤드 부인. 글로리아 라미레스가 강간당했다고 말하던가요?

제가 그 애를 '봤어요'. 그 남자가 그 아이에게 무슨 짓을 했는지 '봤다'고요.

하지만 그 아가씨가 강간을 당했다고 직접 말하던가요, 화이트헤드 부인? 그런 표현을 썼습니까?

그 아이는 신발도 없었어요. 맨발로 오킬로미터를 걸어왔어요, 그 남자한테서 도망치려고요. 하나님 맙소사, 비장이 파열될 정도로 심하게 때렸다고요.

라이스 판사가 몸을 숙이고 나에게 조용히 말한다. 부인, 내 법정에서는 주님의 이름을 헛되이 부르지 말아주시죠.

나랑 장난쳐요? 나는 그에게 묻고 싶다. 지금 나랑 장난쳐요? 그러나 나는 시선을 내린 채 스타킹을 잡아당기지 않으려고 애쓴다. 네, 알겠습니다. 내가 말한다.

바로 여기 적혀 있네요 — 스쿠터가 빌어먹을 리갈패드를 다시 본다 — 라미레스 양은 손과 발에 낙상으로 인한 것으로 보이는 자창과 찰과상이 있었습니다. 비장을 다친 것도 낙상 때문일 가능성이 있지 않을까요?

그는 내 대답을 기다리는 대신 내가 진실을, 진실만을 말하겠다고 선언했음을 상기시키더니, 우리 모두 제대로 이해하도록 확실히 하고 싶다며 내가 어린애라도 되는 것처럼 천천히 말한다. 화이트헤드 부인, 네 또는 아니요로 간단하게 대답해주십시오. 그가 강간을 했다고 그녀가 직접 말했습니까?

네. 내가 말한다. 그렇게 말했어요.

강간이라는 단어를 썼습니까?

네, 그랬어요.

키스 테일러가 엄지와 검지로 아랫입술을 잡아당기기 시작한다. 금방이라도 울음을 터뜨릴 듯한 표정이다. 나는 라미레스 씨가 앉아 있는 법정 뒤쪽을 보지만 그는 허벅지만 내려다보고 있다.

음, 죄송하지만 메리 로즈, 지금까지 그런 말씀은 한번도 안 하셨는데요. 클레멘스가 말한다. 지금 거짓말을 하시는 겁니까?

아니요. 내가 말한다. 깜빡 잊고 있었어요.

그렇군요.

키스가 일어나서 나와 단둘이 이야기를 하고 싶다고 요청한다. 라이스 판사가 요청을 기각하지만 — 재판이 늦어지고 있다, 그는 화장실에 가야 한다 — 원하면 증인석으로 나와도 된다고 말한다. 키스가 성큼성큼 네걸음 만에 법정을 가로질러 내 앞에 서서 속삭인다. 메리 로즈, 진실을 말해야 합니다.

정확히 강간이라는 단어를 쓰지는 않았습니다. 내가 법정을 향해 말한다. 하지만 그럴 필요가 없었어요. 두 눈을 가진 사람이라면 누구나 알 수 있었다고요.

클레멘스가 사무실에서 벌어진 축구 내기에서 이긴 사람

처럼 미소를 짓는다. 그렇다면 '정말로' 거짓말을 하신 거군요. 여기 앉아 계신 이 신사 분은요? 스트릭랜드 씨죠. 그날 아침에 이 분을 보셨습니까?

네, 저 사람도 우리 집으로 찾아왔어요.

스트릭랜드 씨가 뭘 원했죠?

그 아이를 찾고 있었어요.

자기 여자친구를 걱정했지요?

여자친구가 아니었어요. 그 애는 어린애고 그는 성인이에요.

흐음. 스쿠터가 말한다. 라미레스 양이 스트릭랜드 씨에게 자기 나이를 말하지 않은 것 같군요. 그는 그녀의 성을 길게 발음하고 배심원들을 보며 다들 들었는지 확인한다.

스트릭랜드 씨는 전날 밤에 데이트를 했던 숙녀를 찾고 있었군요?

우리 집 현관에 나타났을 때 그 애는 죽을 만큼 겁에 질려 있었어요. 그가 죽일 수도 있었다고요.

어떻게 아시죠? 그녀가 그런 말을 했습니까?

말할 필요가 없었어요. 내가 그 애를 '봤으니까'요.

스트릭랜드 씨가 당신을 위협했습니까? 클레멘스가 묻는다.

저에게 들어가서 그 애를 데리고 나오라고 고함을 질렀어요. 나를 창녀라고 불렀고요.

화이트헤드 부인, 이 법정에서 그런 단어는 '제발' 쓰지 마세요.

스트릭랜드 씨가 숙취에 시달리고 있었나보군요 — 클레멘스가 다들 잘 알지 않냐는 듯이 다시 배심원들을 둘러본다 — 밸런타이데이 다음 날 아침이었으니 여기 우리들 중에서도 몇몇은 아마 그랬을 겁니다. 사소한 말다툼을 한 뒤에 여자 친구가 혼자 가버려서 좀 성질이 난 게 아닐까요?

이의 있습니다. 키스 테일러가 이렇게 말하자 라이스 판사가 대답한다. 안 돼요, 키스. 왜 이럽니까, 당신도 잘 알잖아요.

이의 있습니다, 재판장님! 지금 전혀 다른 이야기를 만들어 내고 있습니다.

'그게' 이의입니까, 키스? 클레멘스의 미소는 눈가에 가 닿지도 않는다. 그는 뱀이다. 에어컨 온도를 낮추면 심박수가 뚝 떨어질 것이다.

우리가 하는 일이 이거 아닌가요? 한 청년의 삶을 망치기 전에 '합리적 의심'을 넘어서는 결정을 내리기에 충분한 증거가 있는지 살펴야 하는 거 아닙니까?

난 그만둘래요. 내가 말한다.

걘 어린아이야, 이 역겨운 놈아.

클레멘스가 자기 자리로 걸어가서 앉더니 양손에 머리를 묻는다. 라이스 판사가 권총 개머리끝으로 책상을 두드린 다음 어찌나 조용하게 말했는지, 법정에 있는 사람들 모두 그 말을 들으려고 몸을 앞으로 숙인다. 화이트헤드 부인, 부인과 가족이 이 일 때문에 얼마나 힘든지 잘 알겠지만, 장담하건데 내 법정에서 한번만 더 욕을 하면 오늘밤을 구치소에서 보내게 될 겁니다. 알겠습니까?

네.

네, 그리고요? 라이스 판사는 하얀 눈썹 아래 얼굴이 비트처럼 새빨개졌다.

네. 내가 말한다.

네, '그리고요?'

나는 판사가 무엇을 요구하는지 안다. 내가 에이미보다 겨우 몇 살 더 많았을 때 아빠와 갈등이 잦은 시기가 있었는데, 내가 사소한 일 하나하나로 아빠와 말싸움을 하려고 들었기 때문이었다. 그러던 어느 날 우리 둘 다 말다툼에 질렸고, 진입로에서 마주보고 서서 아빠는 나에게 질문을 하고 나는 아빠의 눈을 똑바로 쳐다보았다. 그 와중에도 나는 아빠의 눈을 똑바로 볼 만큼 키가 커서 기분이 좋았고, 아빠가 질문을 할 때 팔짱을 끼고서 들었다.

네. 내가 대답했다.

네, 그리고? 아빠가 말했다.

넵. 나는 싱글싱글 웃으며 말했다.

아빠가 내 뺨을 때렸다. 네, 그리고?

네.

아빠가 다시 나를 때렸다. 네, 그리고?

네.

세번째로 뺨을 맞았을 때 나는 아빠가 원하던 말을 했다. 네, 아버지. 하지만 그 일을 절대 잊지 않았고, 아빠를 절대 용서하지 않았다. 더불어 내 손으로 내 아이를 절대 때리지 않겠다고 맹세했다. 이제 나는 법정을 둘러보며 나와 함께 맞설 사람을, 내가 오늘 아침을 헤쳐나가도록 도와줄 사람을 찾는다. 라미레스 씨가 고개를 살짝 끄덕이자 나는 이 사건이 벌어진 뒤로 그가 이곳 오데사에서 어떻게 지냈을까 생각한다. 또 글로리아의 어머니에 대해서, 얼마나 지나야 그녀가 딸을 다시 만날 수 있을까 생각한다. 그보다 더 중요한 것은 없다, 내 자존심은 절대 중요하지 않다. 그래서 나는 판사를 보고 입술에 주름이 잡히도록 미소를 짓는다. 네, '판사님'.

하지만 그는 아직 끝나지 않았다. 그가 말한다. 젊은 여성이, 그것도 어머니가, 법정에서 그런 말을 쓰는 모습을 보는 건 정말 괴로운 일입니다.

네, 판사님.

고맙습니다. 그 청년이 부인을 위협했습니까?

판사님, 그 사람은 마치……. 저는 정말 처음 봤습니다. 악마가 제 집 앞마당에 찾아온 것 같았어요. 저는 평생 동안 그런 악을 처음 보았습니다.

클레멘스가 다시 일어선다. 이의 있습니다! 네, 아니요로 질문했는데요.

그가 당신을 위협했습니까, 메리 로즈? 아니면 당신 가족을 위협했습니까?

아닙니다. 판사님.

잘 했어요. 클레멘스가 이렇게 말하고, 라이스 판사가 의자에 기대어 앉는다. 그가 머리 뒤로 양손을 깍지 낀다. 클레멘스 씨, 부인에게 질문이 더 있습니까?

하나만 더요. 화이트헤드 부인, 스트릭랜드 씨에게 총을 겨누었습니까?

나는 키스가 자리에 앉은 채 한숨을 쉬더니 종이를 뒤적이다가 몸을 숙이는 것을 본다. 그러나 스트릭랜드는 보지 않는다. 네, 그랬습니다.

++

빅터 라미레스는 주차장을 가로질러 뛰어가는 나를 발견했을 때 이미 자기 차 옆에 서서 문을 잡고 있다. 십분 뒤에 법정으로 돌아가야 하는데, 겨우 몇 미터 달렸을 뿐인데도 나는 숨을 헐떡인다. 나는 시선을 내려 블라우스에 모유가 묻지 않았나 확인한 다음 라미레스 씨에게 다가선다. 그의 곁에 서면 기분이 나아지기라도 하는 것처럼 말이다.

죄송해요. 내가 말한다. 저는 글로리아를 돕고 싶어요.

글로리입니다. 그가 이렇게 말하고 내가 아무 말도 하지 않은 것처럼 하늘을 본다.

그 애를 만나서 얘기 좀 할 수 있을까요, 괜찮은지 물어볼 수 있을까요?

그의 목구멍에서 작은 웃음소리가 들린다. 안 됩니다. 그가 말한다. 안 돼요. 그가 운전석 문을 열고 좌석에 앉는다. 내가 문을 잡으려고 하자 그가 내 손을 부드럽게 밀어낸다.

가시려고요?

네.

라미레스 씨, 제발 그 애가 증언하게 해주세요.

당신들은 '글로리'의 말을 듣지 않을 겁니다. 아시겠어요, 화이트헤드 부인? 그가 문을 닫고 시동을 걸더니 차를 몰고 가버린다.

++

키스가 자리에서 일어나 옷깃을 몇 번 세게 잡아당긴다. 메리 로즈, 우리 모두를 위해서 그날 아침 글로리아 라미레스가 현관 앞에 나타났을 때 어떤 모습이었는지 한번 더 설명해주시겠습니까?

네.

음, 빨리 합시다. 라이스 판사가 말한다. 아내를 기다리게 했다가 프라임립 스페셜이 다 팔리기라도 하면 난 오늘밤 마구간에서 자야 할 거요. 법정에서 웃음이 터져나온다. 데일 스트릭랜드도 웃는다, 그 단조롭고 텅 빈 웃음소리를 들으니 이가 갈린다. 헨더슨 부인마저도 미소를 짓는다. 이 법정에서 웃지 않는 사람은 나와 키스 테일러밖에 없다.

내가 자리로 돌아가는데 스트릭랜드가 손을 뻗어 엄지로 내 손을 가볍게 누른다. 내 팔의 솜털이 곤두선다. 법정 뒤쪽 문이 열리자 가느다란 빛이 한줄기 들어와서 우리 두사람 사이에 떠다니는 먼지를 비춘다.

키스가 우리 두사람 쪽으로 빠르게 다가오지만 나머지는 조용하거나 관심이 없다. 사실은 무척 소란스럽고 모두가 나를 보고 있는지도 모르지만, 나는 이렇게 기억할 것이다. 며칠 동안 비명을 지르고 싶게 만드는 정적이었다고.

메리 로즈. 스트릭랜드가 어찌나 작게 말하는지, 겨우 알 아들을 정도이다. 그의 엄지손톱이 내 손바닥을 가볍게 긁는 다. 아직 수갑을 차고 있기 때문에 내 손목에 닿는 금속이 느 껴진다. 메리 로즈. 그가 내 이름을 안다는 것이 너무나 싫다. 당신과 가족들을 귀찮게 해서 정말 미안하다고 말하고 싶어 요. 그가 미소를 짓고, 입을 닫고, 입술을 꾹 다문다. 이 일이 다 끝나고 다른 상황에서 볼 수 있으면 좋겠어요. 목장 집에서 든 여기 시내에서든 말이에요.

그가 너무 작게 말했기 때문에 내가 제대로 들었는지도 확실하지 않다. 그러나 나는 이제 곧 데일 스트릭랜드에 대한 새로운 사실을, 그가 나보다 똑똑하다는 사실을 깨닫게 된다. 나는 그의 말에 대답할 때 일부러 법정의 모든 사람들에게 들 리도록 크게 말하니까 말이다. 그래 어디 한번 와봐. 내가 그에

게 말한다. 네 빌어먹을 머리통을 날려버릴 날을 고대하고 있
을 테니까.

저 여자 미쳤군. 누군가가 말하고, 다들 동시에 입을 열자
법정에 우레와 같은 소리가 퍼진다. 데일 스트릭랜드가 나를
보며 싱긋 웃고, 라이스 판사가 권총 개머리끝으로 책상을 쾅
친다. 그는 입을 꽉 다물었다가 이렇게 말한다. 오늘밤 당신이
없어도 남편이 아기를 잘 돌볼 수 있기를 바랍니다, 화이트헤
드 부인. 당신은 법정모욕죄를 저질렀으니까요.

좋아요. 내가 그에게 말한다. 난 당신 안 무서워요, 아저
씨. 그러자 보안 관리원들이 나를 데리고 나간다.

밤새 구치소에 갇히는 것은 아니다 — 유치장에 여섯시
간 갇혀 있을 뿐이다. 이 정도면 됐겠죠. 네시에 법원이 문을
닫은 뒤 라이스 판사가 유치장에 들러서 말한다. 집에 갈 준비
됐습니까, 부인? 뭘 좀 깨달았어요?

네. 내가 그에게 말한다.

네, 그리고요?

네.

그가 나를 한참 바라본다. 나는 또 다시 대치 상황이 벌어
지려는 걸까 생각하지만 판사가 고개를 흔들더니 접수대 쪽
으로 걸어 나간다.

보안 경비관리원들이 열쇠를 찾아서 나를 풀어준다. 블라
우스는 푹 젖었고 젖이 불어 가슴이 너무 무거워서 똑바로 설

수도 없다. 나는 셔츠 위로 가방을 꽉 끌어안고 안내 데스크에서 있는 경관을 지나친다. 복도를 걸어가는 내내 그들의 웃음소리가 들린다. 내가 유치장에서 나와 문을 닫고 주차장에 세워진 자동차로 걸어갈 때까지도 그들은 웃음을 그치지 않는다.

++

내가 코린의 집에 도착했을 때 아기는 미친 듯이 울고 있고, 아기를 달래려다가 블라우스 단추가 하나 뜯어진다. 아기가 비명을 지르며 나를 더듬다가 작고 날카로운 손톱으로 내 가슴을 길게 긁으며 자국을 남긴다. 아기가 젖을 물자 우리 둘다 한숨을 쉬며 눈을 감고, 몸의 긴장이 풀린다.

집으로 돌아온 다음 내가 깡통을 따서 저녁 식사를 준비하는 동안 딸은 한마디도 하지 않는다. 내가 아기에게 한번 더젖을 먹이는 동안에도 한마디도 하지 않는다. 전화가 울리지만 내가 의자에 앉아 꼼짝도 하지 않고 새로 산 자동응답기에 로버트가 메시지를 남길 때에도 에이미는 조용하다. 아이들을 재우는 이 시간이 수월하게 지나간다.

해가 지고 코린이 길을 건너오자 우리는 자리를 잡고 앉는다. 내가 솔티독 한주전자를 만들어서 보드카와 같이 파티오로 가지고 나간다. 코린이 재떨이를 집는다. 우리는 포치 불을 끄고 파티오 문을 살짝 열어둔 다음 어둑해지는 하늘 아래 뒷마당에 앉는다. 하늘은 완연한 자줏빛이다. 모래 폭풍이 오고 있다는 신호다.

그래서, 오후 내내 어디 있었어요? 코린이 묻는다. 그녀가 성냥을 켜자 찰나의 불빛 속에서 눈이 반짝인다. 오늘밤 이 세상에서 작은 바람이 일고, 그 바람은 어느 쪽으로 불고 싶은지, 얼마나 커지고 싶은지 마음을 정하지 못한다. 성냥이 깜빡거리다가 꺼질 때마다 그것이 내 마음 같다, 꽉 쥔 주먹 같다.

음, 어둠을 빌어 누군가에게 진실을 말할 기회구나. 내가 생각한다. 그러나 내가 코린에게 하는 이야기는 코미디다. 젖이 줄줄 새는 와중에 판사에게 건방지게 끝까지 말대꾸를 하다가 감옥으로 끌려가는 여자. 나는 그 장면을 자세히 설명한다. 내가 스트릭랜드에게 기꺼이 총으로 날려주겠다고 말하고, 키스 테일러는 이런 제길이라고 내뱉고, 라이스 판사는 권총으로 책상을 어찌나 세게 쳤는지 나무가 쪼개지는 줄 알았다고. 내가 이야기를 어찌나 재미있게 하는지 코린은 웃고 또 웃는다. 내가 들어본 법정 이야기 중에 최고야. 죽을 때까지 잊지 못할 거야.

마을 사람들 전부 잊지 못할 걸요. 내가 말한다.

코린이 나에게 병을 건네자 내가 포도주스가 반쯤 든 유리잔에 보드카를 조금 따른다. 그건 걱정 마, 금방 잊을 거야. 코린이 말한다.

아, 물론이죠. 다들 한두주만 지나면 전부 잊을 거예요. 우리 둘 다 웃음을 터뜨린다. 이 일이 몇 년 동안 나를, 그리고 에이미를 따라다니리라는 사실을 우리 두사람 모두 잘 안다. 에이미는 이성을 잃고 감옥에 하루 낮 동안 갇혔던 여자의 딸이 될 것이다. 오늘이 우리 두사람을 바꿀 것이다. 이제 카드놀이를 할 때 나는 에이미가 매번 이기기 위해서 애를 쓰게 만들 것이고, 지면 왜 졌는지 분명히 가르쳐줄 것이다 — 항상 친절한 방법을 쓰지는 않을 것이다. 우리는 뒷마당 울타리에 깡통을 세워 놓고 총으로 쏘면서 시간을 보낼 것이고, 에이미가 피곤하다고 짜증을 내기 시작해도, 데브라 앤이나 동네 여자애들과 놀고 싶다고 해도 나는 뒷골목에 나가서 깡통을 주워 오라고 말할 것이다. 주워 온 깡통을 다시 울타리에 세워 놓고 다시 총을 쏠 것이다. 다시 해. 내가 말할 것이다. 다시! 첫발에 과녁을 맞춰야 해.

나는 남편에게 에이미를 보고 싶으면 차를 몰고 시내로 오라고 할 것이고, 이십년은 지난 뒤에야 그 황량하고 아름다운 목장에 가서 낡은 현관 포치에 앉아 해가 지는 것을 바라볼 것이다. 그때 나와 하늘 사이에는 흙길밖에 없을 것이다, 소리라고는 소와 새 들, 그리고 이따금 들리는 코요테의 울음소리밖에 없을 것이다. 몇 년 뒤 밤중에 에이미가 집에서 몰래 빠져나가 친구들과 차를 타고 운전에 놀러 나가려다가 들키면 나는 에이미의 뺨을 세게 때릴 것이고, 다음 날 아침까지 빨간 자국이 남을 것이다. 나는 뺨을 때린 것에 대해서 몇 년 동안이나 사과하지 않을 것이고, 내가 미안하다고 말할 준비가 되었을 때쯤이면 우리 두사람 사이에 오가는 모든 말이 탄창 속 총알이 될 것이다.

이제 담뱃불 두개와 부엌에서 새어나와 콘크리트 언저리에서 어른거리는 산란광을 제외하면 하늘도 뒷마당도 새까맣다.

받을 거야? 전화가 울리자 코린이 묻는다.

절대 안 받을 거예요. 내가 말한다. 나 대신 전화를 받아 줄 기계를 샀거든요. 거의 이백달러나 들었어요, 댈러스에서 주문했죠.

우리가 귀를 기울이자 기계가 켜지고 내 목소리가 마당으로 흘러나온다.

세상에. 코린이 말한다. 세상에 별일이 다 있네. 난 이제 두 번 다시 전화 안 받을래. 그녀가 내 스웨터를 잡아서 탁자를 내리치더니 '잡았다'라고 말한 다음 보드카 병으로 손을 뻗는다.

바람이 방향을 바꾸자 이제 정유소가 그 존재를 과시한다. 우리는 똑바로 앉아서 코를 잡고 바람이 어떻게 바뀔지 기다린다. 키스 테일러의 느릿한 목소리가 어둠을 뚫는다. 그가 키스 테일러입니다, 라고 입을 열자 우리 둘 다 싱긋 웃는다. 아, 세상에. 코린이 엄지와 검지로 코를 잡은 채 말한다. 내가 서른살만 젊었어도. 아찔했을 텐데. 우리 둘 다 웃음을 터뜨린다. 나는 어찌나 깔깔 웃었는지 어깨가 풀어지고 곤두섰던 신경이 느슨해진다.

새로운 소식이 있어요. 그가 말을 멈추고, 우리는 그가 맥주 따는 소리를 듣는다. 한참이나 말이 없어서 나는 그가 탁자에 전화기를 내려놓고 어디론가 간 게 아닌가, 아니면 기계가 고장 난 게 아닌가 생각한다.

네시에 다 끝났어요. 그가 말한다. 단순 폭행. 집행유예에 라미레스 가족에게 보상금을 지급하라는 판결을 받았습니다. 이런 사건은 어려워요. 미안합니다, 메리 로즈. 스트릭랜드는 오늘 오후 다섯시에 풀려났어요. 기계가 꺼진다.

코린과 나는 어둠 속에서 아무 말 없이 가만히 앉아 있지만, 나는 그녀가 무슨 생각을 하는지 짐작할 수 있다. 왜냐면, 그가 유죄 판결을 받을 것이라고 잠깐이라도 생각한 사람이 있었을까? 나 말고 누구라도?

유감이야. 코린이 이렇게 말하지만 나는 이미 자리에서 일어나 창문과 문을, 내 아이들을 확인하러 들어간다. 밖으로 나오는 길에 복도 벽장에서 올드레이디를 꺼내 장전이 되어 있는지 확인한다. 내가 파티오로 나가자 코린이 소총을 든 나를 보고 신음하며 일어선다. 그녀가 담뱃갑에서 담배 두개비를 꺼내 탁자에 올린다.

할 말 있으면 하세요. 내가 그녀에게 말한다. 하지만 화내지 말라는 말은 안 돼요.

아유, 아니야. 코린이 말한다. 당연히 화내야지. 화도 못 내면 난 아침에 침대에서 일어나지도 못할 거야.

바람이 점차 거세지고, 문득 며칠 안에 비가 오는 게 아닐까 하는 생각이 든다. 코린이 올드레이디에 손을 얹고 엄지로 호두나무 개머리판을 부드럽게 문지른다. 아름다운 소총이네, 메리 로즈. 포터가 딱 이런 걸 가지고 있었어. 포터가 죽고 나서 앨리스한테 보냈지. 가끔은 너무 아름다워서 이걸로 뭘 할 수 있는지 잊어버려. 아무튼, 온 종일 두아이만 보는 건 힘든 일이야. 필요하면 도와달라고 해.

내가 웃는다. 당신은 그렇게 했어요?

뭘?

도와달라고 했어요?

아니. 코린이 말한다. 바람이 그녀의 가느다란 머리카락을 몇 타래 잡아서 얼굴 위로 휘날린다. 그녀가 집으로 가려고 돌아서다가 탁자에 부딪쳐 비틀거리더니 연장선에 걸려 넘어진다.

내가 연장선을 잡고서 기다리라고 말한다. 그런 다음 콘센트로 걸어가서 플러그를 꽂는다. 뒷마당 구석구석 빛이 환하게 흘러넘친다. 세상에! 코린이 양손을 얼굴로 휙 올리더니 눈을 열심히 깜빡인다. 무슨 교도소 마당 같네.

파티오 바닥에 늘어진 흰 연장선 여섯개가 각각 알루미늄 스포트라이트에 연결되어 있다. 할머니는 스틸링 조명이라고 불렀다. 코요테가 닭들을 잡아먹으려고 할 때 할머니가 이런 조명을 썼다. 내 뒷마당에 크고 둥근 불빛이 가득 차고, 어둠은 모서리에 겨우 붙어 있다. 나는 전부 볼 수 있다.

코린이 돌아간 다음 나는 치마 가득 불빛을 받으며 뒷마당에 선다. 여기 뒷마당에서, 이 한밤중에 올드레이디를 쏠 수는 없기 때문에 에이미의 이십이구경 소총을 집어 든다. 나는 뒤뜰 울타리에 닥터페퍼 캔을 줄지어 올려놓고 코린의 담배를 한개비 피운다. 그런 다음 하나씩 쏘아서 떨어뜨리면서 깡통이 뒷골목 흙바닥에 떨어지는 소리를 듣는다.

울타리 틈으로 데브라 앤의 고양이가 다가오고 있다. 고양이는 메뚜기를 쫓아서 콘크리트벽돌 울타리 위를 걸어가며 앞발로 메뚜기를 때리고, 결국 메뚜기가 뒷골목으로 떨어진다. 나는 안전장치를 풀고 단지 할 수 있다는 이유만으로 무언가를 파괴하면 어떤 기분일까 생각한다. 고양이가 사라진 후에도 나는 어둠 속에서 별들을 보면서, 바람이 거세어지는 소리를 들으며 가만히 서 있다가 아기가 잠에서 깨 배가 고파서 다시 울기 시작하자 총을 내려놓고 아기에게 간다.

데브라 앤

하늘이 오래된 멍 색깔로 물들고 저 멀리 팔십킬로미터 밖에서 다가오는 모래 구름이 보인다. 오데사보다 작은 마을들, 페코스와 커밋과 멘톤 같은 곳에서 부는 바람이다. 붉은 아지랑이가 회전초와 작은 돌멩이와 참새 등 잡히는 것은 무엇이든 닥치는 대로 잡아채서 잠시 들어올렸다가 바닥에 내동댕이친다. 바람이 저 메마른 평원을 쏜살같이 달려오면 태양은 사라지고 구름이 모든 것 — 물탱크와 우사, 석유화학 공장의 냉각탑, 유정과 시추기, 농장 비포장도로가 반으로 나누는 사탕수수밭 — 을 뒤덮는다. 외곽에서 소들이 모여들고 정신 나간 암소들은 바람에 냄새가 지워진 송아지들을 찾아서 울부짖는다. 공장에서는 남자들이 탑에서 내려와 휴게실 건물로 미친 듯이 달려간다. 러프넥들은 시추 작업대에서 내려와서 트럭에 들어가 몸을 웅크리고, 앞좌석에 세 사람이 따닥따닥 붙어 앉는다. 새로 들어왔거나 가장 어리다면, 또는 멕시코인이라면, 트럭 짐칸을 황급히 덮은 묵직한 방수 시트 밑에 서로 엉덩이와 불알을 딱 붙이고 네다섯명씩 누워서 몸을 문지르지 않으려고 애쓴다.

라크스퍼 레인에서는 디에이가 앞마당에 서서 땅에서 삼백미터쯤 되는 구름이 피어오르는 것을 바라본다. 길거리에서 회전초와 신문지가 굴러다닌다. 피칸나무 가지들이 부러져 떨어지고 전깃줄은 미친 사람 손에 들린 꼭두각시 인형 줄처럼 흔들린다. 셰퍼드 부인의 침실 창문에서 방충망이 날아올라 옆집 팬지 밭에 떨어지고, 다시 날아오르더니 거리 저편으로 사라진다. 데브라 앤이 에이미의 집으로 걸어가서 로랠리, 케이시, 에이미와 함께 마당에 선다. 모래알이 아이들과 눈과 머리카락으로 날아들고 옷이 몸에 뻣뻣하게 들러붙는다. 토네이도가 서부 오데사의 이동식 주택 지구를 덮쳐서 다섯명이 사망했다는 소식이 나중에 전해진다. 레드베터 씨가 근무 중인 공장에서는 한 남자가 냉각탑에서 떨어져 목이 부러지면서 즉사했다.

모래가 태양을 가리고 하늘이 오래된 멍 색깔에서 잘 익은 자두 색으로 변한다. 폭풍이 아이들을 짓누르지만 아이들은 앞마당에 가만히 서 있다. 셰퍼드 부인이 현관문을 열고 외친다. 너희 도대체 뭐 하니? 안으로 들어가! 그래도 아이들은 움직이지 않는다. 그러나 바람이 잠시 멈추고 모든 것이 잠잠해진 느낌이 들었다. 고개를 들어 라벤더 색으로 변하는 하늘을 본다. 레드베터 부인이 토네이도가 불기 직전 손으로 칠한 듯한 하늘이라고 부르는 하늘. 새들이 노래를 멈추고 바람이 기차 같은 굉음을 내며 그들을 향해 돌진하기 시작하자, 아이들은 에이미의 집을 향해 달린다.

어제로 제시는 트럭을 되찾기 위해서 필요한 돈을 다 모았고 디에이는 이제 적당한 때만 기다리면 된다고 그에게 말했다. 지금 디에이는 에이미의 부엌 창문을 내다보면서 제시는 뭘 하고 있을까, 자기와 같은 생각일까 궁금해진다. 로랠리가 집으로 전화를 해서 일, 이분 동안 엄마의 꾸중을 듣는다. 폭풍이 물러가고 나면 회초리를 맞을 거야. 로랠리가 친구들에게 말한다. 케이시는 볼링장으로 전화를 걸어서 엄마한테 자기가 어디 있는지 알리고, 디에이는 아빠가 얼마 전에 취직한 올레핀 공장 정문 경비실로 전화를 건다. 아빠의 새로운 직장은 월급이 더 적은 대신 퇴근이 빠르고 토요일은 대부분 휴무다. 그러면 좀 나아질 거야. 디에이가 이렇게 말하자 아이들이 고개를 끄덕인다. 아마 그렇겠지.

아이들은 에이미네 부엌에 옹기종기 모여서 창밖으로 깔때기 구름을 내다보고, 눈에 띄는 것은 무엇이든 먹는다. 전화가 울리자 에이미의 엄마가 얼른 부엌으로 와서 수화기를 든다. 한낮이지만 아직 잠옷 차림이다. 그녀가 전화기를 들고 상대방의 말을 들으며 손가락 하나에 전화선을 감더니 검붉게 변하는 손가락을 바라본다. 다 끝났잖아. 그녀가 억양 없이 말한다. 그런데 왜 계속 전화하는 거야? 그녀가 수화기를 부드럽게 내려놓는다.

집 반대편에서 아기가 난리를 피우기 시작하지만 화이트 헤드 부인은 아기에게 갈 기미가 없다. 그 대신 잠옷 주머니에서 담배를 꺼내 불을 붙인다. 데브라 앤이 보기에 화이트헤드 부인은 딸을 포함한 아이들을 낯선 사람처럼 바라보는 것 같다. 디에이가 스토브의 시계를 확인한다. 이제 막 한시가 지났다.

엄마, 왜 들어오라고 안 불렀어요? 에이미가 말한다. 어마 어마한 폭풍이에요. 토네이도일지도 몰라요.

화이트헤드 부인이 부엌 개수대로 걸어가서 커튼을 젖히고 작은 창을 내다본다. 그러네. 그런 다음 커튼을 확실하게 닫는다. 그렇구나. 그녀가 잠시 담배를 유심히 보더니 개수대에 재를 떤다. 그러고는 유리잔을 들고 조리대에 놓인 주전자에서 아이스티를 따른다.

어디 아프세요? 케이시가 이렇게 물으며 몸을 흔들자 긴 치마가 부엌 바닥을 쓸락말락 한다.

아니. 화이트헤드 부인이 대답한다. 그녀가 아이스티를 한모금 마신 다음 가만히 서서 유리잔을 바라본다. 곧고 부드러운 머리카락은 머리에 딱 달라붙어 있고, 눈은 형형하고 주변이 까맣다. 데브라 앤의 엄마가 가끔 별로 좋지 않은 일주일을 보냈을 때와 상태가 별로 다르지 않다. 그럴 때면 데브라 앤은 이 방 저 방으로 엄마를 쫓아다니면서 질문을 퍼부었다.

내가 재미있는 얘기해줄까요? 같이 티브이 보거나 뒷마

당에 앉아 있을래요? 엄마는 침대에 누워서 쉬고 내가 옆에서 책 읽어줄까요? 그보다 더 나쁜 일주일을 보냈을 때면 지니는 아예 아무 말도 하지 않았다. 몇 시간이고 욕조에 앉아서 물이 식지 않도록 여러 번 다시 틀면서 『내셔널 지오그래픽』을 천천히 넘기고 닫힌 문 너머의 디에이에게 들릴 정도로 크게 한숨을 쉬었다. 데브라 앤은 오늘 에이미의 엄마가 폭풍 속의 갈대 같다고, 끈질기게 버티면서 몸이 충분히 휘어서 살아남기를 바라는 것 같다고 생각한다.

몸이 좀 안 좋은가봐. 화이트헤드 부인이 짧고 격한 웃음소리를 낸다. 뼛속까지 지쳤나봐.

에이미가 주변을 둘러보자 친구들이 손바닥을 위로 향한 채 어깨를 으쓱한다. 무슨 일 있어요, 엄마?

메리 로즈는 아이들에게 어제 오후 라이스 판사가 판결을 내렸다고 말한다. 집행유예 일년에 여자애 가족들에게 보상금 오천달러를 내래. 그녀가 말한다.

아이들이 전부 헉하고 숨을 멈춘다. 오천달러요? 디에이가 말한다. 엄청 큰돈이네요.

그치. 케이시가 말한다. 그 정도면 타격이 없진 않겠지.

애들아, 그런 말 하지 마. 화이트헤드 부인이 말한다. 너희는 지금 무슨 말을 하고 있는지도 몰라.

정의가 이뤄졌다! 데브라 앤이 외친다. 하! 로랠리가 웃고, 다들 하이파이브를 한다.

아, 닥쳐. 전부 '닥쳐'.

집행유예 일년이야. 화이트헤드 부인이 말한다, 목소리가 갈라진다. 오천달러라니. 하나님 맙소사. 제기랄.

아이들은 지금 이 순간 식탁 밑에서 방울뱀이 기어 나왔어도 이렇게까지 놀라지는 않았을 것이다. 에이미는 엄마가 총을 겨누기라도 한 것처럼 양손을 들고 두 걸음 물러선다. 엄마, 그건 이단이에요.

오, 에이미, 아니야. 신성모독이겠지. 하지만 무슨 상관이니?

메리 로즈가 아이스티 잔을 던지자 벽에 부딪쳐서 극적으로 산산조각 난다. 아이스티가 벽지를 따라 흘러 내려 리놀륨 바닥에 고인다. 아기가 집 반대쪽 끝에서 소리를 지르기 시작하고, 메리 로즈는 누군가에게 척추를 도둑맞은 것처럼 바닥에 털썩 주저앉는다. 나도 어떻게 해야 할지 모르겠어. 그녀가 말한다.

디에이 역시 어떻게 해야 할지 모른다, 다들 모른다. 그러나 아이들은 빤히 보면 안 된다는 것 정도는 알 만한 나이이다. 그래서 네아이가 거의 동시에 몸을 돌려 벽을 본다. 아이들은 기다리지만 몇 분이 지나도 화이트헤드 부인이 부엌 바닥에서 꼼짝도 하지 않자 데브라 앤이 셰퍼드 부인에게 전화하려고 수화기를 집어 든다. 디에이가 귀를 기울이다가 수화기를 몇 번 두드린다. 전화가 끊겼어. 바람에 선이 끊겼나봐.

아니야. 에이미의 엄마가 말한다. 방금 전까지 됐어.

아니에요. 지금은 안 돼요.

에이미의 푸른 눈이 커지고 뺨이 종잇장처럼 창백해진다. 우리 이제 어쩌지?

아기의 비명이 허공을 꿰뚫더니 규칙적인 흐느낌으로 바뀐다. 디에이는 손으로 귀를 막고 싶어진다. 내가 가서 셰퍼드 부인을 모셔 올게. 디에이가 에이미에게 다가가서 꼭 끌어안는다. 난 친구랑 펜웰에 갈 건데, 금방 돌아올 거야.

데브라 앤이 나간 뒤 에이미가 엄마 옆에 무릎을 꿇고 앉는다. 일어날 수 있겠어요, 엄마? 마실 것 좀 줄까요? 그러나 메리 로즈는 양손으로 허벅지를 꽉 누른다. 마실 건 필요 없어, 에이미.

잠시 후 셰퍼드 부인이 실내화 바람으로 문을 열고 들어와 부엌을 둘러본다. 그녀의 시야에 깨진 유리, 아이스티가 온통 튀고 고인 벽과 바닥, 아기가 불이라도 붙은 것처럼 우는 가운데 불안한 듯 문틀에 몸을 기댄 여자아이 셋이 들어온다. 셰퍼드 부인이 날카롭게 손뼉을 딱 친다. 너희는 아기를 데리고 에이미 방으로 들어가. 그런 다음 몸을 숙여 메리 로즈와 시선을 맞춘다. 메리 로즈는 온몸이 덜덜 떨릴 정도로 격렬하게 울고 있다.

아이들은 여자 어른이 이렇게 심하게 우는 모습을 장례식장에서도 본 적이 없고, 분노를 알아보기에는 너무 어리다.

셰퍼드 부인이 젊은 여인의 팔을 문지른 다음 등 한가운데에 손을 얹는다. 괜찮아. 그녀가 말한다. 이제 그만 일어나서 식탁에 앉자.

에이미의 엄마가 고개를 젓는다.

메리 로즈, 난 이렇게 허리를 굽히고서는 일분도 못 버텨. 이제 일어나.

메리 로즈가 한마디도 없이 일어나 부엌 식탁으로 걸어간다. 그녀가 자리에 앉아 식탁보에 고개를 묻고, 흐느낌에 맞춰서 어깨가 움직인다. 코린이 벽에 묻은 차를 닦고 유리 조각을 쓸어 한쪽 구석으로 모은다. 잠깐만 이렇게 두자, 조금 이따 치우면 돼. 코린이 아이스티를 두잔 따라서 식탁으로 가져간 다음 반대쪽을 보니 여자아이들이 입을 떡 벌린 채 문간에 서 있다. 왜 아직도 여기 있니? 코린이 말한다. 애기 핏줄이라도 터지기 전에 얼른 좀 데려 가.

아이들이 복도를 지나 에이미의 방으로 가고, 바람이 아이들을 창밖 마당에 내던지고 싶다는 듯이 집을 뒤흔든다. 아이들이 바닥에 앉아서 아기를 사랑스럽다는 듯이 바라본다. 케이시는 이시스 여신이 바람을 다스리니까 '오 전능하신 이시스여' 놀이를 하자고 제안하고, 로랠리는 헐크가 분노에서 힘을 얻어 좋은 데 쓸 수 있으니까 '인크레더블 헐크' 놀이를 하자고 말한다. 에이미는 아무 놀이도 하고 싶지 않다. 에이미는 가만히 앉아서 남동생을 보고, 창문을 보고, 다시 남동생을 본다. 그런 다음 아이들에게 집행유예에 대해서 — 그게 무슨

뜻인지, 자기 생각에 무슨 뜻인 것 같은지 — 생각해봤다고 말
한다. 데일 스트릭랜드는 가고 싶은 곳 어디든지 갈 수 있고,
먹고 싶으면 언제든지 아이스크림을 먹을 수 있고, 풋볼 경기
를 보러 갈 수도 있다. 하지만 글로리 라미레스는? 그 여자애
는 어떻게 될까? 그리고 우리는?

삼십 분 뒤 코린이 아기 젖병을 들고 에이미의 방으로 들
어온다. 그녀가 둥글게 모여 앉은 세 아이의 창백하고 동글동
글한 얼굴과 누나의 머리카락을 잡고 있는 아기를 둘러본다.
데브라 앤은 대체 어디 있니? 그녀가 묻는다.

왜 같이 있지 않니?

코린

바람 소리와 아기 울음소리 때문에, 그리고 황소도 질식시킬 만큼 흙먼지가 가득한 공기와 볕이 집 안으로 들어오게 빌어먹을 커튼을 딱 이분만 열자고 해도 완강하게 버티는 메리 로즈 때문에, 코린은 제시와 디에이가 차고 문을 열고 트럭을 후진해서 빼는 모습을 보지도 못하고 그 소리를 듣지도 못했다. 이제 그녀는 두 주먹을 꽉 쥐고 겨드랑이에서 땀을 흘리며 모래투성이 콘크리트에 서서 포터의 트럭이 서 있던 빈자리를 빤히 본다. 남은 것은 생긴 지 얼마 안 된 엔진오일 웅덩이밖에 없다.

메리 로즈가 블라우스 단추를 채우며, 가방을 골반에 부딪치며 길을 건너 달려온다. 신발 끈은 풀려 있고 양말도 신지 않았다. 그녀가 텅 빈 차고에 서 있는 코린을 보고 딱 멈춘다. 포터의 트럭은 어디 있어요? 데브라 앤은 어디 갔죠?

모르겠어. 솔티독 때문에 아직도 숙취에 시달리는 코린이 손가락으로 눈꺼풀을 세게 누르자 별이 보인다. 그녀는 언제 마지막으로 트럭에 탔는지 기억해내려고 애쓴다. 라디오에서 흘러나오는 밥 윌스의 노래를 들으며 기어를 중립에 놓고, 시동을 켜고, 다 끝날 때까지 버틸 배짱이 있으면 좋겠다고 마지막으로 생각한 게 언제였더라? 마지막으로 자동차 계기판을 보고 한숨을 쉬며 시동을 끄고 집으로 들어가 아이스티를 만든 게 언제였지? 이틀 전이다. 여느 때처럼 열쇠를 꽂아둔 채 내렸다.

메리 로즈가 서둘러 코린의 부엌으로 가서 수화기를 들고 귀에 댄다. 그녀는 문이 닫히지 않도록 한 발을 끼운 채 얼른 스위치 후크를 몇 번 누르고 잠시 귀를 기울이다가 다시 후크를 누른다. 휘발유는 얼마나 있어요? 메리 로즈가 열린 문을 통해서 소리친다.

절반이 좀 안 됐던 것 같아. 코린이 차고를 눈으로 훑는다. 포터가 텐트를 놔두었던 자리가 비어 있는 것만 빼면 전부 제자리에 있다. 라벨을 붙여둔 크리스마스 장식품 상자들이 선반 위 캠핑 장비들 옆에 나란히 놓여 있다. 포터의 갈퀴와 삽은 한쪽 구석에서 회색 먼지로 뒤덮여 있다. 갑자기 삽날에 가터뱀이나 쥐나 참새 같은 동물을 얹고서 뒤뜰로 걸어가는 포터가 보인다. 코린은 포터가 구멍을 파는 것을, 모든 동물을 위해 빌어먹을 무덤을 파는 모습을 본다. 나보다 오래 살았어야 해. 그녀가 생각한다. 사는 건 포터가 훨씬 더 능숙했어.

코린이 한가운데로 걸어가서 천천히 돌면서 시선을 올렸

다 내렸다 하며 차고를 다시 찬찬히 살핀다. 포터의 트럭이 사라졌고, 전화가 끊겼고, 모래 폭풍은 지나갔지만 아직도 공기 중에 모래가 자욱하고 뜨거운 열기 때문에 금속 압축 기계로 폐를 누르는 느낌이다. 흘린 지 얼마 안 된 엔진오일이 다시 시야에 들어오고, 바로 그때 웅덩이 옆에 놓인 종이쪽지가 보인다.

메리 로즈가 부엌에서 나와서 한 팔을 내밀자 코린이 종이를 건넨다. 스트립클럽 냅킨을 반으로 접은 것인데, 로고 밑 글씨가 약간 번졌지만 두 여자는 '펜웰', '주유소'라는 글씨를 알아보고 뒷면에 적힌 이름도 알아본다. '제시 벨든'. 메리 로즈가 한쪽 팔을 배에 올리고 몸을 약간 흔들면서 머리카락이 바닥에 쓸릴 때까지 몸을 굽힌다. 찾으러 가야 돼요.

그녀가 부엌으로 달려가서 전화기 스위치를 다시 누르기 시작하는데, 그 소리가 어찌나 큰지 차고에 서 있는 코린한테도 들린다. 차고로 돌아온 메리 로즈 — 전화가 아직 안 돼요, 제기랄 — 의 얼굴은 꺼져가는 장작 색, 또는 포터의 작업대를 뒤덮은 미세한 회색 먼지 색이다. 우리 목장 근처예요. 메리 로즈가 말한다. 그녀의 푸른 눈에서 생기가 사라진다. 누가 데려갔는지 알아요.

이 사람을, 벨든 씨를 알아? 코린이 쪽지를 흘끔거린다. 데브라 앤이 한두번 얘기한 적이 있는데, 난 또 상상 속 친구인 줄 알았지.

그건 그 사람 이름이 아니에요. 메리 로즈가 억양 없이 말한다. 누군지 알아요. 그녀가 다시 길을 건너 자기 집 안으로 사라진다. 오분도 지나지 않아 메리 로즈가 한 손에 소총을, 한 손에 탄약통 몇 개를 들고 코린의 진입로에 선다. 아이들한테 꼼짝도 말고 있으라고, 전화가 연결되자마자 수잰 레드베터한테 전화하라고 했어요.

코린이 손바닥을 위로 향한 채 어깨를 으쓱한다. 그건 트렁크에 넣자.

메리 로즈가 고개를 젓는다. 가야 돼요.

그녀의 이마에서 땀방울이 흘러내리고 머리카락이 목에 착 달라붙는다. 코린은 이웃 여자와의 거리가 삼십센티미터도 안 될 만큼 가까이 서 있기 때문에 기름 냄새와 체취도 맡을 수 있다. 그리고 어마어마하게 커진 연푸른색 홍채에 둘러싸인 일식 같은 동공도 볼 수 있다. 그게 누구든 놀라게 하면 안 되잖아. 코린이 말한다. 필요하면 글러브박스에 내 권총이 있어.

그 남자가 디에이를 죽일 거예요. 메리 로즈가 이렇게 말하자 코린은 그 말이 맞을지도 모른다고 잠깐 생각한다. 그러나 이번 여름 내내 디에이는 괜찮아 보였다. 뭔가 목적이 있는 것처럼 바빴고, 심지어 눈썹을 뜯는 버릇도 고쳤다. 이 남자가 어떤 식으로든 디에이를 해쳤다 해도 아무런 표시도 나지 않았다. 코린을 초조하게 만드는 것이 하나 더 있었다, 바로 데브라 앤이 초여름에 보여준 쪽지였다. '도와줘서 고마워. 정말 감사합니다.' 코린이 어디서 났냐고 묻자 디에이는 자기 여름 프로젝트의 일부라고 말했다.

우린 아무것도 모르잖아. 코린이 메리 로즈에게 말한다. 데브라 앤은 자기 친구라고 했어.

걔가 도대체 뭘 알겠어요? 메리 로즈가 외친다. 디에이는 꼬마애고 그 남자는 — 그녀의 목소리가 갈라지고 텅 빈다 — 괴물이에요.

나쁜 새끼. 메리 로즈가 식초를 한잔 삼킨 것처럼 내뱉는다. 그녀가 소총을 꽉 쥐고 있다, 손등 뼈가 울긋불긋하다. 분노와 결의가 넘친다.

위험해. 코린이 생각한다. 그녀는 심호흡을 한 다음 애써 차분하게 말한다. 어떤 상황인지 아직 모르잖아. 데브라 앤이 도망친 걸지도 몰라.

도대체 왜 그래요? 메리 로즈는 코린이 제정신이 아니라는 듯이 바라본다. 스트릭랜드가 에이미를 잡아가려다가 디에이를 대신 잡아간 거예요. 내 잘못이에요.

코린은 힘들게 폐에 집어넣은 공기가 사라져버리자 포터의 작업대로 손을 뻗는다. 원예도구를 치우고 작업대에 손바닥을 대자 기나긴 봄과 여름 동안 쌓인 먼지와 거미줄이 날아오른다. 열기와 먼지가 폐를 다시 채우자 코린이 어깨를 들썩이며 기침을 한다. 난 못하겠어. 그녀가 속으로 생각한다.

무기는 트렁크에 넣자, 내가 펜웰까지 운전할게. 그녀가 똑바로 서서 이웃 여자를 향해 손을 뻗지만 메리 로즈가 휙 피한다. 누구 편이에요?

제발 부탁이야. 코린이 말한다. 그녀가 다시 손을 뻗지만 메리 로즈는 이미 길을 건너 달려가고, 자기 차에 소총을 기대어 세우더니 미친 듯이 가방을 뒤진다. 열쇠를 발견한 그녀가 올드레이디를 조수석에 놓는다. 그런 다음 코린 쪽은 한번 보지도 않고 차를 몰고 사라진다.

++

화이트헤드 목장은 펜웰에서 남쪽으로 오킬로미터 정도 떨어져 있다. 글로리 라미레스가 그랬던 것처럼 걸어가도 될 만큼 가깝다. 당신이 그 오킬로미터의 길을 글로리와 함께 걸었다면 커다란 석회각 바위를 쌓아서 대충 만든 무덤과 조금 떨어진 곳에 아무 표시도 없는 무덤 — 일꾼이 키우던 개나 열병으로 죽은 아기, 방울뱀에게 물린 어린 아이 — 을 기찻길과 분리하는 철조망 울타리를 붙잡았을 것이다. 그리고 주의를 기울이지 않거나 뒤를 돌아보았다면 글로리가 그랬던 것처럼 돌무더기 위로 넘어졌을 것이다. 당신은 똑같은 두려움을 느끼며 풀숲 사이에서 움직이는 바람을 바라보았을 것이다. 당신이 출발한 지점을 돌아보았을 것이고, 입을 열어보지만 말이 안 나온다는 사실만 깨달았을 것이다. 글로리는 바로 이 작은 무덤 앞에 앉아서 손바닥에 파고든 돌을 빼냈는데, 지금 바로 그곳에서 제시 벨든이 디에이 피어스를 어깨까지 들어올려서 마지막 모래 폭풍이 세차게 두드리며 잡아당기는 야생 풀숲 너머로 디에이가 여름 내내 그에게 이야기해주었던 묘지를 보여준다.

++

코린은 부끄러운 줄 모르는 폭주족이므로 딱히 서두르지 않을 때에도 제한 속도를 적어도 시속 삼십킬로미터쯤 넘기는 것에 익숙하다. 지금 코린은 그녀를 뒤쫓는 죽음만큼이나 빠른 속도로 I-20 도로를 달리고 있다. 속도계 바늘이 시속 백삼십킬로미터와 백삼십오킬로미터 사이를 오가지만 메리 로즈의 흰 세단은 더 빨리 달리고 있다. 자동차 둘 사이의 거리는 점점 멀어지고 결국 젊은 여자가 적어도 일킬로미터는 앞선다.

폭풍은 시속 십오킬로미터로 남쪽을 향해 이동 중이다. 두 여자는 붉은 먼지와 뼈 색 석회각 먼지 구름 속으로 들어간다. 펜웰이 가까워지자 바람이 거세지고 코린의 자동차가 흔들리기 시작한다. 흔들림 때문에 코린은 속이 뒤틀린다. 그리고 오늘 아무것도 먹지 못했음을, 목이 마르다는 것을, 어젯밤 아니 포터가 죽은 이후 매일 밤 술을 너무 많이 마셨음을, 자신은 세상이 산산조각 나는 것을 막을 준비가 전혀 안 된 노파임을 깨닫는다.

조금 전 코린의 진입로에서 메리 로즈가 그 단어 — 나쁜 새끼 — 를 내뱉었을 때, 그 목소리가 코린이 지금 바라보고 있는 땅처럼 단조로웠기 때문에 심장이 발치까지 떨어졌다. 그녀는 평생 그런 어조를 몇 번 들어봤는데, 주로 한남자나 여러 남자의 목소리였지만 항상 그런 것은 아니었다. 메리 로즈는 화를 내며 걱정하고 있고, 어린 여자애가 두사람이 알지 못하는 남자와 차를 타고 돌아다니고 있지만, 코린은 메리 로즈의 어조가 왜 그렇게 익숙할까만 생각한다.

군중이 책을 불태우거나, 창문에 돌을 던지거나, 누군가의 마당에 등유로 흠뻑 적신 십자가를 세워놓고 불을 붙일 때처럼 날카롭고 술에 쩐 분노는 아니다. 메리 로즈의 단조로운 말, 공허한 울림, 차갑고 확고한 어조. 이 모든 것은 두려움과 분노에서 비롯된 격노의 증거이다. 그녀의 목소리는 굳게 결심한 사람의 목소리다. 이제 앞으로 일어날 일을 정당화할 작은 불꽃을 기다리기만 하면 된다. 코린은 학생과 학부모들 사이에, 술집이나 야외 관람석에 앉은 남자들 사이에, 교회 신자들과 이웃들과 이 도시의 부모들 사이에 퍼지는 이 독毒을 평생 보아왔다. 그녀는 일가친척들이 이 독을 제일 좋은 유리그릇에 따르고 선조들이 조지아와 앨라배마에서 마차에 싣고 온 접시와 그릇에 퍼 담으면서 자기들이 가진 것은 전부 몸소 애를 써서 얻은 것이라고, 누가 공짜로 준 것은 하나도 없다고, 정유소와 들판에서 살고 죽으며 직접 손에 넣었다고, 돈줄을 꼭 쥐고 월급을 주는 사람들에게 저항할 수 없다고, 그 사람들이 눈 한번 깜짝하거나 고개 한번 까딱하면 일자리를 잃을 수 있다고 주장하는 것을, 그러나 다른 사람에게 쉽게 손가락질하는 것을 평생 보았다. 이런 이야기를 다양한 방식으로 길게 늘어놓다보면 그 말 저편에 서 있는, 또는 그 말의 끔찍한 무게에 짓눌린 하나님의 아이가 보이지 않을 수도 있었다. 밤을 견디게 해준다면, 등을 돌리고 계속 거짓말을 할 수 있게 해준다면 뭐든 좋다. 성냥에 불을 붙이거나 튼튼한 가지에 밧줄을 매달고 나서 저녁 식사 시간이나 풋볼 경기 시간에 맞춰 집으로 돌아올 수 있다면 무엇이든 상관없다. 메리 로즈가 난폭한 격노에 문을 열어주는 이유는 그 어리석고 죄 많은 사람들보다 나을지도 모른다. 그러나 코린은 안다. 어떤 식으로든 그 격노가 결국 본인을 죽일 것이다. 하지만 빌어먹을, 문 밖으로 나가면서도 해를 끼칠 수 있다.

코린은 메리 로즈와의 거리를 줄이려고 애쓰며 가속 페달을 밟는다. 시속 백오십킬로미터가 되자 그녀가 탄 링컨이 제트기처럼 흔들리며 굉음을 낸다. 메리 로즈가 속도를 줄여 고속도로 출구로 급하게 꺾은 다음 다시 속도를 급격하게 올리자 일에이커는 될 듯한 모래가 링컨 앞유리창으로 쏟아진다. 코린은 브레이크를 세게 밟은 다음 마지막으로 룸미러를 흘긋 보고 비포장도로로 들어서면서 주 경찰이 신문이나 점심 식사를 내려놓고 아주 잠깐이라도 그녀를 유심히 보면 좋겠다고 평생 처음으로 생각한다.

이제 세시가 다 되었다. 코린이 차고에 들어간 지 한시간도 안 됐고, 평소 위스키를 넣은 아이스티 첫잔을 들고 현관 포치로 향하는 시간을 훨씬 지났다. 손이 떨리기 시작한다. 그녀가 여기에 있을 이유가 전혀 없음을 알려주는 또 다른 표시다. 코린이 웃으면서 주먹으로 운전대를 내리친다. 경찰서로 곧장 달려가거나 세븐일레븐에 들러서 전화가 안 끊겼는지 물어봤어야 했다. 그녀가 원하는 것은 — 포터가 죽은 이후로 그녀가 원하는 것은 — 혼자 천천히 술을 마시고 담배를 피우면서 달콤한 저 세상으로 가는 것밖에 없다. 그랬던 코린이, 남편은 죽고 폐는 망가진 노파가, 지금 여기에서 링컨컨티넨털을 타고 세상을 구하려고 사방을 돌아다니고 있다. 너무나도 말이 안 되는 상황이라서 코린은 주먹으로 이마를 치고 먼지투성이 얼굴에 눈물이 줄을 그리며 흘러내릴 때까지 웃는다. 제기랄. 그녀가 생각한다. 왔으니 어쩔 수 없지.

++

두사람이 굉음을 내며 펜웰로 들어갈 때 코린이 메리 로즈의 꽁무니를 거의 따라잡는다. 시추기와 기찻길과 한줄로 끝없이 이어져 있을 것만 같은 전신주들만 빼면 텅 비어 있었을 낡고 작은 마을이다. 주민은 일흔다섯명 쯤 되는데, 대부분 오데사에서 트레일러를 몰고 와서 피칸나무로 만들었던 유정

탑의 파편들 사이에 세워놓고 살고 있다. 문을 닫은 주유소와 댄스홀은 목재와 깨진 유리 더미, 땅바닥에 누워 있는 녹슨 간판에는 회전초가 쌓여 있다. '댄스 투-나잇.'

남자아이 두명이 도로가에 서 있다가 두여자가 사십년째 작동하지 않는 신호등을 통과하자 환호성을 지른다. 주유소를 지났지만 포터의 트럭은 전혀 보이지 않는다. 마을 반대편으로 가면 도로가 남쪽으로 꺾여져 철길을 따라 달린다. 아스팔트가 사라지고 바퀴자국과 회전초가 뒤섞인 먼지투성이 길로 바뀐다. 먼지 구름은 저 앞쪽에 있지만 바람은 믿을 수가 없다. 바람은 급강하해서 자동차를 잡고 격렬하게 흔들다가 갑자기 힘을 푼다. 메리 로즈가 도로에 떨어진 파이프 조각을 피해서 방향을 크게 틀자 코린도 똑같이 한다.

메리 로즈가 다시 브레이크를 밟으면서 급작스럽게 방향을 바꾸고, 코린은 새끼 네마리를 데리고 천천히 길을 건너는 엄마 아르마딜로를 멍하니 바라본다. 브레이크를 세게 밟고 오른쪽으로 크게 틀면서 운전대에 얼굴을 어찌나 세게 부딪쳤는지 시야 가장자리에서 별들이 헤엄친다.

자동차 두대가 도로 가장자리 쪽으로 크게 기울어진 다음 멈춰 선다. 저 앞에 포터의 트럭이 세워져 있고 옆에 더 낡은 트럭이 서 있다. 코린이 경적을 누르며 메리 로즈 옆에 차를 세우려고 하지만 도로가 너무 좁고 메리 로즈는 일부러 그녀를 보지 않는다. 코린이 널찍한 앞좌석 너머로 손을 뻗어 글러브박스를 열고 권총을 담배 옆에 둔다. 아무도 다치는 일 없이 이 상황이 끝나면 집으로 돌아가서 담배 한갑을 다 피울 것이다. 반쯤 정신을 잃을 때까지 술을 마시고 사흘 내리 잘 것이다.

메리 로즈의 차가 트럭 두대 쪽으로 천천히 굴러가서 몇 미터를 남기고 멈춘다. 코린은 철길을 나란히 걸어가는 남자와 여자애를 이제야 발견한다. 남자는 작고 마르고 어깨가 구부정하고 머리카락이 까맣다, 글로리아 라미레스 사건 이후 뉴스에 도배되었던 사진 속 남자와 전혀 다르다. 데브라 앤은 제일 좋아하는 테리 직물 반바지와 반짝이는 분홍색 티셔츠 차림이고 앞머리가 길어서 눈을 가린다. 남자는 한손에 물병을 들고 있는데, 아, 저 물 한모금만 마실 수 있다면 코린은 무엇이든 줄 수 있다. 다른 손은 디에이의 더러운 손을 가볍게 잡고 있다.

코린이 차창을 내리고 몸을 기울여 두사람을 향해 소리를 치려다가 메리 로즈의 차 문이 활짝 열리는 것을 보고 경적에 손을 올린다. 공장 호각 소리와 별로 다르지 않은, 길고 끊임이 없는 울부짖음이 그들의 주의를 끈다. 제시와 디에이가 멈춰서 돌아서고, 잠시 정적이 흐른 뒤 제시가 몸을 숙여 디에이에게 뭐라고 말한다. 아이가 어깨를 으쓱하고 눈을 비비더니 발을 내려다본다.

메리 로즈가 차에서 뛰어내려 두사람을 향해 달려가자 어깨에서 소총이 덜렁거리고 총알이 땅으로 떨어진다. 코린은 전기 울타리를 잡은 것처럼 심장이 덜컹 뛴다. 그녀는 이 젊은 여자의 맞은편에 살면서 그녀가 메스키트 나뭇잎처럼 말라가는 것을 몇 달 동안 지켜보았고, 집 앞 포치에 앉아서 딸이 금방이라도 사라질 것처럼 지켜보는 그녀의 눈 밑에서 짙은 그림자를 보았다.

재판 몇 주 전, 아이들이 아기를 목욕시키고 코린과 메리 로즈가 파티오에서 담배를 피울 때 코린은 찰나였지만 이웃의 눈에서 절망이라 부를 수 있는 것을 보았다고 생각했다.

뭐 필요한 거 있어? 그녀가 메리 로즈에게 물었다.

아니요. 메리 로즈가 말했다. 없는 것 같아요.

밤에 마지막으로 푹 잔 게 언제야? 그러자 메리 로즈가 그 무엇보다도 으르렁거림에 가까운 웃음을 흘렸다. 음, 저는 임신한 순간부터 십분에 한번씩 화장실에 가야 하는 데다가 아기가 이제 삼개월이라서요, 밤새 한번도 안 깨고 잔 지 십삼개월쯤 됐다고 할 수 있겠네요.

로버트는? 당신이 부탁하면 와서 도와줄 거야.

로버트는 소 때문에 바빠요. 메리 로즈가 자기 집 잔디밭을 보면서 파티오에 흩어진 연장선 여섯개 중 하나를 발로 찼다. 어차피 나도 로버트가 오는 건 싫어요.

그녀가 포치 가장자리로 걸어가더니 크고 검은 거미를 발로 밟았다. 지난번에 키스 테일러가 재판 준비를 도와주러 왔는데, 시내에 사니까 어떠냐고, 남편이랑 같이 지내던 때가 그

립지 않냐고 묻더군요. 그녀가 말했다. 뭐라고 대답해야 할지
모르겠더라고요.

집 안에서 여자아이 하나가 소리를 지르는 바람에 두여자
가 말을 멈췄다. 무슨 일 때문에 두사람이 필요한 것은 아닌지,
크든 작든 집 안에서 일어난 일을 해결해달라고 부르는 건 아
닌지 귀를 쫑긋 세우지만, 아이들은 잠시 재잘거리더니 조용
해졌다.

왜냐면, 로버트와 나 사이에 뭐가 사라졌는지 나 자신에
게 물어보면 말이에요. 메리 로즈가 말을 잠시 멈추고 자기 손
을 내려다보면서 계속 뒤집는다. 글쎄요. 내가 뭘 알겠어요?
제길, 내가 치어리더 복장을 처음 입은 건 기저귀를 떼기도 전
이었어요. 우리는 다들 그랬죠. 운이 좋으면 열두살쯤 되어서
야 어떤 남자나 남자애가, 아니면 우리가 현실을 알아야 한다
고 생각하는 선량한 여자 어른이 우리가 이 세상에 태어난 이
유를 가르쳐주죠. 남자들을 응원하기 위해서. 미소를 짓고 분
위기를 좀 띄우기 위해서요. 남자들을 격려하며 알아주고, 누
굴 만나든 친절하게 대하기 위해서 말이에요. 나는 열일곱살
에 로버트랑 결혼하면서 우리 아버지 집에서 로버트의 집으
로 바로 옮겨 갔어요. 메리 로즈가 잔디밭 의자에 앉아서 파티
오 테이블에 머리를 대고 울기 시작했다. 이게 제 일일까요?
그녀가 말했다. 로버트를 응원하는 게?

코린은 일어서서 메리 로즈가 울음을 멈추기를 기다렸지

만 눈물은 끝도 없이 이어졌다. 잠시 후 당황한 코린이 이웃의 어깨를 어루만졌다. 필요한 게 있으면 전화해. 그녀는 이렇게 말하고 옆문으로 빠져나갔다.

코린이 삼백미터도 달리기 전에 폐가 쪼그라들더니 그녀에게 '아니', 아니야, 이십년 전에 잘 생각했어야지, 라고 말한다. 그녀는 사막에서 몸을 반으로 접고 힘겹게 숨을 쉬다가 다시 일어나서 몇 걸음 더 간다. 아까 운전대에 부딪쳐서 얼굴 전체가 아프고 이마에 혹이 부풀어 오르고 있다. 그녀는 모래밭에 담즙과 물을 토하고서 뇌진탕이 아닐까 생각한다.

이제 메리 로즈는 한참 앞서 있고, 코린은 데브라 앤의 이름을 부르고 또 부른다. 목이 바싹 마르고 머리에 멍이 들고 폐가 아파서 한마디 한마디 부를 때마다 힘들다.

디에이와 제시가 두 여자를 바라본다. 한명은 훨씬 앞에서 빠르게 움직이고 한명은 뒤에서 늙은 암소처럼 느릿느릿 움직이며 온종일 십대 아이들 앞에서 열변을 토하는 것은 운동이 아니라고, 하루에 몇 시간을 서 있어도 마찬가지라는 포터의 말을 들을 걸 그랬다고 생각한다.

걔 놔줘, 스트릭랜드. 철골 같은 메리 로즈의 목소리가 코린의 중심부를 관통한다. 그 사람 아니야 메리 로즈. 그녀가 소리친다. 다른 사람이야.

달려가던 메리 로즈가 발을 멈추고 청년을 본다. 코린은 친구가 그의 얼굴을 똑바로 볼 만큼 가깝다는 사실을 안다. 둘

다 마찬가지이다. 봐. 코린이 소리친다. 그 사람은 벨든 씨야.

데브라 앤이 제시를 보며 얼굴을 찌푸리고, 두 여자는 그가 몸을 살짝 숙여 디에이의 팔을 부드럽게 잡는 모습을 본다. 그가 똑바로 서서 여자들을 향해 손을 흔든다.

하나님 감사합니다. 코린이 그들을 향해 한발 다가간다.

아니야. 메리 로즈가 조용히 말한다. 그녀가 올드레이디라고 부르는 소총을 들어 어깨에 올린 다음 방아쇠를 당긴다.

++

총성이 한낮을 반으로 찢는다. 데브라 앤과 제시가 땅으로 쓰러져 꼼짝도 하지 않는다. 메리 로즈가 차분하게 그들을 본다. 문제를 풀려고 애쓰는 것처럼 그녀의 머리가 옆으로 살짝 기울어진다. 빗나갔어. 그녀가 생기 없이 말한다. 제기랄, 빗나갔어.

디에이와 제시 모두 엉엉 울면서 왜 이래요, 왜 이래요, 라고 말한다. 제시는 데브라 앤보다 목소리가 크고 낮지만 여전히 아무것도 모르는 아이의 목소리와 비슷하다.

데브라 앤. 코린이 소리친다. 일어나서 '당장' 이리 와. 아이가 모래바닥에서 생령처럼 일어나 땅을 박차고 달린다.

메리 로즈가 소총에서 탄약통을 빼고 몸을 숙여 발치에 흩어진 총알들 중 하나를 집는다. 그녀는 탄실에 총알을 넣고 노리쇠를 닫은 다음 꼼짝도 없이 서서 지켜본다. 코린은 알 수 있다, 메리 로즈는 제시를 지켜보면서 그가 움직이기만을 기다리고 있다. 그녀는 명사수다. 한 발 더 쏘면 이번에는 절대 빗나가지 않을 것이다. 메리 로즈가 코린의 마음을 읽은 것처럼 제시를 향해 소리친다. 다음번엔 빗나가지 않을 거야.

코린이 데브라 앤과 동시에 메리 로즈에게 도착한다. 내 친구예요. 데브라 앤이 말한다. 내가 '도와주는' 중이에요.

그가 널 해쳤어. 메리 로즈가 말한다.

아니에요. 데브라 앤이 발작적으로 가느다란 눈썹을 뽑아서 땅에 던진다. 내 친구예요.

너 괜찮아? 코린이 이렇게 묻고 데브라 앤이 고개를 끄덕이자 다시 말한다. 도대체 뭐 하고 있는 거야?

제시가 집에 돌아갈 수 있도록 도와주는 거예요. 디에이가 손등으로 코를 닦더니 길게 이어지는 갈색 콧물을 반바지에 문질러 닦는다. 제시가 트럭을 되찾아야 해서 같이 차를 타고 여기 왔어요.

오, 디에이. 코린이 말한다.

돌아갈 거였어요. 데브라 앤의 얼굴이 빨개진다. 셰퍼드 씨의 트럭을 훔치려던 건 아니에요. 그 트럭 아주 좋아하시는 거 알아요.

디에이가 울음을 터뜨린다. 제시가 어떻게 되든 아무도 신경도 안 써요. 나한테도 그렇고요.

디에이의 말이 맞다, 코린은 이제야 깨닫는다. 데브라 앤과 제시에게는 관심이 필요하다. 멀리서 호각이 울린다. 정유소나 몇 킬로미터 밖에서 다가오는 기차 소리일 것이다. 바람 때문에 머리카락이 얼굴에 나부끼고 소리가 잘 들리지 않는다. 물이 부족한 사막이라 선인장들이 검게 변하고 반으로 접혔다. 회색으로 시든 메스키트 콩들이 나무에 붙어 있거나 나무줄기 주변에 무더기로 쌓여 있고, 제시 벨든은 흙바닥에 누워서 작고 겁에 질린 들짐승처럼 목구멍으로 작은 소리를 낸다. 이 청년은 총알이 인간의 몸을 어떻게 산산조각 내는지 직접 보았다.

일어나. 메리 로즈가 그에게 말한다. 일어나서 두손 들어.

안 들려요. 데브라 앤이 소리친다. 아이의 얼굴은 모래와 눈물 범벅이고 뺨이 살짝 긁혔다. 귀가 안 들려요 — 디에이의 목소리가 갈라진다 — 내 잘못이에요.

일어나. 메리 로즈가 소리친다. 당장 일어나.

제시가 무릎을 꿇고 몸을 살짝 흔들면서 양손으로 머리를 꽉 잡는다.

메리 로즈. 코린이 말한다. '그만해.'

지난번에는 기회를 놓쳤어요. 메리 로즈의 목소리에 슬픔이 가득하다. 코린이 그녀의 팔을 잡고 총이 흔들릴 정도로 세게 흔든다. 그만해, 메리 로즈. 다른 사람이야. 그녀가 데브라 앤을 잡고 제물처럼 메리 로즈에게 내민다. 봐. 멀쩡해. 보여?

제시는 아파요, 화이트헤드 부인. 디에이가 말한다. 제 책임이에요.

집에 가고 싶어요. 제시가 여자들을 향해 소리친다. 네이
딘이 보고 싶어요.

디에이가 제시에게 달려가려 하지만 코린이 아이의 팔을
붙잡고 세게 흔든다. 내 차에 가 있어, 뒷좌석에 누워서 절대
창밖 보지 말고.

그래요. 메리 로즈가 조용히 말한다. 창밖을 보지 말라고
하세요.

코린이 평생들어본 가장 무서운 말이다, 코린은 이 모래
벌판 한가운데 앉아서 눈을 감고 잠들고 싶다. 그녀는 여기서
멀지 않은 들판에서 포터가 자기 트럭 옆에 서 있는 모습을 상
상한다. 그는 일출을 한번 더 보고 싶었을 테니 분명 새벽이
밝기도 전에 집을 나섰을 것이다. 포터는 일출을 볼 기회가 생
기면 절대 놓치지 않았다. 냄새가 가장 지독하고 가장 황폐한
유전 한가운데 서 있을 때에도 그는 지구 가장자리에서 떠오
르는 불타오르는 별을 보았다. 저건 도대체 무슨 빨강색일까?
포터가 그녀에게 묻곤 했다. 하늘은 도대체 무슨 색일까? 저
구름은? 오늘도 멋진 하루군. 그가 미소를 지었다. 우리 오늘
은 뭐 할까요, 셰퍼드 부인?

코린은 잘못 발사될 위험을 무릅쓰면서까지 소총을 붙잡
고 싶지 않았기 때문에 총열로 손을 뻗어 친구의 손을 감싼다.
우리 이제 어떻게 할 거야, 메리 로즈?

눈물이 메리 로즈의 먼지투성이 뺨을 따라 흐르며 천천히 길을 낸다. 그녀는 여전히 안전장치를 푼 채로 제시 벨든을 겨누고 서서 방아쇠에 손가락을 단단히 걸고 있다. 내가 원하는 건 빌어먹을 정의예요. 그녀가 말한다.

알아, 하지만 엉뚱한 사람을 쏘고 싶은 건 아니잖아.

엉뚱한 사람이라고요? 메리 로즈가 말한다. 저 남자가 무슨 짓을 했는지, 무슨 짓을 할 건지 모르지만 아무도 그 책임을 묻지 않으리란 건 확실히 알잖아요.

코린이 총열을 붙잡고 있는 메리 로즈의 손을 엄지로 부드럽게 문지르더니 팔을 쓰다듬는다. 개머리판이 메리 로즈의 어깨를 단단히 눌렀고 그녀의 팔은 바이올린 현처럼 팽팽하다. 메리 로즈는 분노로 몸을 떨고 있다.

'진노 중에라도 긍휼을 잊지 마옵소서.' 코린이 생각한다. 메리 로즈, 이 남자를 쏘면 당신은 완전히 달라질 거야. 데브라 앤도, 나도 마찬가지야.

나는 매일 전화를 받을 때마다 그 남자의 목소리가 들리겠구나 생각하면서 수화기를 들어요. 메리 로즈가 말한다. 매일 밤 내 아이들을 해치려고 우리 집으로 찾아오는 누군가를 기다려요. 그 남자는 '풀려났어요'. 아무 처벌도 받지 않았어요.

알아. 하지만 이 사람은 당신이 기다리던 남자가 아니야.

코린은 포터가 죽기로 결심한 날 아침에 그의 곁을 지킬 수 있다면 무엇이든 했을 것이다. 그를 말리기 위해서가 아니라 — 코린은 포터가 무엇을 직면하고 있는지, 병이 진행되도록 놔두면 그의 죽음이 얼마나 힘들어질지 너무나도 잘 안다 — 적어도 그와 함께 서서 일출을 볼 수는 있었을 테니 말이다. 무서워하지 마. 코린은 그에게 말할 수 있었을 것이다. 당신은 혼자가 아니야.

지금까지 나를, 하찮은 거짓말들을 견뎌줘서 고마워. 그녀는 그에게 이렇게 말했을 것이다. 포터는 웃음을 터뜨리고 관목 사이로 지나가는 들짐승을 가리켰을 것이다. 저거 보여? 블루퀘일 가족이네. 부화한 지 얼마 안 되는 새끼들 보이지? 한배에 아홉마리야. 사랑스럽지 않아, 코린?

정말 사랑스럽다, 이제는 알겠다. 포터는 죽는 날까지 그 사실을 알고 있었다. 코린은 어쩌면 그렇게까지 세상에 대해서 별 생각이 없었을까? 어떻게 자기만 등식에서 쏙 빼서 항상 삐딱하게 보면서 비방이나 하고 아무것도 돌려주지 않을 수 있었을까? 코린은 죽는 날까지 포터를 생각하며 슬퍼하겠지만, 죽는 것은 지금으로부터 한참 후의 일이 될 것이다. 가능하다면 여기 이 들판에 서 있는 모두 마찬가지이다.

이제 막 세시가 지났다. 햇볕과 열기가 가차 없이 내리쬐고, 그들의 얼굴에 뜨거운 바람이 분다. 제시 벨든은 모래 속에서 조용히 무릎을 꿇고 양손을 머리에 올린 채 땅을 내려다보고 있다. 평생 이 순간을 기다려온 죄수 같다. '전쟁을 마치고 집으로 돌아온 사람이다. 세월과 벽과 문이다.' 어디에 나왔던 말일까? 무슨 노래, 무슨 시, 무슨 이야기였을까? 집에 돌아가서 찾아봐야겠다. 필요하다면 선반에 꽂힌 책을 다 꺼낼 것이다. 포터가 없는 집, 빌어먹을 길고양이와 엄마 없는 아이가 있는 집, 회색 먼지와 눈물과 분노 때문에 엉망진창이 된 얼굴로 아직도 방아쇠에 손가락을 걸고 있는 젊은 여자가 있는 집. 흙바닥에 무릎을 꿇은 이 낯선 청년이 있는 집.

코린은 메리 로즈의 어깨에서 손을 떼지 않는다. 이제 집으로 돌아가자. 그녀가 말한다. 수잰한테 애들을 조금만 더 봐달라고 하고 우리 집 뒤뜰에 앉아서 독한 술을 마시면서 해결해.

여기에서는 왜 안 돼요? 메리 로즈의 목소리는 속삭임에 가깝다. 우리는 글로리 라미레스 같은 여자애한테 무슨 일이 일어났는지 왜 신경을 안 써요?

나도 모르겠어.

메리 로즈가 제시 벨든을 본다. 누군가를 죽이고 싶어요.

이 남자는 아니야. 코린이 부드럽게 웃는다. 다음에 하자. 그녀가 총열을 손으로 감싼다. 코린이 메리 로즈의 손에서 총을 받아 땅에 내려놓을 때 총 무게 때문에 팔이 흔들린다. 그녀가 운동화 앞부분으로 총을 멀찍이 민다. 자기는 혼자가 아니야. 코린이 말한다.

무서워 할 거 없어. 코린이 제시와 메리 로즈, 디에이 피어스에게 외친다. 메리 로즈가 제시에게 다가가서 부축하여 일으킨 다음 정말 미안하다고, 사람은 자신이 제일 싫어하거나 두려워하는 존재로 너무나도 쉽게 변해버릴 수 있다고 말한다. 코린의 차창에 얼굴을 딱 붙이고 있던 작고 창백한 목격자 디에이 피어스는 제시를 일으키는 메리 로즈의 행동이, 그녀가 제시에게 하는 말이 다 무슨 뜻인지 이해하려고 애쓴다. 나도 몰랐어요. 메리 로즈가 제시에게 말한다. 지금도 모르면 좋겠어요.

++

그들은 오데사로 천천히 돌아온다. 코린과 디에이가 탄 링컨이 앞장서고 제시가 탄 포터의 트럭이 그 뒤를 따른다. 메리 로즈가 맨 뒤에서 달리는데, 흰 세단이 먼지로 뒤덮여서 그들이 지나치는 들판과 거의 구분되지 않는다. 코린이 제시에게 내일 아침에 다시 태워줄 테니 철도 노동자 묘지 옆에 세워두고 온 트럭을 가져오자고 말한다. 그들이 제시를 동부 테네시의 집으로 꼭 돌려보내줄 것이다. 누나가 거기 있죠? 네, 맞아요. 그가 조용히 말한다. 엄마도요.

그들이 코린의 집 진입로에 도착하자 제시가 그녀의 차 뒤에 포터의 트럭을 세운 다음 앞유리창을 멍하니 바라보고, 코린이 그에게 물을 한잔 가져다준다. 제시는 운전대를 잡은 채 잠들지만, 몇 분 뒤 코린이 창밖을 내다보니 트럭은 텅 비어 있고 제시는 사라지고 없다. 코린은 아침에 그를 찾아서 펜웰에 데려다주고, 돈을 좀 주고, 집으로 돌려보낼 것이다.

코린이 메리 로즈를 데리고 길을 건너 수잰에게 넘겨준다. 수잰은 여섯번쯤 입을 벌렸다 닫았다 하더니 입을 꽉 다물고 아무 말도 하지 않는다. 코린은 안다, 이 일이 조금이라도 새어나가면 메리 로즈는 빅스프링스의 병원에 갇힐 것이다.

코린은 천천히 길을 건넌 다음 데브라 앤을 위해 뜨거운 목욕물을 받는다. 디에이는 거의한 시간 동안 욕조에 몸을 푹 담글 것이고, 모래와 때를 잔뜩 남겨서 코린은 애가 마지막 목욕을 한 게 도대체 언제일까, 라고 말할 것이다.

비누칠도 해요? 데브라 앤이 묻는다.

코린은 욕실 밖에서 문에 등을 기대고 다리를 쭉 뻗고 앉아 있다. 전부 다 — 무릎, 엉덩이, 가슴, 빌어먹을 온몸이 — 아프다. 코린이 디에이에게 말한다. 한번만 더 내 물건을 훔치면 쫓아낼 거야, 수잰 레드베터한테 곧장 보내버린다. 수잰이라면 신이 나서 너를 혼내줄 거야.

안 그럴게요. 디에이가 말한다. 등 좀 밀어주실래요?

안 돼. 셰퍼드 부인은 잠시 여기 조용히 앉아 있고 싶어.

가려운데 손이 안 닿아요.

코린이 한숨을 쉬며 일어서려 하지만 등이 말을 듣지 않는다. 그녀는 한쪽 옆으로 몸을 굴려서 숨을 헐떡이며 누워 있다가 벽을 이용해서 몸을 일으킨다. 코린이 욕실로 들어가보니 디에이가 욕조 안에서 몸을 구부리고 있다. 둥근 어깨와 등이 진드기에 물린 자국과 아물지 않은 딱지로 뒤덮여 있다. 아이의 손이 닿는 곳에는 길고 보기 흉하게 긁힌 자국이 있다. 나머지 부분은 말라붙은 핏자국과 피부 감염으로 엉망이다. 코린이 수건을 들고 목욕물에 적신 다음 바닥에 무릎을 꿇고 아이의 살갗을 부드럽게 문지른다. 이제부터는 아침 열시 이후에 아무 때나 오면 내가 항상 문을 열어줄게. 그녀가 말한다. 꼬마 여자애가 깊은 한숨을 쉬고 눈을 감는다. 기분 좋아요.

벌레 물린 건 병원에 가야겠다. 코린이 수건을 짜서 욕조 가장자리에 걸친다. 언제든지 와서 뜨거운 물로 목욕하고 텔레비전 봐도 돼. 그녀가 말한다. 닥터페퍼도 잔뜩 사놓을게.

그 대가로 내가 바라는 건 — 코린이 잠시 말을 멈춘 다음 데브라 앤의 축축한 머리카락을 치우고 눈을 드러낸다 — 화이트헤드 부인이 총을 쐈다고 아무한테도 말하지 않는 거야. 누구든 필요 이상으로 고통 받는 건 우리 모두 싫잖아.

디에이가 고개를 끄덕인 다음 욕조로 미끄러져 들어가 똑바로 누워서 호수에 떠 있는 척한다. 갈색 머리카락이 얼굴 양옆으로 퍼진다. 디에이는 누구도 고통 받기를 바라지 않았다.

++

뇌우가 먼지 구름을 뒤따라온다. 사흘 동안 비가 내려서 라크스퍼 레인의 하수도가 넘치자 한시간도 안 돼서 코린의 집 뒤쪽 수로가 가득 차서 제시가 두고 간 것들을 전부 쓸어간다. 프라이팬, 제시가 추울 때 디에이가 갖다준 담요, 제시가 아플 때 디에이가 갖다준 약, 물이 넘치기 몇 분 전에 어린 불스네이크를 쫓아서 수로 깊숙이 들어간 수고양이까지.

길 건너 메리 로즈의 집 뒷골목에 물이 넘쳐서 울타리 안으로 들어오더니 파티오 쪽으로 조용히 차오르다가 콘센트에 꽂혀 있던 연장선 여섯개를 덮친다. 며칠 동안 메리 로즈는 미닫이 유리문에 뒤에 서서 마당에 전기가 흐를까봐 걱정한다. 그녀는 뒷문에 테이프를 붙여서 막아놓고 딸을 유심히 지켜볼 것이다.

물이 빠지고 모든 것이 다 마를 때쯤 제시는 고향에 도착했을 것이다. 그의 첫번째 편지는 구월에 올, 인사말 위에 '네이딘이 받아 적음'이라고 적힌 한장짜리 편지다. 제시는 차를 몰고 동부 테네시로 돌아가는 여정이 얼마나 길고 지루했는지 — 그는 남쪽 길을 택하든 북쪽 길을 택하든 마찬가지라고, 똑같이 보기 흉하다고 말한다 — 벨든 할로우에 도착해서 엄마의 작은 트레일러를 보았을 때 얼마나 기뻤는지 설명한다. 제시는 매달 편지를 보내겠다고, 디에이도 그래주면 좋겠다고 적는다.

그는 클린치 강에서 낚시를 하고 고향에서 일자리를 찾아다닐 것이고, 코린이 준 돈이 다 떨어진 뒤에도 일자리를 찾지 못하자 트럭 짐칸에 더플백을 던져넣고 루이지애나로 갈 것이다. 그는 레이크찰스, 배턴루지, 퍼트롤리엄시티의 유전과 연안 굴착장에서 일을 하다가 걸프소어스로 가서 새우잡이 일을 할 것이다. 잭슨의 공사장, 딕슨의 감화원, 플로리다의 농장을 거쳐서 뉴올리언스로 갈 것이고, 마침내 겨울에 얼굴을 따뜻하게 해줄 수염을 길러도 될 만큼 나이가 들었음을 깨달을 것이다. 제시는 아주 오래 살지는 않겠지만 — 그러기에는 일을 너무 많이 했다 — 모르는 사람이 작은 친절을 베풀 때마다 데브라 앤을, 그리고 길든 짧든 그녀에게 보내는 편지를 끝맺을 때마다 썼던 말을 기억할 것이다.

내가 너희 동네에 갔을 때 친절하게 대해주어서 정말 고마워. 절대 잊지 않을 거야. 사랑을 담아, 제시 벨든.

칼 라

　　우리가 남자를 잃을 때는 남자가 기차와 경주를 하다가 픽업트럭이 철로에 걸릴 때, 술에 취해 실수로 스스로에게 총을 쏠 때, 술에 취해 저수탑에 올라갔다가 십층 높이에서 떨어져 죽을 때이다. 풀을 잘라 건초를 만드는 계절에 활송장치로 잘못 떨어졌다가 씩씩거리는 수송아지에게 심장을 차인다. 낚시 여행을 갔다가 호수에 빠져 죽거나 집으로 돌아올 때 졸음운전을 한다. 주간 고속도로의 연쇄 충돌 사고, 딕시 모텔의 총격 사건, 가든데일 외곽의 황화수소 누출 사고. 어느 멍청한 놈이 치명적인 사고를 쳐서 누가 쓰러진 모양이네. 해피아워에 단골손님 한명이 소식을 알려주자 이블린이 이렇게 말한다. 이것들은 평범한 날의 일반적인 방법이지만, 이제 구월 일일이고 본스프링스층 셰일 가스를 다시 캘 것이다. 이제 우리는 각성제와 코카인과 진통제에도 남자들을 잃을 것이다. 우리는 미끄러진 드릴 비트나 불안정하게 쌓아 놓은 파이프, 증기구름에 의한 화재에 남자들을 잃을 것이다. 그리고 여자들,

우리는 여자들을 어떻게 잃을까? 보통은 남자들 중 하나가 여자를 죽인다.

이블린이 새로 들어온 직원들에게 자주 이야기하듯이, 천구백육십이년 봄, 윙크 근처에서 천연가스전이 발견된 직후에 웨이트리스 한명이 일을 마치고 앞치마를 벗고 단골손님들과 술을 마시러 갔다. 이블린이 영업을 마치고 문을 잠글 때에도 그녀의 차는 주차장에 남아 있었고, 일주일이 지나서야 시체가 발견되었다. 버려진 유전 차용지에서 발견됐어, 시체는 항상 그런 곳에서 발견되니까. 이블린이 말한다. 그 나쁜 새끼가 시체에 불까지 질렀어. 이런 이야기는 아무리 들어도 익숙해지질 않아.

이블린은 체구가 작고 입이 무겁고, 팔은 사이잘 같고 높다랗게 올린 머리는 잘 익은 자두 색이다. 다음 가스전은 윙크보다 더 클 거야. 매주 열리는 직원회의에서 이블린이 말한다. 시동 걸어라, 애들아. 떼돈 벌 준비하라고. 눈 똑바로 뜨고 다음 연쇄살인마 조심하고.

++

중부 지역에서는 가정을 꾸리지만 오데사에서는 지옥을 일군다.

++

이곳은 가족들이 오는 가게이다. 우리는 액세서리도 화장도 품위 있게 한다. 우리는 커튼과 식탁보랑 어울리는 빨간색 체크무늬 블라우스를 입는다. 청치마는 무릎 바로 위까지 내려온다. 우리는 갈색에 분홍색 스티치가 들어간 부츠를 신는다. 우리가 테이블 위로 몸을 숙이면 비누와 담배와 향수 냄새가 풍긴다. 몇몇은 떠나지만 대부분은 남는다.

현장 교육 첫 날, 우리는 칼라 시블리에게 이렇게 말한다. 미소만 지어, 그러면 큰돈을 벌 수 있어. 아마 이 동네에서 돈을 제일 잘 벌 걸, 옷도 안 벗는데 말이야, 하하!

디너 샐러드에는 토마토가 두쪽이야. 우리가 그녀에게 말한다. 샐러드드레싱은 램킨 접시에 담아서 같이 내 가야 돼. 랜치소스, 프렌치소스, 블루치즈소스, 사우전드아일랜드. 외워. 맥주는 차가운 컵에, 아이스티는 쿼터 사이즈 병에 내 가고, 서프앤터프[27]는 우리 가게 특유의 텍사스 모양 금속 대형 접시에 담아서 내. 여름에도 소매를 항상 끝까지 내려야 돼, 아니면 금속 접시에 데어서 흉터가 생길 거야. 이렇게 말이야. 우리가 소매를 걷어서 보여준다. 여기 보이지?

우리는 팁을 나누지 않으려고 칼라를 일찍 돌려보내지만 그녀가 퇴근하기 전에 이블린이 격려를 해준다. 칼라, 오일 붐덕분에 금요일 하루저녁이면 한달 월세도 벌 수 있어. 자동차

---

27   해산물과 육류가 모두 포함된 메인 요리.

할부금을 내고 저축도 좀 할 수 있지. 일주일 치 팁으로 보석금을 내거나, 아이가 약을 끊을 수 있게 하거나, 단기 대학 한 학기 등록금도 낼 수 있어. 그러니까 고객이 우리한테 미소를 지으라고 하면 우린 당연히 그렇게 할 거야. 누가 실을 잡아당긴 것처럼 입꼬리가 올라가지. 우리 이빨은 종이처럼 하얗고 우리 보조개는 괄호야.

폐점 시간이 지나면 우리는 테이블을 문질러 닦고, 바닥을 쓸고, 미군 전체가 쓸 수 있을 만큼 많은 나이프와 포크를 냅킨으로 말고 나서 추가 근무를 하면 가게에서 주는 술을 마신 다음 두세명씩 차로 걸어간다. 우리는 잠깐 기다리면서 누군가의 타이어에 바람이 빠지거나 배터리가 나가지 않았는지 확인한다. 우리는 점퍼 케이블과 타이어 수리 도구를 트렁크에 넣고 다닌다. 권총도 가지고 다니고, 가방에는 최루가스도 들어 있다. 왼손잡이인 이블린은 총열이 짧은 리볼버를 가방에 넣어 다니고 포드 머스탱의 글러브박스에도 하나 더 있다. 바 뒤에는 일상적인 문제가 생겼을 때를 대비한 낡은 소몰이 전기 막대 하나, 사태가 걷잡을 수 없어질 때를 대비한 윙마스터 엽총이 있다.

새벽 두시에도 바깥 공기는 삼십이도에 육박한다. 얼마 전에 내린 비 때문에 먼지가 다 가라앉았고, 구름은 달빛을 받아 낡은 교회처럼 텅 비고 창백하다. 도로는 늘 그렇듯 한산하지만 이블린이 본스프링층 셰일 가스나 오조나 유전에 대해서 한 말이 맞다면 몇 달 안에 주머니에 현금이 가득한 굶주린 남자들이 전국 각지의 번호판을 단 자동차를 타고 꼬리에 꼬리를 물고 몰려들 것이다.

++

칼라의 엄마는 월요일부터 금요일까지 베어링 회사 조립 라인에서 일하지만 밤에 아기 보는 것을 좋아한다. 이블린은 칼라에게 새로 들어온 임시 일꾼들 때문에 첫달 점심시간이 무척 바쁘니까 보모를 구해서 다이앤을 맡기고 일주일에 네번 근무하라고 말한다. 우리가 접이식 카드테이블에 앉아서 직원 식사를 하는 창고에서 칼라가 자기 전화번호가 적힌 인덱스카드를 테이프로 벽에 붙인다. '밤이든 주말이든 언제든지 받을 거예요. 고마워요. 칼라 시블리.' 누군가 그녀의 성에 밑줄을 긋고 '자기!'라고 적고 그 밑에 '웃어!'라고 적는다. 미소가 자연스럽게 떠오르지 않는 것 같기 때문이다.

칼라는 병가를 낸 웨이트리스 대신 근무할 때 커피를 자기 몸무게만큼 마시고, 팁을 세어보고, 잊지 않고 미소를 지으려 애쓴다. 그녀는 단골손님들과 잘지내지 못해서 지난번 일을, 컨트리클럽 바텐더라는 편한 일을 잃었음을 계속 상기한다. 코린 셰퍼드 때문이 아니야. 지배인이 그녀에게 말한다. 남자 고객들은 당신이 자기들을 싫어한다고 생각해. 그래서 칼라는 근무가 끝나면 냅킨으로 나이프와 포크를 싸고, 제빙기를 닦는다. 스테인리스스틸에 얼굴이 뚜렷이 비칠 정도는 아니더라도 적어도 진흙 같은 갈색 고수머리와 넓은 이마, 블랙아이라이너를 칠하고 땀을 흘려서, 그리고 아직도 밤에 잠을 안 자는 아기가 집에 있어서 거뭇해진 눈 밑이 보일 정도는 된다.

정유회사 사람들은 딜러즈 백화점 향수 가게에서 바로 온 듯한 냄새를 풍기며 점심 식사를 하러 온다. 폴로셔츠와 카키색 바지 차림이다. 휴스턴에서 차를 몰고 오면 샌앤젤로에 들러서 타조나 악어가죽 부츠를 산다. 댈러스에서 오면 러스키스나 제임스레디스에 들른다. 다들 카우보이모자를 쓰고 있고, 다들 셔츠 주머니에 수표책을 넣어 다닌다.

그들은 지형도로 가득한 지관통을 들고 다니면서 점심 식사를 끝낸 다음 식탁에 지도를 펼친다. 새로운 유전이 여기랑 여기랑 여긴데 — 그들은 목초지를, 또는 소를 놓아기르기 좋았던 광대한 땅을 가리킨다 — 기름 삼십억배럴이랑 전 세계를 두번 불태울 수 있을 정도의 천연가스가 묻혀 있어요. 그들이 무모한 석유 시굴업자나 쪼들리는 목장주들에게 말한다. 인프라는 이미 구축돼 있거나 곧 구축될 겁니다. 정유회사 사람들은 지역권과 가축 탈출 방지용 도랑[28]과 폐수 웅덩이와 오염정화시설과 누출 대책에 대해서 이야기한다. 그들은 델라

---

28 도랑 위에 격자 철제 판 등을 놓아서 차량을 지나갈 수 있지만
　　가축은 지나가지 못하게 만든 통로.

웨어 분지에서 새로 발견된 셰일 가스층에 대해서, 보우만 목장 근처 천연가스전에 대해서 이야기한다. 또 물을 거래하고, 소들이 고속도로로 나오지 못하도록 문을 닫겠다고 약속한다. 그들은 고개를 끄덕이면서 좋은 황소는 삼개월 치 월급과 맞먹는다고 직원들에게 꼭 상기시키겠다고 약속한다. 그 사람들이 계약을 마무리하면서 수표책을 꺼내고 손가락을 하나 들어 보이면 칼라가 술을 가져다준다.

칼라는 보모에게 돈을 주고 엄마의 주택담보 대출금을 같이 갚는다. 그리고 다이앤을 위한 계좌를 개설한다. 쉬는 날 그녀는 『아메리칸』에 광고가 실렸던 천구백육십오년형 뷰익 스카이라크를 보러 간다. 창고는 시 경계 바로 바깥 들판에 서 있는 피형강판 건물 여섯채다. 그 건너편에는 '충만한 강 생명 복음 교회'가 있다. 교회 이름은 좀 당황스러웠는데, 제일 가까운 강은 보통 시골 사람들이 전부 한꺼번에 들어가서 똥을 싸 놓은 것처럼 보이는 페코스이기 때문이다. 중고차를 내놓은 여자는 칼라에게 자기 어머니가 타던 차라고, 칠십이년에 사고가 난 후 창고에 보관했다고 말한다. 고속도로에서는 좀 느릴지도 모르지만 팔기통이고 주행 거리는 팔천킬로미터라고 한다. 현금 이백달러만 내면 칼라의 것이다.

칼라가 운전석에 오른다. 아직도 노부인의 담배와 베이비파우더와 윈터그린 나무 냄새가 나는 호화로운 금색 크러시트벨벳 좌석이다. 뒷좌석은 텐트를 쳐도 될 만큼 넓다. 칼라는 새로운 삶으로 나아가기 위해 고속도로를 달릴 때 다이앤이 저 뒤에서 방방 뛰는 모습을 벌써부터 상상한다. 여자가 칼라에게 자동차 열쇠 뭉치 — 자동차 키, 운전석 열쇠, 글러브박스 열쇠, 트렁크 열쇠 — 를 건넨다. 칼라가 시동을 걸자 엔진이 부르릉거리다가 꺼져버린다. 칼라가 한번 더 시동을 건다. 엔진이 굉음을 내며 털털거리자 엉덩이부터 가속페달을 밟고 있는 발까지 진동이 전해진다. 칼라는 오, '아주' 잘됐어, 라고 생각한다. 백오십달러에 파실래요? 칼라가 여자에게 묻는다.

++

하나님은 왜 서부 텍사스에 기름을 주셨을까?
자신이 그 땅에 한 짓을 보상하려고.

++

야간 근무는 돈이야. 칼라가 처음 저녁 근무를 할 때 우리가 그녀에게 말한다. 아홉시 이후로는 지갑에 현금이 두둑하고 집에서 뜨거운 물로 샤워를 하고 와서 머리카락이 축축한 남자들이 대부분이야. 우리가 칼라에게 말한다. 칼라, 그 사람들은 피부가 벗겨질 때까지 뜨거운 물로 샤워를 해도 문 닫힌 방에서 누군가가 지독한 방구를 뀐 듯한 냄새를 풍길 거야.
우리는 칼라에게 무슨 말이나 행동 — 농담, 허리에 두른 팔, 청혼 — 을 해도 신경 쓰지 않아도 되는 남자와 신경 써야 하는 남자를 가르쳐준다. 빌어먹을 이야기를 들어줘야 돼. 우리가 신경 안 써도 되는 남자들에 대해서 이렇게 말한다. 빌어먹을 농담에 웃어도 주고. 신경 써야 하는 남자들에 대해서는 절대 단 둘이 남으면 안 된다고 말한다. 어디 사는지 절대 알려주지 마. 특히 저 사람 — 우리가 바 끝에 앉아서 혼자서 거나하게 마시는 데일 스트릭랜드를 가리킨다 — 조심해, 갈색머리를 좋아하는 변태야. 시작해, 얘들아. 이블린이 말한다. 이제부터 아주 바빠질 거야.

칼라는 다이앤의 아빠가 해군에 들어가서 독일 주둔 중이라고 말하지만 포크와 나이프를 냅킨으로 싸면서 같이 시간을 보내다보니 거짓말은 금방 사라진다. 칼라가 우리에게 말한다. 누구였는지는 중요하지 않아요, 중부 출신 남자였어요.

그럼 뭐가 중요할까? 다이앤은 오늘 낮잠을 잤고, 칼라는 출근 전에 뜨거운 물로 샤워를 했다. 칼라가 그날 아침에 찍은 폴라로이드 사진을 우리에게 보여준다. 칼라의 머리카락은 황갈색이고 눈은 사암 색이다. 콧잔등에 주근깨가 별자리처럼 나 있고 통통한 뺨 때문에 아직 아이 티가 난다. 검정색 탱크톱이 어깨의 주근깨를 드러낸다. 머리끝부터 발끝까지 분홍색으로 차려 입은 아기가 크고 아름다운 갈색 눈으로 카메라를 보고 있고, 작은 뺨이 엄마의 뺨과 딱 달라붙어 찌그러진다. 오늘로 딱 사개월 됐어요. 칼라가 우리에게 말한다. 이름은 신에게서 따온 거예요.

정말 예쁘다. 우리가 칼라에게 말한다. 자기랑 똑 닮았어.

++

산타 테레사의 산부인과는 북쪽으로 사백팔십킬로미터 떨어진 라스크루시스 경계 바로 바깥이고, 당시 칼라는 엄마와 차를 같이 썼다. 칼라는 그냥 차를 몰고 가버릴까 생각도 했지만 거기까지 간다 해도 하룻밤을 보내야 할 텐데, 엄마한테 어떻게 설명해야 할까? 오데사와 엘파소 사이의 작은 마을에서 경찰이 차를 세우면 어떻게 할까? 칼라는 그런 보안관들이 있다고, 여자애들이 뭘 하려는지 알고 주간 고속도로에서 혼자 다니는 여자애를 보면 경찰서로 데려가서 아버지가 올 때까지 기다리게 한다고 들은 적이 있었다. 그렇게 되면 끝장이다.

팔주째에 칼라는 건강식품 가게에 가서 너무 충격적이라서 발작 경고문이 달려 있어야 할 것 같은 무무[29] 차림에 머리카락이 가늘고 곱슬곱슬한 여자에게서 목화 뿌리 껍질을 샀다. 뜨거운 물에 타서 많이 마셔. 여자가 말했다. '몇 갤런'은 마셔야 돼. 십분마다 소변이 마려울 정도로. 다 떨어지면 더 사러 와.

칼라는 경련이 나서 몸을 펼 수 없을 때까지 마셨다. 차에서 모래와 곰팡이 맛이 났고, 칼라가 토를 하고 대변을 보고

---

29 헐렁하고 긴 원피스와 비슷한 하와이 전통 의상.

나면 엄마가 화장실에 소독제를 뿌리면서 도대체 뭘 먹었냐고 물었다. 칼라는 밴드 연습에 나갔고 「늙은 수부의 노래」에 대한 보고서를 썼다. 체육 시간에 옆구리에 팔을 붙이고 서서 피구 공을 배에 정통으로 맞자 윌킨스 선생님이 당장 피하라고 소리를 질렀다. 로커룸에서 칼라는 샤워실 바닥을 빤히 보았다. '물, 물, 사방이 물이지만 한방울도 마실 수 없네.' 칼라가 생각했다. 피 한방울도 안 나네. 그녀는 학교 화장실 칸칸마다 들어가서 휴지 덩어리와 팬티 가랑이 부분을 유심히 보았다. 그러나 임신은 중단되지 않았다. 그것은 끈질기게 들러붙어 있었다. 내 자궁은 그림처럼 움직이지 않는 배고, 나는 무역풍을 기다리고 있어. 칼라가 생각했다. 십주, 십오주……. 그러다가 이십주가 되었고, 이제 숨기기에는 너무 늦었다.

건강식품 가게의 여자는 자신을 앨리슨이라고 소개하면서 칼라에게 모유 수유를 하는지 묻는다. 칼라가 최대한 빨리 직업을 찾아야 했으므로 하지 않는 게 좋겠다는 산부인과 간호사의 말을 전하자 앨리슨은 여러 가지 마리화나를 주면서 술과 각성제는 먹지 말라고 한다. 이제 가을이고 앨리슨의 무무는 산불과 위스키 색이다. 미혼모에게 가장 좋은 조합은 커피와 마리화나야. 그녀가 칼라에게 말한다. 걸리면 안 돼. 절대 다른 사람이랑 나눠 피우지 마. 아무한테도 말하지 말고. 남자친구한테도. 남자친구는 특히 안 되지. 도구는 사지 말고 마리화나를 말아서 담뱃갑에 넣어 다녀, 비닐 봉투는 절대 안 돼.

괜찮을 거야. 앨리슨이 말한다. 살면서 내릴 큰 결정을 이미 다 내렸다고 생각하지만 마.

칼라가 자기 아기를 사랑할까? 그렇다, 맹렬하게 사랑한다. 다이앤은 강력하고 대단한 이름을, 악마의 심장도 녹일 미소를 가졌다. 둘이서 지내는 낮 동안 칼라는 단 한순간도 아기를 내려놓고 싶지 않다. 그러나 엄마가 되면서 칼라는 많은 것을 배웠다. 자신이 상상했던 것보다 훨씬 적게 자면서도 살 수 있다는 것을. 얼마 지나지 않아서 아홉시간 근무가 끝난 뒤 집으로 돌아가는 길에 사막으로 빙 둘러가면서 별을 보자고 생각하게 된다는 것을. 아이를 온 마음을 다해 사랑하면서도 그 아이가 없으면 좋겠다고 생각할 수 있다는 것을.

그때 우리가 널 알았으면 좋았을걸. 우리 중 두어명이 나중에 칼라에게 말한다. 돈이 모자라면 우리가 조금 빌려줄 수 있었을 텐데. 뉴멕시코까지 태워줬을 텐데. 맹목적인 기독교인 누구에게도 절대 말하지 않았을 텐데.

++

아침 일찍 일어나야 하는 미혼모를 뭐라고 부를까?
고등학교 이학년.

++

시블리 부인은 일을 마치고 집에 돌아오면 운동복으로 갈아입은 다음 무릎 사이에 손녀를 끼우고서 그 크고 파란 눈을 바라본다. 자, 다이앤 양, 이제 다 됐나요? 그녀는 손녀를 먹이고, 목욕시키고, 흔들어 준 다음 무릎에 앉히고 오럴 로버츠[30]를 같이 본다.

시블리 부인은 죽은 남편의 고조부가 입던 회색 군복 조각을 액자에 넣어서 그의 은판 사진과 나란히 복도에 걸어놓았고, 삼나무 서랍장에는 옛날 가족 농장 사진이 가득 들어 있다. 그녀는 자기 가족이 어떻게 몇 세대 만에 거기서 여기까지 왔는지 — 어쩌다가 서부 텍사스에 처박혀서 멕시코인들과 페미니스트들이 세상을 점령하는 동안 지붕 밑에서 자면서 눈에 흙이 들어가지 않도록 애쓰게 되었는지 — 도무지 알 수가 없다.

근무를 마치고 돌아온 칼라는 엄마와 아기 뒤쪽 어둠 속에 서서 두 사람의 잠든 얼굴에 어른거리는 텔레비전의 푸른 빛을 본다. 잘 시간이야. 칼라가 이렇게 말하며 다이앤을 요람으로 옮긴다. 칼라는 엄마를 사랑하지만 시블리 부인의 두려움과 증오가 결국 그녀를 죽일까봐 걱정이다. 그녀와 다이앤이 가면 엄마는 어떻게 될까? 엄마와 딸이 침대에 푹 파묻힌 다음 칼라는 뒷마당에 서서 마리화나를 피우면서 다른 이야기를, 조금만 더 애를 써서 산타테리사의 병원에 갔다면 어떻

30   미국의 유명한 목사.

게 되었을지를 상상한다.

오늘 밤 정유소에서 유정 가스를 태우고 있다. 하늘은 창백하고 별은 셀 수 있을 정도이다. 눈을 감으면 십오년 뒤, 오십년 뒤, 백년 뒤, 또는 땅에서 뽑아낼 수 있는 것을 모두 뽑아낸 뒤에 고향이 어떤 모습일지 상상하기가 더 쉽다. 시추 장비가 모두 사라지고 유정탑과 시추기를 평판트럭에 실어 새로운 사막이나 해안으로 가져간 뒤를 상상하기는 쉽다.

칼라는 교회와 술집과 고등학교 운동장이 없는 고향, 시내 동쪽 경기장이나 마지막 호황기 도중 또는 다음 붐이 일어나기 전까지 영영 문을 닫겠다고 말했던 자동차 딜러들이 없는 고향을 본다. 칼라가 아는 사람 전부가 태어난 병원, 그리고 모두가 죽으러 가서 운이 좋으면 곧 세상을 떠날 병원이 없는 고향을 본다.

올해에는 다들 본스프링층 셰일 가스와 델라웨어 분지에 대해서 이야기하겠지만 유가가 떨어지면 주차장은 텅 비고 일꾼 숙소는 버려져서 녹슨 맥주 캔과 부서진 유리창과 침대 밑에 자리 잡은 뱀밖에 남지 않을 것이다. 그러나 이곳 시내에서는 커튼이나 장막이나 낡은 티셔츠가 작은 벽돌 주택들의 창문을 가릴 것이고, 작은 목조 주택들은 망가지고 무너질 것이다. 앞마당에는 뒤집힌 세발자전거, 빈 닥터페퍼 병들, 햇볕에 탈색된 장난감들, 끈이 사라진 테니스화가 아직도 굴러다니고 뒷마당에는 빨래가 널려 있고 창틀에는 모래가 쌓여 있을 것이다. 어딘가에는 포기하지 않겠다고 거부하는 여자가 아직 있을 것이다. 그 여자는 매일 밤 저녁 식사 전에 부엌 식탁의 모래를 닦아낸다. 매일 아침 포치를 깨끗하게 쓴다. 그녀는 쓸고 또 쓸지만, 항상 모래는 또 쌓인다.

너 여길 떠날 수 있어. 시블리 부인이 딸에게 말한다. 하지만 그러면 내가 널 도와주지 못할 거야.

++

중부에서 오데사까지 어떻게 걸어가지?

서쪽을 향해서 가다가 똥을 밟았을 때 멈추면 돼.

++

드디어 술값을 내고 거의 세시간 동안 차지하던 칸막이 좌석에서 일어나는 데일 스트릭랜드는 잔뜩 취해 있다. 우리는 그가 남자 화장실로 걸어가는 모습을 지켜본다. 그가 칼라 앞에 멈춰 서자 여기서도 그의 목소리가 들린다. 안녕, 밸런타인. 제일 친한 친구를 잃어버린 표정이네.

우리 중 한명이 그쪽으로 다가가 주방에서 음식이 나왔다고 칼라에게 말한다. 지금까지 다른 여자들을 위해서 수없이 했던 것처럼 말이다. 우리 중 몇몇은 삼십년 동안이나 그렇게 해왔다. 웃어. 그가 그녀에게 말한다. 왜 안 웃지? 똥구멍에 석탄 조각이라도 끼었나?

칼라가 그를 향해 몸을 숙이고, 그의 귓가에서 움직이는 그녀의 입이 보인다. 우리는 칼라가 뭐라고 했는지 절대 알지 못하겠지만, 스트릭랜드가 팔을 들더니 그녀의 얼굴을 겨냥한다. 그가 팔을 휘두르지만 맞추지 못하고 비틀거린다. 스트릭랜드가 팔을 다시 쳐들자 이블린이 단골손님들에게 그를 끌어내라고 소리친다. 칼라는 십칠년 정도 되는 평생 동안 누구도 그녀를 때리려 한 적 없다는 듯이 입을 벌린 채 아직도 여직원 대기석 옆에 서 있다.

이 일이 어떻게 끝날까? 옛날 서부 식으로 정의가 실현될까? 남자들이 스트릭랜드를 주차장으로 끌어낸 다음 이 가게에 두번 다시 얼굴도 비추지 못할 만큼 흠씬 두들겨 팰까? 음, 물론 조금 혼내줄 것이다. 그러나 이 일이 결국 어떻게 끝날지 우리 모두 알고 있다. 우리는 다들 웃으면서 스트릭랜드가 주먹도 못 날릴 정도로 취해서 다행이라고 말할 것이고, 이블린은 몇 주 동안, 또는 칼라에게 사과할 때까지 스트릭랜드를 손님으로 받지 않을 것이다.

과잉반응으로 이 일을 필요 이상 크게 만들고 싶은 사람은 아무도 없잖아. 이블린이 말한다. 사태가 걷잡을 수 없이 흘러가는 건 아무도 원하지 않아. 그렇게 되면 총으로 손이 갈 수밖에 없는데, 누가 총을 뽑길 바라는 건 아니잖아. 우리는 절대적으로 동의한다. 그러나 이블린이 자기 사무실로 들어가서 문을 닫자 우리는 데일 스트릭랜드 같은 남자는 얼마나 좋을까, 결국 아무 문제도 없을 걸 잘 아니까 온 세상을 누비면서 내키는 대로 하고 다닐 수 있잖아, 라고 말한다.

우리는 미소 짓는 것을 깜빡 잊은 칼라에게 이렇게 말한다. 우리는 이 일로 먹고 살아. 이런 성가신 일에 투자할 시간이 없어. 그러나 칼라가 두 번 다시 스트릭랜드를 상대할 일은 없을 거라고 각자 다짐한다. 자기 담당 구역의 좋은 테이블과 바꿔주는 한이 있더라도 말이다. 그리고 이블린은 이런 일이 생길 때마다 늘 그렇듯 칼라에게 돈을 조금 더 주면서 며칠 쉬라고 말한다.

우리가 자동차로 걸어갈 때는 이미 비가 내리고 있다. 밤새 하늘에서 억수 같은 비가 쏟아져 먼지를 가라앉히고 유전 냄새를 씻어낸다. 비가 팔센티미터 가까이 내린 다음 해가 뜰 때쯤 폭풍이 물러간다. 비가 그치자 우리는 심호흡을 한다. 우리는 깨진 창문을 살펴보고 쓰러진 전신주가 없는지 확인한다. 새들이 짹짹거리며 노래를 시작할 때 밖으로 나가서 위를 올려다보자 새파란 하늘밖에 보이지 않는다.

++

바쁜 금요일 밤에 멕시코인 유전 노동자 두세명이 이블린의 가게에서 자리를 차지할 때까지 얼마나 걸릴까?

이건 농담이 아니다. 만면에 미소를 띤 이블린이 메뉴판 두개를 들고 활주로 조명처럼 반짝이는, 주황색으로 새로 물들인 머리카락을 나부끼며 걸어간다. 바에 앉아 있던 단골손님 중 하나가 체류 허가증은 가져왔나? 라고 소리치자 이블린이 그를 쏘아본다. 슬슬 짐을 싸는 게 좋을 거야. 단골손님이 이렇게 말하자 우리 중 몇몇은 웃고, 몇몇은 천장을 보고, 몇몇은 바닥을 보지만 한마디도 하지 않는다.

우리의 증조할아버지들은 소몰이 채찍과 횃불을 들고서 침대에 누워 있던 사람들을 몰아내고, 아이들을 맨발로 끌어낸 다음 눈앞에서 아이들의 엄마 머리채를 잡고 밭으로 끌고 갔다. 우리 아버지와 형제 중 몇몇은 아직도 자동차 앞좌석 밑에 소몰이 채찍을 넣고 다닌다. 우리의 증조할머니들은 약한 척을 하다가 자신이 약하다고 진심으로 믿게 되었다. 우리들 중 몇몇도 마찬가지이다. 목소리를 내려면 우리가 상상도 하지 못할 만큼 용기가 필요할 것이다.

우리는 유죄일까? 우리는 명백한 유죄, 확실한 유죄이다. 아주 오랫동안 가만히 생각해보면 우리의 죄는 팔월 햇살처럼 선명하고 무겁지만, 우리는 생각하지 않으려고 애쓴다. 당신이 여기 바에 앉아서 우리 회개하지 않는 죄인들 — 사기꾼과 거짓말쟁이와 몽상가, 고집쟁이와 약장수와 살인자 — 을 한참 동안 바라보기를, 아직 우리 모두가 구원받을 시간이 있음을 알아주기를, 우리를 축복해 주기를 바란다. 그러나 그 전에 당신이 우리 중 하나를 마주친다면 하나님이 당신을 도와주시기를.

어이, 이블린. 굶주리고 당황한 멕시코인들이 바에서 제일 먼 칸막이 좌석에 자리를 잡고 나서 단골손님 하나가 말한다. 재밌는 얘기해줄까? 아기 예수님이 서부 텍사스에서 태어나지 않은 이유가 뭔지 알아? 현자 세 명이 와도 처녀도 찾을 수가 없어서.

++

오늘밤, 여기저기 새로 생긴 굴착장 불빛 때문에 별이 보이지 않지만 칼라는 사막에 서서 고개를 들고 석유 공장 냉각탑 뒤로 떠오르는 가을 만월을 바라본다. 그녀는 별을 향해 고개를 들고 있는데 그 외에는 볼 것이 별로 없기 때문이고, 하늘을 올려다보는 것이 산 자와 죽은 자의 차이일지도 모르기 때문이다. 엄마는 예전에 별이 더 많았다고 말한다. 겨울에는 진눈깨비가 내리고 얼음이 얼고, 봄에는 토네이도가 불고, 공장에서는 불이 활활 타오른다. 그러나 하늘은 당신에게 가스 누출이나 지하수면의 화학 물질 유출을 보여주지 않고, 겨우 몇 주 전 감옥에서 나와 앙갚음 대상을 찾는 청년을 피하는 방법도 알려주지 않는다.

남자들이 데일 스트릭랜드를 두드려 패고 단지 그럴 수 있다는 이유로 콩팥이 있는 부위를 마지막으로 걷어찬 다음, 스트릭랜드는 자갈 위에 잠시 앉아 있다가 비틀비틀 트럭으로 가서 차를 몰고 사라졌다고 했다. 칼라는 총알을 피했다고 생각했다. 사람들은 유전에 가면 뱀과 전갈 천지라고 생각하지만, 무슨 소리. 뱀과 전갈은 이 지역에서 제일 무해한 존재들이다. 적어도 방울뱀은 대개 소리를 내면서 다가온다.

칼라는 왜 그에게 미소를 짓지 않았을까? 아직까지도 밤에 자꾸 깨는 다이앤 때문에 뼛속까지 지쳐서인지도 모른다. 어쩌면 겨우 열일곱살에 이미 엄마가 되었기 때문일지도 모른다. 아니면 단순히 미소를 지을 기분이 아니었을지도 모른다. 칼라는 한밤중에 텅 빈 유전에서 혼자 뭘 하고 있었을까? 여자애가 갈 만한 곳이 아니라는 것을 알면서 말이다. 칼라는 아홉시간 동안 이빨이 부서지겠다 싶을 만큼 열심히 미소를 지은 다음 집으로 돌아가는 길에 별들을 올려다보고 마리화나를 피우며 시간을 죽이고 있었다.

++

똥 한통과 오데사의 차이는?
통.

++

해피아워에 우리에게 몇 가지를 물어보러 온 보안관은 그가 잔뜩 취해 있었다고 말한다. 그를 차로 친 사람은 일부러 시간을 들여가며 앞 범퍼로 한번, 뒤 범퍼로 한번, 두번이나 쳤다. 지갑도 가져갔다.

어떻게 된 건지 혹시 짐작 가는 일이라도 있습니까?

이블린이 칸막이 좌석에서 다음 주 근무표를 짜다가 고개를 든다. 트럭에서 내려서 오줌을 누고 어둠 속에서 비틀비틀 돌아가는 길을 찾다가 — 그녀가 어깨를 으쓱한다 — 다른 운전자가 너무 늦게 봤을지도 모르죠. 히치하이커를 태워줬다가 기름 값을 보태느냐 마느냐 하면서 싸웠을지도 모르고. 떠밀렸을지도 모르죠. 드디어 자기보다 더 비열한 사람을, 아니면 잃을 게 더 많은 사람을 만났을지도요. 그녀가 다시 어깨를 으쓱한다. 그중 하나겠죠.

음, 아주 고통스러웠을 겁니다. 보안관이 우리에게 말한다. 밤새도록, 그리고 다음 날까지 거의 온종일 유전을 헤맸어요. 우리가 발견했을 때는 머리끝부터 발끝까지 붉은 진흙과 진드기 유충으로 뒤덮여 있었습니다. 전갈한테 발목을 물리고, 머리에는 야구공만 한 혹이 나고, 양팔이 부러졌지요. 의사는 그가 살아 있는 게 기적이라더군요.

정말 끔찍하네요. 이블린이 보안관의 팔을 잡고 칸막이 좌석으로 이끈다. 대부분의 사람에게는 일어나지 않았으면 싶은 일이네요.

최근에 여기서 그 사람이랑 다툼이 있었지요? 보안관이 우리를 본다. 우리 모두 고개를 젓는다. 우리는 칼라의 범퍼에 묻어 있던 붉은 진흙과 운전석 문에 움푹 들어간 자국, 활발해진 발걸음을 생각한다. 우리는 칼라가 쉬는 날이라서 정말 다행이라고 생각한다.

　평범한 장난이었죠. 이블린이 그에게 메뉴판을 건넨다. 누가 그 사람을 친 게 처음도 아니고 마지막도 아닐 거예요. 그 사람을 하나님의 자녀라고 생각하긴 어려우니까요. 그녀가 웃는다. 뭐 우리도 다 마찬가지지만요.

　음, 그는 아무것도 기억을 못합니다. 보안관이 말한다. 그 정도로 심하게 친 거죠.

　그게 오히려 다행일지도 몰라요. 이블린이 말한다. 전화위복이죠.

　보안관이 돌아가자 이블린이 사무실로 들어가서 문을 닫는다. 폐점 시간이 지난 후 이블린은 우리 모두와 함께 앉아서 맨해튼을 실컷 마신 다음 사무실 휴대용 침대에서 자기로 한다. 그녀가 말한다. 애들아, 난 이런 엿 같은 일을 겪기에는 너무 늙었어. 우리는 재킷을 입고 집으로 돌아갈 준비를 하고, 이블린이 문간에 서서 우리가 자동차까지 걸어가는 것을 지켜봐준다.

++

　오데사 여자애가 아침에 일어나면 제일 먼저 뭘 할까?
　신발을 찾아 신고 집까지 걸어간다.

++

밤이면 우리는 칼라가 돈을 몇 뭉치 — 학비, 다이앤을 위한 돈, 어머니에게 드릴 돈 — 로 나누는 모습을 지켜본다. 칼라의 대안 고등학교 졸업장이 우편으로 도착해서 다 같이 축하해주고, 가게 문을 닫은 뒤에 와인을 한잔 준다. 칼라는 십일월에 열여덟 살이 되면 다이앤과 함께 샌앤토니오로 갈 예정이라고 말한다. 그곳 대학들 중 한곳에서 수업을 한두개 들을지도 모른다.

대학이 여러 개 있어? 우리가 묻는다. 어떻게 그럴 수가 있지?

칸막이 좌석 위에 매달린 샹들리에와 이블린의 사무실 문 밑으로 새어나오는 가느다란 빛을 빼면 가게는 어둡다. 우리는 잡다한 일을 마치고 각자 돈을 세어본 다음 커다란 칸막이 좌석에 같이 앉는다. 크면 뭐가 되고 싶어? 우리가 칼라에게 묻는다. 간호사? 교사? 도서관 사서? 철학자? 하하! 그녀는 아름답고 진실한 일을, 세상의 진실을 드러내는 일을 하고 싶다고 말한다. 아하, 몽상가구나. 우리가 말한다.

꼭 그렇게 할 거예요. 칼라가 우리에게 말한다. 난 할 수 있어요.

우리는 안 될 것도 없다고 생각한다. 칼라는 똑똑하다.

이거 얼마 안 돼. 칼라가 마지막으로 근무하는 날, 우리가 이렇게 말한다. 삼백달러, 우리 아이들이 입던 옷으로 가득 찬 식료품점 봉투. 이리 와, 안아보자. 그리고 이건 가방에 넣어

다닐 권총이야. 항상 가지고 다녀. 필요 없을지도 모르지만. 아마 필요 없을 거야. 만약 쓸 일이 생기면 반드시 죽이도록 해.

행운을 빌게, 귀여운 칼라! 넌 도둑이고 살인자가 될 뻔했지만 우린 널 응원해. 보고 싶을 거야. 룸미러로 우리를 봐줘. 우리가 점점 작아지는 것을, 사라지는 것을 지켜봐줘.

++

왜 오데사 여자애들은 숨바꼭질을 하지 않을까?
아무도 찾으러 오지 않으니까.

++

이곳. 평평한 땅, 평평한 하늘. 이렇게 건조한 땅에서 유정탑이 녹슬려면 얼마나 걸릴까? 집으로 가는 길을 어떻게 설명할 수 있을까? 리본 같은 갈색 길에 아스팔트 가장자리가 한 줄기의 분노로 꿰매어져 있다고? 바람이 머리카락을 헝클어뜨리고 유전 위로 하현달이 떠오른다. 칼라 시블리는 엄마 집 뒷마당에 서서 아기가 무슨 소리를 내지 않는지 귀를 기울인다. 그녀는 어제 열여덟살이 되었다. 오늘 밤, 칼라는 할머니를 사랑하듯 벌써 애정을 쏟게 된 자동차 트렁크에 짐 가방을 넣었다. 두사람이 오데사로 돌아올 때쯤이면 다이앤이 엄마보다 삼십센티미터는 더 자랐을 것이다. 두사람이 마을 끝에서부터 끝까지 걸어도 아무도 그들이 누구인지 모를 것이다.

글로리

글로리는 가끔 칼을 쥐고 손가락을 걸쇠에 얹은 채 휘두르면서 잠에서 깨기 때문에 빅터는 방 반대편 끝에 서서 그녀를 부르게 되었다. 그녀가 싫어하는 이름으로 부르지 않도록 주의하며 빅터가 말한다. 미하, 일어날 시간이야. 가끔 빅터는 제일 사랑하는 새들의 이름으로 글로리를 부른다. 어디든, 심지어 철로 옆 시추기 밑에도 집을 짓는 평범한 회색 굴뚝새나 다른 새들의 둥지에 알을 낳는 갈색 머리 찌르레기 칸토라로. 아침이든 낮이든 밤이든 항상 노래하고, 노래하고, 노래하지. 다른 사람을 속여서 네 일을 전부 떠넘기면 너도 그렇게 될 거야. 빅터가 조카에게 말한다. 오늘 오후, 글로리는 엄마의 가벼운 담요 밑에서 꾸벅꾸벅 졸고 있고, 숨소리가 규칙적이다. 빅터는 자기 이름을 부르며 우는 맹렬하고 작은 딱새의 이름을 따서 조카를 피비라고 부른다. '멀리서 희미하게 부르는 피비, 피비.'

갈 시간이야. 그의 목소리가 평소보다 더 조용하다. 너랑 나랑 빠져나갈 시간이야.

팔월 중순에 빅터가 법원에서 돌아와 글로리의 방문을 두드렸을 때 그들은 떠날 계획을 세웠다. 그때 빅터는 두손으로 모자를 꽉 쥐고 있었고, 제일 좋은 흰 셔츠 칼라는 땀으로 푹 젖어 있었다. 그는 재판에 가려고 무성한 코밑수염을 손질하고 면도기로 머리도 밀었다. 손은 어찌나 오랫동안 문질러 씻었는지 손톱 뿌리 살이 갈라져서 피가 났다. 눈 밑에는 다크서클이 생겼고, 글로리의 방으로 들어와서 옷장에 모자를 내려놓을 때에는 손이 약간 떨렸다.

대가를 치렀어요? 글로리는 알고 싶었다. 자기가 한 짓에 대한 대가를 치렀어요?

빅터는 옆 방 남자가 변기 물을 내리고 샤워기를 트는 소리에 귀를 기울였다. 그래. 그는 거짓말을 했다. 데일 스트릭랜드는 남은 평생 매일 대가를 치를 거야.

이제 구월 초이고, 빅터가 검사 사무실에서 돌아오자 글로리는 데일 스트릭랜드가 자기가 한 일에 대한 대가를 치렀냐고 다시 묻는다. 그는 오천달러가 든 바지 주머니를 톡톡 두드린다. 대부분 벤저민 프랭클린[31]이고 고무줄로 묶여 있다. 이것은 글로리의 돈이지만 아직은 알릴 필요 없다. 푸에르토앙헬에 도착하면 알마에게 이 돈을 줄 것이다. 자, 더 좋은 집을

---

31   백달러짜리 지폐에 벤저민 프랭클린이 그려져 있다.

구하고 가구도 좀 사, 그리고 글로리의 학비도 내고. 그는 누나에게 이렇게 말할 것이다. 빅터는 이불 밑에 몸을 둥글게 말고 있는 작은 형체에서 시선을 돌려 커튼 사이 엄지만 한 틈새로 밀고 들어온 용감한 햇살 한줌으로 시선을 떨어뜨린다. 그는 스트릭랜드가 포트워스 주립 교도소에 있다고, 거기서 나올 때쯤이면 빈털터리일 거라고 말할 것이다. 휠체어에 태워서 밀고 나와야 할 거다. 빅터가 말한다. 새로 맞춘 틀니랑 속옷이 가득 든 가방이랑 같이 말이야.

거기서 죽으면 좋겠어요. 글로리가 이렇게 말하고 알마의 이불보 속으로 더 깊이 몸을 웅크린다. 올해에는 더위가 빨리 시작되어서 글로리는 아직도 오후에 수영장에서 돌아와 에어컨을 켜지만 갑갑한 공기를 몰아내기 위해서 십분에서 십오분 정도 틀 뿐이다. 얼마 전의 폭풍으로 먼지가 가라앉고 최고 강우량 기록이 깨졌다. 글로리와 엄마가 살던 거리에서는 머스킹엄 배수로가 물에 잠겼다. 꼬마 아이들이 낡은 타이어를 타고 마을 끝에서 끝까지 둥둥 떠다니다가 물이 얕아지고 진흙과 늪살모사로 가득한 버펄로 웅덩이가 보이자 일어나서 타이어를 물에서 끌고 나왔다. 시내 바깥에서는 갑작스럽게 불어난 물이 결국 계곡과 협곡, 가축 탈출 방지용 도랑으로 흘러갔다. 빅터는 오늘 오후에 차를 타고 사막을 가로지를 때 유심히 보면 한번도 본 적 없는 꽃들을 볼 수 있을 거라고 말한다. 버터플라이 데이지와 버펄로 가시가지, 그리고 갓 내린 눈

색깔의 선인장 꽃.

글로리가 어렸을 때, 너덧살쯤에, 드물게도 밤사이 오데사에 폭설이 내린 적이 있었다. 새벽에 알마가 딸을 깨웠고 두 사람은 땅과 보도와 차창을 덮은 얼음 수정을 보러 밖으로 나갔다. 두사람 모두 처음 보는 눈이었기 때문에 아파트 앞에 서서 입을 떡 벌렸다. 아침 해가 그들이 살고 있는 건물 지붕을 비추자 얼음이 빛을 받아 반짝반짝 빛나기 시작했다. 사라지지 않게 해줘요. 글로리가 엄마에게 애원했지만 정오가 되자 눈은 붉은 진흙과 축축한 풀잎으로 변했고, 글로리는 엄마가 조금만 더 애를 썼다면 해가 뜨고 날이 따뜻해지는 것을 막을 수 있었다는 듯이 알마를 탓했다.

글로리가 침대에서 일어나 짐을 싸기 시작한다. 그 사람이 고통을 받으면 좋겠어요. 그녀가 삼촌에게 다시 말한다.

빅터가 고개를 끄덕이면서 주머니 속의 돈뭉치를 꽉 쥔다. 가져가, 이 게으른 불법 체류자야. 스트릭랜드가 귀찮은 일을 떠맡기고 나타나지 않아서 화가 난 스쿠터 클레멘스는 이렇게 말했다.

그가 키스 테일러의 책상에 지폐를 탁 내려놓았고, 키스는 얼굴을 찌푸리고 앉아서 창밖을 보며 아무 말도 하지 않았다. 세 사람 모두가 합의서에 서명한 다음 빅터는 모자를 들고 일어나면서 자신의 커다란 엄지로 그의 목을 짓누르는 상상을 했다. 그러나 빅터가 전쟁을 겪으며 배운 모든 것들 — 살아서 다음 날 보느냐 마느냐는 항상 거지같은 운에 달려 있다. 언제든지 죽을 수 있음을 아는 사람은 누가 유명인이고 누가 멕시코인인지 신경 쓰지 않는 법을 배우며, 영웅적인 행동은 대개 작고 우연하지만 그래도 큰 의미가 있다 — 중에서 최고의 교훈은 복수만큼 고통스러운 것은 없다는 사실이었다. 그리고 빅터는 그럴 생각이 없다. 자신이 조카의 고통을 지켜본 유일한 목격자일지라도 말이다.

빅터가 빈 여행 가방을 침대에 내려놓고 다시 말한다. 피비, 그 나쁜 놈은 죽을 때까지 매일 이 일의 대가를 치를 거야. 내 말 믿어.

어쩌면 어떤 식으로든 대가를 치를지도 모르지만 빅터는 자신과, 또는 글로리와 상관없는 일이라고 생각한다. 경찰과 변호사와 교사와 교회, 판사와 배심원, 그 소년을 길러서 세상으로, 이 마을로 내보낸 사람들…… 그들 모두 유죄이다.

두 사람이 엘티부론 짐칸에 여행 가방과 상자를 싣고 방수시트로 덮은 다음 붉은 벽돌로 고정시킨다. 그들이 모텔 사무실로 걸어갈 때는 네시를 막 지난 시각이고, 방 열쇠를 돌려줄 때 접수대 직원은 돈을 세고 있다. 젊은 남자가 먼저 열쇠를 건네고, 매일 정오 즈음에 늘 같은 레드제플린 티셔츠를 입고 한 손에는 수건, 한 손에는 닥터페퍼 병을 들고, 최근에는 휴대용 카세트플레이어를 어깨에 메고 내려오는 여자애가 그 다음으로 열쇠를 건넨다. 몇 시간 뒤, 소년은 하던 일을 잠시 멈추고 항상 방값을 제때 내줘서 고맙다고, 어딜 가든 행운이 함께하길 바란다고 말할 걸 그랬다고 생각한다.

++

빅터가 운전대에 펼친 도로 지도는 가로 육십센티미터, 세로 구십센티미터다. 그가 지도를 반으로, 다시 사분의 일로, 다시 글로리가 쉽게 손에 쥘 수 있는 크기로 접는다. 빅터가 접힌 부분 맨 아래쪽 경계를, 두나라 사이를 방황하는 연한 파란색 선을 검지로 따라간다. 완만한 굴곡은 만에 가까워질수록 날카롭고 복잡해진다. 빅터는 지도가 개정될 때마다 이 선이 점점 가늘어지는 것을 알아차렸다. 준설기와 울타리와 댐으로 강이 가늘어졌다. 노파들이 강가에서 몇 미터 떨어지지 않은 포치에 앉아서 승객을 실어 나르는 증기선들을 지켜보고, 물 위로 재즈나 컨트리나 테하노[32] 생음악 연주가 떠다니면서 배들이 지나간 뒤에도 오랫동안 맴돌던 때로부터 적어도 백년이 지났다.

러레이도에서 남쪽으로 두시간 가면 로스 에바노스에서 페리가 있어. 빅터가 조카에게 말한다. 한번에 사람 열두명과 차 두대를 강 건너로 실어 나를 수 있지. 빅터가 검정색 선으로 표시된 주간 고속도로와 뒷길을 검지로 따라간다. 검은 선

32 멕시코 음악.

은 사막을 가로지르고 치소스 산을 지나 애미스태드 호수에서 잠시 끊어졌다가 반대편에서 다시 시작되어 국경을 따라 구백육십킬로미터를 구불구불 이어진다. 빅터가 조카의 손에서 지도를 받아 반대편으로 넘긴 다음 바다를 끌어안은 육지의 울퉁불퉁한 가장자리를 가리킨다. 그 다음에는 차를 타고 오악사카를 지나서 푸에르토앙헬로 갈 거야. 이천사백킬로미터인데 길이 울퉁불퉁해서 날가스[33]가 일주일은 아플 거다. 빅터가 손목시계를 흘끔 보고 서쪽 하늘을 본다. 되도록이면 글로리를 태우고 밤중에 서부 텍사스의 그 지역을 지나고 싶지는 않다. 그가 말한다. 서두르면 어두워지기 전에 델리오에 도착할 수 있을 거야.

++

오조나와 콤스톡 사이 이차선 고속도로 어딘가에서, 한시간 동안 다른 차가 한대도 보이지 않을 만큼 외지고 쭉 뻗은 길 위에서, 엘카미노가 속도를 내기를 주저하기 시작한다. 빅터가 욕을 하며 가속 페달을 밟았다 뗐다 하자 엔진이 노인처럼 기침을 하면서 팔십킬로미터를 억지로 더 달린다. 태양이 지평선 바로 위를 맴돌 때 빅터가 연료 필터가 막혔다고 중얼거리더니 차를 세울 만한 넓은 도로가를 찾는다. 글로리는 조

---

33   스페인어로 엉덩이(nalgas)라는 뜻.

수석에서 따뜻한 차창에 뺨을 대고 반쯤 졸면서 엄마의 고향이 어떻게 생겼을지, 알마가 시가 상자에 간직하던 옛날 사진들과 많이 다를지 상상하려 애쓴다. 머리카락은 일부러 짧게 자른 것처럼 보일 만큼 길었고, 다가오는 밤이 기온을 크게 떨어뜨리겠다고 위협하고 있지만 그녀의 목은 땀으로 미세하게 번들거린다.

삼촌이 욕을 하며 엘티부론 보닛 안의 뭔가를 만지작거리는 동안 글로리는 밖으로 나와서 균형을 읽을 때까지 발끝으로 서 본다. 담배를 피우고 싶지만 빅터는 글로리 나이의 여자애가 담배를 피우면 안 된다고 말한다. 그 대신 트럭 뒤쪽으로 걸어가서 개폐판을 연다. 글로리가 주머니에서 껌 한 통을 꺼내서 세개를 입에 밀어 넣는다. 개폐판에 앉으니 다리 뒤쪽에 닿는 금속이 따뜻하다. 브래지어 라인과 허리밴드 부분에 땀이 모인다. 글로리가 눈을 세게 비빈다. 페다조 데 미에르다![34] 빅터가 차에게 말한다. 네 놈은 절대 클래식 카는 안 될 거다.

자갈 갓길 위 몇 미터 떨어진 곳에 죽은 아르마딜로가 누워 있다. 아르마딜로의 부서진 갑옷 위에서 대머리수리 두마리가 게으르게 원을 그리며 빙빙 돈다. 바람이 불어 뒷목의 머리카락을 부드럽게 들어올리자 글로리는 바람이 동물 사체의 냄새를 반대편으로 실어 나르고 있음을 깨닫고, 푸르고 텅 빈

---

34 스페인어로 똥 덩어리(Pedazo de mierda)라는 뜻.

하늘을 향해 고개를 들고 심호흡을 한다.

디오스 미오[35]. 빅터가 귀 뒤에 드라이버를 꽂고 중얼거린다. 그는 펜치로 호스를 조이려고 하지만 연료관을 끊자 휘발유 증기가 콧속으로 밀려드는 바람에 엔진에서 비틀비틀 멀어지더니 켁켁거리며 침을 뱉는다. 가만히 앉아 있어, 글로리. 그가 숨을 헐떡인다. 우리가 애를 고치고 말 거야. 그가 몇 분 더 어설프게 만지작거리다가 보닛 옆으로 고개를 비죽 내민다. 가서 일점이미터 길이에 굵기는 이만 한 막대 좀 찾아 와라, 연료관에 넣어서 막힌 부분을 뚫어야겠어. 그가 새끼손가락을 내밀어 보여준다.

글로리가 엘카미노 짐칸에 올라가서 일어서더니 사방에서 그들을 둘러싸고 있는 커다란 무無의 덩어리를 마주본다. 오조나를 지난 이후로 시추기를 하나도 보지 못했고, 여기에는 건물도 없고 멀리 떨어진 작은 농장 가옥 한채도 없다. 사람들이 여기에 왔었다는 흔적이라고는 시야 끝까지 고속도로를 따라 뻗은 철조망 울타리와 사십오미터쯤 떨어진 곳에 열려 있는 철문밖에 없다. 여긴 달라. 심장이 가슴뼈를 두드리기 시작하자 그녀가 스스로에게 말한다. 저 멀리 유전에서는 땅이 텅 빈 테이블 같았다.

이곳의 땅은 바위 때문에 울퉁불퉁한 부분도 있고 평평하

---

35   스페인어로 이런 세상에(Díos mío)라는 뜻.

고 맨들맨들하고 붉은 부분도 있다. 드문드문 흩어진 선인장 밭에는 텍사스 배럴 선인장과 피시후크 선인장, 레이스스파인 선인장에 작은 꽃들이 뒤덮여 있다. 고속도로 갓길에는 이점오센티미터도 안 되는 자주색 쑥국화가 석회각의 가느다란 틈새를 비집고 피어서 온통 갈색으로 펼쳐진 땅에 기분 좋은 잡음을 더한다. 그리고 빅터가 장담한 대로 밝은 노란색 꽃과 억센 진녹색 잎이 달린 버펄로 가시가지들이 있다. 몇 달 뒤 풀이 마르고 얕은 뿌리가 시들면 바람이 버펄로 가시가지를 땅에서 떼어내 땅 위로 굴려 보낼 것이고, 이미 죽었거나 죽어가는 잔가지와 나뭇잎이 뭉쳐서 뿌리도 없이 세상을 돌아다닐 것이다. 그것이 바로 회전초이다. 여긴 다른 곳이야. 팔의 가느다란 검정 털이 따끔거리며 곤두서기 시작하자 글로리가 소리를 내서 말한다. 그 사람은 포트워스에 갇혀 있어.

갓길이 좁기 때문에 글로리는 자동차나 뱀이 지나가지 않는지 흘끔흘끔 살피면서 빌어먹을 막대기를 찾는다. 글로리는 열린 철문에 도착하자 걸음을 멈추고 가축 탈출 방지용 도랑 너머를 훔쳐본다. 갓 내린 회색 흙먼지가 철조망을 살짝 덮고 있고, 뿔도마뱀이 한가운데 서서 한줄로 기어가는 불개미 떼를 지켜보고 있다. 흉내지빠귀가 바로 뒤 철조망 기둥에 앉아서 복잡한 노래를 부른다. 자기 소리도 있고 훔친 소리도 있지만 아무도 모른다. 공기가 식기 시작했지만 글로리는 등에 흘러내리는 땀을 느끼면서 가축 탈출 방지용 도랑 한가운데로 걸어가서 뭔가가 튀어 올라 다리를 쏘거나 물거나 때리기를 반쯤 예상하면서 철조망 너머를 본다.

폭풍이 와서 큰물이 사막을 지나 협곡을 채웠고, 블루퀘일 일가족을 불시에 덮칠 만큼 물이 갑자기 불어났지만 지금은 쓰레기와 녹슨 맥주 캔과 엽총 탄피밖에 없다. 무거운 청바지에 닿는 글로리의 다리가 축축하다. 스니커가 너무 얇아서 철조망 조각이나 선인장 가시에 찔릴 수도 있고, 양말은 발과 발목에 새로 난 흉터를 덮지 못한다. 글로리는 흙길 가운데 서서 매미들의 꾸준한 소리에 귀를 기울이며 목적도 없이 사막 위를 굴러가는 회전초 한쌍을 바라본다. 여긴 아무것도 없어. 이렇게 생각하자 목구멍에서 분노가, 그녀를 여기로 데려온 삼촌을 향한 낮은 부글거림이 끓어오른다. 관목에서 길달리기새가 한마리 나타나 눈앞의 도로를 허둥지둥 건너자 글로리는 주머니에 손을 넣고 늘 가지고 다니는 칼을 꼭 쥔다.

십오미터 앞쪽 흙길 옆에 이미 죽은 메스키트와 죽어가는 메스키트가 퍼레이드 행렬처럼 줄지어 있다. 글로리는 가지가 쉽게 꺾인다는 사실을 알기 때문에 재빨리 움직인다. 분노가 그녀를 앞으로 떠민다, 등 한가운데에 닿은 따뜻한 손이 '가'라고 말한다. 글로리는 빅터에게 빌어먹을 막대기를 건네면서 오데사로 돌아가고 싶다고 말할 것이다. 빅터는 다시 일을 하러 가고 글로리는 수영장 옆에 누워서 갈색 피부에 난 흉터가 더 짙어지고, 붉어지고, 반짝이는 것을 지켜볼 것이고, 두사람은 알마가 국경을 넘어 돌아올 때까지 기다릴 것이다. 글로리가 관목에 틀림없이 숨어 있을 동물을 쫓으려고 발을 크게 구르자 쥐 한마리와 블루퀘일 한쌍, 벌써 밤을 보내려고 굴을 판 프레리독 가족이 그 진동에 깜짝 놀란다.

글로리가 팔을 뻗으면 메스키트에 닿을 만한 거리까지 다가갔을 때 플라스틱 딸랑이가 딸랑거리는 소리, 말린 콩을 채운 마라카스 소리, 텅 빈 연골 열다섯개가 서로 부딪치는 듯한 끔찍한 '치카-치카-치카' 소리가 들린다. 사막에서 늙은 방울뱀이 모래에 얕은 흔적을 남기며 미끄러지듯 다가온다. 뱀은 몸통이 두껍고 길다. 묵직한 근육이 일점팔미터나 되고 갈색 마름모꼴 무늬는 점차 가늘어져서 흑백 줄무늬로 변한다. 머리는 낡은 나무 숟가락처럼 납작하고 날카롭게 굽은 독엄니는 굵기와 길이가 글로리의 검지만 하다. 뱀은 글로리가 흙길 한가운데에서 멈췄을 때부터 이미 그 냄새를 맡고 단단히 똬리를 틀었다. 뱀은 얼마 남지 않은 힘을 그러모아 고개를 들고 글로리의 맨다리를 향해 혀를 날름거리면서 이 생물이 자신과 이제 곧 낳을 새끼 열마리에게 얼마나 큰 위협인지 파악하려 애쓴다.

늙은 뱀은 너무 약해서 만약 글로리를 무는 데 성공한다고 해도 독이 나오지 않겠지만, 글로리는 이 사실을 알 수가 없다. 몇 시간밖에 남지 않은 이 뱀의 수명, 양막낭에서 태어날 마지막 새끼들을 본 다음 창백한 땅에서 몸을 쭉 펴고 보름달에 검정색과 금색 몸통을 밝게 빛내며 맞이할 죽음도.

글로리가 감싸 쥐고 있는 주머니칼은 사람을 멈추게 할 수 있을지 몰라도 이 상황에서는 전혀 충분하지 않고, 그녀는 자기 공간에 침입했다고 화를 내며 싸우고 싶지만 지금은 때가 아니고 이것은 개인적인 일이 아니다. 해가 이제 곧 지려 하고 어마어마하게 큰 방울뱀이 그녀의 길을 막고 있다. 글로리는 뱀을 보고, 뱀은 글로리를 본다. 혀를 날름거리면서 허공에서 꼬리를 꾸준히 떨며 수그러들 줄 모르는 소리를 낸다. 뱀이 머리를 낮추고 똬리를 틀고 있던 길쭉한 몸을 풀어 관목으로 천천히 미끄러져 들어가자 글로리는 백까지 센 다음 이제 어떻게 될까 귀를 기울이고, 심장의 두근거림이 멈추자 메스키트 가지를 꺾어서 고속도로 쪽으로 돌아간다.

글로리와 빅터는 해가 질 때까지 델리노에 도착하지 못할 것이다. 그녀가 엘카미노로 돌아가보니 삼촌이 연료 필터를 빼서 클리너를 뿌리고 있다. 필터가 마를 때까지 두사람은 보닛에 앉아서 해가 지는 것을 보고 밤을 준비하는 코요테 소리에 귀를 기울인다. 어두워지는 하늘에 떠오르는 만월이 피처럼 붉고 아름답다. 귀가 물속에 잠긴 상태로 몸을 띄워봐. 그날 오후, 수영장에서 둥둥 떠다닐 때 티나가 글로리에게 말했다. 한참 귀를 기울이면 고속도로 소리가 섞여들 거야. 수송관이나 물을 운반하는 트럭, 고속도로로 진입하는 평판 트럭, 천천히 감기는 시추기의 크랭크, 전부 똑같은 소리로 들리기 시작할 거야. 무슨 소리라고 생각해도 그렇게 들려. 티나가 말한다. 그녀의 옆으로 크고 하얀 팔이 부표처럼 둥둥 뜬다. 저 하늘 좀 볼래? 정말 놀라워, 지독하게 놀라워.

그들은 콤스톡 끝에서 남쪽으로 길을 꺾어 주립 고속도로 이백칠십칠번을 타고 국경을 따라 주노와 델리오를 지난다. 이글패스에서 엘 인디오로 향하는 도로가 자갈길로, 또 흙길로 바뀌고, 국경이 그들을 더욱 가까이 끌어당긴다. 빅터는 말없이 운전을 하면서 룸미러로 경찰차의 경광등이 보이지 않는지 주시하고 가끔 조수석의 조카를 흘끔거린다. 괜찮을까? 자기가 태어난 마을에서 팔십킬로미터도 벗어나 본 적 없는 아이인데.

괜찮니? 빅터가 묻는다.

괜찮지만 — 글로리가 눈을 굴리고 쩝 소리를 내더니 껌으로 자기 얼굴만 한 풍선을 분다 — 다음에는 삼촌이 직접 가서 막대기를 구해오세요.

빅터가 미소를 짓고 눈앞의 도로를 주시하면서 아르마딜로와 코요테가, 또 가끔 보이는 스라소니가 없는지 좁은 갓길을 슬쩍 살핀다. 지평선에 전조등 한쌍이 나타나자 그는 가까워질수록 점점 크고 밝아지는 그 불빛을 지켜본다. 경찰이 그들을 지나치자 빅터는 룸미러를 보면서 경찰차가 갓길에 멈췄다가 유턴을 하지 않는지 지켜본다. 빅터는 이 아름다운 곳으로, 텍사스로 돌아오지 않을 것이다. 그에게 텍사스는 심장까지 썩기 전에 얼른 절단해야 하는 병든 팔이다. 빅터는 베트남 전쟁에서 돌아와 일자리를 구하고 알마와 글로리를 지켜보느라 그 사실을 잊고 있었다. 그러나 동남아시아에서 돌아왔을 때 그 사실을 떠올렸어야 했다는 생각이 든다. 그는 오데사 시내에 도착해 그레이하운드 버스에서 내리면서 누나가 자신을 맞이할 줄 알았지만 그 대신 예전에 일했던 주유소 사장을 맞닥뜨렸다.

사장은 작업복에 쉘 모자를 쓰고 있었고, 빅터가 해외에 다녀오는 사이 시간이 전혀 흐르지 않은 것 같았다. 커비 리는 완전히 그대로였다. 그가 자기보다 어린 빅터를 꽉 끌어안았고, 차갑고 파란 눈이 기쁨으로 빛났다. 이런, 라미레스, 운 좋은 멕시코 자식. 살아서 테카테[36]를 한잔, 아니 세잔은 더 마시게 됐구먼. 빅터가 회색 작업복에서 풍기는 휘발유 냄새를 들이마시며 세게, 아주 세게 끌어안자 예전 사장이 그의 품에서 꿈틀거리기 시작했고, 그러는 내내 빅터는 생각했다. 나쁜 뜻으로 한 말이 아니야, 나쁜 뜻이 아니야, 나쁜 뜻이 아니야. 나는 살아서 돌아왔어.

빅터는 계속 차를 몬다. 목구멍에 걸린 커다란 덩어리가 침묵을 강요한다. 그는 캘리포니아 북부에서 포도를 땄던 여름을 생각하고 있다. 매일 밤 손가락에서 피가 났고 근무시간

---

36 멕시코 맥주 브랜드.

이 너무 길었지만 그는 시골을 사랑했고 어느 일요일 그를 시내로 데려가서 부두에서 초콜릿을 먹고 해가 질 때 공원을 같이 걸었던 여자를 사랑했다. 빅터는 언젠가 그녀를 우연히 마주칠지도 모른다는 생각이 그리워질 것이다. 영화관과 블루벨 아이스크림과 소고기 가슴살 요리가 그리울 것이다. 꼬박꼬박 들어오는 월급과 모너핸스 모래 언덕 너머로 지는 태양이 그리울 것이고, 한 손에 맥주, 한 손에 새 도감을 들고서 얕고 가느다란 페코스 강 강둑에 앉아서 듣는 두루미의 이상하고 듣기 싫은 울음소리가 그리울 것이다. 멕시코의 새들도 거의 비슷하겠지만 강은 다를 것이다. 그는 강이 그리울 것이다.

전쟁 이야기 해줄래요? 글로리가 걱정스러운 표정을 지었기 때문에 빅터는 자기가 생각을 소리 내서 말했나 잠시 생각한다. 조금 이따가. 그가 조카에게 말한다.

우리 아직 텍사스예요? 엘인디고를 지날 때 글로리가 묻는다. 신호등도, 주유소도, 영어로 적힌 표지판도 하나 없는 동네이다. 그래. 빅터가 고개를 끄덕인다. 여긴 텍사스야.

텍사스 이야기 해주세요. 그녀가 말한다. 아니면 멕시코 이야기나.

빅터는 조카에게 해줄 이야기가 수없이 많다. 너무나 많다! 그러나 오늘밤에는 슬픈 이야기밖에 생각나지 않는다. 브라운즈빌 시내의 기둥에 목이 매달린 조상들, 마타모로스로 도망쳐서 여섯세대 동안 자기 집안 소유였던 강 건너편 땅을 평생 바라보며 살았던 그 아내와 아이들. 사탕수수를 추수하는 멕시코 농부들의 등에 총을 쏘거나, 메스키트 나무에 사람을 묶고 불을 지르거나, 깨진 맥주병을 목구멍에 쑤셔 넣는 텍사스 무장 순찰대원들.

재미로 그랬단다. 빅터는 글로리에게 이렇게 말할 수 있다. 내기 삼아서 할 때도 있고. 술에 취해서, 멕시코인들이 싫어서, 멕시코인이 해방 노예나 코만치 족 생존자와 한패가 되어 백인 정착민들의 땅과 아내와 딸을 빼앗으러 오고 있다는 소문이 들려서. 가끔은 자기들에게 죄가 있음을 알았기 때문에, 그리고 이미 나쁜 짓을 너무 많이 저질러서 끝장을 봐야겠다고 생각해서. 하지만 대체로는 그래도 되니까 그랬다. 빅터의 파피[37]는 그것을 리오 브라보 — 분노의 강, 악당과 무법자의 강 — 라고 불렀다. 자신과 가족을 뜻하는 말은 아니었다. 그가 뜻한 것은 천구백십년부터 천구백이십년 사이에 수백 명에게 린치를 가한 길 잃은 영혼들이었다. 그들은 천구백오십육년 여름에 남자 스무명과 빅터의 삼촌 두명을 가축 운반차에 태워 갔다. 이들을 시에라 마드레 산맥에 내려준 다음 물 한병을 주고 너희들끼리 승부를 내보라는 말을 재미있다는 듯 잔인하게 한 텍사스 무장 순찰대원들. 빅터는 조카에게 이렇게 말할 수 있었다. 국경에서 팔십킬로미터 이내의 어떤 협

37 스페인어로 아빠(papi)라는 뜻.

곡이든 습지든 저지든 들여다보면, 뜨거운 태양을 조금이라도 가려줄 빼빼 마른 메스키트 밑을 들여다보면, 거기에 우리가 있단다. 우리 조상들의 해골로 집을 지을 수 있지, 뼈와 두개골로 대성당도 지을 수 있어.

그러나 빅터는 글로리에게 엄마의 고향 마을에 대해서, 바다에 득시글거리는 빨간퉁돔이 몸을 편하게 움직일 공간을 찾아서 낚싯배로 뛰어드는 곳에 대해서 말한다.

글로리가 별 감흥 없이 딱딱 소리를 내며 껌을 씹다가 풍선을 어찌나 크게 부는지, 결국 터졌을 때에는 얼굴에 묻은 껌을 벗겨내야 할 정도이다. '좋은' 이야기 좀 해줘요. 그녀가 말한다.

주머니쥐가 갓길에서 어슬렁어슬렁 내려와 자동차 앞에 선다. 빅터가 브레이크를 밟은 다음 살짝 피하고, 타이어에서 아무 느낌이 나지 않아서 안도한다. 좋아. 그가 말한다. 어렸을 때 아부엘라[38]한테 들었던 이야기가 있어. 푸에르토 앙헬에 가면 아부엘라의 무덤에 데려가주마. 슬픈 이야기다. 그가 경고한다.

텍사스 얘기예요?

응.

그럼 해줘요.

---

38 스페인어로 할머니(abuela)라는 뜻.

레드리버 전쟁이 거의 끝났을 때, 코만치 족과 키오와 족이 이미 패배했지만 아무도 그 사실을 인정하지 않으려 할 때, 전사들이 어느 농장주의 집에 도착했어. 문을 부수고 들어가 보니 농장주와 아내는 사라지고 없고 침대 옆 바구니에서 아기가 자고 있었지. 전사들은 아기를 훔칠까 생각했지만 이미 날도 늦었고 피곤했어. 여자나 어린애라면 데리고 가겠지만 아기는 쓸모없는 골칫거리였지. 그래서 그들은 바구니를 마당으로 들고 나가서 아기에게 화살을 잔뜩 쏘았어. 화살을 다 쏘고 나니 불쌍한 아기는 꼭 고슴도치 같았단다. 빅터가 이야기를 멈추고 재미있으면서도 겁에 질린 표정으로 자신을 보는 조카를 흘끔거린다. 내가 아니라 아부엘라의 표현이야.

푸에스, 농장주와 아내가 집으로 돌아와서 아기를 발견했어. 그 사람들은 이불을 빨러 시냇가에 잠깐 다녀왔거든. 수많은 화살이 불쌍한 아기를 완전히 관통해서 바구니 째로 묻어야 했지. 이 소식이 텍사스 무장 순찰대 귀에 들어갔어. 순찰대의 절반은 남부연합 출신이고 절반은 연방군 출신이었지만 원한을 풀어야 한다는 생각에 모두 동의했기 때문에 말을 타고 텍사스 북부를 휘젓고 다니다가 아라파호 족 여자와 아기를 발견했어. 그들은 아기에게 총을 쏴서 벌집으로 만든 다음 비긴 셈 치기로 했지. 하지만 몇몇이 그건 좀 아니라고 반대했어. 무장 순찰대는 아기한테 총알을 잔뜩 쏘는 건 야만적이라고, 자기들은 야만인이 아니라고 결론을 내렸지. 그래서 아기의 이마에 딱 한 방만 쏘기로 했어. 하지만 그들은 탄약이 얼마나 큰지, 또는 아기가 얼마나 작은지 제대로 알지 못했고, 아기 머리가 멜론처럼 쪼개져서 깜짝 놀랐지. 다시 빅터가 잠시 말을 멈춘다. 이것도 내가 아니라 아부엘라의 표현이야.

이제 두팀은 비겼지만, 일이 그 누구의 예상보다도 훨씬 추하고 지저분해졌기 때문에 두아기가 남자들을 쫓아다니기 시작했을 때 아무도 놀라지 않았어. 그들이 가는 마을마다, 세우는 야영지마다 아기가 나타났지. 남자들이 낮 동안 서로를 죽이다가 부상자들을 끌고 물러가면 아기들이 모든 물건의 가장자리에서 맴돌면서 그들을 지켜봤어. 밤이 되면 지독하게 울기 시작했고, 고통에 찬 울부짖음은 다음 날 아침에 해가 뜰 때까지 멈추지 않았지.

엄마들도 곧 죽은 것이 틀림없었어, 갑자기 젊은 여자 두 명이 모닥불 주변을 돌아다녔거든. 엄마도 아기만큼이나 시끄러웠지. 비명을 지르면서 아우성을 치고, 치맛자락을 부스럭거리면서 텐트에서 남자들을 끌어내고, 모닥불 주변에 앉아 있으면 발을 잡아당겼어. 또 말을 풀어서 평원으로 멀리 내보내서 남자들이 오도 가도 못하게 했어. 자살한 남자들도 있었지만 대부분은 여기저기 떠돌아다니다가 수분 부족으로 죽거나 엄마들이 일으킨 모래 폭풍 속에서 질식해서 죽었단다. 엄마들이 남자들을 향해 번개를 던지자 대평원에 불이 붙었고, 도망칠 새도 없이 순식간에 퍼졌어. 또 남자들의 머리 위에서

비와 얼음이 떨어져서 갑자스럽게 불어난 물에 빠져 죽거나
얼어 죽었지. 오년도 지나지 않아서 양쪽 남자들이 모두 죽었
고, 원한을 푼 두엄마는 아기를 데리고 무덤으로 돌아갔어.

이 부분에서 아부엘라는 몸을 숙이고 손가락 하나를 흔들
면서 네 엄마와 나에게 말했지. 노 마타라스[39]. 글로리, 이제부
터 멕시코에서 살려면 그 스페인어 책으로 공부하는 게 좋을
거다. 빅터가 몸을 숙이고 눈앞의 작은 빛무리를 본다. 러레이
도군. 그가 말한다. 잠깐 멈춰서 뭐 좀 먹고 갈까?

그러나 글로리는 대답하지 않는다. 그녀는 도대체 어떤
여자가 아이들에게 이런 이야기를 들려줄까 생각한다. 글로리
는 그런 여자를 알았다면 좋겠다고 생각한다.

러레이도의 불빛이 점점 크고 밝아진다. 두사람은 말없이
앉아 있고, 얼마 후 글로리가 카세트플레이어와 테이프를 찾
아서 배낭을 뒤적인다. 그녀가 테이프를 넣고 재생을 누른다.
리디아 멘도사, 국경의 종달새구나. 빅터가 이렇게 외치자 글
로리는 삼촌의 목소리가 떨려서 깜짝 놀란다. 우나 베스 나다
마스 엔 미 우에르토 브리요 라 에스페란사[40]······.

글로리가 창문을 내리고 입술을 잘근잘근 씹는다. 소리가

39 스페인어로 살인하지 말라(No matarás)라는 뜻.
40 스페인어로 '나의 정원에서 더 이상 희망이 빛나지 않고(Una vez nada
 más en mi huerto brilló la esperanza)'라는 뜻.

거칠고 가사를 알아듣기 힘들지만 단어 몇 개, '나다 마스'와 '에스페란사'는 안다. 곤살레스 초등학교에는 반마다 에스페란사라는 이름을 가진 아이가 항상 적어도 한명은 있었다. 글로리가 창밖으로 팔을 뻗어 손가락을 쫙 펴자 바람이 그 사이로 흐른다. 글로리는 죽지 않아서 다행이라고 생각하지만 귀신이 되어 스트릭랜드를 평생 쫓아다닐 수만 있다면 더 많은 것을 내놓을 수 있다. '희망이 반짝인다.' 글로리는 이런 가사를 들었다고 생각하지만 확신은 없고, 삼촌한테 물어보고 싶지도 않다. 삼촌의 눈이 어둠 속에서 촉촉하게 빛나기 시작한다. 별이 빛나는 이 밤에 그것은 중요하지 않을지도 모른다. 어쩌면 이 여자의 목소리로, 기타 줄을 부드럽게 긁는 그녀의 손가락으로 충분할지도 모른다.

자정이 넘어서 러레이도에 도착한 두사람은 트럭 휴게소에서 배를 채운 다음 번갈아 눈을 붙인다. 한시간만이야. 빅터가 말한다. 그는 해가 뜨기 전에 선착장에 도착하고 싶은데, 아직 삼백이십킬로미터 가까이 남았다.

시내를 벗어나니 국경이 너무 가까워서 그들이 텍사스에 있는지 멕시코에 있는지 확신할 수가 없다. 하늘은 적철광처럼 검고, 도로 표지판에 적힌 이름 — 산 이그나시오, 저파타, 시우다드 미겔 알레만 — 은 훔친 강이나 그 지역의 전쟁 영웅이나 젊은 나이에 죽은 농장주에게서 이름을 빌려온 도로 위의 넓은 구역을 나타낼 뿐, 아무런 도움도 되지 않는다.

우리 아직 텍사스예요? 글로리가 몇 분마다 묻는다.

그래. 빅터가 대답한다.

지금은요?

푸에스, 누가 알겠니? 텍사스, 멕시코, 다 같은 흙인데.

글로리가 방울뱀에 대해서, 정말 큰 뱀이었다고, 강물처럼 움직였다고 빅터에게 이야기한다. 그녀는 평생 그렇게 무서웠던 적이 딱 한번 더 있었다는 말은 하지 않는다. 길이가 일점팔미터는 됐을 거예요, 두께는 내 허벅지 만했어요.

정말? 빅터가 말한다. 넌 전설이 될 거야. 글로리 라미레스, 사점오미터짜리 방울뱀과 눈싸움을 해서 이긴 소녀.

사점오미터는 아니었어요. 글로리가 말한다. 그렇게 큰 뱀은 없어요.

무슨 상관이니? 과장된 이야기는 다 그런 거란다.

별이 거의 다 졌을 때 그들은 고속도로에서 내려 아직 잠들어 있는 로스에바노스의 작은 목조 주택 여섯채를 지나친다. 선착장에 도착하자 맥주 간판과 크리스마스 불빛으로 장식된 작고 흥겨운 판잣집 앞 접이식 의자에 남자 다섯명이 앉아 있다. 또 다른 남자가 이백살 된 흑단 나무에 기대어 서 있고, 그의 빨간 체리 같은 담배 불빛이 어둠과 싸우고 있다. 나무에 남자 주먹만 한 두께의 강철 케이블이 감겨 있다. 강철 케이블은 리오 브라보를 건너 반대편에서도 똑같은 나무에 감겨 있고, 건너편에서는 남녀 열두명이 벌써부터 페리에 서 있다.

모두가 기억하는 한 한번도 지키는 사람이 없었던 국경 횡단이다. 가문 해에는 강 군데군데 깊이가 시냇물 정도밖에 안 돼서 소떼가 달콤한 그라마 풀을 찾아서 국경을 넘나든다. 사람들은 한쪽에서 살면서 건너편에서 일하고, 어떤 아이들은 열 살쯤 되어서야 강 어느 쪽에 자신이 속하는지 깨닫는다.

저 남녀는 대부분 오늘 밤에 강을 다시 건너서 물새와 굴뚝새와 찌르레기, 소 떼와 코요테, 오실롯과 스라소니의 소리를 따라 집으로 돌아갈 것이다. 그들은 강을 넘나드는 음악에, 테하노와 컨트리 뮤직에, 란체라와 노르테뇨에, 매일 해가 지기 전에 레코드를 틀고 위스키를 한잔 따라서 포치에 앉아 일몰을 바라보는 어느 노부인의 거실 창문에서 흘러나오는 재즈에 귀를 기울일 것이다. 빌리 홀리데이와 존 콜트레인 그리고 트럼펫을 '노래하게' 만드는 오클라호마 출신의 불운한 소년에.

로스 에바노스에서 빅터와 글로리가 차에 탄 채로 페리에 오를 때 아무도 질문을 하지 않는다. 아무도 서류를 보자고 하지 않는다. 나무로 만든 단 위에 청과물 상자가 쌓이고, 철제 파이프와 재목도 실린다. 노랗고 빼빼 마른 개가 나무 위에 서서 강 건너편을 바라본다. 글로리가 보니 양쪽이 너무나 가깝다. 얼마 전에 비가 왔지만 강은 사차선 고속도로보다 넓지 않고, 제로니모 모텔 그녀의 방에서 수영장까지의 거리도 안 된다. 분명 한 쪽에서 강 건너편을 향해 준비됐다고 외치면, 그리고 페리에 선 남자들이 케이블을 잡고 손을 바꿔가며 당기기 시작하면, 저녁 출근 전 글로리가 엄마의 머리카락을 땋아 줄 때 걸리는 시간보다도 빨리, 또는 알마가 아침에 딸에게 줄 잔돈을 찾아 지갑을 뒤적일 때 걸리는 시간보다도 빨리 반대편에 닿을 것이다. 강을 건너는 시간이면 청구서 더미를 뒤적여 고향에서 온 편지를 찾고, 복도를 따라 걸어가면서 아이들을 살펴보고, 군대에서 받은 월급으로 산 자동차에 시동을 걸 수 있다. 사막에서 늙은 뱀과 눈싸움을 해서 이긴 다음 이제 어떻게 될까 생각할 수 있다. 배가 건너편에 도착하고 어떤 남자가 자동차 바퀴가 지나갈 수 있도록 두꺼운 나무판자를 놓자 빅터와 글로리는 앞을 본다. 둘 다 텍사스를 돌아보지 않는다.

두 사람은 창문을 내린 채 남쪽으로 차를 달리고, 태양이 그들의 눈을 비춘다. 글로리는 다리를 꼬고 앉아 있다. 그들은 라구나 마드레라고도 부르는 리오 브라보 델타에서 서쪽으로 꺾어 글로리 엄마의 나라 중심부로 달리기 시작한다. 부지런히 가면 구월 말 성 미카엘 축제에 맞춰서 알마의 고향에 도착할 수 있을 것이다. 생각해봐. 빅터가 글로리에게 말한다. 너랑 나랑 네 엄마가 바닷가 모래에 발을 묻고 서 있고, 항구의 어선 갑판마다 등불이 장식되어 있고, 배들 사이에 촛불 수천 개가 떠다니는 거야. 보이니, 피비?

아뇨. 글로리가 말한다. 그런 다음 엄지로 한쪽 손바닥을 문지르고 손을 내려서 발과 발목을 만진다. 빅터는 전투에서 얻은 상흔이라고 부른다. 자랑스러운 것이라고. 이건 네가 열심히 싸웠다는 뜻이야, 전쟁을 끝내고 집으로 돌아왔다는 뜻이지. 알겠니?

아직 모르겠어요.

노력해봐.

글로리는 눈을 굴리고 창밖을 보지만 상처 입은 자기 발이 꾸준히 앞으로 나아가는 것을, 가야 할 곳으로 그녀를 데리고 가는 것을 상상하려 애쓴다. 유전 한가운데 세워진 픽업트럭으로부터 멀어지며. 사막을 지나 도로를 따라 누군가의 현관문까지. 철제 계단을 내려가 거칠거칠한 콘크리트를 양손으로 누르면서 물속으로 몸을 낮추고, 옆 벽을 밀며 팔로 부드럽게 원을 그리면 물에 둥둥 떠다니다가 단단한 것에 닿을 수 있다는 사실을 배운다.

글로리는 양 손바닥에 하나씩 난 작은 흉터를 본다, 몸은 제 할 일을 착실히 하고 있다. 일년 뒤면 흉터는 평평하고 부드러워질 것이다. 이년 뒤면 사라질 것이다. 그러나 발과 발목의 흉터는 더 두껍고 길어질 것이고, 그녀를 어느 아침에 묶어두는 짙은 빨강색 끈이 될 것이다. 일어섰다가 넘어진 소녀, 철조망 울타리를 잡고 다시 떨어지지 않도록 버틴 소녀. 맨발로 사막을 가로질러 자기 목숨을 구한 소녀. 글로리는 이 이야기를 하는 다른 방법은 상상도 할 수 없다.

모래 폭풍이 휩쓸고
지나간 후에

1976년 텍사스 주 오데사, 여기 일곱명의 여자가 있다.

글로리아는 멕시코 불법 체류자의 딸이다. 여느 열네살 여자아이와 같이 엄마와 종종 부딪친다. 엄마는 미국에서 태어난 글로리아에게 학교에서 쓰는 말이 아니라는 이유로 스페인어를 가르쳐주지 않는다. 그러면서도 자꾸 알아들을 수 없는 스페인어로 글로리아에게 말한다. 글로리아는 빨리 일을 해서 돈을 벌고 싶지만 엄마는 공부가 글로리아의 일이라며 딸의 이야기를 들으려 하지도 않는다.

밸런타인데이에도 평소처럼 엄마와 싸우고 집을 뛰쳐나온 글로리아. 드라이브인 식당에서 어슬렁거리던 글로리아는 평생 벗어나본 적 없는 오데사가 아니라 다른 어딘가로 데려가줄 것만 같은 청년의 트럭에 제 발로 오른다.

메리 로즈는 시내에서 멀리 떨어진 목장에 살고 있다. 소목장을 하는 남편은 소들이 자꾸만 병들고 죽는 데다가 일꾼들이 유전으로 빠져나가서 정신없이 바쁘다. 그래서 메리 로즈는 아직 어린 딸과 허허벌판의 목장 가옥에서 둘만의 시간을 보낼 때가 많지만 정신없는 도시보다 고요한 이곳이 더 좋다. 그녀의 남편은 아내와 딸이 시내에서 살기를 바라지만 메리 로즈는 무섭지 않다. 할머니가 주신 총 올드레이디가 있으니 전갈도 방울뱀도 침입자도 문제없다.

그러나 어느 날 아침 처참한 몰골의 글로리아가 메리 로즈의 집 문을 두드리고, 그때부터 모든 것이 바뀐다.

메리 로즈는 딸을 위해서, 언젠가 이 이야기를 딸에게 들려주기 위해서 아무에게도 말하지 못한 작은 죄를 마음에 묻은 채 글로리아를 위해 정의를 실현하기로 마음먹는다.

코린은 얼마 전 세상을 떠난 남편 때문에 부아가 치민다. 남편 포터가 은퇴를 하고 둘이서 유유자적한 생활을 즐기며 알레스카에 사는 딸도 보러 가려고 캠핑카를 샀고 이제 막 첫 할부금을 냈는데, 남편이 뇌종양으로 육개월 시한부 선고를 받고 말았다. 동물에게든 동네 아이들에게든 코린보다 따뜻하고 세상에 더 잘 맞는 남편. 그는 치료를 받는 둥 마는 둥 하더니 작별인사를 할 틈도 주지 않고 떠나버렸다. 코린은 이제 모든 것이 귀찮다. 남편이 키워보라던 길고양이도 엄마의 보살핌을 받지 못해 지저분한 꼴로 돌아다니면서 자꾸 찾아오는 동네 꼬맹이도 알 바 아니다. 자동차에 올라 시동을 켜고 모든 것을 끝낼 배짱만 있으면 좋겠다. 그렇게 매일 술을 마시며 화를 내고 있을 때 메리 로즈가 앞집으로 이사를 온다.

데브라 앤의 엄마는 어느 날 아무 말도 없이 떠나버렸다. 베개에 쪽지 한장만 달랑 남겨두고, 언제 온다는 말도 없이. 디에이와 엄마는 둘도 없는 친구처럼 지루한 오데사에서 재미있는 일을 찾아 돌아다녔다. 사막에 별을 보러 가면 디에이에게 운전을 시켜줄 때도 있었다. 그렇게 다정하던 엄마가 떠나버렸고, 디에이의 이야기를 잘 들어주던 포터 아저씨도 죽어버렸다. 디에이가 못된 아이라서 엄마가 떠난 게 아닐까? 세상에서 제일 착한 아이가 되면 엄마가 돌아오지 않을까? 그래서 디에이는 어느 날 우연히 발견한, 배수관에서 사는 작은 참전 용사를 도와주기로 결심했다. 그가 트럭을 되찾아 테네시의 집으로 돌아갈 수 있도록 디에이가 꼭 도와줄 것이다.

지니는 세상이 궁금하다. 고등학생일 때 데브라 앤을 낳고 행복하게 살았지만 이게 전부는 아닐 것 같다. 이동도서관에서 빌려본 책들 속 벽화와 그림과 조각은 너무나 아름다웠다. 오데사만이 세상의 전부는 아니었고, 황토색이 아닌 다른 색도 존재했다. 남편은 평생 지니를 임신시켰던 고등학생 그대로일 것만 같고, 무엇보다도 이렇게 살다보면 딸에게 이걸로 충분하다고, 더 큰 것을 바라지 말라고 말할 것만 같아서 지니는 견딜 수 없다. 그래서 어느 날 짐을 꾸리지만, 지니는 반드시 돌아올 것이다. 직장을 구하고 아파트를 구해서 딸 디에이를 데리러 꼭 돌아올 것이다.

수잰은 언제 어딜 가든 가장 깔끔하게 차려 입는다. 여기저기 떠돌아다니며 사기나 치던 부모님이나 어딜 가든 동네 사람들에게 공포의 대상인 형제들과는 다르다. 수잰은 티 하나 없는 살림을 꾸리면서 화장품과 식품 용기까지 판 돈을 남편의 월급과 함께 차곡차곡 모은다. 딸 로랠리는 대학도 가고 언젠가 더욱 큰 집에 살면서 세상을 다 볼 것이다. 동네에 힘든 일을 겪는 사람이 있으면 수잰은 잊지 않고 영양 가득한 음식을 만들어서 가져다준다. 수잰이 죽었을 때 사람들이 고소하다고 생각할까? 절대 아니다. 수잰은 꼭 필요한 사람이었다고, 수잰이 없어서 동네가 조금 더 어두워졌다고 말할 것이다.

칼라는 일이 끝나면 어머니와 아기가 기다리는 집으로 돌아간다. 손님들에게 잘 웃지 않아서 비교적 좋은 바텐더 자리에서 잘렸지만 오일 붐으로 사람들이 밀려드는 오데사에서 웨이트리스로 일하면서 방긋방긋 웃으면 금방 돈을 벌 수 있다고 했다.

같은 웨이트리스들은 칼라에게 좀 웃으라고 충고하면서도 조심해야 할 손님이 누구인지 알려준다. 칼라는 아기 다이앤을 너무나 사랑하고 언젠가 함께 오데사를 떠나 새로운 삶을 시작하려고 자동차도 샀다. 그러나 너무 사랑해도 집에 빨리 돌아가고 싶지 않을 때가 있음을 깨닫는다. 오늘도 칼라는 일이 끝난 다음 사막의 달의 보려고 일부러 빙 둘러간다.

✛✛

엘리자베스 웨트모어의 첫 장편소설 『밸런타인』은 1976년 텍사스 오데사에서 열네살짜리 멕시코 소녀가 처참하게 성폭력을 당한 후 일어나는 일을 일곱명의 여자들을 통해 보여준다. 그러나 단순히 그 사건과 결과에 대한 이야기가 아니라 그 시절에 오데사에서 살아간 여성들의 이야기이자 지금 세상 어디에서든 살아가고 있는 여성들의 이야기이기도 하다.

언제 사고가 일어날지 모르는 정유 공장, 나날이 떨어지는 소 값, 오일 붐을 타고 밀려드는 사람들로 어수선한 오데사. 이곳에서 어느 날 불법 체류자의 딸이 사막으로 끌려가 강간당하는 사건이 일어난다. 사람들은 "어떤 열네살은 열일곱살과 다르지 않다"고, "걔들은 딴 애들보다 빨리 성숙해진다"고 말한다. 법정에서 증언하기로 한 메리 로즈에게는 왜 "저쪽 편"을 드냐며 협박 전화가 밤낮으로 걸려오고, 남편은 그깟 멕시코 아이 때문에 자기 아이들을 위험에 처하게 만든다며 화를 낸다. 메리 로즈는 다른 사람들에게 이 작은 여자아이가 보이지 않는지, 반으로 쪼갰다가 이어붙인 것처럼 만신창이가 된 몸이 보이지 않는지, 왜 이런 일이 일어나는지 이해할 수 없다.

이런 일이 일어나는 가장 큰 이유는 텍사스 무장 순찰대원이 멕시코인을 학살한 이유와 똑같다. 그래도 되니까.

메리 로즈는 온갖 협박을 무릅쓰고 증언에 나서지만 결국 범인은 단순 폭행으로 집행유예를 받고 당일에, 법정모욕죄로 반나절 갇혔던 메리 로즈와 비슷한 시간에 풀려난다. 법정에 여자라고는 증인인 메리 로즈와 서기뿐이었고, 피고인의 변호사와 절친한 사이인 판사는 아내와의 점심 약속에 늦으면 안 된다는 생각밖에 없었다. 이렇게 "그래도 된다"는 메시지를 받은 범인은 또 다시 범행을 시도한다. 우리에게도 너무나 익숙한 이야기이다.

황량한 풍경만큼이나 암울한 시대와 암울한 지역의 이야기지만 사막의 별이 더욱 아름답고 땅이 낮으면 하늘이 더 광대하듯이, 척박한 사회이기 때문에 일어나는 변화도 있다.

오데사의 여자들은 순순히 따르기만 하는 것이 아니라 사막에서 자라는 선인장처럼 가시를 키우고 같은 처지의 여자들을 남몰래 돕는다. 사막에 처음으로 피칸나무를 심은 할머니처럼 코린은 젊은 시절 아이를 낳으면 당연히 집에서 살림을 하는 문화에 반기를 들고 교사로서 학교에 복귀했다.

칼라의 동료 웨이트리스들은 겉으로는 귀찮은 척하지만 뒤에서는 그녀를 보호하고 감싸준다. 글로리아는 범인이 밤새도록 수없이 부르며 더럽힌 이름 대신 글로리로 이름을 바꾸고, 맨발로 기나긴 사막을 가로질러 도움을 요청한 것처럼 새로운 삶을 찾아 멀리 떠난다.

글로리가 모텔에서 만난 티나는 그녀가 자발적으로 트럭

에 탄 것은 아무 상관없다고, 나쁜 것은 그 남자라고 분명히 말해준다.

모래 폭풍이 한바탕 휩쓸고 지나가면 도시는 난장판이 되지만 원래부터 약해지거나 더러워져 있던 부분을 쓰러뜨리거나 쓸어버리기 때문에 더 튼튼하고 깨끗해질 수 있다. 혼자만의 문제로 끙끙대던 이 책의 여자들도 각자의 문제가 곪아 터지고 나자 서로에게 도움을 청하는 법을 배워 내 상처를 내보이고 남의 상처를 돌볼 줄 알게 된다.

작가는 떠난 이도 남은 이도 사랑하고 그리워할 오데사의 바람과 사막을 그곳에 한번도 가보지 못한 독자들에게까지 생생하게 전달한다. 건조하고 뜨거운 오데사의 바람처럼 무심한 듯 시적인 작가의 문체는 쓸쓸하면서도 희망이 흐릿하게 반짝이는 이야기의 풍경과 더없이 어울린다.

이것은 그때 그곳의 이야기이자 지금 이곳의 이야기다.

2022년 5월,
옮긴이 허진

VALENTINE

밸런타인

초판 1쇄 인쇄일 2022년 5월 27일
초판 1쇄 발행일 2022년 6월 3일

지은이 엘리자베스 웨트모어
옮긴이 허진

발행인 윤호권
사업총괄 정유한

편집 구민준 **디자인** 박정원 **마케팅** 명인수
발행처 ㈜시공사 **주소** 서울시 성동구 상원1길 22, 6~8층(우편번호 04779)
대표전화 02 - 3486 - 6877 **팩스(주문)** 02 - 585 - 1755
홈페이지 www.sigongsa.com / www.sigongjunior.com

글ⓒ엘리자베스 웨트모어, 2020 | 번역ⓒ허진

ISBN 979-11-6579-954-0 (03840)

*시공사는 시공간을 넘는 무한한 콘텐츠 세상을 만듭니다.
*시공사는 더 나은 내일을 함께 만들 여러분의 소중한 의견을 기다립니다.
*잘못 만들어진 책은 구입하신 곳에서 바꾸어 드립니다.